本书为国家社科基金重大招标项目
"我国网络文学评价体系的理论与实践研究"（16ZDA193）的前期资料成果

网络文学批评
理论与实践

欧阳友权 | 主编

中国社会科学出版社

图书在版编目（CIP）数据

网络文学批评理论与实践/欧阳友权主编．—北京：中国社会科学出版社，2019.4
ISBN 978-7-5203-4162-2

Ⅰ.①网… Ⅱ.①欧… Ⅲ.①网络文学—文学评论—中国—文集 Ⅳ.①I207.999-53

中国版本图书馆 CIP 数据核字（2019）第 045077 号

出 版 人	赵剑英
责任编辑	郭晓鸿
特约编辑	王 潇
责任校对	郝阳洋
责任印制	戴 宽

出　　版	中国社会科学出版社
社　　址	北京鼓楼西大街甲 158 号
邮　　编	100720
网　　址	http://www.csspw.cn
发 行 部	010-84083685
门 市 部	010-84029450
经　　销	新华书店及其他书店
印　　刷	北京明恒达印务有限公司
装　　订	廊坊市广阳区广增装订厂
版　　次	2019 年 4 月第 1 版
印　　次	2019 年 4 月第 1 次印刷
开　　本	710×1000　1/16
印　　张	27
插　　页	2
字　　数	346 千字
定　　价	99.00 元

凡购买中国社会科学出版社图书，如有质量问题请与本社营销中心联系调换
电话：010-84083683
版权所有　侵权必究

目 录

第一部分　网络文学批评原理

1. 文学批评的新境遇与新挑战 …………………………… 白　烨 3
2. 互联网时代文艺批评何为 ………………………………… 向云驹 13
3. 新媒体时代的文学批评 …………………………………… 邵燕君 16
4. 建构良性网络文学批评论纲 ……………………………… 孙书文 20
5. 网络文学对文学批评理论的挑战 ………………… 刘俐俐　李玉平 27
6. 新媒体带给文艺评论的三大变化 ………………………… 黄鸣奋 32
7. 推进网络文艺批评理论建设 ……………………………… 单小曦 39
8. 网络文学批评的现状与问题 ……………………………… 周志雄 44
9. 网络文学批评的价值和局限 ……………………… 欧阳友权　吴英文 51
10. 网络文学理论与批评现存问题及其应对策略 …………… 陈定家 59
11. 网络时代的文学批评问题 ………………………………… 赵慧平 67

12. 网络文艺的形态及其评论介入⋯⋯⋯⋯⋯⋯⋯⋯⋯⋯郑焕钊 75

13. 试论网络文学批评的困境⋯⋯⋯⋯⋯⋯⋯⋯⋯⋯⋯吴长青 83

14. 数字媒介与文学批评的边界⋯⋯⋯⋯⋯⋯⋯⋯⋯⋯陈国雄 87

15. 网络文艺评论须"进场"⋯⋯⋯⋯⋯⋯⋯⋯⋯⋯⋯⋯庄　庸 91

16. 建立网络文学批评"共同体"⋯⋯⋯⋯⋯⋯⋯⋯⋯⋯欧阳友权 93

17. 网络文艺批评特征简析⋯⋯⋯⋯⋯⋯⋯⋯⋯⋯曹成竹　王兴永 97

第二部分　网络文学评价体系

1. 呼吁建立网络文学评价体系⋯⋯⋯⋯⋯⋯⋯⋯⋯⋯陈崎嵘 105

2. 网络文学亟待确立批评"指标体系"⋯⋯⋯⋯⋯⋯⋯王国平 108

3. 空间转向：建立网络文学批评新范式⋯⋯⋯⋯⋯⋯禹建湘 112

4. 中国网络文学评价体系的维度及构建路径⋯⋯⋯⋯周志雄 120

5. 合作式网络文艺批评范式的建构⋯⋯⋯⋯⋯⋯⋯⋯单小曦 130

6. 面对网络文学：学院派的态度和方法⋯⋯⋯⋯⋯⋯邵燕君 136

7. 网络文学评价体系构建出路何在？⋯⋯⋯⋯⋯⋯⋯舒晋瑜 148

8. 建立客观公正的网络文学评价体系⋯⋯⋯⋯⋯⋯⋯李朝全 153

9. 如何构建网络文学评价体系⋯⋯⋯⋯⋯⋯⋯⋯庄　庸　王秀庭 156

10. 寻觅一盏灯
　　——呼唤构建网络文学评价体系⋯⋯⋯⋯⋯⋯⋯向　娟 159

11. 基于多属性综合评价方法的网络文学
　　评价指标体系研究⋯⋯⋯⋯⋯⋯⋯⋯⋯⋯⋯⋯⋯高　宁 162

12. 网络文学呼唤文学批评⋯⋯⋯⋯⋯⋯⋯⋯⋯⋯⋯郭国昌 169

13. 网络文学质量评价指标体系研究⋯⋯⋯⋯⋯⋯严佳乐　杨海平 172

14. 在线文学批评呼唤自律品格 ………………………… 林炜娜 184

15. 融通传统经典和网络文艺的评价体系 …………… 吴月玲 186

16. 专业批评家与网络文学批评 ……………………… 李永艳 189

17. 网络文学的批评模式构建与转型发展 …………… 苏　翔 193

18. 网络文学作品评价体系研究 ……………………… 李　薇 198

19. 健全网络文学的评价机制 ………………………… 邵旭飞 206

20. 网络文学评价体系构建刻不容缓 ………………… 欧阳婷 209

第三部分　网络文学批评标准

1. 网络文艺批评的三个学理支柱 …………………… 夏　烈 215

2. 网络小说的文学性和新标准 ……………………… 张　柠 217

3. 文学批评拿什么对"网络文学+"发声？ ………… 南　帆 223

4. 试论新媒介文化的批评标准与叙事逻辑 ………… 陈定家 228

5. 网络文学批评标准刍议 …………………………… 康　桥 238

6. 网络文学
　　——建构属于自身的标准 ………………… 李　静　石少涛 243

7. 网络文学评论标准体系如何建立？ ……………… 何　晶 249

8. 确立引领网络文学发展的新标准 ………………… 李永杰 253

9. 网络文学需要什么样的专业批评？ ……………… 怡　梦 257

10. "人民的"批评标准与网络文学批评 ………… 姜太军　李文浩 261

11. "在线性"对网络批评形式的影响 ……………… 谭德晶 269

12. 加强网络文学的"在线批评" …………………… 吴　艳 278

13. 对网络文学究竟该如何评价 ·· 潘凯雄 283

14. 网络文学评价标准问题反思及新探 ······································· 单小曦 286

15. 为什么要提网络文学创作的"中华性" ···································· 夏　烈 293

第四部分　网络文学批评实践

1. 话语方式转变中的网络写作
　　——兼评网络小说十年十部佳作 ·· 马　季 301

2. 超级 IP 制造时代的"玛丽苏式神话" ······································ 管雪莲 309

3. 英雄的悲剧、戏仿的经典
　　——网络小说《悟空传》的深度解读 ···································· 林华瑜 317

4. "遗忘"：叙事话语和价值态度
　　——评慕容雪村的网络小说《成都，

　　今夜请将我遗忘》 ·· 姜　飞 322

5. 盗墓小说的魔力之源
　　——剖析南派三叔的《盗墓笔记》 ······································ 梁　沛 326

6. 一部"抓人"的网络军文
　　——评丛林狼《最强特种兵》 ·· 欧阳友权 331

7. 情似雨余黏地絮
　　——评 Fresh 果果的《花千骨》 ·· 胡影怡 339

8. 《芈月传》：网络文本与传统文本的同构 ····································· 马　季 344

9. 缪娟网络小说《翻译官》：谁的青春不梦想 ·································· 肖惊鸿 349

10. 《欢乐颂》：尝试关注现实的"肥皂泡" ··································· 江　枫 353

11. 历史、民族与英雄的别样书写
　　——评现实主义力作《遍地狼烟》 ······································ 苏　勇 356

12. 重绘文学与现实的渐近线
——从网络原创小说《余罪》反思真实书写问题 ········ 杨俊蕾 361

13. "畅销"与"经典"的距离
——以《微微一笑很倾城》为例 ············· 禹建湘　黄惟琦 367

14. 史学视野下的回眸：《第一次的亲密接触》之
意义与局限 ······································· 程海威 374

15. 论网络历史小说的文本范式和诗性建构 ············· 葛　娟 382

16. 在作者、读者和编辑的合力中生长
——网络言情小说漫谈 ························· 金赫楠 390

17. 中国网络军事文学调查 ···························· 舒晋瑜 397

18. 历史叙事与当代社会的共振
——关于网络历史军事小说的几点看法 ············ 马　季 405

19. 网络军旅小说的新突破 ···························· 游兴莹 412

20. 《苗疆蛊事》的代入式叙事及其表意智慧 ············ 孙　敏 415

后　记 ··· 421

第一部分　网络文学批评原理

1. 文学批评的新境遇与新挑战

白 烨

进入 21 世纪之后的文学批评,遇到了少有的新境遇与新挑战。这新境遇是由于经济基础、文化环境和传媒手段发生了变异而造成的。现在的文坛由过去以传统文学为主的单一格局,演变为"三分天下"的新格局:以文学期刊为阵地的传统型文学、以图书出版为依托的市场化文学、以网络传媒为平台的新媒体文学。文学批评自身,也在专业批评之外,发展出面向大众的媒体批评与活跃于网际的网络批评。而在诸种批评中起引领作用的传统型批评,除面临着一个不断放大与转变的文坛外,自身也存在着宏观考察薄弱、对新板块关注不够,以及自身未能适应发展等问题。批评需要关注,更需要基于理解的扶持。从多种意义上看,批评的问题,不只是批评本身的问题,还是文学、文化和社会的问题。

文学批评遇到的问题,既有文化环境发生异动的原因,又有对象本身陡然增多的原因,还有批评本身进取不够的原因,是各种内外因素综合构成的。因此,对于文学批评中反映出来的种种问题,也需要从宏观的视角去认识,以综合的手段来加以解决。

一　环境氛围的异动

文学批评是整体文学事业的一个组成部分，文学领域又是文化场域的一个重要构成，而文化场域还与一定时代的社会生活紧密相连。因而，时代的演进与社会的变异，必然影响文化生活及文学活动，从而使文学批评的环境氛围发生新的异动。

文学经历了20世纪80年代的历练和90年代的过渡，进入21世纪之后，确实在不断地发生着变化，而这种变化又以亦喜亦忧的方式呈现着。给人的总体感觉是：文坛在变大，文学在变小。似乎谁都能介入文学、谈论文学，但真正意义上的文学又在日益萎缩。

当下文学的这种变化，有着深层次的时代背景与社会环境的原因，文学赖以存身的经济基础、文化环境和传播手段等都发生了巨大而剧烈的变化。我们不必细说经济基础、文化环境和传播手段发生了何等的变化，只要换用相对应的三个概念——市场化、大众化和传媒化来加以表述，一切便都十分清楚了。这三个方面，是相互连接和彼此互动的。经济基础方面，以高科技推动的生产力的迅猛发展和市场经济秩序的逐步确立为标志，已完全走出计划经济的单一模式，表现出前所未有的活力。经济基础的这种变化，必然要反映到文化上来，而文化自身也需要在新的经济基础上寻求支点。因而，文化作为经济资源的一种可能性，文化产品的商品属性、文化生产的商业运作等，都在人们的重新认识中得到了发掘与拓展。人们发现，文化产品的最大效益是"两个效益"的结合，而"两个效益"落实到影视产品上是"有多少观众"，落实到文字产品上是"有多少读者"。于是，追求"观众"与"读者"的最大化，遂使"大众化"成为文化领域里愈演愈烈的趋势。在传媒手段方面，这些年最大的变化是报纸越来越多，影视越来越火，网络越来越热，而这些看来是处于优势的传媒，不仅面临着同类媒体之间的无情争斗，而且还面临着异类媒体之间的残酷竞争。于是，怎样使自己的报纸、影视和网站"好看""有人气"，以争取更多的受众、造成更大的影响，就成了这些媒体行业不由分说的"铁"的规律。这样一来，各类媒体在其发展与竞争之中，日渐凸显的是基于他们自身利益的特殊追求，并以此来介入文化，影响文学。

应该说，上述三个方面都是文学赖以存身的基础和条件，这种基础和条件的变异，无不深刻地影响到文学领域。从宏观方面来看，文坛已由过去以传统文学为主的相对单一的格局，经过20世纪90年代以来发生的分野、分裂与分化，逐渐演变为一分为三的新格局，即以文学期刊为阵地的传统型文学、以图书出版为依托的市场化文学、以网络传媒和信息科技为平台的新媒体文学。

以网络传媒和信息科技为平台的新媒体文学，随着传媒形式的不断变化，尤其是信息科技的飞速发展，已成为文坛整体中势头凶猛的新生力量。它们在传统的文学样式之外，又派生出了不少新的文学形式与样式，比如网络文学、博客写作、手机文学、短信小说等。这些新媒体文学形式，有着相当广泛而且不断壮大的青年受众，这也逐渐成为他们走近文学的主要渠道和基本方式。目前，除去一些门户网站的文化、读书频道聚集了大量作者外，一些写作者根据各自的爱好，还成立了文学方面的专门网站。这些网站有偏于体裁分类的，如小说、散文、诗歌等；有偏于类型写作的，如校园文学、青春文学、玄幻小说、悬疑小说等。据不完全统计，国内专门的文学网站，目前注册的有3000多家，实际上有5000多家，较为知名的文学网站约有100多家，而自博客写作兴起之后，更是一直呈上升趋势迅猛发展。据中国互联网协会在2006年9月24日发布的《2006年中国博客调查报告》称，该年中国的博客作者已达1750万人，读者达到了 5470 万人，相比于 2002 年，这两项数字都增加了 30 倍之多。据《中国互联网网民报告》（2008）披露："在中国现有的 13.2 亿人口中，有 2.5 亿网民，这个数字超过德国、英国和法国的总人口。"（见《中国网情报告》，新星出版社 2009 年版）这一切都告诉人们，网络文化的生存空间无可限量，它的发展方兴未艾。

进入 21 世纪已近十年，文学划分为传统型文学、市场化文学和新媒体文学之后，"三分天下"的格局基本形成并日益稳固。在这种结构性的巨大变化之中，不同板块都在碰撞中有所变异、有所进取，但发展较快、影响甚大的，却是新兴的以文学图书为主轴的市场化文学和以网络文学为主体的新媒体文学。

新媒体文学以网络文学为主体，而网络小说刚刚出现的时候，从"写什么"到"怎么写"方面，与传统文学、主流小说并没有很大的区别。但在发展演变之中，它开始与传统文学、主流小说拉开了距离。2008 年，这种类型化的程度与趋势更是达到了新的广度与高度，一些影响较大的文学网站，按照类型化的方式对作者和作品进行分类编排；一些门户网站和文学网站的文学评选，也由起初的综合性向类型化逐步调整。在图书市场上，悬疑、玄幻、职场、仙侠、穿越等类型小说，已经成为持续走俏且不可阻挡的潮流。调查显示，2007 年出版的类型小说占全年所有文学图书总量的 45.1%，而网络上的类型小说更是数量可观，仅 2008 年上半年就突破了 10 万部。类型小说培养了大量的网络写手和类型小说爱好者，北京开卷信息技术有限公司提供的"2008 年文学图书畅销排行"榜表明，在 2008 年度销售排行前 20 名的文学图书中，以青春、玄幻、职场、时政等小说为主的类型化文学作品占了其中的半数以上。

与这种不断繁衍的文学和陡然放大的文坛相比，批评与其对象的情形可以说是一个无形中缩小了的批评在面对一个不断放大的文坛，一个相对传统的批评在面对一个活跃不羁的文坛。这种事实上的不对等和不平衡，正是批评的难处与挑战之所在。

二　批评自身的新变

概要地考察批评的变化与现状，可以说当下的文学批评显然是在不断发展和逐步分化的，甚至也有"一分为三"的趋势，这就是以传统形态的批评家为主体的专业批评、以媒体业者及媒体文章为主角的媒体批评、以网络作者尤其是博客文章为主干的网络批评。这样三种类型批评的共存与共竞，构成了当今文学与文化批评的基本态势，以各自的方式与特色支撑着新格局并影响着受众。

传统形态的文学批评，大致由两类批评家构成：一类是就职于高等院校、科研机构的当代文学教研工作者，他们或者有着较好的文艺理论根基，或者有着深厚的现代文学功底。他们的批评更多地体现出文学研究的特质，在话题的选取与论题的阐述上，也相对地以沉稳扎实见长。研讨当代文学中一些相对稳定的现象与一些比较重大的问题，是他们的强项之所在；另一类是供职于作家协会、文联系统和一些文化部门的文学批评从业者，他们因为较多地阅读作品和长期跟踪文学现状，对于文学发展中的动向、文学创作中的新人与新作等更有兴趣也更为敏感，常常在即时性的评论与"现场感"的解说中，表现出审美的敏动与批评的灵动。这样的两种批评群体与批评类型的相互联结与彼此呼应，构成了当下传统形态文学批评的基本阵势。一些专业的文艺报刊、一些专题的作品研讨，是这种文学批评的两个基本阵地与主要活动方式。

媒体批评，是伴随着近年来媒体的强势崛起和持续发展逐步凸显出来的。它的基本队伍构成，主要是有关报刊、网站与电台、电视台中专事文学、文化新闻及文艺副刊、读书栏目的记者与编辑，包括其背后依托的各类媒体平台。媒体也可进行多种角度的细分，就其主办身份与主要面向而言，有专业类的、行业类的、党政系统的、市民大众的；就其发表与传播的形式而言，有纸质的、网络的、视频的、音频的。当不同的媒体，涉及文学与文化现象的采访与报道之后，便会显现出媒体行业所特有或所通行的一些基本取向，那就是从找"焦点"、造"热点"的行业需要出发，把现象话题化、把事情事件化，更有甚者，可能还会趋向戏剧化、引向娱乐化。无论是一部作品的问世，还是一种倾向的显现，媒体是否关注和怎样关注，都显得十分重要。同一场座谈研讨，同一部作家作品，都会出现角度不一、侧重点不同的报道与评说，这都与不同的媒体人和不同的媒体平台密切相关。有时候，作家写了什么，评论家说了什么，人们也只有通过媒体的介绍才能略知一二。而通常经由媒体报道出来的，也是经过了一定的选择，经过了媒体人浸润的内容。因为媒体是舆论的工具、信息的管道，所以媒体批评对于社会受众的影响广泛，具有某种不可替代性，成为文学批评传统形态重要而又必要的补充。

网络批评原来并不怎么彰显，原因在于这类批评的文章与言论并不多见，即便有一些近似于批评的文章，也往往被那些作品性的写作与炒作所遮蔽。但近年来，这种状况由于网络传媒的趋于成熟和博客写作的愈演愈烈，得到了相当程度的改变，网络批评逐渐显露端倪并迅速发展起来。它的基本表现形态，主要为门户网站、文学网站中的批评性文章和博客写作中的批评性言论。这些文章与言论的作者，包括各色人等，其中还不乏专业人士，但因为网络写作的自由与率性，以及某些时候的隐身与匿名，这些文章与言论，普遍以犀利、尖刻见长，并带有相当的草根性与民间化倾向。因为博客写作的普遍性、互动性与链接性，使得网络批评活力四射，影响也越来越大。无论是批评一种现象，评说一部作品，谈论一个人物，抑或是自我声明、自我澄清，网络文章与言论都会在网上即时传播、广为流传，并为纸质传媒转载和扩散，为更多的人们所知晓。从目前的情形看，网络批评的内容还比较庞杂，带有极其强烈的个人化色彩和随意性特点，其普遍涉及的内容与总体上的倾向，与其说是一种文学批评，不如说是一种文化批评、社会批评，但其中包含的能量、潜质与前景，却完全不可小觑。

文学批评的这种发展与分化，已是一种客观存在的现实，但在看到这种变化的同时，还必须清楚地认识到，传统形态的文学批评在当下的文学、文化活动中，仍扮演着举足轻重的角色，这不仅由于它在介入创作、解读作品中显得更为内在和深入，还由于它以专业的性质和美学的品质在总体文学批评与文学活动中，无可替代地起着主导性与引领性的作用。

三　问题与挑战

毋庸讳言，批评现状由少变多，一分为三之后，带来的问题也显而易见。就媒体批评与网络批评的现状来看，他们既以自己的方式活跃着文坛、延展着批评，又以他们的方式冲击着主流的文坛、遮蔽着传统的批评，使得文学批评的态势既众声喧哗，面目也常常模糊不清。传统的与主流的文学理论批评，既要面对文学与文化大环境的丰富多变，又要面对文学批评领域里的喧闹与嘈杂，其生存与发展都遇到了前所未有的困窘与挑战。

从宏观的角度和显见的层面来看，当下文学批评的问题不少，但比较突出的主要是两个方面：

一方面是有关文学创作整体性的走向和当下文坛倾向性的问题，表现为缺少比较专注的跟踪和以点带面的扫描，更缺少有识有见的洞察和有理有力的批评。造成问题的原因，一是批评家不大愿意花费气力和工夫去做倾向的追踪和宏观的考察，二是文学作品越来越丰富、文坛现状越来越复杂，且不断游动和变化不居，其中一些文学现象背后还有深层的社会、政治和经济等综合性原因，需要借助于文学理论之外的社会学、政治学、经济学、文化学，乃至广告学、信息学、传播学等理论知识与素养，而这些为一般的文学批评家所欠缺。有所不愿与力所不及，显然是文学批评在宏观上"失语"与"缺席"的主要原因。

另一个方面是在具体作家作品的评论上，多是说好话，造势做宣传，从作品的实际出发评优说劣，做到"好处说好，坏处说坏"的批评，很难真正见到。批评家大多缺乏一种直言不讳、敢于批评的勇气，文坛也缺乏开展批评与自我批评的良好风气。批评家的人文精神与思想气质不彰显，艺术个性与批评风格不突出，这是一方面；另一方面，评论常常被更为强势的媒体（电视、报纸等）所裹挟，会被用来作为"炒作"的工具。

批评需要人们的理解，更需要基于理解的多方面的扶持。就传统的文学批评而言，需要加以扶持的方面有很多。首先是批评队伍既需要壮大，又需要纳新。现在从事文学批评工作的，有作家协会、文联系统的，有高校、社科机构的，有报刊、出版单位的等。说好听点，是有一支队伍，说不好听点，基本上是散兵游勇。因为没有一个彼此联系的机制与方式，见面就是开作品研讨会议，散了会后就各自为战。现在看来，建立一个联系批评家的组织或机制是必要的。可借助这样一个组织或机制，沟通情况、研讨问题、交流信息，并就一些倾向性的现象与问题，组织集体的力量，运用论坛的方式进行重点出击，还可就一些需要特别关注的宏观性的文学问题，提出一些带有指导性或导向性的系列课题。通过这种方式，可以起到联谊批评队伍、集中批评力量、组织重点选题、吸引对文学批评有兴趣的人士介入文学批评等多重作用；其次就是要积极发现批评人才，大力培养批评新秀。现在活跃于文坛的批评家，主要由出生于20世纪40年代、50年代和60年代的批评从业者所构成，出生于20世纪70年代的极少，

20世纪80年代的基本没有，这与文学创作上的六代同堂（从20世纪30年代到20世纪90年代）构成了极大的反差。批评的队伍需要年轻化、有活力，而批评的人才需要既综合又特殊的素质，因而很难依赖自然成长，需要有一些发现和培养新人的措施与办法。这些都需要提上议事日程，而且刻不容缓。

另外，传统文学批评在活动的阵地、传播的工具、资讯的提供等方面，也需要具备一定的条件，得到有效的支持。现在的文学批评类文章，主要发表于一些专业性的报纸和文学理论批评刊物，而这些报刊的受众主要是业内人士，因此就其影响而言，基本上囿于一定的圈子，社会性的影响极其有限。而受众较多，影响较大的电视、网络和市民报纸，基本上没有文学批评的立足之地。即使有，也是以媒体批评和媒体报道的方式对专业的文学批评进行"为我所用"式的选择、删改与加工，经过这种媒体过滤的批评家，常常有"被侮辱与被损害"的感觉。这样的大众化的传播资源，辐射面广、影响力大，如何也"为我所用"地为文学批评服务，或起一些配合、呼应的作用，是值得我们认真考虑的。

文学批评面对着不少的难题，面临着诸多的挑战，是问题的一方面；而文学批评确实需要在自省中自立、在自立中自强，是问题的另一个方面。这些需要坦诚直面，深刻认识和切实解决。

比如，面对庸俗化的文化环境和缭乱的文学现状，批评家需要增加社会责任心，增强历史使命感，并以知识分子的良知、审美高端的感知，观察现状，洞悉走势，仗义执言，激浊扬清。要超出对于具体作家作品的一般关注，由微观现象捕捉宏观走向，由代表性现象发现倾向性问题；该倡扬的要敢于倡扬，该批评的则勇于批评，对于一些有问题的倾向和影响甚大的热点现象，要善于发出意见和旗帜鲜明的声音。要通过这种批评家自身的心态与姿态的切实调整，强化批评的厚度与力度，逐步改变目前这种文学批评中宣传多于研究，表扬多于批评，微观胜于宏观的现状。

　　为了适应不断变化的文学现状，我们的批评家在观念上、方法和语言上，要及时地吐故纳新，与时俱进。比如有的批评家的思想与情绪还停留在 20 世纪 80 年代，没有完全走出"新时期"的情结，这使得他们在分析现状和表述问题时，都有一定的滞后性，明显地与当下现实相错位或相脱节。还有包括本人在内的更多的批评家，在知识结构与理论准备等方面实行了几十年的"一贯制"，少有新的吸纳和大的变化，因此在面对超出已有经验的新的文学现象时，要么是文不对题，要么就失语、缺席，显得力不从心和束手无策，如在市场上长驱直入的类型文学，在网络上广为流传的网络文学，就基本上游离于传统批评与主流批评的视野之外。出现这种现象的原因，并非主流的文学批评的不作为，而是由于现在的传统型批评家的能力所不能及。这种现状长此以往，既可能会使如类型文学、网络文学等新兴文学难以得到品位层面的较大提升，也会使整体文学的和谐发展受到很大的影响。

　　从多种意义上都可以说，批评的问题不只是批评的问题，它还是文学的问题、文化的问题、社会的问题。从这个意义上讲，理解和促进批评，扶持和振兴批评，当然就是文学发展、文化建设和社会进步的过程中应有之义和当务之急。

（原载《文艺研究》2009 年第 8 期，此处有删节）

2. 互联网时代文艺批评何为

向云驹

当前，互联网正在快速而深刻地改变文艺生产方式，已经形成一个全新的文艺生态。

这个新的文艺生态正逐渐显示出其巨大的轮廓：网络文学已然蔚为大观，低门槛的写作模式，快捷便利的阅读体验，产生了海量的文学作品，培养了庞大的读者群。网络文学和传统文学的边界正在模糊，从长篇小说、超长篇小说到中短篇小说乃至微小说，网络文学正在稳步发展为重要的文学创新园地和活力源泉。网络音乐的数字化重构了音乐传播媒介和音乐生产方式，而在影视领域，互联网已携营销、内容和完整的产业链，开启影视大制作时代。书法、美术、摄影艺术的网上展览和数字艺术馆方兴未艾，文艺节目网络直播日益活跃，网络文娱、网络文艺成为所有社会性网站必不可少的内容，成为商业网站的吸金利器。

目前，网络已经成为人才、资本、创新的集中地和各种创新活力的释放地，成为一个巨大的文化市场。2014 年，手机网民首次超过传统计算机网民，"互联网＋"使文学艺术各个门类都产生了难以预测的变化与变革。互联网思维让文艺发展纳入信息科技的快车道，进入传播的全媒体空间，狭义的网络文艺也将因此升级为广义的、大数据集成的智慧文艺。

在这一全新的文艺生态下，文艺批评如何发挥价值引领、美学导向、思想召唤的功能呢？

毋庸置疑，目前网络文艺的生产、消费、鉴赏、评价存在着乱象丛生、野蛮生长的现象。虽然最具互动性的贴吧、微博、微信、QQ群、论坛、弹幕等社交媒体和各种移动客户终端里不时有众声喧哗的文艺讨论和议论，却鲜见或不见专业、主流和权威的文艺批评家的身影和声音，点击率、粉丝数、转发量、点赞或吐槽数成为衡量和评价文艺作品优劣的"唯一"标准，网络文艺生态的种种混乱也因此层出不穷。

应当看到，"互联网+"时代传统媒体与新媒体的深度融合，为文艺批评突破传统媒体的局限、高扬正能量创造了全新的机遇与可能性。中外文艺批评在漫长的历史进程中积累了丰富的文体和理论资源，中国传统的评点体文艺批评、诗话式批评在互联网时代与微信、微博、贴吧、弹幕等社交媒体有天然的体裁契合优势，接受美学、受众研究可以使文艺大数据的统计分析、数据分析和数字可视化获得全新的运用。全新的文艺评价也可以通过文艺数据的集成创新，建构起高效、全面、及时、准确的评价体系，全方位呈现多维度的评价指数。

因此，文艺批评要建构起新媒体全媒体时代的"媒体批评观"，首先要以社会主义核心价值观为引领，牢牢把握网络文艺创作的政治导向、价值导向、审美导向，积极引领网络潮流，发挥褒优贬劣、激浊扬清的功能。具体来说，要做到三个"转变"：一是从文学评论一枝独秀，转变为加强各艺术门类、各新兴文艺业态的文艺批评，对文艺门类及文艺生态进行全覆盖，对文艺热点进行即时回应和权威解读；二是从传统纸媒评论一花独放，转变为加强电视、网络、移动媒体的评论渠道建设，实现文艺批评的多媒体、全媒体、新媒体的传播和深度融合；三是从传统的单向度评论，转向依靠大数据的统计分析、数据分析，构建起一套高效、全面、科学的文艺评价体系，真正发挥出文艺批评固有的强大功能。

（原载《求是》2015 年第 12 期）

3. 新媒体时代的文学批评

邵燕君

进入 21 世纪以来，在媒介革命的强力席卷下，我们终于对麦克卢汉半个世纪前提出的"媒介即讯息""媒介是人的延伸"等理论有了切身的体会。麦克卢汉提醒我们跳出印刷文明的局限，用人类文明整体发展的"大局观"来审视人与媒介的关系。

在麦克卢汉看来，任何媒介都不外乎人的感觉和感官的扩展或延伸：文字和印刷媒介是人的视觉能力的延伸，广播是人的听觉能力的延伸，电视则是人的视觉、听觉和触觉能力的综合延伸。他认为在机械时代，人类已经完成了一切身体功能的延伸，进入电子时代，人类的中枢神经系统得以延伸。所谓"媒介即讯息"指的是，"任何媒介（即人的任何延伸）对个人和社会的任何影响，都是由于新的尺度产生的，我们的任何一种延伸（或曰任何一种新技术），都要在我们的事物中引进一种新的尺度"。

麦克卢汉对电子革命可能带来的"地球村"的乌托邦想象是以前文字时代为蓝本的。在他看来，以媒介技术的发展变化为基本判断标准，人类社会发展划分为三个历史阶段：前文字时代/部落时代、古登堡时代、电子时代。我们以往认为的"文明时代"在他这里恰恰是"文明陷落的时代",是两个伟大的"有机文明"之间的插曲。

在这一理论视野的观照下,不但以往无数的文学"常识"、艺术"原理"要被颠覆,而且文学作为"文字的艺术"在整个文明体中的位置也需要被重新思考。

我们不得不清醒地意识到,文学作为文字的艺术,实际上是一种"转译"的艺术,它成为艺术的主导形式,其实受印刷时代技术的限制。在印刷术发明之前,人类的主导艺术形式是发乎"肉声"的诗歌和成于"肉身"的戏剧,印刷术发明之后才转变为可阅读的小说。印刷文明解决了跨时空传输的问题,却也封闭了所有感官,只留下视觉,而人们目力所见的并非形象而是文字。这就需要一批受过专门训练的作家系统地"转译",将各种感官的感觉转译成文字。这个过程是孤独而隔绝的——作家在一个时空孤独地编码,读者在另一个时空孤独地解码——其中必然出现的大量"误读"现象甚至成就了"接受美学"这样一个学科。而这种超越时空的"编码—解码"过程,也使文学艺术具有了某种神秘性、永恒性和专业性。即使是最低等级的大众读者也必须识文断字,具备一定的在形象思维和抽象思维之间转换的能力,并且在一定程度上与作家共享某种文学传统。印刷文明极大丰富了人类的艺术资源,也使"文字统治"成为可能。

面对媒介革命,我们必须思考"文学性"如何重新定义?而思考的前提是必须跳出印刷文明的局限。数百年来,我们天经地义地以文学为中心制定艺术标准,习惯性地以"文学性"指代更广泛的"艺术性"。正如麦克卢汉所言,媒介作为一种环境往往是不被察觉的,就像鱼儿上了岸才会发现水。如今,古老的谣曲有了电子媒介这一新鲜的嘴唇,而"内容一经媒介即发生相应变化",这正是"媒介即讯息"这一论断的重要含义。或许我们只能以"精灵"这样的抽象意象来理解"文学性",它既不绑定于某种媒介，也不绑定于某种形式，更不绑定于某种标准。这并不是说人类在印刷文明时代形成的一切关于文学的标准和审美习惯都要被废弃，而是要如麦克卢汉所言引入"新的尺度"。必须把"新的尺度"带来的"感官比例和平衡"的变化引入对文化的判断标准之中。对于移动互联网时代文艺形态的想象，我们不能延续任何一种"网络移民"的路径，而是要考察网络新生——来自前文字时代的"文学性"必然穿越印刷时代，以"网络性"的形态重新生长出来。这就要求我们不能抱有任何既有的观念来界定、评价网络时代的文学，必须在纸媒文学体系外重建一套网络文学的评价标准和批评话语体系。

对于方兴未艾的网络文学而言，我们还不得不面对一个更加残酷的事实——网络文学尚未获得合法性就已经开始准备被边缘化。在网络时代，作为"文字的艺术"的文学将不再居于文艺的核心位置。鉴于互联网的媒介性质，未来的主导文艺形式很可能是电子游戏。根据媒介变革的理论，每一次媒介革命发生，旧媒介不是被替换了，而是被包容了，旧媒介成了新媒介的"内容"，如口头文学是文字文学的内容，纸媒文学是网络文学的内容，文学是影视的内容，而这一切都是电子游戏的内容。当电子游戏君临天下的那一天真正到来的时候，文学，即使是寄身于网络的文学，除了作为一种小众流行的高雅传统外，主要将以"游戏文本"的形态存在，其"文学性"必须在"新尺度"下重新建立。

伴随"文学性"变迁，"文学"研究者也必须重新自我定位。这不仅意味着研究范围的大幅度拓宽变化，研究方法的全面更新，同时也意味着研究态度发生根本性的变化——我们不再被要求保持中立的、客观的、专业的"学院派"超然态度，而是被召唤"深深地卷入"。因为，电子时代使人们的感官重新全面打开，这个时代最"受宠"的模式是感官的深度参与，"我们的时代渴望整体把握、移情作用和深度意识，这种渴望是电力技术自然而然的附属物","在电力时代,我们的中枢神经系统靠技术得到了延伸。它既使我们和全人类密切相关,又使全人类包容于我们身上。我们必然要深度参与自己每一个行动所产生的后果。我们再也不能扮演读书识字的西方人那种超然物外和脱离社会的角色了"。

或许历史的发展未必如麦克卢汉预计的那样乐观——人类打破印刷文明建构的"个人主义"、在"地球村"的愿景上重回彼此密切相关的"部落化"生活,但至少重新"圈子化"了。只有在"重新部落化"的意义上我们才能真正理解网络空间的"粉丝文化",生产者与消费者一体,创作者和分享者组成一个"情感共同体"。这就要求研究者如果不是"地球村"的"有机知识分子",至少得是某个"圈子"的"学者粉丝",不能进入"圈子"就不再具有"入场"资格。

今天,我们正处于媒介革命的"临界期",此时,我们因"震惊"而"麻木"是最正常不过的心理保护机制。但如果我们放任自己"麻木",就要面临崩溃。作为"人类精神的触须",文艺创造者和评论者应洞察时代的变迁,做出自己的选择——要么明知大势所趋而甘愿抱残守缺,以媒介的自觉者做文学艺术忠诚的守护人;要么与时俱进,戴着印刷文明的镣铐跌跌撞撞走进电子时代,为同代人触摸新的情感模式和认知模式。

(原载《文艺理论与批评》2014 年 5 期,此处有删节)

4. 建构良性网络文学批评论纲

孙书文

文艺与网络联姻,促进了网络文艺的蓬勃发展,改变了文艺创作的格局与体势,也激发了数量巨大、样式各异的网络文艺批评,对已有的文艺批评产生了极大的冲击,改变了先前的文艺批评的观念、对象、主体和标准。网络文艺批评风生水起、方兴未艾,但对网络文艺批评的研究尚存在许多不足,主要体现在:相关研究落后于网络文艺批评实践的进程,更落后于网络文艺实践的进程;对网络文艺批评的规律和特点的研究还须深化;网络文艺批评话语体系亟须建立,等等。研究者在 20 世纪末 21 世纪初注意到了网络文艺批评,欧阳友权、黄鸣奋等学者在其论著中就网络文艺批评的特征、优势、问题等进行论述。就总体来看,良性的网络文艺批评体系亟待建构。

一 互联网与文艺批评变革:网络文艺批评的本体理论建构

网络文艺批评可分为两大类:一种是从网络作为载体发挥着单纯传达作用的意义上来说,网络文艺批评是指网络上传播的在学术期刊上发表的文艺评论文章;另一种则是从发生学的意义上来说,文艺批评是在网络上产生、传播并产生一定影响力的文艺批评，在这类批评上面网络环境下文艺批评的特质的集中体现，也可称为狭义上的网络文艺批评。在这里所指的是狭义上的网络文艺批评。

就现状看，网络文艺批评呈现出以下几个方面的特征。

首先是实时在线与网络文艺批评的自发性。网络文艺批评是"在线性"的文艺批评，从十几年前的BBS留言板到现在的"弹幕"，外观呈现虽有所不同，但都突出了越来越强烈的在线性特征。实时在线触发了批评者的自觉，批评者自由、自然、潮流化地从事批评，使得网络文艺批评有鲜明的"自发的批评"的特征。

其次是即时对话与网络文艺批评的交互性。对话，是哲学中一个重要的范畴，是对人与世界交互性的阐述。网络文艺批评进展的全过程，贯穿着"对话"精神。网络文艺批评是批评者、创作者与众多的文艺接受者之间的对话。这种对话基于网民大众各不相同的特殊体验，各种体验如切如磋、如琢如磨，如没有边界的茶舍聚合、沙龙闲聊，有利于深化对文艺作品的分析。

再次是"微"理念与网络文艺批评的"轻逸"化。"微"是互联网空间中一种新兴的生活方式，蕴含着简化精致和个性的特征。网络文艺批评往往简短精练、三言两语，甚至凝缩为几个简单的表情符号。许多"轻逸"的网络文艺批评也能仅用寥寥数语便切中肯綮。

最后是感官盛宴与网络文艺批评的展示性。互联网极大开拓了网民的感官空间，网络空间所形成的拟态环境着力要给予接受者强烈的感官冲击。网络文艺批评重视接受者的感官体验，批评者对批评题目、语言形式甚至个人网名等方面的刺激性极为重视，格外追求"先声夺人"的出奇效果，使之成为批评者展示自我风采、赢得网络人气的利器。批评者追求率性表达，有时会故意彰显、夸张与传统文学批评、精英文学批评的断裂，张扬反叛性和非继承性。

二 文本与批评者的双向交流：网络文艺批评对象理论建构

在网络空间，文艺的批评对象发生了重大的变化，呈现出内容扩大化、位置边缘化的趋势。良性的网络文艺批评需要从更具时代性、开放性的角度来建构网络文艺批评的对象空间。

"没有重量的空间"与网络文艺批评对象的平等性建构。有学者将网络世界称为"没有重量的空间"，在网络空间中，奉行众生平等的法则，网络文艺作品呈现了丰富的多样性、多元性，层次性、等级性相应减弱。与此相应，网络文艺批评者对批评对象的选择，更多是基于个性的喜好与"同好"的圈子意识，文艺批评对象具有非经典化的特征，需要从宽容、平等的角度来建构网络文艺批评的对象空间。

批评者在批评实践中对文本的再建构、再创造。依接受美学的观点，文艺活动整体构成包含了创作者与批评者两个方面，批评者推动了文艺文本到文艺作品的转变，文艺作品历时性的丰富性、多样性得益于文艺批评。以自由、平等、对话为突出特征的互联网，凸显了文艺批评的双向建构特点，网络文艺的对象是批评者在批评实践中对文本的再建构物、再创造物，这其中包含着知、情、意、形象、意象、物象、想象、联想、思维等丰富的心理活动。网络文艺批评的对象，不是文本、创作者或世界几者中的哪一方，而是文艺作品在批评者视角中的主观化变形形态。

三 网络文艺批评主体理论建构

（一）批评主体身份的自由与网络文艺批评独立品格的建构。自由是人类社会生活中最富诱惑力的问题之一，虚拟的网络空间极大改变了人的自由空间以及对自由的观念，信息的选择接受更为自由，自由选择的个体欲望表达更为充分。自由也是网络所追求的重要目的之一，虽然说网络自由依然不可能人为地自由限制，并且不断出现异化现象，但网络技术在一定程度上保障了批评主体的身份自由。网络文艺批评没有专业的限制，突破了学科的疆域。网络文艺批评者用网名、昵称发表自己的观点，一串串妙笔生花的昵称完全成为一个个发言者的代名词，完全成了发言者的符号代码。这种自由身份，有利于批评者摘下面具、脱去伪装，张扬真切的艺术体验与审美感受，彰显批评者的独立品格。

（二）批评主体的非中心化与网络文艺批评主体的深度建构。网络文艺批评主体，对"经典"采取一种调侃和嘲讽的态度，对待神圣、主流采取有意、无意的不理会的态度。批评者按照自己的文化兴趣、审美趣味来对文艺作品、文艺现象做出自己的评价，凸显民间化、个人化的批评立场。兴趣具有强大的推动力，会强化批评者的敏感度与意志力，因而批评主体的非中心化，在一定程度上有益于加强网络批评的深刻性。

（三）批评主体的狂欢化言说与网络文艺批评主体的伦理建构。网络文艺批评者像戴着面具在大街上的舞者，尽情地释放着自己的激情，呈现出"众生喧哗"的场面。这种情形也造成了批评主体责任承担的缺失，文艺批评的社会责任被有意回避，甚至会无意中挑战社会伦理的底线。现代性意义的自由是权利与义务在社会交换意义上对等的自由，是卢梭意义上的相对自由。在网络空间中，后现代性意义上的自由，是个性的自由，是不可交换的自由，即伯伦和施特劳斯意义上的绝对自由。网络文艺批评主体的伦理建构，建立在两种自由的区分基础之上，在网络文艺批评领域形成现实世界的规则与虚拟世界的规则的转换机制。

四　网络文艺批评标准建构

（一）网络文艺的丰富性与网络文艺批评标准建构的复杂性。网络文艺在作品数量、艺术形态上都呈现出极端丰富性的特征，既有传统文艺形式在网络的平台上的数字化成长，如网络文学、网络音乐、网络影视、网络戏剧等，也有在网络平台基础上，在传统文艺世界中所没有的新的网络形态的衍生，如网络游戏、博客、微博等。文艺批评标准的建构与时代经济的状况、文化学术的历史演变息息相关，与时代关于社会的评价标准、人的评价标准具有深层的一致性。网络时代的复杂性，决定了网络文艺批评标准的建构是一个复杂的工程。

（二）基于快感基础上的审美体验与网络文艺批评的"真实性"建构。网络文艺最为常见的艺术承诺是为读者提供快感体验。快感既是人类生命活动的基本需求，也是人类从事创造性活动的基础。基于快感基础上的审美体验，是网络文艺的基础性特征。传统批评"真实性"标准，须加入快感审美体验的因素。

（三）类型化文艺创作与网络文艺批评的"独创性"建构。网络文艺具有类型化的面貌，但具有深远影响的网络文艺作品，无不具有鲜明的独创性。类型化并非创作的目的，培育、滋养想象力与创造性是文艺创作的重要诉求。在海量的网络文艺作品不断滋生的状况下，独创性比传统文艺批评具有更加重要的意义。

（四）突出的技术特性与网络文艺批评的技术美学标准。网络世界的数字化本质深刻地影响着人们对于电脑网络世界的接触方式和感知方式。网络文艺生长于网络空间之中，从表达方式、思维方式到哲学观念，都有着鲜明的技术性特征。网络是阻碍抑或助力了网络文艺的发展，理论界有着不同的认识，但毋庸置疑的是网络改变了文艺，正如著名传媒学家麦克卢汉曾经断言的"任何技术都逐渐创造出一种全新的人的环境"，网络文艺批评不能忽视、漠视这种技术性特征，须建构基于技术特征的审美标准。

五　网络文艺批评价值建构

（一）网络文艺批评发展与"接地""及物"批评的建构。当前的文艺批评遭遇到种种批评，"不接地""不及物"、不能揭示文艺作品的优劣、沉湎于理论的自物循环是其中一个重要方面。网络文艺批评直面作品，与文艺现实"短兵相接"，更加突出"批评"的特质。彰显这种特质，是建构良性网络文艺批评的应有之义。

（二）网络文艺批评与文艺批评引领公共话语功能的重建。文艺批评与社会现实有着密切的联动性，能产生巨大的思想和情感解放性力量，在引领社会思潮上具有优势。网络文艺批评立足于网络与中国当代新现实的结合，对当代社会问题与思想动向有着极强的敏感性，通过文艺作品分析，形成公共社会话题，积极发挥引领公共话语的作用。

（三）互联网时代文艺批评话语权的转移与大众话语权的激发。传统的文艺批评是一种精英意识批评，文艺批评话语的权力掌握在少数精英知识分子手中。网络技术为大众批评话语搭建了一个技术平台，文艺批评话语权力不再仅仅掌握在少数人手中，它变为了大众的一种话语权利。充分发挥网络文艺批评的大众化特征，可以极大地促进文艺的消费规模、提升消费层次。

（四）互联网时代丰富的批评样式与文艺批评语体的革新。网络文艺批评改变了学院批评所使用的标准化学术语体，激活了具有鲜活的生命质感的随笔式批评，具有中国传统特色的意象化批评、点评式批评等样式批评，也获得了"网络化生存"。培植、发扬这些批评文体，可以修正当下文艺批评可读性不强、形式呆板等弊端，实现文艺批评整体的改观和新的增长。

中国当代网络文艺发展速度惊人，数量巨大，艺术形态众多，受众面广。同时，社会各界对网络文艺这种新兴艺术形态的质疑也从未中断，涉及的内容包括：整体质量偏低，良莠不齐；过分类型化，同质化突出，创造性弱化；接受者与创作者关系错位，拼凑、抄袭现象严重等。在这一背景下，建构良性的网络文艺批评成为一个具有时代意义的话题。

（原载《百家评论》2016年第6期，此处有删节）

5. 网络文学对文学批评理论的挑战

刘俐俐　李玉平

网络文学对文学批评理论的挑战涉及了许多重要问题。

第一，虚拟空间与物理空间的关系及民族文化认同问题。从我们前面的考察可见，无论是海外华文文学，还是国内诸如榕树下之类的文学网站，确实存在文化认同和吸收后现代文化因素的事实。那么，在评价网络文学中抒发的情绪和感受的时候，我们自然会思考网络文学在全球化过程中与民族文化认同、与现代性的关系问题。民族文化所培植的文化认同能力在网络书写中以种种微妙、细腻的方式渗透在网络文学的文本中，认识到这一点，可以进一步确定我们建立网络文学批评原则与批评角度的必要性。

第二，网络文学与传统文学的关系与批评原则确定的问题。正如物理空间中存在的民族国家与网络的虚拟空间相关一样，网络文学与传统文学的关系也是一个值得思考的问题，因为网络文学与传统文学具有血肉相连的关系是客观事实。

首先，从网络作为传播媒介来看，网络所载的重要内容之一，是此前用传统方式书写的文学，并且已经历久而成为经典文学。这表明人们看到了网络具有的巨大的传播力量，从而将这些经典文学输入网络，使之在网络这个巨大而迅速的载体上被更多的读者阅读。

其次既然在同一种媒体中，网络原创文学就势必会在传统经典文学方面汲取资源。在网上进行文学书写的网民，必须具备初步的文学修养，所写的东西才能够让其他网络文学阅读者体验到文学趣味。任何一位网络文学写作者都不是白纸一张，而是在已经有了一定的文学阅读经历之后参与到网络原创文学中来的。

再次，从网络文学的创作、发表、接受的全过程来看，虽然没有传统刊物的审稿关卡、没有发表的限制，但是，传统文学的评奖征文大赛等运作方式也被网络文学所吸收。如前所述，榕树下网站已经有了《每周精选》，这意味着网络文学已经有了筛选、竞争的因素，而且近似于传统文学的选刊。而文学评奖更是传统文学的奖励、筛选机制。

最后，从网络文学的文本来看，传统文学的因素是怎样渗透和发生影响的呢？在对榕树下网站的考察中，可以做出如下概括：首先，是在词语和典故的运用方面。词语包括比喻的方式、句式的继承等，典故是传统文化的结晶，其中渗透了传统文化的底蕴；其次，是在情绪抒发和表达方式上，海外华文文学中的"怀旧"情绪就是中华民族文化中一种传统的情感，表达方式也有传统文化的痕迹；再次，传统文学的运作方式也渗透在网络文学中，在情绪的表达和情绪的意象方面，传统文学作为优秀的资源，往往是在互动中，以互文性的方式发生作用。已经有学者指出，网络华文文学的前景取决于以下几方面的关系：一是网络文学和传统文学的关系；二是大陆汉语网络文学和其他国家与地区的汉语网络文学之间的关系；三是全球范围内汉语和其他语种的网络文学之间的关系。当然，它不可避免地要受网络技术及其社会应用的影响。

第三，网络文学的批评标准与传统文学批评标准的同构问题。网络文学与传统文学具有密不可分的关联，还有一个理论上的支持。韦勒克和沃伦在《文学理论》一书提出了"文学作品的存在方式"的问题。他们先后排除了所谓的诗作为一种"人工制品"（artefact）具有像一件雕刻或一幅画一样的性质、文学作品的本质存在于讲述者或者诗歌读者发出的声音序列中、诗是作者的经验等观点，最后他们得出结论：文学作品是一个由几个层面构成的体系，每一个层面隐含了它自己所属的组合。当这样确定文学作品存在方式和本质的时候，那么，某部文学作品即便被烧毁，只要还有人能够背诵下来，它就依然存在着。

第四，超文本网络文学对既有文学理论和传统批评原则的挑战问题。

首先体现在非线性文本结构方面。传统文学文本（包括某些网络文学）呈现出一种线性结构，并以字、词、句、段、篇章、标题的形式固定下来，而且每一页都编了页码，其情节通常完整连贯。超文本文学超越了个别文本的局限，将众多文本通过关键词的链接互联为一个树状的网络系统，在这个系统中，不同的路径纵横交错，读者可自由选择路径进入文本。超文本文学将传统文学静态、封闭的线性结构转化为富有弹性的开放的网状非线性结构。非线性的书写系统代替传统的线性叙事，情节的原因和结果不再是严密的对应关系，文本内部结构松散，语意断裂，但又呈现相互关联和贯通的特征。对于超文本网络文学的批评必须由传统文学批评的逻辑学范式向现象学范式转变，充分凸显超文本网络文学的多元性、不确定性和未完成性。

其次，消弭了阅读（包括批评）与写作的界限。传统文学中的作者和读者（包括批评者）角色受到了挑战。在超文本文学中，读者成为集阅读（批评）与写作于一身的作者—读者（Author - reader）。罗森伯格

（Martin. E. Rosenberg）甚至将读者（reader）与作者（writer）两词斩头去尾后，合在一起生造了一个单词"wreader"来表示这种特殊的角色。首先，读者（包括批评者）可以直接参与超文本文学的创作活动，有限度地决定文本的结构和发展方向。作者只是为超文本文学的路径选择提供了多种可能性，具体选择何种路径，这完全取决于读者。因此，超文本所强调的是迥异于传统的文本观，即不存在本体意义上的原作，一切文本都依读者的活动而转移。同一超文本文学，在不同的读者那里会呈现出不同的结构和面貌。而且，读者还随时可以通过增添新文本（包括情节、人物、个人感想、文本评论、相关参考资料等）来创造新的路径，使之成为整个文本的一部分。再有，超文本文学真正实现了读者与作者的互动交流。传统文学读者和作者在时间和空间上相互分离，无法实现互动交流，超文本文学却可以通过网络实现一对一、一对多或者多对多等多种形式的作者与读者、读者与读者之间的共时交流。另外，作者还可以通过文本的点击率、读者在该文本所停留的时间等统计资料和读者对于其作品的评论，更全面地了解读者的反馈信息，更有效地实现与读者的互动交流。

最后是超媒体方面。超文本网络文学真正实现了不同艺术门类、传播媒体之间的跨媒体互文性。超文本文学打破了传统文学的体裁分类以及文学与非文学的界限，它将文学与图像、音乐、动画等进行连接，从而形成了诸种艺术门类的众声喧哗，产生了既是文学又不是文学的艺术形式。超文本文学的互文性不仅表现为文字文本与文字文本的互文，而且还表现为图文互文、视听互文。所谓"图"不仅包括二维的图像、图表，而且包括三维的视频和动画。超文本文学以视为主，但完全可以加入各种听觉成分。各种媒体的交叉互文使超文本文学营造出一个由三维图像构成的、具有高度沉浸感的虚拟现实。超文本文学的超媒体特性要求对其批评不能再局限于纯粹的文学批评，必须打破不同艺术门类间的壁垒，将文学批评与绘画、音乐、广播、影视、动画，甚至广告、时尚等艺术批评和大众文化研究有机地联系起来。

（原载《兰州大学学报》2004年第9期，此处选自该文第二部分）

6. 新媒体带给文艺评论的三大变化

黄鸣奋

新媒体至少从三个方面给文艺评论带来了巨大的变化。

一 评价标准的媒体性

新媒体带给文艺评论的第一个重要变化是凸显了评价标准的媒体性。对只习惯于用思想性和艺术性这两项标准来衡量作品的评论者来说，过去的做法只适应过去的时代，即媒体相对稳定，其作用往往被置于背景的时代，或者说媒体相对可控、其倾向相对可以预期的时代。新媒体在短短数十年间拓展了前所未有的诸多信息通道，造就了不计其数的自媒体，提供了艺术作品、艺术评论跨越不同平台迅速流动的可能性，促成了信息匮乏向信息过剩的转变，并且开拓了知识产权（IP）运作的巨大空间。在媒体系统变得日益复杂多样的情况下，一方面对所用媒体的选择拉长了菜单，另一方面利用媒体已经成为不二选择。复杂媒体系统的不确定性具体化为不可控性、不可测性、不可证性，既增加了文艺创作和评论的难度，又为发挥创造性留有余地。因此，媒体被置于前景，获得重视。所有这一切，都使得从事文艺评论的人不能不关注所评论的作品的媒体定位，也不能不关注自己为这些作品撰写的评论的媒体定位。

新媒体意味着和传统媒体不同的物理位置、心理位置和社会位置。它往往诉诸数字化、包交换，至少是由信息科技所支持，这是其独特的物理位置（赛博空间），网络评论也凭借上述物理位置而以跟帖、灌水、弹幕等形态繁荣起来。新媒体标榜自由、开放、互联网思维，这是其独特的心理定位。网络写手正凭借上述心理定位施展才华，网络推手也正凭借上述心理定位兴风作浪，网络监管同样基于上述前提来实施。新媒体创造并依托新阶层，其中最主要是创意阶层，这是其独特的社会位置。没有什么专家、权威或大师可以指望吃老本，如果他们的创意跟不上新媒体发展步伐的话；也没有什么草根、菜鸟或毛头不能受到尊重，如果他们的作品有魅力、评论有道理的话。

将媒体性作为文艺评论的重要标准，在实践中可以有许多不同做法。例如，将新媒体理解为传播平台，比较同一作品在不同媒体中被改编或戏仿而产生的变化，比较同一媒体因将先前不同来源的艺术作品或其片段汇集成超媒体而形成的新联系，比较不同媒体、不同作品通过IP彼此联系而形成的产业链等。又如，将新媒体理解为制作材料，致力于揭示特定艺术家、艺术作品在开拓艺术视野方面所做的贡献，尤其是在生态哲学指导下如何变废为宝，使被看成工业垃圾（包括这些年来数量俱增的电子垃圾）的那些存在物转化为艺术品而获得新生。再如，将新媒体理解为创造思路，深入探讨艺术家在把握和利用媒体特性方面所表现出来的技巧，一方面将人们熟悉的媒体陌生化而形成新感觉，另一方面将人们陌生的新媒体熟悉化而形成新隐喻。正是在诸如此类的评论当中，评论家作为文艺家和公众之间的中介发挥作用。

二　人机关系的交互性

新媒体带给文艺评论的第二个重要变化是突出人机关系的交互性。以往写评论，不论靠审美感觉，还是靠逻辑归纳，通常都不关机器什么事，虽然可能从审美现代性等角度对机器加以批判。新媒体引导、驱使或诱惑文艺评论工作者购买机器、使用机器，首先是计算机，还有各种嵌入式设备。如果想把握网络文艺的特色、了解网络作者的心态，就不能不自己上网、体验赛博生活。如果想写出让相信大数据的读者服气的文艺评论，就不能止步于个案分析、样本分析，也就不能不依赖于在线调查、软件统计。如果想不至于对与日新月异的信息科技一体化的数码作品说外行话，就不能不DIY，自己动手试试。在这个过程中，文艺评论工作者自觉或不自觉地在本行业建构起人机共同体，日甚一日地密切与信息科技、数码设备的联系，并和新媒体从业人员打交道。反过来，他们所进行的调查、所收集的数据、所发表的观点不断成为新媒体的信息资源，成为各种数据库和文化专有云的内容。

在这个过程中，人工智能研究的成果渐渐渗透到文艺评论领域。这种成果不只是体现为先后大出风头的高端计算机，而且见于离普通客户不那么遥远的智能网、智能手机和智能程序。虽然苹果手机的语音助手还只能听懂用户几句简单的话，谷歌翻译所提供的译文还不算流畅，但毕竟软件已经能够从既有文档提炼出像模像样的摘要，能够模拟后现代思想家写出逼真的论文，能够凭借对曲调和色彩模式特征的分析预测文艺作品的流行性，也能够依据已提供的信息写作新闻报道。人机交互的成果无疑有利于人类机器助手的成长，也有利于人类思考自身的应有定位。就拿文艺评论来说，哪些任务交给人工智能软件去做更合适，哪些任务还是必须由人来承担就是已经或正在提上议事日程的问题。也许，未来人们应当关注的是元创作、元作品、元评论，或者说是制造能够创作的机器、生产能够自我复制的作品、评价机器本身所进行的评论。

将交互性作为文艺评论的标准，实际上是重视媒体性的必然结果，应当注意新媒体的基本特性之一就是交互性。交互性既是作为传播平台的数字媒体区别于传统媒体的重要特征，也是作为制作材料来源的数据库区别于传统艺术资源的重要特征，同时还是作为创造思路的互联网思维区别于传统艺术取向的重要特征。从交互性切入，文艺评论有望揭示人机交互以及以其为中介的人际交互（如网络投票、在线排行榜等）如何影响创作者的心态，基于数据库的新媒体艺术如何通过各种匠心独运的界面展示自己的风采，新媒体用户又如何通过新媒体艺术精巧的设计而获得参与者（甚至是共同作者）的身份。在宏观意义上，是运营商为新媒体艺术的创作者与鉴赏者之间的交互搭建平台、提供服务，他们作为企业的逐利要求和作为把关人的社会使命之间的矛盾，也是围绕交互性展开的文艺评论的大课题。

三　信息交流的全球性

新媒体带给文艺评论的第三个重要变化是信息交流的全球性。互联网早就被认为是全球信息基础设施（GII）的雏形，移动互联网加上大数据和全息显示，更是数字地球的重要依托。与先前各种通信网络相比，互联网的独特之处在于屏蔽底层的区别，保证各种不同的网络可以在遵守TCP/IP协议的前提下接入主干网。这样，各国分头建设的网络就有了互联互通、共享资源的基本条件，这是传统的广播网、电视网所办不到的。由于网络建设的发展，经过数字化的各种艺术作品日渐汇集成可以共享的世界艺术宝库，通过各种自媒体得以发声的思想观点日渐呈现为不断变化的世界舆情，电子地图将这些对文艺评论来说至关重要的信息定位于具体地点，搜索引擎则为任何一个对文艺评论感兴趣的人提供进入艺术宝库、了解舆情的门户。在以计算机为龙头的信息革命爆发之前，由于媒体之间存在多种物理、心理、社会层面的屏障，整个信息世界主要是以"岛屿"式划分的形态存在的。如今，这些信息之岛正在聚合成为信息大陆，成为麦克卢汉所说的地球村的基点。

信息交流的全球性不仅意味着基础设施的互联互通，而且意味着各种意识形态（首先是价值观）、文化模式、利益诉求的碰撞、激发与融合。有句老话说："越是民族的就越是世界的。"如今，更恰切的表述或许是："越是为其他民族所认同的，就越是世界的。"我们不仅要致力于发掘本民族特有的文化传统、文化遗产，而且要致力于探讨人类命运共同体的文化内涵、文化价值，寻找沟通不同文化的"丝绸之路"。新媒体既为我们创造了共享海量信息、接触多元文化的条件，又对我们提出了慎思明辨、兼容并蓄的双重要求。就上述意义而言，作为范畴的"全球性"是媒体性、交互性的延伸。只有在充分发挥传统媒体和新媒体各自优势的基础上实现不同文化之间的平等交流，人类才能共同面对、恰当处理从资源短缺到恐怖主义威胁等全球性危机。

将全球性作为文艺评论的标准，是以肯定交互性的意义为前提的。即使在交通非常发达、人口流动极其便利的条件下，人们面对面交往的渠道仍然是有限的。与之相比，通过媒体（特别是新媒体）所进行的间接交互要便利得多。正因为如此，在全球性的竞争中，那些在媒体建设（特别是媒体科技开发）方面领先的国家，往往可以更主动地制造议题、安排议程、输出文化、引领风尚。就此而言，推崇与媒体科技共生的新媒体艺术，因而将其他形态的艺术视为"传统艺术"或"旧媒体艺术"（虽然未必明言），使得那些媒体强国似乎顺理成章地占领制高点，将科技优势通过艺术产品在文化领域变现，并为自己所奉行的文化观念背书。

实际上，艺术价值和科技含量并不是可以画等号的两个概念。虽然传统艺术在科技含量上不如新媒体艺术，但它们的历史贡献和现实价值都是不可替代的。不仅如此，传统艺术中某些富有人文底蕴的经典业已受到时间的检验，在新媒体语境中作为激发灵感的触媒、调整音符的律尺起作用，甚至可以充当缓解因科技日新月异而引发的普遍焦虑的良药。就此而言，全球性不是大一统，而是集合了由多元文化构成的人类命运小生境。以其为标准进行文艺评论，必须要注意到这些小生境和大背景之间的关系。

从媒体性、交互性到全球性，是新媒体致力推动的潮流。不过，由此而衍生的每个范畴或命题，几乎都有对立面存在。如果将媒体性作为艺术的旗帜来挥舞的话，那么，人类的主体性该如何定位？如果将交互性作为新媒体艺术的特征的话，那么，主体的自主性又该如何定位？如果将全球性作为新媒体艺术发展的旨归，那么，本土性该如何定位？既然把媒体性、交互性、全球性当成文艺评论的标准，就有可能存在将反媒体性、反交互性、反全球性奉为圭臬的文艺评论。如果我们想到老子所说的"大音希声"，想到佛教所说的"拈花微笑"，便不难发现反媒体性的渊源；如果我们想到老子所说的"致虚极，守静笃"，想到古代典籍中常见的明镜止水之喻，便不难想到反交互性可能也有一定道理；如果我们想到陶渊明笔下桃花源生活的美好之处，想到科幻电视剧《星际迷航 9·造反》（Star Trek Insurrection），便不难推测反全球性事出有因。在万物皆为中介的意义上，媒体性和反媒体性是统一的。媒体性和反媒体性的矛盾本质上是人自身所包含能动性和受动性的矛盾。这种矛盾在新媒体时代发展成为"一网打尽天下"和"作茧自缚"的对立取向。在"静故了群动，空故纳万境"的意义上，交互性和反交互性是统一的。我们因与其他人的交互才形成了自我意识，因与机器的交互才形成了新媒体时代的电子人意识。人正是通过选择交互对象、交互时机、交互方式、交互内容、交互手段、交互目标等要素来显示自己的本质力量,上网或断网都只是某种选择。我们只有一个地球,因此全球性与反全球性是统一的。实际上,反全球化运动是针对西方主导的全球化本身所暴露出来的贫富悬殊、生态破坏等弊端而兴起的。由于受到广泛关注,这个运动本身也成为某种全球化。

(原载《艺术广角》2016年第4期,此处有删节)

7. 推进网络文艺批评理论建设

单小曦

蓬勃发展的网络文艺不仅对网络文艺批评实践提出了现实要求，而且也要求学术界及时推进网络文艺批评理论研究。网络文艺批评在批评的性质、对象、主体、方法、标准等方面都具有自己的特殊性。

20世纪中叶之前，西方文艺批评史上出现了四大批评形态或类型，即倾向于表现作品和外在世界之间关系的"模仿"说、表现作品和欣赏者之间关系的"实用说"、表现作品和艺术家之间关系的"表现说"、表现作品本身的"客观说"。

笔者所致力的媒介文艺学研究认为，四大批评类型忽略了文艺活动中媒介要素的存在，特别是数字媒介时代，网络媒介的强势介入使文艺活动中其他要素及其关系发生了根本性改变，催生出了网络文艺新形式。如果考虑到媒介要素的存在，批评家就有可能倾向于从作品（更确切地说是文本）和媒介的关系角度进行批评实践，从而形成不同于以往四大批评类型的新批评形态或批评范式。倾向于文本和网络媒介关系的新批评范式就是新媒介文艺批评，或者直接可将其称为网络文艺批评。

当然，由于网络媒介是对其他要素进行整合的综合性要素，网络文艺批评也超出了倾向于作品和一个要素关系的逻辑,而是走向了以网络为媒介场、各个要素即时互动的文艺活动整体。

一 复合立体的文艺实践

一般而言,人们会在传统"文艺"即"文学"加"艺术"的意义上理解网络文艺。这样,网络文艺就成了"网络文学"和"网络艺术"的合称,网络文艺批评的对象就是"网络文学"加"网络艺术"。而事实上,网络文艺的现实发展一定程度上打破了传统的文学和其他艺术形式得以确立的作品、符号、门类的边界。

首先,网络文艺的现实存在形态不再呈现为严格意义上的"作品",而成了真正的"文本"。"作品"指的是有边界的、有独立区分性的、完成了的物化产品,这是书写印刷文化时代载体媒介的固态化、条块分割性造成的现实结果。与"作品"相比,"文本"突出的是编织性,它并无边界,是彼此交错、连绵不断、生成中的符号联合体。问题是,这样的符号联合体,在印刷环境中只能停留在概念层面。由于网络媒介的溶质性、超链接性、生成性,使符号单元或"文本块"之间可以实现真正的互文交织,可以使每一个文本块中都有通向另一文本块的节点,一种互文性、跨符号的文本形态真正地变成了现实。正因如此,"网络文学"文本在实体书出版后就不再属于网络文艺范畴了。

其次,网络文艺已经打破了文字符号和其他艺术符号各自为政、少有染指的状态,传统意义上的"语言艺术"和"非语言艺术"很难再有清晰的界限,更多地形成了文字、图像、声音等多种符号相复合的复合符号文本。

最后,在艺术门类的划分上,今天的网络文艺既不属于传统意义上文学、艺术中的任何一种,也不是文学和各种其他艺术形式的简单相加,而是属于它们的"间性"艺类，是传统意义上的文学和美术、摄影、电影、电视剧、动漫、游戏等形式在赛博空间中的交合，形成的是文、艺、技渗透交融的新形态。在这个意义上，可以把按印刷时代惯例创作并在网络上传播的文学作品交给传统文学批评，把按播放型制作程序制作并放到网上播放的摄影、影视、动漫等作品交给传统的相应门类艺术批评。而上述只存在于赛博空间中的复合符号、跨传统意义上的文学和其他艺类、具有"间性"特点的文艺文本以及以此文本为中心的文艺活动，才是网络文艺批评的对象。

二 合作开放的联合批评

进入数字新媒介时代，面对网络文艺，各种个体化主体的批评活动都遭遇了困境。当代学者批评家是具有专业素养和专业批评知识的主体，但他们的专业素养和知识来自印刷文化时代，在批评实践中往往以印刷文化时代建构起来的文艺观念、思维方式、理论模式和批评方法套用于新生的网络文艺现象，难免出现错位操作，无异于隔靴搔痒。有些专业批评家已经有了转型意识，开始走进网络文艺现场，怎奈网络文艺文本浩如烟海，立足于已经习惯的传统精英式、个体化、文本解读方式，很多时候无法实施有效批评。

在网上，存在数量庞大的"网民批评"现象，网民不受传统理论观念的束缚，所发评论更贴近网络文艺本身。但除了一些优质批评言论外，更多的批评帖子感性有余而理性不足，形式上也体现出随意性、偶感式等特点。网文作者批评最为可取之处是能从切身创作体会出发，现身说法，为新学者提供生产经验。不过他们批评言论的出发点具有较强的功利性，即他们与网民交流的主要目的之一是了解接受者需要，并随时转换写作策略和方向。网文作者批评话语本身也还停留于创作谈的层次，还不能形成具有反思性、学理性和一定高度的批评话语。此外，网编批评的长处是熟悉网文市场需求，并能在作者和接受者之间找到平衡点，但他们的批评过于重视技术操作，而缺乏批评深度和学理性。

总之，今天网络文艺批评领域如上四种主体的个体化批评都各有优长，也都存在着一定的问题，单独的各类个体化批评很难取得应有的成就。要对今天的网络文艺形成切实有效批评，需要建构学者、作者、编者、接受者联合式批评主体。联合式批评主体已经超出了传统印刷文化中那种以个体为单位的自律性的孤立、封闭、凝固主体模式，网络文化使原来的现代性孤立、封闭、凝固的个体走向合作、开放、流动，为数字交互性的新型联合式主体的形成提供了可能。

20世纪以来的文艺批评方法异彩纷呈，不一而足，作为后起的网络文艺批评，这些批评方法都可以采用。不过，这些批评方法还是基础层面的，或者说是个体批评主体行为阶段主要采用的。网络文艺批评特殊性之一在于存在个体批评行为，更须联合主体行为。联合主体批评活动要求在批评方法上采用合作式批评方法，具体操作中，它需要各方个体主体确定位置，明确分工，建立合作性话语生产机制。受众粉丝从接受需要出发，在低层的接受一端进行初步的批评话语生产；创作者从创作表达出发，在低层的创作一端进行另一种初步的批评话语生产；编者处于批评结构体中间层，利用沟通作者和读者的中介优势，对读者批评话语、作者批评话语进行翻译、加工、整理，形成初级批评话语体系；学者利用所掌握的理论和批判思维、逻辑思维优势，对编者提供的初级批评话语做进一步加工、提升、定型，最后形成成熟的网络文学批评话语体系。

不同的文艺批评范式会使用不同的批评标准。与传统批评范式相比，网络文艺批评首先需要从网络媒介与文本的关系着眼，延伸至网络空间中的文艺活动整体。

三　丰富多维的批评标准

网络文艺批评标准至少包括如下几个具体方面。

一是网络生成性标准。网络文艺之所以为网络文艺，首先是网络媒介被引入文艺活动后，创生出了不同于以往的文艺特色。因此，网络文艺活动的各个环节中对数字化网络生产和审美潜能开发的程度，就构成了网络文艺批评的首要标准。

二是跨媒介和跨艺类标准。与传统文学、艺术相比，网络文艺的特色之一是去边界、去阻隔、跨符号、跨艺类，今天的某些"网络文学"正是以文字与图像、声音多种符号的复合性跨界到影视、动漫、游戏领域，彰显出不同于传统文学的特性，跨媒介和跨艺类程度因此就成为一个评价标准。

三是虚拟世界的开拓标准。在文本与世界的关系上，网络文艺的重要价值不表现为如何真实地反映现实世界，而表现在对可能世界的开拓上，这个可能世界是在网络虚拟空间和文学想象空间交相辉映中产生的。虚拟世界的开拓程度自然成了一个评价标准。

四是主体间合作生产标准。网络媒介为文艺生产者和接受者（实质为合作生产者）开辟出了充分的互动合作生产条件，往往表现为创作者设置基本艺术构架，接受者或者表达意见参与具体设置，或者与创作者设置的文本框架交互生产，形成新文本，然后再进入欣赏状态。在具体批评中，需要把合作生产性作为一个重要衡量尺度。

（原载《中国社会科学报》2017 年 3 月 20 日）

8. 网络文学批评的现状与问题

周志雄

网络媒体日益强大的覆盖能力已日渐为众多的文学批评者所认同，关注和利用网络媒体的文学批评家越来越多。但从目前来看，网络上的原创文学批评与文学期刊上的文学批评仍然有较大的距离，前者总体上并没有达到后者的理论深度和专业水平。然而，网络文学批评是有价值的，在文学日渐边缘化的时代，在文学批评的社会影响力日渐减弱的今天，网络文学批评以其鲜活的时代现场感、真切的自我参与感、普泛的民间性获得了生机，成为当代文学批评的一种补充。网络文学批评的现状是庞大而芜杂的，也是有待生长并不断生长的。

网络文学批评形式灵活，或三两句话的即兴评点，或洋洋洒洒数千言的论证分析，或在别人的意见后跟帖，或在论坛、博客上独抒己见，没有篇幅限制，也没有固定的模式套路，也可以是文字板块，或是视频短片。借助视频文件的访谈录可以将作者的音容笑貌留在读者的心中，让读者近距离感知作家的人格个性。一些优秀的网络"恶搞"的短片以一种戏谑的形式对当代文学、文化进行批评，以其民间立场挑战权威，往往给读者留下了深刻的印象，是另一种形式的文学批评。

网络文学批评文章具有匿名性，批评者对作家、作品的评价可以畅所欲言，不用顾忌其他，真正有好说好、有坏说坏。但同时也带来了一些负面效应，诚如南帆所言："这里的发言可以不必署名，也没有守门员限制某些观点的发表。可以一拥而上，也可以一哄而散。人人都可以充当作者，可以随心所欲地指点江山，也可以说完就走，不再为自己的观点负责。"① 网络文学批评大多是点评式的批评，往往随感而发，快捷、直接、痛快，不拐弯抹角、不拖泥带水、不引经据典，评论者往往能随性成文，溅出天才般的火花，这种批评方式与中国古代评点式批评是极为相似的，如钟嵘品诗、金圣叹批六大才子书、脂砚斋评《红楼梦》、张竹坡评点《金瓶梅》，都是点评式批评。有研究者因此将网络文学批评称为"神韵批评的复活"。

网络文学批评往往有很真切的个人性情和才情，属于一种感悟性的人生阅读评论，如冰吻落花对安妮宝贝的评论："安妮宝贝的书给我最明显的感觉就是颓败，失落，茫然，又义无反顾地向前飘零。人们在渴望一份长久的感情，但没有任何一种感情叫他们停下彷徨的脚步。他们经过一些人，偶尔停驻下来观望，而后失望地离去，心隐隐地作痛。放肆地喝着酒，忧愁地吸着烟，貌似的潇洒，实在的无奈。"这段文字谈论的是读安妮宝贝的感觉，也抓住了作品的主要特点，有点直指灵魂的意味。这类批评不会失去其价值，它能保持批评者鲜活的阅读感觉和心灵过程的愉悦。

网络文学批评是快捷的互动性批评，批评能及时地形成作者和读者、读者和读者之间的互动，起到激励作者创作的作用。当记者问到上网写作是否激发了个人的创作欲望的时候，安妮宝贝的回答是"如果默默无闻地写下去，很快就会放弃的"。李寻欢谈到有人跟帖后的感觉是："由于是发

---

① 南帆等：《网络时代的文学批评与人文学术》，《上海文学》2003年第1期。

在网络上，发出的当天就有人叫好，希望第二天可以看见其他新的内容，这种感觉督促着我连续十天处在一种非常亢奋的创作状态里。"① 邢育森对读者的鼓励反应是："北邮一批绝对热心的读者在不断地给予我们鼓励和赞扬，使我们从稚嫩走向成熟，从盲目走向自觉，所以我说，是北邮的BBS造就了我。"② 写作者和网友评论者的互动甚至形成了《风中玫瑰》这样的BBS小说。

网络作为一种新兴媒体，其影响越来越大，网络文学批评对文学的宣传与推动作用是巨大的。在广大网友读者的推介下，形成了阅读市场的风向标，自蔡智恒的小说《第一次的亲密接触》从网上卖到网下，网络就成为图书市场的后备基地。书商们在文学批评家缺席的情况下，将网友读者的评论文字附着在作品后面，或印在作品的封底上，一样起到吸引读者的作用。

从来源上说，网络上的文学批评是包罗性的批评文库，既有普通网友的批评文字，也有专家学者的批评文章，大量的文学期刊上首发的评论文章在网上被人转帖，如故乡网"评论"栏目分"大众评论""读书偶得""乱弹琵琶""影视评论"等。"大众评论"栏目从2001年3月到2007年3月积攒了上千篇评论文章，将吴义勤、张闳、陆贵山、施战军、葛红兵、谢有顺、刘烨园等人的文章在其中刊出。2008年7月，林建法任主编的当代中国文学网开网，依托杂志《当代作家评论》的人脉资源、文献资源，构建了将当代著名作家、批评家的文章推向读者的窗口。当代中国文学网的办网方针非常明确，就是将期刊上的内容及其与期刊有着紧密联系的批评家、作家的文章按照相应的栏目进行编排，使之成为典型的文学期刊借助网络扩大影响的网站，目前没有开通网上论

---

① 张英：《网上寻欢》，时代文艺出版社2002年版，第47页。
② 同上书，第61页。

坛，大批量的高水平文学批评文章的免费在线阅读，当然也有助于提升网络文学批评的层次。

网络文学批评的主要不足在于：网络上的自由导致一些批评文章情绪化过重，酷评盛行，为了引人注意而有意哗众取宠、夸大其词，不深入思考、辨析，凭着一时的印象率性而谈，虽未必没有闪光的见地，但终究是零碎的、随机的、不成系统的，常常有失文学批评的公正性。如他爱在天涯论坛上发表《十美女作家批判书》，2005年成功被华龄出版社出版，出版之后又在新浪网上连载。针对他爱的评论文字，评论家白烨认为："它不是专业的文学评论，应该属于酷评的范畴，情绪宣泄的成分比较多，说出了一些专业评论家想说却不便说、不屑说的话，但它的致命缺点在于没有将被批评者的作品与作者区分开来，在批评文本的时候却不慎对作者造成了话语攻击。"①

网络文学批评是一种随笔体的批评，批评者往往随性而谈，他们的艺术感悟敏锐，语言富有个性，对文本的阅读、理解往往有新奇的角度，给人耳目一新之感。这些批评文章的不足在于往往缺乏对文本的深入细致地分析，没有全面考辨研究对象，所谈及的往往是自己的阅读感受，或者由文本所触及的自己所感兴趣的一个问题，由此发散开去抒情或阐释自己的"思想"，造成与所评论文本的背离。

网络文学批评的另一不足是，网友读者往往追风逐浪，将一些事情炒得热闹无比。比如王朔批评金庸、鲁迅的文章，引起了网友读者的强烈反击。"80后"作家韩寒与评论家白烨的论争，河南省作家协会副主席郑彦英与韩寒的对阵也让众多的网上"韩粉"大大地兴奋了一把。在这些热炒的跟风网文中，虽不乏真知灼见，但更多的是起哄、谩骂，而

---

① 卜昌伟：《〈十美女作家批判书〉炮轰当红女作家》，《京华时报》2005年4月26日。

较少有学理性的讨论和对问题的深入探究。拿韩寒与白烨的争论来说，白烨感到了不适应，最终关掉了自己的博客。白烨说："他（韩寒）写了一篇短文，进行脏话连篇的谩骂式的批评。因为一上来就是这种非理性又非善意的辱骂，使得没有办法进行正常对话。于是，我只好关闭博客。因此，这样一个'遭遇战'，随之就变成了'口水战'，并没有真正争论起来。"①

网络文学批评是真正的平民与专家学者共舞的舞台，在目前的评审体制下，网络上发表文学批评不能获得稿酬，专家学者在网上发表文章还不算是正式发表的科研成果，是不能被量化的。因而对于众多的批评家来说，网上出现的他们的文章一般都是被转帖上去的，是传统媒体上发表的文章再次上网。而对于众多的平民读者而言，发表批评文字，只因为喜欢，只因为心中有话要说，在网上没有权威，没有不变的标准，没有编辑的审核，求得一吐而后快是众多网络文学批评写作者的真实心态。在此情景下，网络文学批评永远是大众读者占主体的批评。法国批评家阿尔贝·蒂博代在《六说文学批评》中将批评分为"自发的批评""职业的批评"和"大师的批评"，互联网上的批评文字永远是以"自发的批评"占主导地位的。

当代文学批评是披沙拣金的工作，正因为有了文学批评的存在，众多的优秀作品才被人发掘，才能慢慢经典化为能传承下去的作品。正是大量网络读者的热心评论，使少量优秀网络作品从网络文学的海洋中浮出水面，这是网络文学批评的功劳。网络上培育了蔡智恒、宁肯、今何在、慕容雪村、安妮宝贝、蔡骏、明晓溪、当年明月等网络文学作者，形成了历史、都市、言情、校园、奇幻、武侠、盗墓、悬疑等通俗文学

---

① 白烨：《遭遇"媒体时代"——三谈"新世纪文学"》，《文艺争鸣》2007年第2期。

题材的大爆炸。

网络文学批评是一个有待发展的广阔空间。就目前来说，当代文坛活跃的文学批评家基本上是20世纪六七十年代出生的，而网络文学的作者大多是"70后""80后"，他们的作品基本没有进入批评家的视野。这一批作者是看着动画片长大的，他们除了受中国现当代文学的影响，其文学资源更多地来自中国传统通俗文学、台港通俗文学和外来的恐怖、悬疑、科幻文学。要对他们的作品做出深度的阐释，必然要求批评者对他们的阅读有深入的了解，而目前活跃在文坛中的批评家们的主要精力在于对文坛的一线作家进行评论，他们对网络文学没有评论的兴趣，也缺乏深入的了解，网络文学作品的评论工作只能由众多的无名网友来完成。在网络文学日渐成熟的现实面前，我们期待有更多的优秀批评家参与到网络文学的批评中来。目前网络文学批评主体的整体文学素质是参差不齐的，批评终归是一项职业化的工作，与网络文学的繁荣景象相比，网络文学批评总是滞后的，甚至是缺席的，更多地停留在网友读者的"好""不好"或"支持""不支持"的评论中。

如同上文所述，网络媒体的强大还在于它的强大包容性。它可以将全部的学术期刊文章、学术著作、文学作品、报刊文章、访谈视频、普通读者的评论通过链接汇聚在一起，通过搜索引擎让搜集变得简单而快捷。不管是文学批评家，还是普通的读者，可以在网上轻易获得大量相关主题的文学批评文章，这对于扩大文学批评的影响无疑是有积极作用的。由于网络上信息的芜杂和良莠不齐，批评家的声音因此显得尤为重要。

经过十多年的发展，网络文学的整体水平已大大提高，一大批有才华的作者经过网络的历练成为有影响的网络文学作家，但目前批评界有鄙薄网络文学的倾向。如首都师范大学的陶东风教授批评玄幻小说"装神弄鬼"，姑且不论玄幻小说作为一种通俗题材出现的价值，陶东风的评判是否合理，但其出发点是批判性的、而非建设性的。对于发展中的网络文学来说，当然需要批评，但更需要的是认真细致的阅读评论、全面而恳切的评价以及真诚而细心的呵护。

（原载《山东师范大学学报》2010年第2期）

9. 网络文学批评的价值和局限

欧阳友权　吴英文

这里所说的网络文学批评，有别于传统媒体对网络文学的批评或评价，是指在网上由网友就网络文学作品或网络文学现象所做的随机性、感悟式、点评式的批评和议论。这些批评和议论是网络写手与网民之间进行的实时互动交流，具有一定的即时性和时效性；批评的标准也不是基于经典文学评价约定俗成的统一规范，而是带有一定的个人随意性与情绪性。网民可同时以作者、读者和批评者的多重身份参与到网络批评，就各自感兴趣的作品或话题发帖、跟帖、灌水或拍砖，甚或进行"酷评""恶搞"，形式自由活泼，表意直言不讳。在文学网站、BBS、社区论坛、贴吧、QQ空间、博客及微博客等多元化的网络媒体世界里，只要有网络文学存在，就会有网络文学批评的踪影。

一　网络文学批评的价值

（一）言者立场：以真话对抗虚假

网络批评是最具主体性的文学批评，其魅力之处在于消除了言说者的社会面具和人际焦虑，能够以独立的身份和自由的立场表达"真我"心态，从而以真话对抗虚假，规避传统文学批评难以避免的人情批评和面子批评。在网上批评者可以隐匿自己的身份，抛开社会角色定位的约束，"隐身"在广袤无边的网络世界里冲浪，获得一种现实中无法实现的自主性和自由感。此时的批评没有了编辑审查的约束、稿酬版税的焦虑和批评之外功名利益的考量，在无约束、无压力、无功利的"三无"状态下激发起敢说真话的勇气，获得"我口表我心"的畅快。较之于传统批评，网络文学批评由于祛除了各种外在因素的影响，能更加贴近主体内心的真情实感，这是对传统文学批评中对广为人所诟病的"面具批评"的一种有效矫治。

（二）话语表达：用犀利替代陈腐

网络"赛博空间"是一个平等、兼容、自由、开放的虚拟民间场所，其话语表达讲究"惟陈言之务去"，清新而犀利，注重生活化、口语化，用词简短朴素，表意一语中的，或口无遮拦、不加掩饰，或寓庄于谐、灵巧犀利，相对于传统的文学批评，多了一些灵动和随意，少了一些老套与陈腐，能给批评带来一股清新之风。"在场式"批评消解了绵密的思维过程，往往直奔主题、直陈要害，乃至直指软肋，一般不会温文尔雅、顾及情面，更不会故弄玄虚、玩弄文字游戏。与传统文学批评相比，网络批评少了些臃肿的修辞、艰涩的阐释和抽象的玄思，也不大注意措辞的精当和表意的委婉，传统文学批评中常见的引经据典、旁征博引的"掉书袋"习惯和矫揉造作的文风，在这里没有市场。

（三）批评方式：互动语境的间性对话

蛛网覆盖的网络文学批评终止了传统批评认同过去的时间美学，开辟出在线空间的互动式批评，在结束批评家单向度私密品评模式的同时，开创了大众参与、交互共享的思维空间。网络文学的在线性决定了网络批评只"活"在网上，是网络文学作者、读者身份交融之后批评主体之间脉理交织的多向度交流。

在网络语境中，批评过程呈现出明显的动态间性。一方面，由传统批评家充当的"批评中介"被消除了，批评从被动接受到亲身参与，作者和读者之间得以直接对话，距离拉近了，交流更为频繁，更为普遍；另一方面，一个"潜在的批评者"出现了，也就是说，作者的写作需要时刻考虑到网友的存在，以便根据他们的审美需求调整创作；读者的批评也要考虑到"他者"的存在，并不断通过交流更新观念和看法，使自己的欣赏、批评可以成为互动过程的一个有效构成部分。在网络文学批评中，网民"第一时间"读到作品，充当了文学作品的直接"把关人"，他所得到的审美感受也是未受他者干扰的"第一性"的自我体悟，由此也能更真实地体察到写手的审美诉求，这在传统批评全景式批评中是难以实现的。这种交互语境的间性批评方式，很好地弥合了作者和读者之间的审美距离，真正实现了接受美学家们提出的"从受众出发，从接受出发"的文学旨趣。

二　网络文学批评的局限

首先，即兴式点评可能弱化思考的深邃性。常见的网络文学批评，主要是直观感知和灵机参悟的即兴点评，这是一种感悟式的批评方式。网友把自己的阅读感受用简短的话语即兴发表在留言板中，类似于传统的神韵批评，是他内心欣然自得的涌现，表达上有如"智慧体操"，动作轻巧而灵动。不过，这种"碎片化"的写作方式和"平面化"的表达欲求，与思想严整、逻辑缜密的理论批评相比，显然缺少了思考的深度和广度。

正因为是即兴的，又是即时的，网络批评往往不做细致的思忖，只求一时宣泄的快感，传达的是自得其乐的阅读意趣，有的评点只是借助批评对象来吸引眼球的"灌水帖""标题党"。这类评点有的还未来得及把作品内容看个究竟，就急忙下帖占位，"抢沙发"（第一个跟帖者）、"争板凳"（第二个跟帖者），为的是引起他人注意，获得一种参与式的满足。由于习惯于即兴式的评点，网友们大多厌倦抽象的理论和逻辑论证，偶尔有此类帖子出现，也会被视为假装深沉而遭群攻，讥为另类。这样的批评立场和由之形成的短、平、快抒写特征，自然谈不上对作品思想和艺术手法等进行深入的探究，结果便是批评的平面化、随意化，从而弱化思考的深邃性，传统批评中的"灵魂探险"在此演绎成了蜻蜓点水式的即兴快意。

其次，网络表达的趣味式言说消解了批评的学理性。网络文学批评区别于传统批评的一个鲜明特征是其趣味性，一方面，它把严肃的批评行为变得生动活泼，把庄重思辨变成灵活出击，往往能够从某个新颖的角度发常人意想不到之论，使人在轻松诙谐，忍俊不禁中获得快意和情趣；另一方面，网络批评的这一特点又在一定程度上削减了批评的话语深度，绕开了文学研究历史性和社会性的理论担当，因为轻飘飘的趣味表达可能削弱批评的学理性和深刻性。

趣味式批评的兴起拒绝了庄重思辨、逻辑严密的理论说教，使文学批评降低了难度，也降低了门槛，容易唤起大众参与热情，对革新文学批评的言语方式和思维方式具有积极意义。但同时却又因为太过追求批评的趣味性，使批评的视野变得狭窄，批评的内涵变得肤浅，而批评一旦出现理论的缺失，就会如法国批评家阿贝尔·蒂博代所说的"难以为文学历史提供自己应有的贡献和成果"。

最后，恶搞式批评存在"舆论暴力"和价值偏误现象。恶搞式批评通过颠倒、逆向、贬低、嘲弄、戏仿、拼粘等手法，以一些已被大众公认的文化经典、知名人物和事件为对象，对它们进行意义上的解构、重组、抽换，创造出与原始文本迥然不同的新文本。为了尽可能博得大众的笑声，恶搞制造者们绞尽脑汁,加入了许多幽默搞笑的元素,甚至不惜以违反常理的荒谬言行作为噱头。这些形式独特的作品每每出现,都会受到网民们的疯狂热捧。如拼接影视作品《一个馒头引发的血案》,解构红色经典《闪闪的红星之潘冬子参赛记》,戏仿重大事件《春运帝国》,颠覆英雄人物《1962:雷锋 vs. 玛丽莲·梦露——螺丝钉的花样年华》,篡改唱词《吉祥三宝之小偷版》等。在声势浩大的文化狂欢浪潮中,文学恶搞也显示出强大的语言批评优势,《大话西游》《大话红楼》《水煮三国》、白话《出师表》《多收了三五斗之 CCIE 版》《Q 版语文》系列等经典著作名篇的网络搞笑版纷纷出炉,与其他类型的艺术行为恶搞共同形成了规模盛大的网络批评现象。

作为一种时尚化的文化批评方式,恶搞式批评的立足点在于"渎圣思维""脱冕叙事"和"平庸崇拜"。它以颠覆神圣、讥嘲崇高来实现后现代性的反中心论、反权威性、反整一性和反传统。恶搞挑战的是传统的批评标准和言说方式,形式多样、内容离奇,有的是为了颠覆经典,消解文化上的等级权威;有的想借恶搞经典名著来展现自己的才智,引起他人注意,获得某种自我满足;有的则是为了缓解长期以来对经典文化的审美疲劳,改用审丑的方式来刺激和调节大众的审美神经;有的则纯粹为了排遣无聊,宣泄情感,以"无厘头"的轻松方式表达对某些现实现象的认同或不满。这种批评因其言说方式和思想表达符合大众化草根性口味,往往能引起网民的共鸣甚至蜂拥,形成"一呼千百应"的舆论局面。睿智适度的恶搞,可以活跃批评氛围,激发网民的创造思维和参与意识,有的还能起到对现实不良现象的批判、反讽和舆论监督的作用。从这个角度说,恶搞类似于日常生活中的"恶作剧",可以一笑了之。但如果超越了一定的"度",超越了道德底线和社会良知,就会把恶搞变成"恶俗",甚或"恶劣"行为,形成"舆论暴力"和价值偏误,出现目空一切,行无忌惮,为

图一时之快,拿别人隐私开涮,损害他者权益等不良现象,将把原本属于另类艺术行为的恶搞批评弄成了赤裸裸的"舆论暴力"。这种现象是应该加以遏止并被正确引导的。

三 网络文学批评的悖论追问

追问一:平民化开放空间的评价标准何在?

网络文学批评面对的平民化开放空间,赋予批评者以身份的自由、言论的自由和发表的自由,从此让批评摆脱了过去那种"千人一面、千部一腔"的状况,有了选择"说什么"和"怎么说"的话语权,赋予批评以鲜明的个性特征。但是,这个平民化的开放平台又给评价标准的选择、甄别和价值评估增加了难度。在"数字化生存"已经成为生存方式的今天,网络给文学带来了两种明显改变:一是阅读方式由"读书"转向"读屏"。读者可以根据兴趣选择同时打开多个文本,或借助超文本链接交叉进入文本,不像书面的线性阅读那样亦步亦趋地依据语言符号去实施再造性想象。这使得读者在衡量网络文学的价值时很少再进行有意义的探究和隐喻的发掘,有的只是对屏幕文本超媒体感觉的全方位敞开;二是审美价值取向从"社会认同"转向"个人自娱"。传统的评价尺度倾向于社会认同而淡化个人差异,网络文学批评的价值尺度则更重视个体的自娱自足。这样,个人的兴趣和当下的感受将成为选择和评价网络作品的基本尺度。

与上述两种变化相对应,网络文学批评观念也有了显著变化:一是批评者身份的改变。传统批评家的角色在网络中被消除,创作者、批评者和读者这三者之间的界限出现了交互式转换融合;二是批评目的发生了变化,由"载道经国、社会代言"变为"自娱娱人、趁网游心"。前者意味着视文学为"高山仰止"的状况成为过去,文学批评的权力由少数人向更多人转移,批评介入的难度降低,受众面扩大,文学边缘族群可能获得更多的接受和评价机会；后者则可能使文学批评摆脱功利主义的重负，回归到坦露心性、悦情快意的自由言说，把文学批评拉向平易和通俗，进而使得真正属于民众和底层的声音被传递出来。然而，网络批评的艺术祛魅将导致经典交权，中心消解，评价标准悬置，认同尺度模糊，个人趣味至上等现象的发生。于是，平面化的表达、无深度的言说、零散化的复制造成的是批评深度的缺失，批评学理的消解，把原本属于意义赋予的文学批评变成了个性展现的话语游戏，批评的价值欲求也由"意义疏瀹、启迪心智"的价值行为，转而为"跟帖打诨、赚点击率"的娱乐消遣。在话语平权和张扬个性中如何建构起富含普适价值的评价标准，是网络文学批评亟待解决的课题。

追问二：共享式乐园还要不要主体承担？

"无远弗届"的"赛博空间"是一个神奇美妙的共享式乐园，文学批评得以从传统批评标准的"镣铐"中解脱出来，可以天马行空任意驰骋，然而，批评者在获得身份和言说自由权的同时，也卸落了自身的主体承担。

造成批评承担虚位的原因多样，其中主体身份的匿名性是其首要原因。身份隐匿使批评者摆脱了纷繁的现实社会关系和物欲的诱惑，赢得更大的批评自由度，又可以轻松卸去文学功利因素给予他们的负载，保持批评的独立品格。然而，匿名批评面对的是一个众声喧哗的网络世界，由于批评者身份的虚拟和游移不定，使得许多网络批评在"无我"与"真我"的双重游戏中逃避了自身所应该承担的艺术使命，回避了应有的社会责任——他无须为人民代言、为社会立心，也无须对审美承担予以艺术进取的承诺，更不会做文学传统的赓续，只需要快意而悦心、自娱以娱人。结果，主体责任、艺术承担、社会效果、审美意义等价值期待都失去了自律的前提。随着身份虚拟带来的主体性缺位，文学的价值依据和审美承担就成了被遗忘的理念和被摈弃的教条。于是，回避沉重和苦难，削平深度、平面化、零散化、娱乐化等后现代观念在网络文学批评中得到淋漓尽致的表达，经典祛魅、讥嘲崇高、亵渎神圣乃至消极颓废、玩世不恭等，均有了合法滋长的空间。

追问三：谁来为自由言说的"粗口秀"埋单？

大众狂欢的网络空间建构了一个消解崇高、颠覆神性、蔑视权威的"渎圣"世界，存活于此的网络文学批评已不再是严肃的价值评判行为，而更多的是一种轻松随意的表达游戏。许多网络批评充斥着怪诞、嘲弄、调侃、耍贫嘴、假正经，以及各种民俗民间文化的"粗口秀"叙事，用"另类"的批评姿态打破旧有的批评模式，祛除文学批评传统的原有光环，颠覆典雅的批评范式和尊贵的价值理念，让文学批评从精英走向大众，从圣坛回归民间，形成快意亲和的"新民间批评"新格局。然而，充斥网评的"粗口秀"表达究竟是新锐的利器还是流俗的口水？"粗口秀"话语能否撑起文学批评的天空，达成对网络作品的意义解读和网络写作的健康引导，是值得怀疑的。这不仅因为表达的粗糙、粗俗和粗口会干扰理性思考和观念沉淀，还可能为膨胀个性、道德失范洞开方便之门，导致网络文学批评的整体水平低下，失去批评的意义和深度，因为言说的自由最终是要靠意义的有效表达才能获得价值支撑的。

（原载《探索与争鸣》2010年第11期，此处有删节）

10. 网络文学理论与批评现存问题及其应对策略

陈定家

目前，网络文学理论与批评，尤其是网络文化与文学研究呈现出风生水起之势，在网络媒介与数字艺术理论研究方面，新观念、新范畴、新方法可谓层出不穷。就具体的文艺创作与接受情况而言，网络文学和网络艺术可谓春风得意、势头正健，尤其是日新月异的网络文学与数字艺术，其智能化、交互性、织造性、游牧化、沉浸性等审美特征与艺术取向，使传统文论话语纷纷失效。不少研究者试图从媒介大师如英尼斯、麦克卢汉、墨顿等人的著作中寻找理论资源，以期借石攻玉，创立新说。部分西方学者如莫尔、瑞安、霍尔等人赋予当代文论虚拟化、激进化和流动化色彩，也确为当代文论创新提供了借鉴的材料。这方面的译介与研究虽然已经取得了一定实绩，但总体说来，还与中国当代文论创新及网络文化研究的现实需求相差甚远，网络文学理论与批评的这种理论资源严重缺失的状况亟待改进。

一　网络文学研究的当前困境与理论突围

众所周知，网络的"强"交互性和"弱"可控性使去中心化与双向交流成为网络文学的主要特征。从实际效果看，网络传播的自由性开拓了文学写作的新空间，网络链接实现了文学内容的非线性组织，多媒体技术赋予作品图文并茂、旁征博引的能力，网络文学的双向交互建立了灵活开放的读/写者关系，引发文化意义的内爆。然而，网络文学也出现了本体缺失和主体混乱的趋势。相关研究表明，当下网络文学的发展迫切需要正确的观念引导和学理阐释，但眼下的网络文学理论与批评还远远滞后于网络文学发展的实际需要，并且存在着研究对象隔膜和研究重心偏失等问题，可以说，当前的网络文学总体上呈现出一种"理论滞后"和"批评缺席"的状态。

这种"理论滞后"和"批评缺席"状态主要表现在以下几个方面：第一，名实矛盾与身份焦虑甚为突出。时至今日，网络文学概念仍颇有争议，相关研究至今没有得到权威学术机构、知名学者和重要学术期刊应有的重视。某些著名学者在一些重要场合仍会把网络文学的"野蛮发展"视为文学衰败表征。摇篮中的网络文学在传统文学面前常常会遇到"未成年人请勿入内"的劝阻。第二，理论与批评两不相顾，隔膜甚深，理论与创作的脱节现象更为普遍。在多数情况下，研究者所论述的网络文学与网络批评者所言说的作家作品大相径庭，理论、批评视域中的网络文学与鲜活、丰富的网络终端上呈现的文学作品更是迥然有别。第三，研究对象过于单一，理论话语系统远未形成。有关网络文学的新情况、新问题通常难以受到及时关注，譬如说，十多年来，网络文学研究过分聚焦于痞子蔡、慕容雪村、安妮宝贝、李寻欢等少数作家身上，言及作品，通常也只是《第一次亲密接触》《成都，今夜请将我遗忘》《天堂向左，深圳向右》

《悟空传》《告别薇安》《成都粉子》《成都，爱情只有八个月》等数量颇为有限的几部小说。至于网文批评的"快速反应部队"，往往只聚焦于媒体关注的影视改编作品上，如《旋风少女》《盗墓笔记》《花千骨》《琅琊榜》等，这一类网文批评大多如同媒介浪潮中随波逐流的浮萍，应景空话居多，真情实感偏少。第四，学术话语老套，研究方法陈旧。不少学者生硬照搬传统文学的研究模式，以致对象与方法之间的方枘圆凿现象比比皆是。早期的研究者对网络文学不够了解，缺乏必要的新媒体知识，在研究过程中，借用一些既定理论模式作为权宜之计，这也是情理之中的事情。但传统文论在网络文学面前往往如"前朝古剑"，作为礼器固然不失威严，作为兵器则不堪一击。即便是一些时髦的外来理论武器，如后现代主义、消费理论和狂欢化理论等，在当下中国网络文学的批评实践中也多如隔靴搔痒，其学术阐发的有效性往往大打折扣。第五，"印象式批评多、学理化分析少""宏观概述式综论多、作家作品个案分析少"。凡此种种，固然与网络文学作品的自身质量普遍不高有关，同时也与批评家对网络文学比较普遍的轻慢态度不无关系。在不少学者心目中，网络文学研究似乎还算不上真正的学术研究，重要的学者与批评家很少将自己的主要精力花费在网络文学的文本解读上。即便是进行网络文学研究，也往往是采取一种宏观的视角对网络文学进行整体评估，关注的焦点多是网络文学存在的合法性问题、网络文学的特征问题、网络文学创作的缺陷问题等。更为可悲的是，这些大而化之的研究文章存在着极为严重的观点重复和"话语空转"现象，但学术界对这类缺失不是视而不见，就是以弄臣心态一笑置之。

网络文学批评难以跟进创作现实的另一个重要原因在于，小荷初露的新媒介批评理论一时还难以被纳入当代文学理论的框架。有一种观点认为，读屏者没法启用惯常的文本批评方法，媒介要素对网络文学流通的作用远大于作品生产，媒介批评在市场供需原则之外无所建树，大众趣味相当程度上折射了当代市民社会的多元与混杂，专属的标准审美体系的引领作用日益式微。网络文学批评需要借助媒介批评带来新方法，通过市场原则下的文学制作人角色带来新任务，认同大众趣味的混杂不是降低文学的品格，而是将文学拉到更现实、更接近读写真相的新位置。

针对"理论失语""批评乏力"的现状，网络文学产业界采取了商业化运作措施，企图以此刺激或激发文艺批评的潜在活力。例如，2012年，盛大文学（全称盛大文学有限公司）云中书城推出百位白金书评人招募活动启示，吸引数千网友提交书评。书评人踊跃参与。尽管此举引来了批评与质疑，即有人担忧为稿费写作的书评人是否具有真正的批评能力，这种以广告形式招募的"书托"对书评事业有无助益等，但无论如何，盛大此举的良好愿望还是得到了多方面的理解与支持，招募书评人旨在引领网络文学创作，提升网络作家写作水平，新建网络文学评价体系，"让正能量引领网络"，这才是"唱响网络主旋律"的当务之急。

二 产业化的累累硕果与重重危机

据中国互联网络信息中心发布的《第36次中国互联网络发展状况统计报告》显示，截至2015年6月，中国网民规模达6.68亿人，互联网普及率为48.8%。网络影响力伴随着网络的普及及用户数量的增长而急剧扩大。数据表明，近十年来，每年诞生的长篇小说都在三万到五万部左右，每年存量都超过了当代文学纸质作品六十年数量的总和。根据欧阳友权主编的《网络文学五年普查（2009—2013）》提供的数据，2013年的大型原创文学网站已有百余家，网络写手超过二百万人，女性写手能顶半边天，当红大神年收入高达数千万。

我们注意到，近十年间，庞大的创作与阅读群体，使得网络文学自成"江湖"，写手、网络编辑、平台、版权经纪人、出版商、读者形成了一条完整的生态链。签约写作，付费阅读、庞大的写作队伍和海量的读者，使中国网文与好莱坞大片、日本动漫和韩国电视剧成了当下通俗文化的四大奇观。线下出版风风火火，早已侵占了传统文学产业的半壁江山。影视与游戏改编更是炙手可热，从《第一次亲密接触》到《和空姐同居的日子》《杜拉拉升职记》《山楂树之恋》《泡沫之夏》《蜗居》《宫锁心玉》《美人心计》《步步惊心》《后宫甄嬛传》《裸婚时代》《失恋33天》《倾世皇妃》《千山暮雪》《致我们终将逝去的青春》《花千骨》《琅琊榜》等，几乎是"无'网'不胜"。不仅网文影视化成为时代文化亮丽的风景线，网文游戏改编也不乏大获成功者，从《诛仙》到《星辰变》《斗破苍穹》《凡人修仙传》都有不俗的表现。总之，网文产业的增速之快令人咋舌。

必须指出的是，网文产业如此高速增长，对每一个环节而言都意味着高强度的支出。曾几何时，熬夜码字、疯狂更新成了网络写手创作生活的真实写照，YY（意淫，不切实际地胡思乱想）、"注水""泥沙俱下"成了网络文学作品的代名词。然而，这个产业链上的每一环都心存疑虑和怨言：作者在抱怨，网络写手长期被传统作家鄙视，始终难登大雅之堂，逐渐受到媒介认可后，又发现百万元、千万元收入者只是凤毛麟角，大多数人写小说根本就是"白辛苦一场"；读者在抱怨，网络文学作品质量越来越差，好不容易发现一篇好小说，付费阅读之后要忍受作者的大量"注水"；网络文学平台在抱怨，辛辛苦苦耕耘十多年，终于等来了产业大繁荣，在与作者分成、支付高昂的运营费用之后，发现赚的钱远没有花出去的多；出版商也在抱怨，从上亿本网络小说中精挑细选了一本出版，还没有来得及收回成本，网上的全本盗版内容已经满天飞，即便红得发紫也难敌猖狂盗版。

但这些抱怨并没有影响人们对网络文学的"一网情深"：无数写手蜂拥而至，哪怕不能获得一分钱；无数读者闻风而来，一边痛骂作者

"注水",一边定期充值消费;无数平台商先后涌入,不计投入也要往这个"人气堆"里扎一回……网络文学究竟魅力何在?起点中文网推出了千字两分钱或三分钱的收费制度,向作者付稿酬、向读者收阅读费的运营模式,这才解决了诸多网站难以逾越的生计问题,网络文学具备了自己"造血"的能力。

我们知道,网络文学模式原本就是市场化的产物,网络文学具有精神内容与传媒经济的双重属性。与网络文学早期的非功利的"心灵化"写作不同,近十年网络文学在商业化利益驱动下,作品数量暴涨,经营活力激增,因为这一时期的网络写作被盛大之类的网络公司纳入了市场化的轨道,文学写作变成了真正意义上的"文学生产",并初步形成了网络写作的商业化模式。根据欧阳友权的研究,网络文学的商业模式有两大环节:一是签约写手和付费阅读,二是"全版权营销"的产业链。签约写手是文学网站为了保证站点作品的质量和更新量,主动与一些写作水平较高的作者签约,用发工资或支付稿酬等手段吸引作者将作品的发表、转载及出版权交给签约网站来打理;付费阅读则是通过线上或线下(通常是在线支付)的支付途径来阅读一些被网络运营商加密或隐藏的文学内容。签约写手与付费阅读是相辅相成的,有了更多高水平的签约写手能够保证网站作品的质量和储量,以吸引网民阅读;付费阅读能为作者和网站经营者带来经济效益,以最大化的利润支撑网络文学的可持续发展。

网络文学的发展过程是一个艺术与商业资本磨合并接轨的过程,是文化资本携带"文学行囊"追寻文化产业资本保值增值的过程。资本掌控文学媒介载体、传播渠道,也操控着文学内容,没有幕后资本市场这只"看不见的手",网站就玩不下去。问题在于,网络文学如何在"市场化"与"艺术化"、"效益追求"与"文学追求"之间找到一个适当的平衡点,解决好"艺术方向"与"市场焦虑"的矛盾,是一个需要认真对待的问题。

三 网络文学研究现状与发展态势

如前所述，新媒介文学的发展模式以及版权维护都在当下最热门的问题之列。稍加考察就不难发现，网络文学是在文学市场化风生水起的语境下呱呱坠地的，网络文学自其问世之日起，就遭到了商品经济意识的彻底浸泡，所以，网络文学与市场化之间有一种与生俱来的亲密联系。如盛大公司打造的网络文学帝国在短期内获得如此快速的发展，引起业界人士和相关媒体的广泛关注，盛大以版权交易为核心的产业链及其各种制约因素也引起不少研究者浓厚的兴趣，网络文学产业化已是不争的事实。网络文学产业化创造了巨大的经济效益，给网络文学的发展提供了新的契机，它不仅为原创网络文学提供了优质的技术平台和更多的自由空间，而且也对逐渐兴盛的创意产业的发展起到了推波助澜的作用。但是，产业化运作通过各种途径与模式试图重新把网络文学大众化、社会化、程序化、市场化，并首先使得网络文学成为制度化的文学样式，和传统文学一样，它仍然被批评家群体、人文价值观念、社会制度进行福柯式的权力与意识形态的规范，网络文学发展最终进入制度性的掌控之中。

此外，网络文学版权问题的重要性也已引起学术界越来越多的关注，就连博硕论文也开始以此为选题对象。产业模式与版权问题或许与传统文论毫不相干，但对于网络文学研究者来说，却是一个不能回避的重大理论课题。

值得注意的是，有关网络文学理论与批评也出现了一种新的趋势，那就是，相关研究已从一般的基础问题的讨论，逐渐转向专、深、精的前沿问题的探索，尤其在一些具体问题的研究方面，学者们已经取得了不少令人欣喜的研究成果。例如，对网络文学类型化写作的研究，近年来取得了不少成果。按照欧阳友权的说法，类型化写作适于分众、小众的点击期待，吸引读者付费阅读，但由于一些作者的"类型化想象"缺少深厚的文化底蕴和坚实的生活积累，用于想象的创作素材囿于有限的生活阅历、知识视野，有的甚至就来自某些网络游戏，久而久之很容易陷于"枯竭焦虑"。

也有研究者认为，类型化写作的过度膨胀，隔断了文学与现实的依存性关联，使网络文学面临自我重复、猎奇猎艳、凌空蹈虚的潜在危机。这样的写作与我们的民族和文化，与我们生活的这块土地是存在隔膜的，对现实是持回避态度的，与读者实现内心交流的东西很少。无论是类型化写作还是其他创作，都需要对文学心怀敬畏，对网络志存高远，真正建立起文学传承、创造、担当和超越意识，能够更多地与我们的人民、我们生活的时代、我们的这片土地连接起来，真正做到"打深井，接地气"，提升自己艺术创造的高度，挖掘作品思想内涵的深度，描绘时代的精神影像，赋予文学更强健的精神品质，为读者提供更多的具有人性温暖和心灵滋养的东西，而不仅仅为时尚阅读提供一份类型化的时尚读物。

众所周知，理论创新要符合社会现实的实际需要，当代文论创新必须面对文学艺术数字化生存的现实。为奏响网络主旋律，促进网络文化的健康和谐发展，当代文论面临着诸多亟待深入研究的论题。例如：网络文化语境下文学研究的守成与创新；跨文化视界中网络文学与媒介批评；新媒介文化冲击下的文艺创新与理论创新；数字化语境下的文艺生产与消费；网络文学的审美观念与伦理意识；文化研究视角下的媒介技术、图像文化及影视艺术的共生互动；文学网站的私人空间、民间视野及公共领域等，这些论题都是网络文学理论和网络文学研究不可回避且必须花大力气深入研究的重要课题。

（原载《阅江学刊》2016年第6期，此处有删节）

11. 网络时代的文学批评问题

赵慧平

在当前阶段提出关于网络时代的文学批评问题比急于对网络文学下结论更为重要，批评只有建立在充分的自识与自觉的基础上，对于实践中提出的问题进行整理和研究，才可能找到对于网络批评的致思方向，才可能是当前最具有学理上的合法性与恰当性的做法。

一 诗学的危机

诗学一般被理解为研究文学的学科，就是对文学的批评。我们当前所操作的文学批评，是建立在传统诗学理论基础上的，它由一整套关于文学、文学批评、文学批评的对象、性质、方式、功能等基本理论所构成，使我们的文学批评按照特有的模式进行，生产着我们今天所理解的批评的意义。

但在网络中，文学和文学批评受到了最大程度的泛化：与传统文学讲求名家、使命、责任、雅正、技巧、规范相对应，那些无名的、无约束的、无规范的、无技巧的、无责任的写作，以狂欢的方式如浪潮般涌向网络。面对网络写作现象，已有的文学观、文学批评的标准、文学批评的方式都显得难以适应。既无法把它们放入文学之列，又不能将它们放入社会科学的范畴里，如果把这些作品都看作"文学的"，那么，"文学"就有被淹死的危险。美国批评家希利斯·米勒教授曾说，在电信王国所谓文学的时代将不复存在。之所以会有这个问题的讨论，是因为人们已经开始发现网络时代的文学正在面临着发生巨变前的危机。

网络给诗学带来的危机来自泛文学造成的传统文学思想体系的颠覆性冲击。泛文学现象在网络空间中显现得十分突出，它来自网络媒介给人创造的极其自由的条件。这种自由是空前的，它可以使人以最为原始的不加修饰的原生态的形式从中出入。就像现实生活中的存在一样，既有最普遍的庸俗与平凡，也有较难得的高雅与精致；既有丑陋，又有优美，存在的无限丰富性与芜杂性都自由地存在于网络空间。由于没有了现实社会中的那种对非主流方面的有效控制手段，在这个空间内所有的东西都处在并立、平等的地位上，这也就意味着对既有的秩序的颠覆。

这种泛文学化现象在网络中的出现也蕴含着重要的意识形态意义。文学批评很容易被政治所介入，当人类处于封建专制社会之中，文学批评被附属于社会权威，更多地为统治者的体制、秩序、规则服务，批评的品格被强权对政治、道德的重视所掩盖，无法获得显示其独特意义的空间，文学批评自身的一些问题则被一直遮蔽着。网络文学则不然，它以泛文学的方式显示着文学与非文学的共在，彻底消解了一切涉及文学的特权意识，把文学完全拉回到生活的原生状态。大众化的自由、平等意识在文学这一始终属于社会精英、上层社会的领域终于向所有的人开放。

当文学与非文学的界限不再那么清晰，传统的文学危机自然就到来了。诗学的困境在于如何建构新的文学批评的程序，甚至说还有没有建立新的文学批评程序的必要性与可能性，以及任何一种建构文学秩序的努力其实都是要排除一些非文学的对象，这在网络文学中是不是可能的。

二 文学批评对象的模糊

文学批评的批评对象似乎从来就没有发生过问题，但在网络文学中却出现了这样的困惑，当前仍然在进行的关于"什么是网络文学"的争论就说明了这个问题。在网络中读到的作品从来源上讲，既有原创的，也有纸质作品转化为电子版的；从作者方面讲，既有一个作者创作的只有一种结局的作品，又有众多作者接力的有多种情节发展线索的多结局作品；从体裁上讲，既有按传统体裁划分标准创作的各种规范化作品，也有无论如何都无法分清属于哪一种体裁的作品；从艺术水平上讲，既有具有很高水平的作品，但大多数却是不讲任何技巧的作品。总而言之，传统的文学秩序被打破了，传统意义上的文学与非文学界限已经变得越来越模糊。那么，哪些是文学批评的对象？只是那些按传统标准水平高的作品？我们是根据什么来这样确定批评的对象？

关于文学批评对象所提出的问题其实并不是一个简单的问题，它涉及我们对文学批评与批评对象之间关系的理解，也涉及对文学发展的历史的理解。当我们用今天的文学观来划分文学的疆界时，我们发现，文学批评对象的问题其实并不只是孤立的确定批评什么的问题，它涉及文学发展的历史。我们今天的文学观并不是与生俱来、固定不变的，它其实也是在历史过程中逐渐发展而来的，属于现时代的历史，并没有永恒性与超时空的合理性。如果我们意识到这一点，我们就没有理由固守今天的文学标准去裁剪网络文学中的新现象。而当试图根据网络文学出现的新现象寻找我们确定文学批评对象的时候，我们又会进一步发现，批评标准的确立并不是可以任意而为的事情，它是在批评与对象的关系过程中形成的。我们之所以判断对象是"文学的"，一方面是由于对象具有相应的特性，另一方面是人对这些特性的发现。《诗经》在产生的年代并没有被判断为"审美"的，而其教化性的实用价值更为突出，对它具有的"审美"价值的发现，只是由于近代美学观念赋予了批评家以新视角。我们今天来判断网络文学的批评对象，首先就要对传统的文学思想资源进行反思，发现它的历史局限性，在对新的文学现象的批评中发展。

三 文学批评主体的丢失

谁是批评的主体？是经过严格文学教育培养出来的理论专家？是毫无理论修养完全靠直觉感受的读者？他们如何获得批评主体的身份？

在网络系统创造的新时空中，社会分工造成的特权不再成为文学活动的前提，对于文学作品的阅读与批评似乎回到了原始的口头阶段，这当然是一种新形式的"口头"表达方式。个人发表观点、文章完全突破了文字媒介时代的束缚：没有时间与空间的限制，可以全天候地发表意见，而且立即传播至世界各地。更主要的是，由于不再需要得到编辑们的审查即可上网发表，自然也不会受到表达思想感情的限制，因而不再受到社会主流思想的控制。现行的秩序、规范、权威、学术理念在这个虚拟的世界中不再具有强制性。由此我们看到，网络媒介不仅为过去"不入流"的作家提供了自由发表作品的舞台，培养了一大批大众作家，使文学创作更加千姿百态，而且为大众批评提供了新的存在方式。

在虚拟空间里，自由和平等已经成为现实，批评的专门化要求似乎也在无意间被搁置，过去的潜标准失去了意义。批评主体的"无名"是网络文学批评中的一种极具特色的现象，网站中为表意见的人一律赋予"游客"的名字，即使有些人在文学网站中郑重其事地发表评论文章，也基本用笔名的方式署名，真实地标出自己姓名的人并不多。在这种情况下，这些大众批评家们并没有关于文学批评身份的负担，他们的兴趣不在于对自己批评家身份的确认，只在于发表自己的感受和判断，并不在意是否被别人当作批评家或者什么其他称谓。他们也许并不认为自己在开展文学批评，只是要真实地表达自己的情绪和感受，通过网络的形式能够直接公之于众，告诉作者他自己的想法，这本身就是对自己的一种确认，参与的过程甚至比参与的成果更使他们激动。这是最本真意义上的大众批评。那么，这些对作品发表了意见，看上去又不那么合乎文学批评"标准"的人是文学批评者吗？如果他们都是文学批评者，那么，谁还能不是文学批评者呢？对这种大众化的认可，就意味着传统意义上的文学批评主体由此丢失了。

四 文学批评方式的改变

网络空间的自由意识消解了文学批评的精英观念，也就改变了批评的基本方式。在传统的文学批评观念中，文学批评被安排在居高临下的位置上，被要求有指导创作、引导欣赏的作用，批评具有了启蒙、教导的意义。与之相应的文学批评则逐渐形成系统化、理论化、规范化，最能够体现主流文学思想的专业化方式。批评观点的持之有故，合乎学理性，维护社会的文学秩序等都成为批评的基本标准。

网络文学批评的大众化，不仅丢失了传统意义上的批评主体，而且批评由居高的位置向下移，与创作和欣赏处在同样的地位上。启蒙与教导的意识没有了，批评也就转变为对话式的。这种对话是完全意义上的平等，因为在互联网的自由空间里发表思想不必考虑任何权威的压力，每个人都有同样的表达自己真实思想的权利，没有权威、没有限制也没有必须服从的规范，人们的欣赏与反感、喜欢与厌恶、称颂与谩骂等都可以不加修饰地直接表达出来，达到一种本真的状态。与这种大众的自由批评意识相对应，网络中的批评方式基本上是以感性批评为主导，而且多数是一两句话的点评，既不规范，又不专业。简明扼要、真实坦率、无章无法构成了网络媒介批评的基本特征。当然，网络中的大众批评在秩序、规范、权威、学术理念存在着明显的差异，但这些似乎并不重要，这里似乎是对原始的口头批评时代的回归。

尽管这种大众狂欢式的批评是网络空间的客观存在，但人们还是会提出这样的疑问：难道这种批评方式是理想的吗？仅仅是主体间的对话，而且这对话又常常不是在一个共同的理念下，所谓的文学批评就会成为自说自话。当文学活动长期处在放任自流的状态下，文学的存在还有自身的价值吗？

五　文学批评标准的虚化

对于网络文学究竟应该采取什么样的批评标准？批评对网络文学要求什么？对网络文学开展批评是严格地运用传统的批评标准，还是用其他标准？这一系列的问题都反映出传统批评标准面对网络文学现象的无所适从。

传统的文学批评标准在网络文学批评中被大大地虚化了，现行的主流文学批评标准中，暗设着社会现实生活的参照系。无论是古典主义的批评标准，还是现代主义的批评标准，对意识形态方面的诉求都是有迹可循的。传统的文学批评采取的是文学与社会历史相统一的标准，即文学的叙述与历史的叙述相统一，其主要反映在现实主义的文学批评观念中。这种社会历史批评以现实生活为参照系，要求文学对生活表现出真实性、典型性，在叙述、描写方面的严谨性，以及语言的规范性与严整性。这种批评标准常常发生以现实生活标准取代文学标准的失误，也表现出现实权力对文学权力的控制。与之相反，现代主义文学批评从反面表现出文学批评与历史批评的统一。他们所做的划分文学独立自主存在领域的努力，仍然参照着社会历史这个坐标系，只是要在反现实权力对文学权力的干涉中，争取自我存在的权力。这是一种反方向的统一要求，要以新意识形态取代现存的意识形态，但仍然不失社会历史的标准。

在网络文学批评中，传统的批评标准仍然存在，只是由于批评的权威地位被消解，由于不同批评标准的共在造成的自说自话、众声喧哗，由于直感式批评的粗陋性，被认为合乎理想的既有的文学批评标准湮没其中，从而被大大地虚化了。网络批评似乎不存在主流意识，文学与历史的统一标准不再是批评者的自觉意识，文学的独立自主性也不再被要求，与之相关的各个层次的关于语言、结构、形象、叙述、描写等传统的文学批评范畴也难以成为评价的标准视角。

六　文学批评自身认定的危机

这里提出来的是"什么是文学批评"的问题。按照一般的理论表述，这并不是一个困难的问题。众所周知，文学批评包括两个层面：一是对文学作品的直接评论；二是对所有文学现象开展的研究，如当前仍然在进行的关于什么是网络文学的讨论。概括地说，文学批评就是关于文学现象的批评。

文字媒介时代对于文字自由的这种要求需要通过政治斗争甚至付出生命的代价才能够实现，而且至今并没有达到人们理想的境界，而这种要求在网络媒介时代轻而易举地实现了，这使心中对文学家、批评家身份充满了尊敬之情、习惯于传统文学建制的文学精英反而对这突如其来的自由感到不适应——在网络文学中，过去的文学建制可以说被彻底地打破了，谁是作家、谁是批评家、什么样的作品为文学作品、什么样的批评为文学批评、文学应该是什么样的、文学批评应该是怎样的、文学应该向何处去等一系列本来已经成为前提的问题如今重新提到人们的面前让人重新思考。在这种情况下，文学批评自然会失去它已有的规定。网络时代的批评在某种意义上说是对口头批评时代的回归，需要对它重新认识与阐释，以认清什么才是网络时代的文学批评。

（原载《人文杂志》2005年第2期，此处有删节）

12. 网络文艺的形态及其评论介入

郑焕钊

一 外部文化形态

从外部形态上看，以互联网为基础的新媒介是网络文艺产生、传播、接受和反馈的技术平台，并借由这一新的媒介技术形成文化再生产的媒体机制及文化形态。

首先，以作品、作家、类型、角色为中心所建立起来的粉丝群落，以论坛、贴吧、QQ 群、微博等媒介所搭建的社交分享和族群认同的平台，以线上参与和线下聚会的融合方式，共同形成了网络文艺新的组织形态，使得以网络文艺为基础组织起来的网络文化群落，日益成为现实文化认同与区隔的精神空间和生活文化的组织方式，产生网络文艺独特广泛的亚文化形态。

其次，建立于亚文化形态基础上的网络文学、原创动漫，在当下金融、文化、科技的高度融合背景下，不断进入影视、游戏、广播、剧场等相关媒介叙事形态之中，以高度集中的粉丝受众及广泛的阅读消费基础，成为当代中国娱乐产业的创意之源。基于网络文学的创意叙事与网络平台的网民文化合流，产生了巨大的粉丝经济的产业空间，形成新的产业形态。网络文学作为其内容核心，形成跨媒介生产的全版权的产业形态，并产生了基于互动的跨媒介生产和接受的开放性文本体系。在这一过程中，若干跨媒介的超级IP将全面包围和渗透到受众日常生活的方方面面。

最后，网络文艺作为一种新的文艺生活组织形态和产业形态，对受众日常生活有着深刻的渗透作用，在国家文化战略中成为青年文化建设的重要抓手。在国家大力推进流行文艺、践行社会主义核心价值观的作用的过程中，越来越重视网络文艺作为国家建设青年文化、未来文化的战略意义。2014年4月以来的"净网运动"以网络文学为起始，在学界被解读为对新生代文化领导权的争夺，显示出网络文学作为具有广泛性、渗入性的新文化形态所具备的功能形态的变化。

二　内部文化形态

从内部形态上看，网络亚文化基于网络文艺的符号表征、叙事形态和接受特点，使其具有全然不同的文艺形态。

第一，网络文艺以网络青年亚文化为基础，形成了一套独特的话语和符号表征体系。网络文艺具有鲜明的网络亚文化基因，网络亚文化所形成的一套话语和符号体系，在网络文艺中获得重要的表现，并成为网络文艺表达风格、符号意义和快感逻辑的基础：以"屌丝""土豪""杀马特""小清新""文艺范"为代表的网络亚文化的身份认同与阶层区隔，正表征着网络文艺中的趣味意义与身份政治；以"萌""腐""污""吐槽"为代表的表达风格和审美取向，建构了网络文艺快感意义的崭新模式。比如，《太子妃升职记》作为一个现象级的网剧，火爆的原因正是网络文艺话语符号逻辑的展开和对受众"吐槽心态""基腐文化"和"污文化"的极大运用;而口碑和点播率俱佳的网络说话类综艺节目《奇葩说》完全是以网络亚文化作为基本基因。诚然,"腐""污""吐槽"等符号风格包含着低俗、粗俗和恶俗的成分,存在着与主流价值观的抵牾之处,但对其进行简单的价值观否定并粗暴禁止,则是关闭了对网络亚文化逻辑加以理解的大门。这一套独特的话语和符号体系日益成为主流文艺、大众文艺,包括影视作品的重要编码要素,不断嵌入不同的文化层面中去,产生日益广泛和深入的影响。

第二,生存和欲望化叙事美学成为网络文艺的主导叙事形态。网络文学作为网络文艺的IP源,不仅为网络影视贡献出大量的原创故事,更在资本的推波助澜下主导着整个网络文艺商业化发展的基本叙事类型和美学风格。历史穿越、玄幻修仙、耽美言情、宫斗宅斗等类型既深受二次元亚文化的影响,又对动漫、网游等二次元文化产生深刻的推动作用,并共同形成网络商业文艺的情节升级模式。它们正是融合网络亚文化与类型叙事的新型大众文艺类型,我们不妨将其命名为"网络类型化文艺"。这些类型有着不同于以往流行叙事的新的时间文化、性别文化和成长文化。穿越与重生作为网络文学中的基本历史模式,在重构时间意识上具有非常鲜明的特征。穿越文化是对于历史文化的重新书写,而重生文化是对于生命时间的重新规划。前者满足于个体权利的幻想式舒张,呈现个体干预历史的英雄梦想;后者则是基于人类生命流逝而憧憬的"后悔药",是对生命重新再来的想象式补偿。从大的层面着眼,历史穿越小说是对国家命运的重新想象,展现年轻一代想象世界和未来的可能性;从小的层面来看,则是满足个体欲望"YY"的快感需要。对于耽美文艺中男性关系的想象、宫斗宅斗中的女人形象等也呈现出网络类型文艺崭新的性别文化。耽美文艺尽管以男性间的唯美爱情为中心，但无论是其创作主体还是接受主体，本质上都是网络女性文艺的一部分，是女性性别境遇与性别想象的一部分。作为网络基腐文化的核心，其塑造的男性形象具有阴柔化的唯美主义特征，是对于充满物欲和利益关系的两性婚姻的反抗。而网络文艺中的女性形象也产生了三种类型——集所有美好品德于一身、具有圣母精神的"白莲花"形象；拥有所有男性关爱的"玛丽苏"形象；独立自强、以事业为重、不依赖男人的"花木兰"形象。随着对白莲花式女性形象的摒弃和花木兰式女性形象的崛起，在大量后宫和宅斗的类型叙事中，我们可以看到女性对男性不再是基于"霸道总裁式"的依赖，而是甄嬛式的挣扎和努力。无论是历史想象还是性别重构，其背后蕴含着更为根本性的屌丝逆袭式的成长叙事的基本叙事模式。可以说，屌丝逆袭式的成长叙事是包括历史穿越、玄幻修仙、职场奋斗、网游同人在内的整个网络文艺最核心的叙事模式。屌丝逆袭的叙事模式具有非常鲜明的特征：主角身份的底层化、叙事情节的成长化、情节设计的升级模式、过关升级的金手指功能。屌丝逆袭式是一种欲望化想象的形式，其阅读快感源于强烈的代入感和满足感，是对深陷阶层固化的个体的一种精神式抚慰和补偿，也体现出当代社会青年在性别、生存和发展诸方面的精神困境。正如很多网络创作者将马斯洛"人的需求层次理论"作为重要的创作指引，从根本上说，网络文艺是一种基于个体生存和欲望需求的叙事美学。也正因其扎根于个体的生存现实，使其从产生以来就拥有广泛受众。对网络文学的创作者和接受者而言，网络文学满足了他们最直接的快感和最现实的生存焦虑的问题，而更高层次的精神需求，则是比较遥远的。

第三，社交性的接受形态。与以往我们强调的文艺审美静观式的接受不同，由于网络互动媒介的发展，对网络影视、动漫的接受，越来强调受众与文本间的即时互动和深度参与。文本不再被视为独立的、封闭的，而是被作为一种社交互动和族群认同的媒介发挥着作用。以弹幕为例：首先，它将观众在不同时段观看同一视频在某一时间轴上所发表的弹幕言论共时呈现出来，为受众建构了某种集体性观赏的喧哗假象，使孤独的年轻人获得了某种集体性聚会的欢乐感；其次，弹幕本身所建构的一套独特的话语表达符号，如"前方高能""23333"等，又为受众建构出某种区别于其他社会人群的共同体想象。这种以独特的话语符号来建构族群身份想象的方式，在网络亚文化中有其传统，比如火星文。在今天的网络亚文化中，A站（即Acfun）和B站（即bilibili）两个弹幕视频网站正是其源头。在"90后"中，很多人是独生子女，弹幕能让他们获得一家人围坐电视机前看电视的感觉，而且又有共同文化，没有文化的代沟，所以他们可以通过这种方式来社交，解决孤独感的问题。与这种需求相比，文本的审美、意蕴、叙事的逻辑和结构等，反而不是他们所关注的重点。还有一种受众现象，称为"站CP现象"。CP是英文couple的缩写，就是给人物配对编撰故事。在文艺文本中，只要受众喜欢某对男女关系或男男关系，就会将他们强行配对在一起，为他们创造恩爱甜蜜的故事或视频文本，这便是同人创作非常重要的一种动机和类型。比如电视剧《琅琊榜》的男主角胡歌和电视剧《花千骨》的男主角霍建华，就被人配在一起创造出唯美的爱情故事。再比如，里约奥运会期间，也有人将运动员张继科和马龙、林丹和李宗伟等，通过视频图片拼贴的方式，为他们创造出"虐死单身狗"的相爱相杀的各种网络亚文本。此外，还有动漫里面的角色扮演，完全是穿着角色的服装，扮演这些人物的性格。这些接受方式，跟以往的文艺接受方式完全不同，是一种参与式的、满足个人需求的方式，带有非常强烈的社交色彩。

三　网络文艺批评的创造性转化

审美批评和文化批评是当下网络文艺批评的两种基本模式。审美批评将网络文艺作品视为一个整体来分析其审美创造，它无法适应网络类型化文艺创作的模式和套路，无法应对打赏、排行榜等以受众为核心的内容生产的互动机制，更无法面对以粉丝群体为基础的亚文化部落文化组织形态下的网络文艺作用方式及其在跨媒介生产中文本形态的开放性，这就使得当下的审美批评在面对网络文艺作品时产生了极其暧昧的姿态——既无法忽视网络文艺受众广泛及其独特的风格、语言和情节形态，又无法对其文艺新质的特征做出合乎实际的评价，从而在价值评判上陷入了混乱。

文化批评将网络文艺作为大众文化来批评，最著名的例子莫过于陶东风对玄幻小说"装神弄鬼"的批评。它针对网络文艺与当代社会资本、政治和意识形态的关系，重点批判其中的虚无主义、拜金主义、权威崇拜等价值观。然而其立足于精英主义和文化研究的价值立场，与网络文艺的文化形态及其互动生态的实际情形是有隔膜的，难以有效切入网络文艺在受众日常精神空间和经验组织上的作用方式，因而失去了文化批评的实际影响。

别林斯基将批评视为"运动中的美学"，这说明了文艺批评存在开放性、建构性和理论生成性的特点。网络文艺批评思路和方法的调整，正是基于网络文艺文化形态的变化，需要建立新的批评理论来作为网络文艺的美学尺度和文化标准。然而批评理论的形成，又必须建立于批评实践的过程之中。事实上，网络文艺批评的思路调整并不是完全否定审美批评和文化批评，而是要对其进行创造性的转化。

从影响创作者的角度来说，我们可以从审美批评进入创意批评。将网络文艺视为通俗文艺和类型文艺，对通俗文艺的模式化、商业化特点进行批评是最近网络文艺批评值得重视的一种可喜趋势。然而，由于通俗文艺与在新媒介技术条件下的互动写作、亚文化群落和跨媒介开放实践的形态不同，当下网络文艺产业是新媒介条件下的创意产业，对其创意规律的研究实际上正可以转化审美批评的创造研究，使审美创造的独创性尺度转化为产业中的创意性规律，并建立中外文艺创意产品的创意价值坐标，如对《哈利·波特》和《指环王》等幻想文学进行规律研究，并将其与中国玄幻文学做创意比较，以之确立幻想文学的创意体系等，从而作为网络文学写作以及网络文学跨媒介生产的有效指南，发挥其对网络文学产业的文化引导功能。我们可以看到，网络文艺很大程度上受到的是日本动漫和轻小说、欧美魔幻和奇幻小说的影响，而这些东西由于长期的文化产业的发展和积累，形成了一些类型创造的规律。这些规律可以很好地帮助我们引导现在的网络类型的创造。在这一基础上，展开我们对网络文艺本土类型的讨论、评论和研究，才具有引导创作的真正能量。

　　从面向受众来说，我们需要从传统的文化研究走向文化生态研究。无论是法兰克福学派的文化批判，还是伯明翰学派的文化研究，基于政治经济学、阶级分析基础上的否定、颠覆、反抗等哲学反思和政治批判立场，实际上都很难有效地分析网络文艺的文化生态。网络文艺及其跨媒介生产的开放性文本体系深刻地渗入受众的日常生活，在当代大众的生活中具有认知、认同、宣泄、交流等多重文化功能，甚至具备了人类学意义上的日常仪式和神话意义，使其成为生态学意义上的文化生态。这种具有新媒介特征、高度互动互渗的亚文化群落尽管离不开资本、科技、经济、政治等多重力量的介入和建构，但只有更充分地基于文化人类学和文化社会学的视野和方法，如将文本内容、文本实践的形态与田野调查、访谈的方法相结合，才能更有效地介入网络文学的真实情况。因而，文化生态研究要求研究者进入受众中去，成为一个"粉丝型"的学者，在 QQ 群、贴吧等地长期与粉丝受众交流，理解他们的观念，同时也能对他们的批评做一点调查。因此，有效的文化政策、产业指南、价值引导和学术积累，必须以对网络文学的文化生态批评为基础。

（原载《中国文艺评论》2017 年第 2 期，此处有删节）

13. 试论网络文学批评的困境

吴长青

基于网络文学的迅猛发展,建立网络文学批评标准的呼声也日益强烈。网络文学批评的标准是什么?它与传统文学批评的差异在哪里?何为"网络文学"?它既非相对于"传统文学",也不等同于"通俗文学""大众文学"。在本质上,网络文学不构成对文学本身的超越,也不具备与传统文学分庭抗礼的条件。作为建构起来的一个概念,网络文学仍归属于文学大概念之下的一个分支或类属。从某种意义上说,技术本身是排斥思维的,甚至在一定语境下,技术的进步降低了思维的难度,语言作为思维的工具,在与技术结盟的过程中势必会分化出传统文字所不具备的游戏功能。

因此,网络文学是以技术传播为价值核心,在外延上却依旧以语言为主要阅读载体的一种文字组合样式。网络文学概念的建构正是基于外延与内涵两个要素,同时在"资本"的牵制下,经受着流水线式的生产方式和大众文化消费的双重裹挟,将一个本来并不过分强求规范的娱乐产品顺利推向规范的市场序列之中。应该说,网络文学生产与消费的突飞猛进,促成了这个概念和命名的日渐完备,这也是互联网时代语境下网络文化独特性的体现。

网络作家从盲目创作到自觉创作的过程，同时也构成了网络与文学进行组合的一个重要因素。网络文学在外延与内涵上与传统文学相比恰恰是互为倒置的。网络文学将网络传播技术、文本结合形态和受众阅读量奉为圭臬，而传统文学则以思想意蕴和创作技法作为价值坐标体系，这是目前文学评价标准的主要分野所在。

确立健康、科学的网络文学批评体系，需要直面以下几个突出的问题。

一是对海量文本和及时性文本的阅读。尽管网络文学可以存储和复制，创作和阅读也不受时空的限制，但是网络文学的传播依赖互联网或移动阅读平台。创作、阅读和传播的便捷，无法掩盖普遍存在的一个基本事实，即网络文学的产业链是以创作收益和阅读消费作为生产形态而存在的。生产按照字节量支付报酬，消费则是以点击流量付费阅读，这也促使网络作家对文字量生产趋向无节制，极易把追逐利益的最大化作为创作动机和目的。运营商为了获得商业利益，势必加大营销力度，极易虚夸作品的成色，质量风险在所难免。因此，海量文本的阅读以及网络创作的及时性，需要定时及时追文，这是网络文学批评的客观难度所在。线下作品通常也是几十卷本，同样也有阅读量的压力。

二是关于点击率的硬性指标。业内有个不成文的规则，即把读者的阅读流量作为衡量作品影响力的基本标准，这也是目前考察网络文学的受众群与流行度的一个基本参照系。与电视收视率一样，这是分歧比较大的一个指标体系。因为影响力强调的是传播力，而网络文学的根本还在于它的文学性，而不仅仅局限于传播度，特别是目前对点击率的监督体系还不完善，所以，对点击率的质疑与认可在一定程度上呈现并存的状态。

三是网络文学的文学性问题。语言的技术传播作为网络文学的内涵，并不能无视它对于文学性的诉求。网络文学促成了网络长篇小说向类型化方向深度开掘，类型化弥补了网络作家长篇小说创作资源稀缺的短板，又掩盖了网络小说语言的粗鄙和浅显。同时，有相当一部分小说素材的择取剑走偏锋，以怪、诡、异、灵取代主流文风。这显然在将网络文学带入绝境，使得网络文学创作越来越脱离社会，甚至偏离基本的人伦价值。文学性正是基于人情、人性、人文等基本的逻辑要素和核心价值，放弃对文学性的追求无异于扼杀网络文学的存在价值。

四是关于批评方法。传统文学的文字视觉化功能只是工具而不是目的，因其发展文字的内蕴意义和能发音的特点，成为艺术的一个类别。网络文学虽然也是以语言作为识别的符码，但其镜像化功能更为明显。具体可分为：消解意义，强化事件的场景；淡化语言意蕴，强调即时的心理认同；少用修辞，弱化心理活动；着重"是什么，怎么样"，不需要回答"为什么"。网络文学长于多场景与事件的叠积，以构成与受众心理同步交融的特征，力求介入普通人的日常生活。同时，网络文学创作手法的类型化，在修辞缺失的前提下，也说明了网络文学对现实生活的介入能力较弱。网络文学的类型化渗透着游戏的娱乐性、想象的随意性、历史的武断性、文化的诡异性。网络文学批评应该首先遵循网络文学的大众文化批评的媒介化和消费文化特征，与传统文化的重语言意蕴和追求精神向度不同，网络文学的要旨是如何建构一个迥乎现实的新世界，作者的叙事动力不仅来自颠覆现实经验的勇气和反现实的书写姿态，还有来自受众狂热的迎合与呼应，二者及时互补的心理机制促使网络文学叙事向无边的超验世界开掘。而且这种方式是极其隐蔽的，甚至呈现出某种集体无意识的现象。

五是专业队伍建设。目前网络文学批评队伍建设亟待解决，网络文学创作门槛相对较低，很多专业人士不屑于从事该行业文学批评工作，行业从业人员又缺乏专业批评训练，造成了批评队伍建设的迟缓。批评队伍应该包括行业高端从业人员、网络文学专业技术人员、高端网络文学读者、高校及相关研究机构的专业人员。目前需要大力加强专业队伍建设，较好地引导行业向健康的专业方向发展。

总之，网络文学批评作为全新的命题，既面临文学自身空间扩展的问题，也具有大众文化互容共生的问题，需要采取跨文化和跨学科的研究方法，使得批评既具有针对性，又能体现出批评的价值和意义。

（原载《光明日报》2013年10月15日）

14. 数字媒介与文学批评的边界

陈国雄

以互联网为标志的数字媒介造就了新世纪的文学转型，引发了文学创作、传播、欣赏和批评方式的改变，文艺学边界位移与内涵嬗变在数字媒介时代成为新的理论聚焦点。为了应对新世纪中国文学转型和文艺学的边界位移，文学批评必须确立新的批评边界，从而构建有效的批评标准。

在数字媒介时代，文学批评要突破既有的思想格局和理论樊篱，将自身内置于数字媒介文化的潮流和深入迅速变换着的精神境遇中，关注鲜活的数字媒介创作。文学批评确立新边界应着眼于基础学理的建构，而不能过度执着于个案的技术分析。基础学理的有效建构有赖于其本身的批评立场，只有建设性的学术立场才能最大限度地促成基础学理的建构与边界的确定，这决定了文学批评的边界位移表现为其对于网络批评的认可，从而在合理的维度内，促使其实现自由性的凸显，保持坚定的民间立场。网络批评是数字媒介普及的产物，与传统的文学批评相比，它着力于将网络文学打造成自由的、公共的文学空间，从而凸显自身的自由性。

但网络文学的自由性与民间立场在某种程度上又导致了其在价值取向上的偏离，表现为价值的非意识形态化与艺术的非承担性。网络文学的人文底色与价值承担，人文精神的有效建构，都有待于文学批评在边界拓展中实现批评标准调整的有效性。因此，文学批评应防止批评主体的迷失与批评功能的弱化，从而建立起正确的伦理取向与审美取向。

在数字媒介时代中，最容易被文学倚重并成为文学现代性伦理主题经验的是个体主义的标扬。因此，在网络文学创作中，对个体欲望的表现成为一个焦点。就某种意义而言，个体主义与数字媒介的合流，造成20世纪90年代以后人文精神的缺失，身体日渐成为表现的重心，对思想性欢乐的追求被放逐。怎样在文学作品中处理好感性与理性的冲突，需要文学批评（尤其是网络批评）者给出合理的解决方案，以实现网络批评对于文艺普世主义伦理话语的有效建构。从目前的网络文学阅读现状与文学接受对象来看，文学批评应该侧重于告诉人们不能做什么，而不是应该做什么，但这并不意味着当下的文艺不应该对人们做出道德自律的承诺。在这种背景下，文学批评应更好地精心培育普世伦理，从而为修正个体伦理做出相应的努力。

普世主义的伦理取向在很大程度上取决于文学批评的正确引导。将人置于社会关系中，普世主义的伦理取向便作为一种道德理想主义的终极追求出现在文学批评中。在数字媒介时代中，文学批评标举这种略带精英色彩的人文理念是为了规范任意张扬个体主义可能出现的人文精神缺失，也是为了引导网络批评对人文价值理性在新时代产生的裂变与新生进行正确而有效的应对。在正确的伦理取向基础上，文学批评应引导文学追求一种正确的审美取向。网络文学的引导催生了数字媒介文艺的强劲崛起，文学批评必须在网络批评的引导下彰显数字媒介文学的文化内涵与审美价值。

网络批评通过对历史与现实的生动呈现，从而缩小了批评分析中的抽象推理给读者带来的距离感，增加了文学批评的审美吸引力与批评心得的诗意传达。在激发美感的同时，它又能够引导读者玩味、领会批评家深沉的人生体验和独到的审美发现。在网络批评的牵引下，文学批评采用形象比喻和意境描述的方法，达成作者与读者的平等交流与互动，这也就更容易诱发读者突破期待视野，对作品的审美韵味产生创造性的理解。而文学批评更重要的职能，是通过它的思想和艺术分析，深化读者的审美体验，增加读者的审美愉悦。优秀的文学作品融入了作者的审美感受和审美趣味，不断以艺术创新冲破成规定律，越是人生体验深刻、形式新颖独特的作品，读者接受起来的难度越大，这时就需要文学批评的提示和帮助，从而把读者引向作品的精微之处，体验蕴含在文学中的审美价值，从而获得强烈深远的审美享受。

同时，文学批评在数字媒介时代中应发挥文化审美的功能。让文学批评走向文化审美层面，这并不意味着对文学自身特性的忽视和抹杀，相反，这是使文学批评向文学自身回归的一种表现，从而能从一个更高的理论维度来对文学提供的特殊经验、特殊情感进行审美的审视与阐释。只有在人类审美情感价值的内质相通性的基础上进行进一步的沟通，人类的特殊经验、情感在文化沟通的共同主题下才会呈现出自身应有的审美价值。在文化审美层面，文学批评从探讨文学与人类精神活动、人的主体创造活动之间的必然关联出发，就容易获得对产生于不同文化圈内的人类特殊经验、特殊情感的领悟和沟通，进而能够真正地认识和把握到文学所蕴含的深刻、稳定、恒久的文化审美价值，从而使文学真正成为大众共同享有的可持续、可再生的审美资源。

文学批评在走向文化审美领域之后，实际上也就是将文学与整个人类的精神文化、审美情感进行了有机整合。在数字媒介时代，文学批评的文化审美维度能使文学批评获得广阔的文化审美视野，即把文学现象提升到文化审美领域中来认识、观照和把握。文学批评走向文化审美层面与网络批评的自由性互相推动，与其回归民间立场相辅相成。

数字媒介时代中的文学批评一方面要关注人文精神的建设效应，另一方面更要拓展数字媒介文学的发展空间。前者意味着文学批评应引导数字媒介文学在回归自由民间立场的基础上保持人文精神的有效建构，在批评自由性彰显的同时，批评家要有敏锐的批评嗅觉，挖掘出文学新变化对于人文精神的裂变与新生，而不是趋附于流俗和文学之外的利益关系；后者则意味着文学批评要对文学内部的结构和形式进行分析、阐释和解读，从而更好地履行其审美引导功能，提高大众的审美趣味与审美水平。需要强调的是，文学批评的审美引导功能和伦理取向功能是一体两面的，文学批评不能只追求对大众的审美引导，而忽视对社会价值和责任感的追求与建构。总之，在文学批评边界拓展的背景下，建立文学批评内在的审美尺度和伦理尺度，构筑一种数字媒介与文学批评双向互动的双赢局面是文学批评的未来目标。

（原载《中州学刊》2010年第2期，此处有删节）

15. 网络文艺评论须"进场"

庄 庸

近年来，国家高度重视网络文艺工作发展。习近平总书记在文艺工作座谈会上指出："互联网技术和新媒体改变了文艺形态，催生了一大批新的文艺类型，也带来文艺观念和文艺实践的深刻变化。"这句话揭示了网络文艺评论面临的巨大契机和挑战。隶属于中国广阔社会现实生活的网络文艺领域，其创作实践和创新风潮包含着丰富的内生能量，其中任何一个爆发点，都有可能挖掘出一条重大理论问题的线，并重建我们的文艺评论评价体系。

因此，越是介入鲜活的文艺实践，参与泛文化娱乐全产业链，网络文艺评论就越能接地气，切中时代的脉动，并发挥影响力。所以，网络文艺评论需要进"场"，而且，要进到"场中央"。

但问题恰恰在这里：当我们意识到网络文艺领域庞大而丰富的创作实践、创新风潮、重大理论与评论评价体系的构建问题都需要网络文艺评论进"场"并进到"场中央"，构建起"小切口撬动大格局"的好杠杆作用时，却面临着"想进场却难以进场"的三大难题。

一是面对庞大、海量，且时时刻刻都在千变万化的网络文艺场域，我们如何进"场"？尤其是面对那些亚文化和微社群趋势中的网络文艺作品、现象和潮流，大多数人更是找不到进入的路径，容易迷失，产生焦虑。

二是面对这些动态、前沿且前瞻的新文艺，既有的理论体系似乎全都失效，而重构自己的知识谱系又是一个特别庞大的艰巨任务，以至于突然之间直面三道难关：第一道难关，想补课都不知道怎么补；第二道难关，不知道如何能够切中当下的热点和脉动，不能及时、互动和有效地发声；第三道难关，如何能够研判和预判未来的发展趋势，并影响下一步的创作热点和创新风潮。

三是如何在进入网络文艺场域后找到折返点，找到可以继承和创新的东西，从而进一步进入正在重塑的主流新文艺场中，找到自我的意识、族群的认同、文化的建构，甚至找到新旧媒体融合发展趋势下评论评价体系的构建之道。

由此看来，网络文艺评论要想进"场"并进到"场中央"，就要把握社会实际需求和未来发展趋势的轨迹，抓住这个时代新文艺的切入点、接触点、引爆点，对创作实践产生影响和作用，并引领创新潮流和现象，同时，必须直面并求解这三大"进场"难题。

（原载《光明日报》2016 年 8 月 27 日）

16. 建立网络文学批评"共同体"

欧阳友权

相对于传统的文学批评，网络文学批评有其特殊性。譬如，批评主体的身份更为复杂，除了介入网络文学的传统理论批评者和基于传统的"传媒批评"外，还有以往文学批评所没有的"在线批评"的网民大军，而网民对作品的评价（如豆瓣评分），对网络创作的干预更为明显，对网络作家的影响也更大。另外，网络批评的方式和效果与网络文学业态各方的关联更为密切，也更加直接。比如，无论是网民读者的打赏或吐槽，还是传媒批评对某一网络作家作品的关注与评说，抑或网络社团召开的网络文学研讨会，等等，都将直接影响阅读市场对一个作品的点击率、对某个写手的关注度或某种网络文学现象的舆论场，最终通过作品 IP 转让标的而影响网站平台的经营效益和作者收入。因此，网络文学批评不能靠"单打独斗"，而要协同网络文学生产、管理、传播、经营、阅读、评价各方力量，打通写、读、管、经、评各环节，建立文学批评的"共同体"，让网络批评能以"批评"活力，助推互联网上"巨量"存在的文学现象或网络时代的社会文化现象，使之成为我们这个时代文学繁荣、文化兴盛的力量。

事实上，网络文学的存在方式本身就是一个生产链、产业链环环相扣、相互依存的"文学共同体"，由写手创作、网站管理、网民阅读、学者评说、市场检验、政府监管等诸要素组成的业态结构，构成了网络语境中的文学社会学和艺术生产美学。网络文学批评也应该这样，也需要建构一个集创作（作者维度）、管理（政府维度）、经营（网站维度）、阅读（读者维度）、评论（理论维度）于一体的"批评共同体"，而不是网站、作家、网民各说各话。这个"共同体"以理论评论学理逻辑为中心，创建批评的多维互动方式，以此形成网络文学批评的优化生态。

在"批评—创作"的维度上，批评者要和网络作家交朋友，主动阅读作品，关注写手的创作与成长；网络作家也应该主动接近理论评论者，形成沟通与交流的良性机制，实现批评与创作的"对眼"与"对点"，而不是彼此观望，互不往来。作为批评家，应该让自己的评论成为助推创作的"锋刀利刃"，而网络作家也应该视批评家为自己的文学同道和前行路上的挚友。

在"批评—管理"的维度上，网络文学批评需要站在社会文化立场，坚持正确的价值观和文学审美品格，熟悉并自觉遵守相关政策法规，积极配合政府管理，打击利用网络文学传播有害信息的违法违规行为，促进网络文学创作与经营恪守行业规范，自觉抵制市场乱象，积极营造网络文学健康有序的发展环境。文学管理者也需要依托网络批评获得文学舆情，把握创作动向，推介优秀作品，尤其需要用网络的特性来管理网络、以文学的方式管理文学，或者说把网络文学当作"文学"去管理，为网络批评的健康活力、网络文学的繁荣和可持续发展保驾护航。

在"批评—经营"的维度上，网络文学批评应该沟通创作与市场，为文学网站培养写手、签约作家，为经营作品提供艺术定性和市场定量的有效信息，通过评论家的眼光分析评估作品，为海量的网络文学作品甄别优劣，过滤非文学元素，助推文学网站辨识作品价值，开拓文学阅读市场，扩大作品影响力，进而以产业化经营创新商业模式，延伸优质 IP 的产业链，形成可选择性价值导向。

　　同时，网络批评还应该促进网站经营者把创作优秀作品作为中心环节的进程，运用新媒体技术评价和传播优秀作品，健全综合评价体系，把好内容质量关，抵制趋利媚俗之风，发表更多经得住大众评价、专家评价、历史评价和市场检验的好作品。文学网站也需要积极配合文学评价活动，为批评行为提供后台信息，把支持文学批评纳入网站管理的工作内容。网络文学批评尤其有责任引导网站经营者处理好经济效益与社会效益的关系。作为文化企业，商业性文学网站经营不仅要遵循市场经济规律，还需要依照文化建设的社会化规制，承担文化服务、文化创新、文化价值营造的社会责任，履行提供精神产品、传播思想信息、传承优秀文化的使命。

　　在"批评—阅读"的维度上，文学批评有责任在浩如烟海的网络作品中引导读者阅读，形成欣赏导向，帮助读者更准确地认识和理解网络作品，以便"通作者之意，开览者之心"，一方面起到"沙里淘金"、抽丝剥茧的艺术遴选效应，另一方面又可以起到净化阅读市场的作用。

　　相对于传统文学，网络文学的阅读者往往就是批评者，特别是在线批评，是可以与阅读同时进行的，读者边读边评，有感而发，即兴言说，直言不讳，这样的批评不仅影响创作，对读者市场的影响力也更大、更直接、更具体，许多文学网民正是根据其他网友对作品的评价去选择读还是不读的。2016 年中国作家协会发布的网络小说上榜作品如《将夜》《余罪》《我欲封天》等榜单作品，无不是经网民点评、口碑举荐而形成粉丝跟读跟评的网络围观才登上排行榜的。那些优质 IP 常常成为"话题式"作品，甚至为作品建立专门的网站，形成评论社区，这就是"批评—阅读"双向互动的结果。

　　网络文学的"野蛮式生长"创造了"时代现象级"的文学奇观，但它依然存在"多而不优、大而不强"的问题，存在数量与质量、效益追求与人文审美、技术强势与艺术优势等方面的不匹配。此时最紧迫、最需要做的，便是加强网络文学理论批评建设。这些年的网络批评已有了长足的发展，但相对于网络创作的繁盛局面，批评仍相形见绌。其中一个重要原因就是网络批评与创作者、管理者、经营者和读者之间存在隔膜，未能在各要素之间建立起必要的互动关联，导致网络文学批评出现"靶的不准"，写、读、经、管、评各自为战，只有"单声部"，没有"协奏曲"的现象。倡导建立创作、管理、经营、阅读、评论五位一体的"批评共同体"，让它们之间达成一种互动交流的运行机制，必将改善和优化网络批评生态，从而以刚健有为的网络批评促进网络文学的繁荣。

（原载《中国社会科学报》2017年3月20日）

17. 网络文艺批评特征简析

曹成竹　王兴永

网络文艺批评因艺术门类的不同而呈现出多样性，因此对其特征的归纳总结也是一个比较复杂的问题。一方面我们应该透过各种具体实践，在整体和宏观的视角下寻求其特征；另一方面我们又难以完全脱离不同网络文艺的特殊性，因为文艺类型的差异往往容易导致批评重心的差异。此外，归纳总结网络文艺批评的特征还需要参考其与传统文艺批评的不同。在综合考虑以上因素的基础上，我们确定了网络文艺批评的三个主要特征，即"自发—交互性""微缩—精简性""展示—娱乐性"，这三个特征分别对应了网络文艺批评的运作机制、呈现形式和作用效果。

一　自发—交互性

"自发的批评"具有自觉、自由、自然、潮流化等特点，正是这些特点决定了"自发的批评"真正能够与广大读者保持密切联系。今天的网络文艺批评的自发性更为突出，它一方面依然秉承着"自发的批评"的口语化、非学术化、潮流化等原则，同时又在自发性的诸多方面有所推进。

首先，网络文艺批评进一步体现了公众性。网络文艺批评的主体是网友大众，虽然网络知名人士的批评仍具有较大的代表性和影响力，但普通网友已经可以并且乐于凭借网络平台来发出自己的声音，他们不再需要有修养的文化精英来为自己代言，民众空前广泛的参与性表明文艺批评真正进入了"平民时代"。以知名文学网站"红袖添香"的论坛发帖情况为例，在论坛人气统计 TOP10 中，"歌词论坛"和"读书杂谈"栏目的发帖量均接近 3000 万。像"红袖添香"这样的文学论坛在中国还有很多，此外，网易、新浪、搜狐、人民等门户网站的文化频道也是文艺批评的活跃阵地。可以说，如天文数字般的庞大数据正是网络文艺批评公众参与性的最好证明。

其次，网络文艺批评进一步体现了多元性。网络的覆盖和传播功能使得网民在文艺接受和批评方面享有平等的权利，而网友在性别、年龄、职业、阶层、文化水平等方面的差异又决定了其评判立场是多元的。因此对于同一作品，我们经常能够看到观点迥异的评判，比如，2010 年上映的微电影《11 度青春之〈老男孩〉》在一夜之间广为流传，博取了无数青中年观众关于青春和理想的唏嘘与泪水。评论既有个人经验，也有对社会的反思，还有从技术和文化层面对于电影的分析，让我们看到了一部成功的网络文艺作品背后的众多声音，这种立场的多元化是网络文艺批评自发性特征的又一个证明。

最后，网络文艺批评进一步实现了交互性。这一点在网络文学领域体现得尤为明显，一部网络小说的读者粉丝最贴近作品，因此于精彩处会毫不吝惜地表示赞美和激励，于粗劣处又会毫不留情地当头棒喝。这些读者意见往往与"点击""月票""鲜花""臭鸡蛋"等经济利益元素挂钩，直接干预作者的创作。此外，读者对一部作品的意见口碑还可能影响其他读者对作品的选择，不仅在网站的书评专区，在网络文学出版的纸质书封面上我们也经常能够看到作为促销手段的读者点评。从网络文学到纸质书，乃至以网络文学为蓝本的影视作品（如《甄嬛传》《盗墓笔记》），网络民意已经构成了这类文艺作品背后的巨大力量。当然，这种交互性并不能说明网络文艺完全出于对网民大众的尊重，还源于其背后的市场经济利益的诱导，但无论如何，网络文艺批评影响作者和读者的交互性力量，较之传统意义上自发的批评、大师的批评以及专业学者的批评而言是空前强大的。

二　微缩—精简性

2009年"微博"的兴起吹来了一股新风，它规定的140字上限旨在文字表达的精练和微缩，也有效应对了网络时代的信息膨胀与都市群体的碎片化时间的矛盾。因此，"微"很快地借助网络和先进通信方式成为一种新兴生活方式，微信、微视、微文学、微电影、微剧本、微广告、微访谈、微旅行等概念相继应运而生。"微时代"的到来则表明人们对网络世界有了新的态度，从对于庞大信息的惊叹赞美和被动接受，到"微时代"的筛选、精简和主动建构，这种更加简化精致和个性化的文化生产及接受方式表明了网民主体意识的增强和审美态度的转向。

"微时代"理念不仅对于网络文学、网络影视等文艺实践产生了巨大影响，更成了网络文艺批评的新特点。文艺批评都要形诸语言，因此，网络语言的微缩大潮势必带来批评的简化。实际上在网络"微时代"到来之前，网络文艺批评较之西方意义上的文艺批评以及今天学术领域的文艺批评，本身就有着简短精练的特点。我们在网络文艺批评中很少见到长篇大论，经常是三言两语的点评，有时甚至仅仅是用几个字的简短评价或是纯粹的"表情符号"来表达态度。即使一篇完整的批评文章也并不会过于冗长，在此意义上的网络文艺批评有点像中国古代的诗文评点。随着"微时代"的来临，语言的精致简练更成为文艺批评的一种自觉和自律的要求。

"微文学网"的宣传口号"精短是一种力量,每个人都是作家"同样适用于网络文艺批评:精短是一种力量,每个人都是批评家。"简书网"则以"找回文字的力量"为宗旨,其中的"谈阅读"和"艺术评论"等版块的文章一般都在1000字左右。除了精简文字之外,更有许多网络文艺批评的"微专栏",如"微评""酷评""微理论""微观点""微观察"等,这些批评专栏更加强化了网络文艺批评微缩精简的自觉意识。

网络文艺批评的"微缩—精简性"特征,既为了满足当代网络读者对于语言魅力的诉求,也是面向大众的文艺批评拒绝内容深奥和形式臃肿的自然需要。这种新兴的特征无疑更有益于大众对于文艺批评的理解、接受和传播,更大程度地发挥网络文艺批评的影响力。当然,网络文艺批评的"微缩—精简性"有可能导致批评流于浅显,无法深入透彻地探讨问题。但话语的简练是相对的,而且话语的简短并不一定等同于批评深刻性的流失,用最简短的篇幅达到最理想的批评效果正是网络文艺批评的优势所在,也是网络文艺批评应该继续努力的方向,这种贴近时代和大众的批评模式更为正统的文艺理论批评提供了借鉴和反思的方向。

三 展示—娱乐性

以"展示—娱乐"为目的是网络文艺批评区别于传统文艺批评的一个主要特征。德国马克思主义美学家本雅明在《机械复制时代的艺术品》中提出了艺术作品的"膜拜价值"和"展示价值"的区分,艺术的展示价值是与现代工业社会的机械复制技术密不可分的,而今天的计算机网络无疑把艺术作品的复制和生产从机械时代带入了电子时代,也把其展示价值推向了顶峰——不仅网络文艺的生产以展示价值为核心,网络文艺批评同样将自身作为一种带有展示性和娱乐性色彩的艺术产品。就网络文学批评而言,论坛发帖、跟帖以及在博客和微博撰文都是比较常见的形式,而这些批评得到关注与认可的重要指标就是点击率和回帖数量。可以说，与正统严肃的文学批评相比，网络文学批评更像批评者展示文采的艺术创作，批评者对于文章语言形式的热忱追求，似乎更甚于对于评点对象的深刻思考，这正是网络文艺批评以展示性为目标的体现。

  网络文艺批评的展示性削减了批评本身的严肃性和深刻性，随之而来的是批评的娱乐性。这一点在网络文学批评中表现为标题的"眼球效应"、语言的文采性等，而在网络影视批评中则有着更突出的表现。网络影视批评除了正统的文字批评之外，还有一种比较特殊的形式，即对于批评对象的戏仿和恶搞式的吐槽。这种吐槽在对原著或其他影视作品的视频剪辑基础上，配以作者精彩幽默的点评，或者为剧中人物配以新的台词，对于网络影视作品的种种缺陷展开嬉笑怒骂的调侃，既一针见血又令人捧腹，深受网友的青睐。

  可以说网络文艺批评的"展示—娱乐性"是互为表里的，展示旨在娱乐，娱乐强化了展示。这一特征既源于大众文化以消费主义和感官愉悦为逻辑的市场规律，更深层次的则应归因于后现代主义文化的解构精神和深度意义的消失。这种大众性、狂欢性的网络文艺批评实践虽然有其欠缺之处，但其对于政治权力、意识形态、精英主义等文艺格局宰制力量的抵抗和消解无疑具有积极的意义。

（原载《山东社会科学》2015年第2期，此处有删节）

第二部分　网络文学评价体系

1. 呼吁建立网络文学评价体系

陈崎嵘

网络文学在中国的发展已历经十五年。十五年，对于源远流长的传统文学而言，过于短暂；但对于网络文学而言，却是异军突起的十五年。随着网络文学发展的步伐越来越快，作者越来越多，对传统文学乃至社会的影响力越来越大，受到的关注度越来越高，如何逐步建立符合文学本质、具有网络特点的网络文学评价体系，成为摆在我们面前的一大课题。

对网络文学的评价，可以有许多标准，但主要的取向是两个方面，即思想价值取向和审美趣味取向。

首先，网络文学应当有正确的思想价值取向。国家层面的富强、民主、文明、和谐，社会层面的自由、平等、公正、法治，个人层面的爱国、敬业、诚信、友善，同样应当纳入网络文学的价值观中来。其次，网络文学同样要树立以人民为中心的创作导向，在思想境界上追求对国家民族的担当，对真善美的赞颂，对假恶丑的鞭挞，对暴力的抵抗，对欺骗的揭露，对遗忘的拒绝，对人生终极意义的不懈追问，对人类精神世界的永恒探寻。

在此基础上，结合网络文学自身的特点，尤其应当注意以下几个方面。

首先，网络文学应该有起码的社会责任、基本的法理和道德底线。在反映现实时，应当分清主流与支流、光明与黑暗、现象与本质、现实与理想、合理性与可能性，恪守基本的道德标准和伦理规范。不能否定一切，怀疑一切，哪怕是虚构玄幻世界，也应当符合人类既有的知识经验和生活常理，体现人性人情。

其次，网络文学应当有高雅的审美趣味取向，对文学心怀敬畏，对网络志存高远。网络文学应当追求积极、健康、乐观、高雅、清新的审美趣味，反对消极、颓靡、悲观、低俗、污浊的审美趣味。这种追求或反对，体现在题材选择、情节设置、人物塑造、语言使用、文本气质诸多方面，需要具体分析。

关于网络文学的题材问题。我们不是题材决定论者，但我们也不赞同题材无差别论。网络文学在描写现实生活时，应当自觉做时代的记录者，做生活的代言人，而不该在题材上一味地"不敬苍生敬鬼神、不写今人写古人"。

关于网络文学的类型化问题。我们应当尊重网络文学的类型化选择，鼓励深挖类型化的潜质，期待类型化中涌现出精品力作，甚至是经典之作、传世之作。但同时，缺乏艺术个性的作品必定缺乏生命力，艺术创新是网络文学繁荣发展的必经之途。网络文学应当弃克隆之术，走创新之路，竭力避免跟风、扎堆，避免千篇一律、千人一面，避免类型化变成雷同化、套路化、同质化。

关于网络文学的情节描写问题。网络文学应该充分发挥想象力，避免结构单一性、情节平面化，但是在追求曲径通幽、波澜起伏的情节描写的同时，不该一味沉溺于感官愉悦，剑走偏锋，夺人眼球。要新奇，不要猎奇；要奇异，不要怪异。

关于网络文学的文字问题。我们欣赏网络文学在语言方面的那种"地气"与"草根",欢迎它特有的新鲜气息,但同时希望它能保持文学语言的通俗和纯洁,而不是粗制滥造、随心所欲,使语言粗鄙化、"火星化"。自嘲可以,自贱不可以;创造可以,滥造不可以;流行可以,污染不可以。

如何把网民零散的看法转化为系统的理论,形成科学的网络文学理论体系?如何把对网络文学的印象变成说理透彻的学理,用以引领网络文学的创作?如何把我们的共识转化为大众对网络文学的判断,引导网民阅读?这是网络文学研究的重心所在,需要我们以研究求得共识,以共识推动研究。希望更多有识之士,关注网络文学现状,建构网络文学理论体系,撰写出中国网络文学的《文心雕龙》和《人间词话》。

(原载《人民日报》2013年7月19日)

2. 网络文学亟待确立批评"指标体系"

王国平

"套用网络文学界的说法,这个研讨会也可以叫作网络文学的'京都论剑'。"2012年6月28日下午,在中国作家协会举行的网络文学作品研讨会上,中国作家协会党组成员、书记处书记陈崎嵘在致辞时如是说。

中国作家协会十楼会议室,这里每年都要举行很多传统文学作品研讨会,评论家们拿着"显微镜"对作品进行解剖。这次网络文学作品在这个地方唱"主角",是1949年7月13日中国作家协会成立以来的头一回。

菜刀姓李(李晓敏)的《遍地狼烟》、天下归元(卢菁)的《扶摇皇后》、酒徒(蒙虎)的《隋乱》、阿越(罗煜)的《新宋》和杨鏊莹的《凝暮颜》等五部作品,接受了十位专家的检阅。

陈崎嵘坦承,对于传统文学的研讨已经是轻车熟路,早就形成了属于自己的审美评判方面的"指标体系",但横空出世才十多年的网络文学却是另一番面貌。在陈崎嵘看来,若重视文学,必须重视网络文学;若关心文学的未来,必须关注网络文学的发展。同时,没有规矩,不成方圆;没有跑道,无法起飞。这就意味着网络文学用以批评自己的"指标体系"亟待确立。

6月26日，中国社科院文学所发布的2012年《文学蓝皮书》显示，目前在网络平台上坚持写作并靠稿费谋生的写作者有三万多人。这与专业作家和半专业作家的数量总和不相上下。庞大的写作队伍构成一个"江湖"，拥有属于自己的"门道"，但有的却是"歪门邪道"。

天下归元（卢菁）提到，网络文学写作最具特色的一点是井喷式写作，"长达四个多月的时间里，我几乎每天都更新万字以上"。这样的写作，结果是很多时候难免出现文字累赘、情节拖沓、收放不自如的问题。用中南大学文学院教授欧阳友权的话说，这样的作品是"市场催生的注水长篇"。

杨鋆莹觉得网络文学写作的一个重要特点是断裂式、铺砖一样的行进，这造成的结果是可能某个细处前后对不上榫，"比如某个人物的背景介绍在前面是一个样，在后面文字再一次出现时，连籍贯经历都不对了"。菜刀姓李（李晓敏）也表达了自己的忧虑：从稿费收入和读者的阅读需求出发，一味地追求速度和产量，这样的创作方式不值得提倡。"打个比方说，你一斤大米想酿出二十斤酒来，那酒就算还能喝但不会是好酒，因为它是兑了水的，不纯。"

天下归元（卢菁）说，爆发式更新也未必没有好处，因为逼迫式写作会促使思维运转加快，读者会给予相当的支持和回报，从而形成良性循环。阿越（罗煜）自认为是在凭着直觉写作，欠缺写作的基本功，即便不时停下脚步反省，但为了维护作品的结构和节奏，只能将错就错。

"一种茫然的感觉，无法形容，这个时刻，正是需要倾听的时候。外界的看法，尤其是来自专业人士的批评，应该是我最需要的。"阿越（罗煜）对这次研讨会寄予厚望。

中文在线互联网总监刘英是酒徒（蒙虎）创作《隋乱》时的网络编辑，他发现网站的需求跟作者的需求是不统一的，网站要求作家用熟悉的技法进行创作，但是作者希望有创作上的扬弃与突破。这之间的博弈使得网络写手承受了不小的压力，所以他们大多内心孤独，缺少在共同场合面对面交流创作经验的机会。

"社会认可度不足"，天下归元（卢菁）说，相对于传统作家而言，网络写手要面临这样的新困扰，另外还包括同步盗版、隐性侵权、平台与作者分成不透明、付出与收入不成比例等。

所以，对于这样的研讨会，与会的网络写手十分珍惜。尽管当前正是夏季，但在菜刀姓李（李晓敏）看来，召开这次研讨会意味着网络文学也有春天，"而且春天就要到来了"。

与会专家从各自的角度对网络写手的创作进行了点评，有鼓励，也有叮咛。北京大学中文系副教授邵燕君在肯定阿越（罗煜）的创作带来温暖与光明的同时，希望他不要过度拘泥于求证具体的历史细节，因为这样的行为束缚了创作的手脚。她同时希望网络写手正确看待网络环境下作者与读者之间的关系，"很严酷，但有效"。

专家们不断地向年轻的网络写手传授着文学创作的基本规则。中国网络文学联盟网总编辑吴长青说，文学是面对众人的，不是自己独自欣赏的，自我创作和社会现实需要有效对接。中国作家网副主编马季说，人物性格的发展与变化要有一定的合理性，要有足够的铺垫。深圳市作家协会副主席兼秘书长于爱成说，人物塑造不能简单化，像机器人一样，这使读者容易成为旁观者，缺乏撼动人心的力量。

面对这几位网络写手，中国社科院文学所研究员陈福民质问自己是否有资格来点评。

"网络写作蓬勃兴起，又泛滥无边，批评有效跟进了吗？"陈福民自问。有观点认为，研究网络文学要"追文"，即同步跟踪网络写手的创作进展。陈福民承认没有这样的经历。

同为中国社科院文学所研究员的白烨希望把这样的研讨会看成对话与

交流，"相互交流，在交流当中对话，你们谈你们的，我们谈我们的，你们看我们的有没有道理？我们听听你们的有没有道理？然后相互改变、相互启迪"。

有着"追文"经历的鲁迅文学院副研究员王祥试图为网络文学的创作规律把脉。在他看来，历史学追求和呈现的是"有"，即历史真相到底如何；而传统的历史小说创作在不违背历史走向与历史真相的前提下，可以虚构，这意味着它呈现的是"可能有"，但大部分网络小说写的则是"不可能有"。

这样的总结是"雾里看花"，还是"靶标精准"？可以肯定的是，正如陈崎嵘所说，经过十几年的发展，网络文学在创作理念、创作手法、语言表述、传播手段、阅读方式等方面，已经显示出了与传统文学不同的特点。

"从某种程度来看，网络文学是'另一种'文学。我们研讨网络文学作品，应当在坚持文学本质的前提下，注重研究网络文学的特点，寻找和发现网络文学与传统文学的不同点，经过较长时间的创作实践和理论研讨，逐步形成符合网络文学创作和传播实际的、具有网络文学特点的审美评价体系。"陈崎嵘表示。

时代在呼唤真正的网络文学评论家走到前台。

（原载《光明日报》2012年7月3日）

3. 空间转向：建立网络文学批评新范式

禹建湘

当前，网络文学批评常见于各类文学网站，如起点中文网、晋江原创网、红袖添香等，还有部分文学 BBS、社区网站、个人博客也有文学板块并提供文学批评栏目。网络文学批评的方式现在主要体现为四种方式：跟帖、点击率、专家榜单和个人博客。

一是跟帖。文学网站以及 BBS 上的批评多以"跟帖"的形式出现，跟帖是网络文学批评最为常见，也是最为重要的一种方式。一般读者通过跟帖表达自己对作品的喜好，与作者进行互动，有的还进行"再创造"。网络作者在看了跟帖后，可直接回复，或表示感谢，或反驳其观点，这使得网络文学批评有了一个"自由的言论市场"。

跟帖按照字数的多少，可分为"短评"和"长评"。"短评"是跟帖中最常见的一种，通常是读者发表自己对网络文学作品的简短的阅读感受，是一种直观的、第一时间的实时性体悟。这些批评一般不对作品本身的内容和价值做过多的评价，往往强调读者主观的、直观的感受，内容感不强，毫无批评内涵。诸如："顶""沙发""好好看哦""快更新啊"之类；"长评"在跟帖中不多见，但却是评价一部网络文学作品的重要指针之一，只有那些关注度较高，广受好评或是广受争议的网络文学作品才能获得读者更多的长评。相比于简短回复，长评更注重对文学作品内容与质量的评价。有的长评本身具有很高的学术价值，对网络文学的发展具有指导意义。正因为这样，越来越多的文学网站将长评的多少列为文学作品的评判指标，直接影响它在整个网站作品中的排名。当然，这也导致了一些网络作家以赠送礼品，赠送VIP阅读机会等手段来获得长评，一些批评者为"礼物"而写，使得长评蒙上了一层功利性的色彩。

二是点击率。点击率与跟帖一样，是判断网络文学受欢迎程度的一个重要标准，可以借此来衡量一部网络文学的优劣。但一些网站为了追求点击率，采用媚俗的作品来吸引读者，导致作品格调的趋下。所以，点击率虽然对网络文学的优劣有一定的参考价值，但不能单纯依靠点击率来衡量作品或取代理性的批评。

三是专家榜单。为了更好地推荐作品，一些大型文学网站以专家榜单的方式引导读者的阅读。借助专家的推荐，大量优秀的网络文学作品脱颖而出，使读者在浩瀚的网络世界中，方便地找到高质量的文学作品，这对网络文学的传播和消费起到积极推动作用。但是同时要注意，一些网站出于盈利目的，为提高知名度而推出虚假的专家榜单，或一些专家出于某些利益而胡乱推荐，这些缺乏监管的专家榜单，可能误导读者，并对网络文学的发展带来方向性的负面效果。

还有的文学网站推出与专家榜单类似的读者"星级评判"，如"豆瓣网"以已经出版的网络文学作品为对象，设置该作品的主要信息，如作者、出版地、出版时间以及内容简介等，但不提供文章内容，需要读者通过自己的渠道阅读作品，来对其进行评价。其评价包括对作品打分（五星制标准）、一句话点评以及发表评论性文章。在一部文学作品的页面，可以清楚地看到它的得分，各个星级所得票数，清楚直观地看到文学作品的受关注度以及好评度。其下的评论也是评论内容加打分的形式，可以一目了然地看出读者喜欢的理由、讨厌的理由。特别是在它的正式评论板块，有很多观点独到的优秀评论，可以帮助其他读者理解这部作品。

四是个人博客。个人博客是网络文学批评的一种重要途径，依托于博客平等的话语权，越来越多的读者选择通过博客发表文学观点，而博客对当下的网络文学作品更为关注，其网络文学批评身份越发凸显。博客的互动性虽然不及文学网站、BBS和社区网站，由于博客的更新率较快，能通过搜索引擎很快阅读到相关的网络文学作品，以及最近对该作品的相关评价，博客批评越来越成为读者阅读作品的重要指南。

从网络文学批评模式和内容来看，当前网络文学批评呈现出两大特征：一是批评主体的泛化，二是批评话语的通俗化。

其一，批评主体的泛化。由于网络传播的公共性和虚拟性等特点，任何人只要具备一定的知识素养和网络技术，都可以利用网络平台进行自我体验的表达和情感的宣泄，网络文学的创作和网络文学批评变成了真正的"众声喧哗"，直接导致了网络文学批评主体的泛化。网络文学批评主体的泛化，建构了一个平民化的言说空间和平台，使更多人获得了话语的权力，一般的读者都可成为文学批评的主体，拓展了文学批评空间。这种主体的泛化，使得网络文学批评呈现出无中心、无权威、无标准的新症候，大多批评主体缺乏专业的理论知识，也不屑于学院式的八股论述，批评者依据自身的喜好和立场，摒弃严谨的逻辑和完美的形式，更多地依仗对网络文学作品或文学现象的感悟，随心所欲地表达自己的观点。由此，批评主体的泛化适应了诸多草根阶层的批评者，壮大了文学批评的队伍，并为文学批评带来了新的景象。

其二，批评话语的通俗化。正因为草根批评在网络中大量涌现，网络文学批评的话语方式也随之发生了重大改变，向通俗化的方向行进。网络文学批评为了吸引读者，自发和自觉地放弃了学院式的居高临下的批评姿态，自然地融入大众文化生活中。这种批评较少引经据典，打破批评文本内封闭式的自成一体格式，而是根据大众的习惯来选择和确定自己的话题。很多批评者就是利用网络文学这一中介，来进行情感的宣泄。在草根批评者看来，网络批评的本质与网络写作的本质是一样的，是一种真情实感的宣泄。这种批评姿态，体现了网络文学批评的自由心态、自我表达、自在方式的草根性质。网络文学批评尽量避免长篇大论，取而代之的是短小精悍的随笔性批评。同时，尽量避免使用晦涩的专业理论和名词，采用大众化的口吻，谈论大众喜爱的文学作品和现象，这种通俗化的批评话语，为僵滞的文学批评注入了新的言说方式。

不可否认，与传统文学批评方式相比，网络文学批评呈现出"另类"的特性，但其抒发感想式、趣味恶搞式、整体否定式等批评风格也削弱了批评的科学性和公信力。如抒发感想式的批评以读者直观感受，用一种即兴点评的形式，不深究作品的具体内容，带有较强的主观性；趣味恶搞式的网络文学批评则通过夸张无厘头式的语言，颠覆传统经典，体现了后现代主义的反中心、反权威和反传统的反智主义；整体否定式的批评则对时下网络文学进行抨击，在激进的立场中丧失文学的辩护，批评内容由此缺乏理性、缺乏深度。为此，网络文学批评必须建构新的范式，形成自己的批评原则和方法。

众所周知，文学批评范式经历了五次重要"转向"——希腊时代的人类学转向、中世纪的神学转向、17世纪以笛卡尔为代表的"认识论转向"、19世纪末20世纪初的"语言论转向"以及20世纪后期的"文化论转向"。随着网络文学的兴起，文学批评范式将面临第六次重要"转向"，这就是"空间转向"的新范式——批评的主体是"个人化的大众批评"，批评的方法是"跨语境的文化批评"，批评价值观是"开放性的多元批评"。这种批评范式是根据网络文学的公共性、虚拟性，以其网络文学的快捷、方便、自由等特点建立起来的。

一　网络文学批评主体：个人化大众批评

网络文学批评首先是批评主体的重组，传统文学批评的"现代精英主义"立场和"被动大众"观念要改变，批评家要放弃文学"立法者"的身份认同，而应走向个人化的"大众批评"，也就是蒂博代倡导的"自发的批评"。

传统文学批评长期坚持泛政治意识、道德崇拜、革命崇拜等既定价值观念，在此种批判理论的视野中，大众是一群乌合之众，他们缺乏鉴别能力，只能被动地接受文学产品。而个人化的大众批评，以批评家的自我文学趣味和文学理解，以个人文学立场、文学标准和文学批评方法来阐释网络文学，这种批评将避免出现传统文学批评中容易出现的文化霸权主义、文化犬儒主义、民族精英主义、文化民粹主义等流弊，有效地维护批评的独立性，回到文学批评的原生状态。

这种具有民间精神与独立个性的批评方式真正实践着一种大众批评，推动文学批评的大众化，建构大众批评的美学标准和批评方法。"个人化"就是网络文学批评不依赖于严谨绵密的分析和精细烦琐的注解，而是追求一种源自生命体验的直觉感受，充盈着机智、敏感、生动、迅速，还带着活力和热度的反应。这种批评将引发崭新的"轻批评"模式，生产简洁活泼、平易近人的文学批评体式。"大众化"既指批评主体的泛化，跟帖者即批评者，更是指批评的核心在于批评话语趋近、归化于大众话语，有着清醒的大众本位意识。个人化的大众批评凭个人的学术或艺术直觉，采用描述抒发方式来表达发现与感受，表明对作品的印象。这种批评往往吉光片羽、闪烁精彩火花，引发读者共鸣，可读性强。这种批评并不消弥批评应有的严肃性和公正性,依旧承担着文学领航的角色。

个人化的网络文学大众批评以全新存在方式还原批评本色,其呈现的短小化、口语化、即兴式、直觉性特点吸引着读者对文学的关注。读者依据其指点而及时浏览优秀的网络文学作品,其亲民的批评风格彻底消除一切文学批评特权,营造着网络文学应有的平等氛围,与网络文学的原创精神一脉相承,推动网络文学继续前行。

二 网络文学批评方法:跨语境文化批评

网络文学批评面对着流行文化、大众文化、商业主义、消费主义等不同的文化语境,网络文学带有明显的后现代"秀场狂欢"特征。大众对小说的感知除了文字之外往往还混杂着变幻的影像,同时,网络文学自由表达所产生的更多涉及种族、阶级、性别、身份等领域,这要求网络文学批评建构一种跨文化、跨学科研究的"协力关系网",在更为广阔的跨文化语境系统中重建文学批评的现实品格,发掘其更大的阐释向度与空间。

网络文学批评要以一种"介入"的姿态,与跨语境对接,批评者面对新生的网络文学,不能进行简单回避或张扬,更不能固守成见,简单与史对照,从而得出既成的结论。网络文学批评应持有文化诗学的态度,关注与网络文学文本有关的各种文化文本和社会文本,破译其背后的文化存在和隐含的文化意识形态。这种批评横跨宏观文化和微观文本,其批评价值观始终着眼于对文本和文化的反思与生命意义的提升方面。

跨语境的文化批评本质是一种文化诗学批评。网络文学并非游离于文化话语系统之外,网络文学批评必须寻找到网络文学生产与消费的文化症候,揭示这种文学生产与消费与时代文化精神的契合点,坚持"对话"的文化诗学批评,把网络文学文本与社会文化语境、传统文学史的经典文本联系起来考察,从整个文化系统来理解网络文学的意义。

跨语境文化批评把网络文学放入整个社会文化中来考量，思考网络文学与社会各种文化元素的交叉与融合，从多种存在关系来阐释文本意义的多种可能性。这种批评，不仅要阐发作品的思想性与艺术性，而且要阐发文本产生的社会文化的意义与价值，致力于考察网络文学在社会语境的运作过程，从而"敞开"被主流文化和线性历史所"遮蔽"的意义和价值。同时，跨语境批评充分意识到麦克卢汉所说的电子媒介改变认识的判断。麦克卢汉指出，电视电子媒介可能恢复印刷媒介所破坏的感官比例，实现感官的"再统合"，网络通过潜移默化的"感官综合"，改变了认识世界的手段、思维方式及其表达路径。它使认知方式不仅仅局限于视觉的理性思维，而是借助嗅觉、触觉、听觉、视觉、味觉，综合运用理性和感性的思维方式带来文学批评形式的诸多变化。这是另一种形式的跨语境，这使得网络文学批评可能从抽象、单一的文字形式转变为形象、生动，同时具有影、音、文字等功能的多维立体的表达形式。如果这种批评方式得以放大，就可以开辟出新的批评路径，拓展新的批评领域，丰富新的批评手段。

三　网络文学批评价值立场：开放性多元批评

德里达曾表示，电脑书写由于其文本的可逆性以及它的可随意增补、插入功能，使逻各斯中心主体失去稳定性。网络文学写作的开放性、匿名性、即时性、在线性，使得写作主体变得模糊，尤其是超文本的链接性，使网络文学具有了多线性、不确定性和能动选择性，传统文学的固定能指被滑动的能指所取代。这样，网络文学的文本是开放的，不再是唯一的意义之本，这构成了网络文学批评范式的基本假设。网络文本意义的多元必然导致批评的去中心化，网络文学批评就是在播撒性的文本中不断摸索，把可能的意义汇集起来。甚至网络批评本身也具有超文本性质，也许批评者输入某个关键词或主题,通过超文本的链接,形成多个批评文本的串联或并联,这种开放的链接,为批评提供了立体化的内容,多个批评文本之间也构成了开放的多角度的对话,多元化的批评视角就在批评链接中得以完成。同时,由于网络文学缩小了艺术与生活的距离,模糊了艺术高雅与粗俗的界限,网络文学批评必须要改变二元对立的思维模式,树立开放的多元主义观念。传统文学批评受制于固有的批评思路和批评视野,容易对网络文学进行"单向度"的批判,如果过多依赖传统文学批评那种根据高雅文学和精英文学而确立起来的批评标准,可能会因忽视网络文学的复杂性而使批评不得要领。所以,网络文学批评要建构一种开放的多元批评范式,用发展的眼光来看待网络文学种种新现象,以历史性与当下性相融合的批评价值取向来引领网络文学走向更高的境地。

(原载《探索与争鸣》2010年第11期,此处选自该文第二、第三部分)

4. 中国网络文学评价体系的维度及构建路径

周志雄

一 网络文学应建立独立的评价体系

笔者从事网络文学研究十余年，每每碰到这样的问题：为什么这个作家是网络作家，另一个作家不是网络作家？网络文学和非网络文学到底有什么区别？此前的海外华文文学网站也是传统文学写作的"上网"，强调在网络上首发的文学作品是网络文学，并没有清晰地说明网络文学与传统文学的区别。那些走传统文学道路的写作者，所写的作品在纯文学期刊体系下一时无法发表，转身求助于网络，获得了网络人气，获得了各种好评，并重新引起传统文学期刊的关注，这样的作家似乎并不认同自己的网络作家身份，作家宁肯就是这样的例子。他的《蒙面之城》投了很多家刊物都石沉大海，后来在"新浪读书"上走红，引起强烈反响，并迅速引起传统文学期刊的关注，最终在《当代》杂志分上下两期刊出，在"编者按"中，还把这部作品称为是"'网络文学'同'非网络文学'比肩的标志"。此后,《蒙面之城》获"《当代》文学拉力赛"总冠军、"第二届老舍文学奖"优秀长篇小说奖。另一个突出的例子是金宇澄,他的《繁花》获得了第九届茅盾文学奖,这部作品最初在上海的弄堂网上刊发。宁肯和金宇澄并不是时下所说的网络作家,他们的作品也不是典型的网络文学,宁肯和金宇澄的例子说明网络文学和传统文学之间没有清晰的界限,网络只是一个发表的载体。

时下网络文学突出的特点是网络性:网络文学作品在网络上发表,在线更新,和读者进行互动,形成相应的粉丝读者群。在这个过程中,作者根据读者的阅读趣味调整写作方向,并通过读者的付费阅读获得收入,这样创作的文学作品就是网络文学。但这样的定义依然是有漏洞的,早期在BBS论坛上发表的《第一次的亲密接触》在线并未获得收入,早期的三大网络奇书《小兵传奇》《飘渺之旅》《诛仙》也没有在线获得收入,还有很多在贴吧、论坛及一些文学网站上发表作品的大量未能获得收入的写作者,他们创作的是不是网络文学?当然是网络文学,他们虽然没有直接获得在线阅读的收入,但通过实体书出版获得收入,或通过作品转化成其他形式的产品获得收入。这些作家的作品与宁肯《蒙面之城》的区别在于前者是在线完成的,有读者意见参与,是在和读者的互动中完成的;而后者只是将已完成的作品直接放在网上,没有网络性。

"网络文学"的定义是相对的,犹如"美"是一个难题、"文化"有数百种定义,概念总是难以对现实形态做出严密的界定。事实上,所有的概念都不是人为规定的,而是在现实发展中约定俗成的。网络文学的概念之所以能成立,是基于在网络上写作的群体数量巨大,业余写作者两千余万人,网站注册写作者数百万人,网络文学的读者有三亿人,占网民的40%以上,据统计,2016年网络文学所涉及的经济总量将达到一百亿元。网络文学带动了文化产业的发展,形成了文学创作、网络游戏、电影、动漫、电视剧一体化的 IP 产业链。在这样的文学发展现实下，最有中国特色的网络文学就是那些在各大商业文学网站上刊发的各种类型小说，包括玄幻、职场、校园、历史、盗墓、穿越、科幻、军事等类型化的小说。

网络文学是在互联网媒介上发展起来的，是一种新兴的大众文学，注重商业化、娱乐化等特点，与传统文学存在差异。在各种文学评奖中，网络文学与传统文学同台竞技，出现了尴尬的局面。如 2011 年第八届茅盾文学奖修改了评奖条例，允许网络文学作品参与评奖，这是网络文学作品首次被允许参赛国家大奖。有几部网络文学作品参赛，但最终的最佳成绩是李晓敏的《遍地狼烟》止步 42 强。评委们发现以传统文学的评价标准来看待网络文学，网络文学的思想性和艺术性显然还不足，分量还不够。有评委提出，应设立单项的网络文学奖。网络文学为什么要单独设奖？这是因为网络文学与传统文学不在一个层面上，如果说传统文学是"厚重"的，那么网络文学就是"轻逸"的；传统文学是精英的，网络文学是大众的；传统文学是作者的文学，网络文学是读者的文学；传统文学注重思想性和探索性，网络文学注重娱乐性和趣味性。如果用传统文学的评价标准来评价网络文学，难免隔靴搔痒，不得要领，提出构建网络文学评价体系的设想自然应运而生。

网络文学发展评价体系的提出是面对网络文学发展的现实提出的对策，是针对目前网络文学研究所遇到的问题提出的构想。有网络作家结合自己长期以来网络文学写作的经验，认为传统文学的评价体系虽然完备，但在很多方面仍不能与网络文学相适应，为新兴的网络文学打造与之相匹配的网络文学评价体系势在必行。

网络文学发展是否应该建立一个独立的评价体系？如何建立网络文学的评价体系？这是个颇受学术界争议的问题。反对者认为，文学就是文学，文学的评价体系就是网络文学的评价体系，优秀文学的标准就是网络文学的标准，不需要额外再建新体系。这个观点似乎不无道理，但对于网络文学的发展毫无意义。在中国网络文学发展的历史进程中，精英知识分子相对是缺位的，网络文学的评价主要来自网民，网络文学创作者与接受者的及时互动主要在粉丝群中，有相对固定的友情组合的小圈子群体。优秀传统文学的评价标准是文学的思想性、艺术性、创造性，而网络文学是直面受众、让人开心、满足读者的精神想象，这和传统文学有很大的不同。用传统文学的标准评价网络文学无法说明网络文学的高下优劣，网络文学的评价体系应从网络创作的实践中来，通过网络在线传播，产生巨大的社会积极效应的作品，兼顾审美艺术性和创造性的网络文学作品才是好作品。俄国学者哈利泽夫的《文学学导论》将文学分为高雅文学、大众文学、消遣文学，这与我们通常对文学的分类有很大不同。在哈利泽夫看来，高雅文学具有较高思想艺术价值，大众文学是没有多少艺术修养的读者认可的文学，消遣文学介乎高雅文学与大众文学之间，谈不上多少艺术的独创性，却能探讨自己国家和时代的问题，能回应当代人，有时能回应子孙后代的精神需求和智力需求，能表现"小时段"的思想风尚，"小时段"的关切与忧心。按照哈利泽夫的分类，网络文学的主流应是大众文学和消遣文学，"消遣文学"虽没有多少"艺术的独创性"，但对社会发展具有巨大的意义。具体来说，网络文学有其自身的特点和规律，这些只有深入作品之中，深入网络文学创作现场之中才能体悟和总结。

认识到这一问题的迫切性之后，接下来的问题是如何构建网络文学发展的评价体系？网络文学评价体系不是凭空而来的，应对话当下网络文学的历史和现状，了解网络文学发展的规律，建立于传统文学评价体系的基础上，对网络文学具有实践指导性。

二 评价网络文学的维度

网络文学的评价体系应系统地考评网络文学，应有相应的价值维度、理论维度、审美维度、文化维度、技术维度、接受维度、市场维度，既要注重评价的有效性和通约性，又要能在更高的层面上促进网络文学的发展。下面重点分析四个维度。

一是网络文学的网络维度。网络文学突出的特点是网络文学在互联网上传播，在与读者的互动中产生，写作者身份芜杂，写作的人数多，网络平台、读者对作者有很大的影响，对网络文学的评价必须考量网络文学的网络性。BBS论坛、豆瓣网、天涯论坛、红袖添香、铁血军事、起点中文网，不同平台发文的特点是不一样的。网络文学在互联网上连载，形成不同趣味的读者群，带来相应的网络阅读现象。网络文学的影响力不在于艺术上的先锋性，而在其文化贡献上，它使众多的人通过相同或相似的兴趣爱好聚集在一起，共同以文学的形式进行交朋会友。网络文学的读者定位是比较清晰的，其文化认同比较高。这种文化群体本身的成分比较复杂，既有对现存已有文化的继承，也有英国文化学者所说的对专制的反抗；既有充满勃勃生气的青春文化，也有特有的青年亚文化。中国当代网络文学的成就不是体现在思想和艺术领域可以和纯文学比肩，而是整体上的一种文化贡献。网络文学最重要的价值在于依托新媒体促使"文化转向"，民众的创造力被解放出来，他们综合借用各种文化资源，参与时代的文化建构。仅仅对网络文学展开审美批判是不够的，甚至是无力的，只有将文化研究与文学作品分析相结合，认识其文化价值，才能更深刻地阐释其合理性。一种文化的价值在于其时代性，在于其对新的文化的衍生性，在于对未来的价值。网络文学的文化价值体系不是无源之水，而是来自多元的跨时代、跨民族文化传统和广阔的时代社会生活变革。

二是网络文学的审美维度。网络文学最受诟病的就是作品"注水",商业化、粗、俗、浅的作品多,文学价值不高。中国网络类型文学传承的是中外古今的通俗文学和现代通俗文化。从目前的网络文学发展现状来看,网络阅读的门槛低、受众面广,形成"快餐式"的网络通俗文学阅读热。金庸的武侠小说,琼瑶、亦舒的言情小说,古代的话本小说,好莱坞大片及各种类型电影,国外的通俗小说等对中国网络文学影响很大。在通俗文学的视野中,通俗小说的手法,诸如悬念、主角光环、一波三折、奇遇、巧合等手法在网络文学中被强化,玛丽苏、杰克苏、爽、YY、金手指、开挂、垫脚石等网络文学中的常见手法并不是网络文学的独创,而是通俗文学手法的突出和放大。但网络文学在结构、模式、语言系统等方面都有新的发展变革,其结构框架、人物创设、故事设定等方面都有自身特点,应有深入的理论阐释。

考察网络文学的艺术传承是对网络文学创作规律的尊重,也是对网络文学所蕴含的新的审美因素的重新认识,这种考察评判将使网络文学在接续传统文脉、融通中外文学的道路上向更高的艺术层面迈进。网络文学带来了审美领域的新变化,在语言、结构、叙事上都有新的变化,改变了20世纪中国文学过于沉重的面貌,开创了一种新的叙事范型,出现了超文本、"接龙式"写作、多媒体文本、互动小说、超长篇、短信文学、直播贴、微博体等依托网络存活的新的文体形式。这些文体样式的审美规律应深入研究,蕴含了未来文学的可能性形态。

三是网络文学的商业维度。网络文学不仅仅是文学,还是多样的文化产品,是文化产业的一部分。传统文学在市场流通,也是文化商品,也具有商业属性,但网络文学的商业属性更加鲜明,网络文学商业化已形成规模,产生相对成熟的模式。对一部有商业效应的优秀网络文学作品需要认真考量：商业效应是如何形成的？可总结的规律是什么？在推进打造网络文学IP产业链的新形势下，放眼世界文学产业，网络文学未来之路如何走？应对那些有良好社会效应及巨大商业价值的网络文学作品进行重点研究，分析不足和问题，总结成功经验。国内网络文学的产业化趋势，超越了既有网络文学的自在形态，更多地与商业资本、主流导向、媒介推手等多重力量缠绕在一起，只有通过对类型文学商业网站的运作机制的全面考察，通过对网络文学生产、传播和消费的整个流程的把握，才能实现对网络文学深层规律的准确判断。

四是网络文学的理论维度。20世纪是一个文学批评的世纪，西方文学批评的方法体系在中国大地落地生根，借助这样的批评体系产生了很多重要的学术成果。美国学者艾布拉姆斯在《镜与灯》中总结了文学的四大要素：作品、作者、读者、世界。围绕四大要素产生了多种文论系统，如：围绕作品中心产生了形式主义批评、结构主义批评、后结构主义批评、符号学、叙事学、新批评等；围绕作者中心产生了传记批评、心理批评、精神分析批评等；围绕世界中心产生了社会历史批评、文化批评、新历史主义批评、女性主义批评、后殖民主义批评等；围绕读者中心产生了接受美学、读者反映批评、阐释学批评等。这些批评方法对研究网络文学当然也适合，如网络文学的叙事艺术、符号学意义、传播特点和阅读接受，性别视野中的网络穿越小说，这些选题都具有一定的学术意义。研究必须上升到理论的高度才更有价值，这些理论对深化理解网络文学无疑大有裨益，在实践中要求超越简单套用西方的文学理论来评价中国的文学现象，应有效借鉴、积极作为，进行理论的融合、提升和创造，从中国网络文学的实践出发，深入阐释中国网络文学的规律和特点，在此基础上，提出契合中国网络文学审美特点的学术概念。

三 建立网络文学评价体系的路径

对网络作家进行评价应从认真阅读作家的作品出发，以文学的心灵感知、接近、理解网络作家。对网络文学的阅读，可以参照网络粉丝读者的阅读评价，既可以是研究者个体的阅读，也可以是小团队的分工阅读，还可以召开作家的作品研讨会，让更多的人参与阅读、讨论。目前网络文学创作的火爆情况与评论界的相对沉默形成了反差，这方面的工作需要切实有力地推进。

对网络文学总体发展状况进行调查，访谈重要的网络作家，对网络作家的创作动因、写作计划、创作状态、艺术追求、经济效益、社会影响、创作道路、写作困境等方面的情况开展调研，走进网络文学创作一线，获得一手资料。网络文学创作主体的素质参差不齐，身份情况复杂。对那些产生了重要影响的网络文学创作者进行访谈，是深入认识网络文学创作规律的基础。网络文学创作是现时性、在场性的，采用访谈、对话的研究方式，将是打开网络文学内在研究的一个缺口。还应调研作家与读者互动的情况，考察贴吧、论坛、作品评论区、微信、微博、粉丝群等场域读者与作家的交流情况，调研作家作品的IP转化情况，深化对网络文学创作规律的理解。

通过阅读作家的作品，调查读者的阅读反应，对网络文学展开评价。从传统文学的角度看，网络文学存在很多问题和不足，但网络文学实实在在的读者影响力不容忽视。到底哪些人是网络文学的接受者？网络文学到底在哪些方面吸引了读者？网络文学产生的社会影响如何评价？要说清这些问题，应对网络文学的受众进行问卷调查，通过系列数据分析网络文学的接受规律。网络文学一直面临迎合读者、过度娱乐化的指责，但这只是问题的一面，深入探讨读者接受反应的心理机制，才能回答网络文学的功能、社会角色及社会价值等问题。现代社会快节奏的生活和工作压力,让人们身心疲惫,网络文学通过娱乐的方式让人缓解紧张。网络文学是如何契合、满足读者需求的,读者反馈又如何影响创作者,这是探讨网络文学读者接受反应的重要课题。回到网络文学发展的历史中,那些引起巨大反响的网络文学作品有什么特点?不同形式、不同题材的作品对应哪些受众?网络文学作品的受众群有何历史性的变化?这其中的启示有哪些?这些问题需要全面系统地展开研究。早期成名的优秀网络文学作者已创作近二十年,艺术上日臻成熟,商业化的负面效应会影响作品的品质,对此应有严肃而深入的理解及批判,而不是因此对网络文学简单地全盘否定。

网络文学题材丰富、形式多样,单一的研究方法难以面对复杂的研究对象,只有综合借用文学批评的研究方法才能有效解释网络文学。这些研究方法既包括知人论世的中国传统研究方法,也包含现代创作心理学的精神分析方法;既包含历史的评价,也包括美学的评价;既包含创作类型学的研究,也包含新媒介与文学交融的透视;既包含对作家作品的细读、分析,也包含对网络作家向编剧等身份转化的考量;既包含作家个性、气质和艺术风格的考察,也包含对作家商业效应和读者市场的分析。批判的武器不能代替武器的批判,这些方法的运用最终要落实到网络文学创作本身上,方法的选择要有效地呈现不同网络文学的形态和特点,并着眼于推动未来更多优质网络文学作品的诞生。

研究网络文学的难度比研究传统文学要大,对研究者主体素质提出的要求要高。在世界艺术史和人类文明史的历史高度上,在面向未来的艺术视野中,参照古往今来的文学体系,参照网络文学的文化传承,从网络文学的实践出发,对网络文学的现实效应发问,在已有研究的基础上,通过对网络文学的多维度透视,提出网络文学发展的理论核心概念,构建中国网络文学评价体系,及时总结中国经验和中国道路,实现研究的理论创新，并借此推动网络文学的健康发展，是需要学术界共同努力的。这要求研究者要有丰富的网络文学实践体验，敏锐的文学感悟力，在浩如烟海的文本、资料中及时收集、选择信息要有独特的慧眼，还要有饱满的学术热情、广博的学术视野和文化创新的能力，在知识、评判体系上要更新，要有能力就网络文学与时代文化发展展开深入的对话。

（原载《中国文艺评论》2017 年第 1 期，此处有删节）

5. 合作式网络文艺批评范式的建构

单小曦

一个时期之内（网络文化的一代成长为批评家主流群体之前），要想对中国网络文艺形成切实有效的批评，需要建构学者、作者、编者、读者四方主体合作的批评形态。学者—作者—编者—读者"四方合作主体"已经不再表现为传统现代性那种个体化的自律性的孤立、封闭、凝固的主体范式，而是一种具有"数字现代性"特征的新型主体范式。数字现代性主体是个体化主体通过数字交流平台形成的主体间合作交融的联合主体，其最突出的特点是"主体间数字交互性"。今天，数字化网络新媒介的发展已经为建构这样的新型主体范式奠定了坚实的物质基础。

数字现代性主体是相对于传统现代性主体而言的。传统现代性主体是个体化的自律性的孤立主体，一般认为，它是西方17世纪以来理性主义和主体性哲学的产物。当笛卡尔把"我思"作为人类知识以及人与世界存在的终极基础时，也把以先验自我（ego）为核心的个体主体从与世界、他人交融统一的关系中抽离出来，一个高高在上的与世界、他人分离甚至对立的个体化绝对主体就被建构出来了。之后，康德、黑格尔进一步为这样的主体寻找到先验道德和"绝对理念"上的合法性根据。这就是西方形而上学的"唯我论"视角和传统。为了克服"唯我论",胡塞尔提出了"交互主体性"问题。胡塞尔的现象学中有四个"自我":一是来自笛卡尔的先验原始自我;二是无法认识他人的"唯我论"自我;三是给世界命名的现世自我;四是与他人形成"主体间"关系的日常自我。其中,他人自我无法通过意识反思直接把握,而需要从"我的单子中映射出来的另一个单子"① 中得以确证,两个作为单子的"自我"通过"结对"方式"共现"于各自的意识之中。如此这般的构造活动蔓延开来,就会出现更为广泛的单子群,也就形成了一个个体主体之间的交互关系。不过,在胡塞尔这里,先验原始自我是地位最高的,其他自我都置于它的支配之下,因此,也使其"交互主体性"具有浓厚的先验论色彩。为了摆脱"唯我论"和先验论,海德格尔抛弃了"主体""自我"等概念,发明了一个"此在"概念。与"自我"的孤立性、内向性不同,"此在"是外向性的、开放性的,它是通过与他人的关联性以及对他人的领悟进而领悟自身存在的,其生存结构和方式即"在—世界中—存在"。在这一生存结构和方式中,不同的"此在"之间就会形成一种"共在"或共同"此在",共同"此在"和世界之间也就形成了共同世界。可见,海德格尔与胡塞尔不同,他通过"此在"这一前提以及"在—世界中—存在"的生存结构,把"交互主体性"置于个体主体性之上,也把主体性问题从先验层面拉到现实生存层面。

一旦主体间的关系从先验思辨走向现实经验世界,就必然涉及主体间通过何种媒介建立关系的问题。在西方哲学人文学术研究的"语言论转向"浪潮中,人们不约而同地抓到了语言这个媒介,认为实践经验领域的主体间的一种重要模式就是主体间语言交往模式。哈贝马斯说:"一旦用语言建立起来的主体间性获得了优势……自我就处于了一种人际关系当

---

① [德] 胡塞尔:《胡塞尔选集》(下),倪梁康选编,上海三联书店 1997 年版,第 881 页。

中，从而能从他者的视角出发作为互动参与者的自我建立联系。"① 在众多语言交往模式理论中，值得注意的是巴赫金、雅各布森等人在强调语言重要性的同时，还看到了其他符号、承托语言符号的物质载体、交流信息管道等媒介在这一交流过程中的基础地位。西方现代媒介学研究进一步表明，由语言符号、物质载体、传播媒体等构成的传播媒介，不仅是不同主体之间的交流中介，而且建构出了主体间的不同关系。例如，口语媒介要求"叙事者确保此时此刻与听众互动"②，"而书写和阅读是孤零零的个人活动，使人的心智回归自身"③。也就是说，口语媒介支持主体间的互动关系，而书写媒介和后来的印刷媒介造就了个体化、分割性的主体。不仅如此，书写媒介和印刷媒介还进一步建构出中心/边缘、权威/服从、宣讲/聆听等形式的主体关系。当处于边缘、服从、聆听地位的主体在场域中出现位置变动、资本增值的情况时，就有可能对中心、权威、宣讲主体发起挑战，对抗、冲突、战争就在所难免了。

上述研究说明，现代性文化中形成的分割、孤立的个体主体和绝对主体性并不只停留于形而上的思辨层面，更是经验世界中的文化现实，这种局面的形成与两千多年的书写、印刷媒介主导下的文化建构紧密关联。20世纪90年代以来，"以因特网为代表，数字媒介犹如风暴席卷了这个时代"，人类走进了"数字媒介社会"④。数字媒介的效应是去凝固、去阻隔、去静止、去分割、去边界、去等级、去差异，带来的是主体间真正而切实的交流、互动、联动、融合、合作及其活动中的流动、畅通、生成和一体化，造就出的是"数字现代性"文化主体。"数字现代性"主体的最大特

---

① [德] 哈贝马斯：《现代性的哲学话语》，曹卫东译，译林出版社2005年版，第348页。
② [美] 沃尔特·翁：《口语文化与书面文化》，何道宽译，北京大学出版社2008年版，第31页。
③ 同上书，第52页。
④ [日] 水越伸：《数字媒介社会》，冉华、于小川译，武汉大学出版社2009年版，第1页。

点是主体间在数字化交流平台上可以形成现实而非只停留于观念上的交互性——数字交互性。关于网络建构新型主体问题，马克·波斯特的如下说法具有一定的启发性。

互联网极大地提高了制造、传播大量文化产品的效率，推进了现代主体和客体的关系。互联网通过将无线电、电影和电视合并，以及用"助推"（push）技术进行传播来推进最现代的主客体关系。但是互联网突破了印刷模式和广播模式的限制，体现在（1）使多对多交流成为可能；（2）使文化客体的即时性接收、转换和再传播成为可能；（3）使交流行为从国家的岗位和现代性的主权空间关系中脱离出来；（4）提供全球性及时联系；（5）将现代/后现代主体插入联网的信息机器设备。结果就是一个更加完备的后现代主体，或者一个不再是主体的个体，因为它不再像从外部而来似的与世界对面而立，而是作为电路中的一个点在机器中运转。①

在波斯特这里，对网络改变主体关系的讨论比较精彩，而主体概念使用得比较模糊。在笔者看来，网络建构的所谓"更加完备的后现代主体""不再是主体的个体"意味着，原来的现代性孤立、封闭、凝固的个体开始走向合作、开放、流动，并在数字媒介这一存在的"显—隐之域"中结合为一种"数字现代性主体"或"数字交互性主体"。在"数字交互性主体"中，原来的个体化主体不过是前主体或准主体，他们在交流合作活动中进一步提升，从而形成新的合作型主体。

需要强调的是，"数字交互性主体"不仅是就数字媒介语境下文艺活动中作者、读者、传播者等新型合作式文艺生产主体而言的，还包括不同批评主体间形成的新型文艺批评主体。网络文艺批评中"四方合作主体"就是由学者、作者、编者、读者四个准主体（在网络文学批评活动中如此，不影响

---

① ［美］马克·波斯特：《互联网怎么了？》，易容译，河南大学出版社2010年版，第17页。

他们在其他活动中的主体身份和主体性）合作提升而成的数字交互性新型批评主体。这种数字交互性新型批评主体所从事的文艺批评活动即"四方主体合作式批评"模式。如何才能具体形成这种文艺批评模式呢？笔者认为，一方面，学者、作者、编者、读者都应该深刻认识到，在今天印刷文化向数字文化转型时代，自身面对网络文艺时的准主体身份（与其他活动中的主体性不矛盾）以及自身具备的优势和存在的局限，认清单凭每类准主体无法完成网络文艺批评的客观现实；另一方面，各方准主体要收起对抗心态，增强合作意识。在当前的网络文艺批评实践中，各种批评间的斗争、对抗只能成为消解性力量，唯有各方合作才可能走进网络文艺世界，才可能生产出真正的、高质量的批评话语。在具体操作中，各方准主体应确定自身位置、明确分工，建立合作式批评话语生产机制和模式。这种合作式批评话语生产机制和模式具有如下两种典型形态（见图1、图2）。

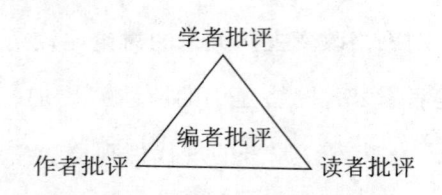

图1　金字塔形合作式话语生产模式

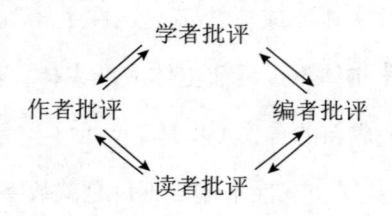

图2　环形合作式话语生产模式

第一，金字塔形合作式批评话语生产机制和模式。在这种模式中，学者、作者、编者、读者之间形成一个金字塔形的批评结构体。读者处于批评结构体底部的一端，从阅读需要出发，发挥接受力和感悟性强的优势，从事读者批评话语生产；作者处于批评结构体底部的另一端，从创作出发，发挥熟悉创作心理和技巧的优势，从事作者批评话语生产；编者处于批评结构体中间层，利用沟通作者和读者的中介优势，对读者批评话语、作者批评话语进行翻译、加工、整理，形成初级批评话语体系；学者处于批评结构体顶端，利用所掌握的理论和批判思维、逻辑思维优势，对编者提供的初级批评话语做进一步的加工、提升、定型，最后形成成熟的网络文艺批评话语体系。在金字塔形合作式批评模式中，尽管各方准主体所处的位置不同，但并不意味着彼此之间有高低贵贱之别，这种不同只是批评职能上存在着不同。金字塔形合作式批评模式追求的效果是发挥各自优势，形成优势互补和强强联合。

　　第二，环形合作式批评话语生产机制和模式。这一模式较之于金字塔形模式更趋于平等合作和交互性理想。其中，四方准主体的每一方都可以成为批评起点。例如，以作者批评为起点，此时作者批评家从创作感受出发，解读文本，形成作者批评话语，再将其传递给读者批评家；读者批评家从阅读需要出发，解读文本，对作者批评家的批评文本予以二度创造，形成读者批评话语，再将批评话语传递给编者；编者根据读者需要和阐释，再进行三度加工，形成编者批评话语，并将批评文本传递给学者；学者选择立场进行学理上的提升，形成学术性批评话语形态。然后，学者再将这种批评话语反馈给作者，新一轮的循环重新开始。这个过程的反方向运动也依然成立。

　　　　　　（原载《中州学刊》2017 年第 7 期，此处选自该文第三部分）

6. 面对网络文学：学院派的态度和方法

邵燕君

中国网络文学的强势发展已经到了不仅打破了主流文坛的一统格局，也逼得学术界不得不正视的时候了。笔者甚至大胆地预言，如照此势头发展下去，十年之后，中国当代文学的主流很可能将是网络文学。

之所以做出如此大胆的预言，不仅因为全球化网络时代的到来不可逆转——包括文学艺术在内的人类文明必须面对印刷文明以来的千年未有之变局，也因为中国网络文学发展的独具特色——正如伴随社会主义文化体制建立起来的作家协会——文学期刊和专业作家的文学机制目前基本已为全世界独有一样，中国网络文学的兴旺蓬勃也是风景这边独好，而这两者之间有着必然的联系。一方面，由于体制的原因，中国的畅销书机制和动漫产业远不如欧美、日韩成熟发达，使得大众文化消费者一股脑地涌向网络文学，而文化政策管理的相对宽松，也使各种"出位"的内容可以在这里存身，尤其对本身就属于"网络一代"又在价值观上倾向"非主流"的"80后""90后"群体具有吸引力；另一方面，伴随社会结构的转型，曾在20世纪50—70年代以独特方式成功运转，在20世纪80年代焕发巨大生机的主流文学生产机制，进入21世纪后，逐渐暴露出严重危机。文学不是在经济社会被逐渐地边缘化了，而是在一个丧失活力的延续性体制中不正常地圈子化了。无论是作家队伍还是读者队伍都出现了严重的老龄化倾向，缺乏可持续性发展的新陈代谢能力。与此同时，网络文学在十几年的发展中已经自发孕育出一套"写作—分享—评论"一体化的生产机制，这套生产机制在资本和新媒体双重爆发力的作用下，正在高速铺设其基础架构，不但建立起一支无论在数量还是在覆盖规模上都足以与当年"专业—业余"作家队伍匹敌的百万写手大军，还利用"粉丝经济"重建了读者与文学的亲密关系。更值得注意的是，这些年来，网络文学完全是在自己打造的营盘上发展起来的，不仅由于网络这种新媒介形式的出现使得新文学生产机制的生成有了依托的可能，也是由于网络作者和读者在文学资源、美学标准和师徒传承等方面都与主流文坛失去了关系，这个断裂是全方位的。也就是说，主流文学对网络文学的失控不仅是体制上的脱节，也是文化领导权上的丧失。这是如今我们必须正视的。

一　反思精英标准以理解网络文学

网络文学的发展如此繁荣，却一直未得到学术界的正眼相看。在不少学者看来，网络文学貌似新鲜，实则俗旧——尤其是"全盘类型化"以后，其通俗文学属性几成铁板一块，而且其中一些类型让人明显感觉到黑幕小说、蝴蝶鸳鸯派的气息。这些当年被"新文学"压下去的旧文类，再兴盛似乎也如沉渣泛起，不足为论。

学术界这种评价所依据的标准无疑是自"五四""新文学"运动建立起来的精英文学标准（或称严肃文学标准），现代学科体系和教育体系的建立也与之共生。在学院派内部，这套精英评价体系几乎是不证自明的。今天，面对网络文学的冲击，我们却需要对其前提进行反思。

就在现实主义写作陷入死胡同的时候，出人意料的是，网络文学从另一边绕了过来。大众文化的一个基本功能就是满足主流文化空缺的匮乏，这匮乏有些是主流价值观排斥压抑的，有些则是主流文化弱化后空缺的。以往我们对网络文学的关注点主要在前者——不错，那些被"新文学"压抑的"旧文类"重新成为文学超市的基础货架，被严肃文学鄙夷的消遣娱乐功能被当作基本的商业道德。但真正构成今日网络文学发展核心动力并且可能孕育新变的则是后者——尤其在网络文学中新生的也是最居"王道主流"的文类，如玄幻、穿越、耽美等，它们在很大程度上满足的正是当今社会特别缺失的主流价值观。比如，就像西方玄幻小说的兴起，是为了满足启蒙理性杀死上帝之后，人们生活目的意义匮乏一样，中国的玄幻小说也在满足着有关共产主义的宏大叙事解体后，个人的世界归属和终极意义的匮乏；耽美小说是在传统言情模式在现代社会受阻之后"换种说法说爱你"，继续满足对纯爱的匮乏；那些回到古代王朝的"历史穿越"小说是在一个梦想"大国崛起"又普遍"去政治化"的时代满足公民公开讨论各种制度变革可能的政治参与性的匮乏；就连那些似乎只专注于"打怪升级"的"小白文"，也在满足着在学校—家庭—补习班中规规矩矩长大的男孩们青春热血的匮乏。这些匮乏，应该说正是作为"80后""90后"的"网络一代"所特别拥有的。相比他们，前辈们都多多少少在自己现实生活结构中获得了满足，在那一切曾经坚固的东西都烟消云散之后，他们还可以从20世纪下载信仰和激情，这些正是今天包括红色"谍战片"在内的"主旋律"影视剧的主要精神资源，而没有这样生活经历和文艺记忆的"网络一代"，干脆自己创造。

如果要理解网络文学，必须先破除一个误区：所谓欲望，就一定是低级欲望；所谓匮乏，就一定是无聊的匮乏。网络文学中自然有很多是赤裸裸地满足读者低级庸俗甚至畸形变态的欲望的，但不是全部。事实上,一种发展越成熟,越受资深粉丝追捧的作品,越具有较高的精神和文学品质。有些欲望和匮乏不仅是正当的,甚至是高尚的,是弱肉强食的现实法则不能包容的欲望,是小康社会的平庸生活不能满足的匮乏。比如,网络文学里有一个特别流行的词叫"有爱",指的是作者对写作本身、对其笔下的人物"有爱",作品里人物之间"有爱",粉丝对作品中的人物"有爱",与作者之间"有爱",等等。因此,网络文学生产所依赖的"粉丝经济",也有研究者称为"有爱的经济学"。"有爱"这样的概念,在当代文学创作中已经多少年不存在了?自从现实主义写作遭遇困境,大量写实作家东施效颦般模仿现代派写作之后,真善美的价值系统就在文学中分离了。当我们责备"网络一代"过于现实功利、缺乏理想激情和崇高美感的时候,有没有反思过是谁把这样一个精神荒芜的世界留给他们的。

也只有在平等尊重的前提下,我们才能从积极的角度理解网络文学的两个重要概念:"爽"和"YY"。"爽"是网络文学发展最基本的动力;"YY"是最基本的手法,但也一直受到精英体系最严厉的批判,认为这是一种对现实的逃避,一种自我麻醉和沉溺,这里确实凸显了两种文学观的根本对立。从本质上说,通俗文学是追求"快感"的,严肃文学是追求"痛感"的。虽然双方都明白"不痛不快"的道理(网络小说的"爽"里也包含"虐"),但目的和手段的定位是不同的。严肃文学以挖掘痛感为目的,因为痛会引起疗救的注意,从而达到改造世界的根本目的。而恰恰是这个"改造世界"的前提为网络小说的作者和读者所不认同。所以,他们也不会在一个"严肃—通俗"的序列里接受自己的次等地位和精英的指导批评。在他们看来,既然"铁屋子"无法打破,打破后也无路可走,为什么不能在白日梦里"YY"一下,让自己"爽"一点。这个"白日梦"并不像如琼瑶类的传统通俗小说那样天生带有"弱智"色彩,可能只是清醒者的自我麻醉。高级阶段的"白日梦"可以带有乌托邦的色彩，但又不等同于现实主义文学中作为"灯塔"的乌托邦，而是可以与现实社会并存互动的"异托邦"——在这里现实主义可能产生新的变种，我姑且地称为"异托邦"里的"新现实主义"。

二 "异托邦"里的"新现实主义"

王德威在将刘欣慈的科幻小说《三体》放到晚清以来的文学史中解读时，借助福柯20世纪60年代提出的"异托邦"概念，分析科幻小说在当下社会中的意识形态功能，其理论和方法对以类型小说为主体的网络文学研究有着直接的启发性和参照性。

"异托邦"的概念确实为网络文学的研究打开了一扇理论窗口。其实，网络小说的各种类型，尤其是那些超离现实的幻想类型都和科幻小说一样，是一种"异托邦"。网络小说一直被诟病为装神弄鬼、脱离现实，其实，越是在架空、穿越、玄幻的"第二世界"，越需要强大的"现实相关性"作为读者的精神着陆点。营造一个可以在现实中存在、互动的"异托邦"，正是网络小说介入现实的方式。所以，对网络小说的研究，最重要的不是分析他们虚构了一个怎样的世界，而是这个虚构的世界投射了他们对现实怎样的认识，以及他们讲述这种认识的方法。

经由这个路径，我们可以从一个更具开放性的文学史视野纳入网络文学的研究，甚至可以内怀精英目光为网络文学分级定位。如何区分一部类型小说是普通的大众通俗作品还是有着精英引导性的经典作品？用网络语言说，如何区分"大神之作"和"大师之作"？关键就要看作者在其创建的"第二世界"里如何立法。一般的作者其实只能复制现实逻辑，然后修改某些参数，让读者"爽一把"。比如，在一个"狼吃羊"的社会里，让一个个平时为羊的读者跟随被赋予"超能力"的"猪脚"

（网络语，即主角）一路嚣张、随心所欲。这样的"爽"只能给读者带来暂时的满足感，却进一步强化了"羊只能被狼吃"的现实逻辑。只能复制现实逻辑的作者技法再高也仅仅是"大神"级的。而"大师"不仅是"大神"技巧的集大成者，更是真正的"立法者"——在参照现实逻辑打造一个高度仿真的"第二世界"之后，通过一系列的文学手段让读者在信服认同中完成对现实逻辑的颠覆，于是，正义匡扶、大快人心——这就是金庸大师曾经达到的境界。要达到这样的境界，不仅需要文学功力，更需要精神情怀。从某种意义上说，那些经营"第二世界"的"大师作者"和西方理论界"六月风暴"后退回书斋的"大师学者"之间有异曲同工之处，都是在不能颠覆现实秩序之后颠覆文字秩序。不过，通俗文学界的"大师"是"大众的大师"，"大师"的诞生不是天才降生，而是读者孕生。也就是说，"大师时代"的来临，意味着配得上"大师"的读者群形成了。

中国网络文学发展十余年来基本处于"大神阶段"，但非常令人惊喜的是，最近一两年，开始出现有大师品相的作品，比如猫腻的《间客》，这部 2010 年起点中文网男生频道推选的年度作品（2011 年连载完）在网络文学发展史上具有标志性意义。小说在玄幻的背景下讲述了一个小人物许乐的成长故事，经过一系列的奇遇和磨难，主人公的人生不但大放异彩，而且始终保持着道德的纯洁和内心的完整。相比作者 2008 年走红的《庆余年》，《间客》在思想境界上有着质的飞跃，主人公不再为了自己和亲人的利益不择手段，而是始终在人类终极关怀的意义上听从着道德良心的要求。由于主人公身处的背景有着极强的现实相关性和前沿性（虚构的联邦很像中国人想象中的美国，而且是金融危机之后寡头政治浮出水面的美国），因此，作者可以在一个很高的起点上讨论诸如个人自由与国家责任、联邦精神与家族利益、神圣目的与卑劣手段、绝对正义与局部妥协之间的悖论问题。小说的基调恢宏而明朗——在各种权力和隐形权力、规则和潜规则复杂博弈的背景下，以主人公明朗乐观的性格、简单率性的行为方式（通常是直接暴力）和光辉灿烂的人生结局笃定地告诉读者"内心纯洁的人前途无限"。于是，"小人物"的一腔不平之气得以舒张，人们心中的"道德律"终于又得平安地落回"头顶星空"的照耀之下。这位被称为"老猫"的年轻作者虽然并不是当前网络文学中最火的作家，但在精英粉丝中深受拥戴。从《庆余年》到《间客》，作品境界的提升并不只是作者个人的飞跃，而是显示着从2008年奥运会前的高歌猛进到地震雪灾、金融危机之后的国民整体心理转向。在大灾难大危机之后重新考虑生命的意义，重新树立对人类基本价值观的信仰成为至少一部分人的精神趋向。

在目前的网络文学中，像《间客》这样的作品尚属凤毛麟角，甚至可称"孤本"，但却是特别值得精英批评者关注的写作倾向。从中我们可以尝试总结出几个"异托邦"中的"新现实主义"的核心要素。第一，它不是客观真实地反映现实，但却要精确深刻地把握现实逻辑，并将读者的深层欲望和价值关怀折射进小说创造的"第二世界"中；第二，作为"高度幻想的幻想文学"，"第二世界"自身须有严密的逻辑系统，这个系统是参照现实逻辑基础上的"重新立法"，重塑具有超越性、引导性的价值观；第三，现实逻辑和想象力逻辑相互渗透，为满足读者"爽"的目的，允许"YY"。

通过建构一个"第二世界"并在其中重新"立法"，"异托邦"中的"新现实主义"突破了传统现实主义的价值观困境。许乐是一个如孙少平一样从底层走出的大好青年，但在池大为那里无论如何也跨不过去的"坎儿"，他轻易就跨过去了。因为，作者在赋予他强大的道德系统的同时，更为他配备了超强的神秘能力系统。他可以把所有级别的李光头打倒在地，从而使宋钢成为欢乐英雄。于是我们看到，在现实主义小说中受到阻遏的美感快感通道得以疏通，在酣畅淋漓的叙述中，"大写的人"重登神坛。意识形态整合功能也得到替代性修复——当然是在"异托邦"的意义上——没有人会以许乐同志为榜样，所有那些许乐在小说中所"不忍"的，都是我们在现实生活中必须忍的。小说提供了一套不同的价值系统，里面有了敬仰、爱和温暖，但仍旧是一副麻醉剂。高级的"爽"能让人更好地"忍"，所以，这样的"异托邦"不但是可以与实现社会并存的，甚至是被需要的，因为它既是反抗的，又是安全的。

"异托邦"的"新现实主义"在网络文学中出现确实搅扰了我们的文学秩序，让我们不得不重新思考，什么是正统的，什么是非正统的？什么是严肃的高雅文学，什么是消遣的通俗文学？它们之间的界限如何划定？对于这些问题的探讨势必不局限于网络文学研究领域，而是整个当代文学研究所不能回避的。

三 创建网络批评独立话语从"文化研究"到"文学研究"

只有在反思精英标准、理解网络文学的基础上，我们才可能真正进入网络文学的研究。目前的网络文学研究存在着几种有问题的倾向。一种是盲目西化，照搬西方的"超文本"理论，偏于抽象化和观念化，与中国的实际情况不搭界；另一种是精英本位，以一种本质化的"文学性"来要求网络文学，结论必然是其缺乏艺术性和精神深度。从文化研究的角度，尤其在理论资源的援引和立场上，也存在着几种类似的问题倾向。一种是对后现代理论的简单套用，一种是对法兰克福学派大众文化批判立场的惯性继承，还有一种是过于简单地肯定文学的娱乐性和逃避现实的特征，某种意义上是大众文化批评的颠倒。所谓提问的问题和提问的方式影响着答案，这样的研究基本是外在于网络文学的，不可能挖掘出其潜力。

为了突破目前的研究困境，需要探索一条新的理论与实践相结合的路径。针对这个问题，2011年6月北京大学中文系韩国留学生崔宰溶博士答辩通过的博士学位论文《网络文学研究的困境与突破——网络文学的土著理论与网络性》提出的一些观点非常具有启发性，特别是他深入阐发的"介入分析"的方法对于当下的研究有很强的可操作性。

"介入分析"的概念是美国学者亨利·詹姆斯（Henry Jenkins）提出的，与其说是概念，不如说是一种研究态度和文化实践，即更积极地接近和参与文化研究对象的态度。研究者以"学者粉"的身份自称，在研究文章中不仅大量引用一次性资料（粉丝们自己写的文章），还直接参与有关讨论。"学者粉"们的工作，实际是在学院派的学术理论和精英粉丝的"土著理论"之间架一座桥梁，促进对话和翻译，学术理论会给网络文学的享受者提供更加准确、犀利的语言。反过来，网络文学的享受者会给学术研究者提供更加切实的洞察力和我们经常缺乏的"局内人知识"（insider knowledge）。对话双方的地位是平等的，但从哪里进步很重要，在这个问题上，笔者也特别赞同崔宰溶博士的观点，要从精英粉丝的"土著理论"开始。原因是，在目前的学术理论并没有一种贴合网络文学实际情况的前提下，从理论出发的研究会陷入封闭性循环——研究者只看到他们想看到的。而从"土著理论"的概念切入，则可以从内部去把握其现实。崔博士设计的"善循环"是：首先，理论研究者向网络文学的实践者，特别是精英粉丝们学习，倾听他们几乎是本能地使用着的"土著理论"；其次，将它们加工（或翻译）成严密的学术语言和学术理论；最后，将这个辩证的学术理论还给网络文学。

在这个过程中，我们必须创建出一套专门针对网络文学研究的批评话语系统。如果我们将一套传统文学的学术术语和概念直接植入网络文学的研究中，自己写来得心应手，却不能被网络读者接受，结果很可能是自说自话，不能融入网络文学生态。崔宰溶博士在他的论文中也谈到，学院学者必须警惕一种文化殖民的倾向，他还举了一个非常生动的比喻：学者们应该首先把自己当成一个外地人，而不是殖民者。面对晦涩、陌生的语言，首先是学会，然后是翻译（P91）。这样的翻译、整合中必然有许多保留和创新，然后形成一种独立的网络文学批评语言系统。这套批评话语应该既能在世界范围内与前沿学者对话，也能在网络文学内部与作者和粉丝对话。

目前的网络文学研究大多采取文化研究的方法。文化研究固然是特别适用于网络文学研究的方法，但时至今日，我以为该到了我们进入"文学研究"，打"阵地战"的时候了。从中国网络文学的实际创作情况出发，那些在传统文学领域已嫌过时的研究方法，在这里未必不适用。比如，面对靠"大神"支撑的各大网站，在罗兰·巴特的意义上讨论"作者已死"意思不大，同样地，网络文学也绝不是什么碎片化的、零散化的，而是充满了各种结构完整的"宏大叙事"。如果搬出"主题分析""人物分析"等传统的十八般武艺，再加上一定的文化研究的视野来开垦这片学术荒地，一定能颇有收获。其实，这也正是草根的"精英粉丝"们自发自觉的研究路数。而学院研究者的进入可以带进文学史的坐标系和文学理论的资源，可以在对比中考察什么是变了的，什么是没变的，什么是有意味的新变。

事实上，一旦进入网络文学研究，我们不可能墨守成规，一定会根据研究对象的变化而自然地（或要求自己自觉地）调整研究方法。比如，对网络文学的一个重要特征"网络性"的认识。不同于纸媒文学的"写作—发表—阅读—评论"方式，网络文学的"生产—分享"是一种几乎同时发生的集体活动。每一部热门的网络小说在它连载一两年的时间里，都会有大量的铁杆粉丝日夜跟随。粉丝既是作者的衣食父母,也是诤友兄弟。他们的"指手画脚"时时考验着作家的智力和定力,也给予其及时的启迪和刺激。网络作家之所以能够长期保持如此"非人"的更新速度,不仅是迫于压力,也是因为很多时候处于激情的创作状态。而相比起金庸时代的报刊连载,网上的交流空间更像古代的说书场。一部吸引了众多精英粉跟帖的小说是集体智慧的结晶,作者像是总执笔人。想想中国绝大多数古典名著的诞生方式,这未必不是催生伟大的中国小说的有效途径。这样的"作品研究"就需要加上跟帖、"同人"创作等,而在这样的意义上讨论"作者已死"也才更具有中国特色的理论意义。

以上的研究态度和方法,需要我们在具体的研究实践中探索其有效性。从一个更长远的角度看,这套批评话语系统的建立不但对网络文学研究有效,也将促进中国学术界原创批评理论的建设。百年以来,中国文学从创作到批评都是跟随西方亦步亦趋,而网络文学的兴盛局面目前确实由中国"一家独有"。这逼迫我们必须在理论上自力更生,也提醒我们该是中国理论界为世界文学理论的建设做出贡献的时候了。

最后,回到文章开头笔者的大胆预言。我之所以认为照目前的态势发展下去,十年之后,中国当代文学的主流很可能将是网络文学,并不是出于媒介崇拜,而是认为这里有活的文学机制和新的文学样式。我也不认为在网络时代精英就必然要被"去"掉"化"掉,相反,越是在资本横行、大众狂欢的时代,越需要建立精英标准,而这正是学院派的义务。或者可以说,这是网络时代对当代文学研究的从业者提出的新要求。良好的文学生态是一个塔尖和塔座互认互动的金字塔,如果以大众文学为主体的网络文学已经不认同号称"纯文学"的"主流文学"的领导地位了,精英的塔尖有没有可能从它自身生长出来?这就需要学院派能够介入性地影响粉丝们的"辨别力"和"区隔",将自己认为的优秀作品和优秀元素提取出来，在点击率、月票和网站排行榜之外，重建一套具有精英指向的评价标准体系。要想让这套标准体系真正产生影响力，它必须得是重建的。与创建"新文学"理念和地基的"五四"前辈们不同，我们身处的金字塔尖已经悬空。所以，应该要先走出来，进入人家的地盘，再寻找工具和方法。

（原载《南方文坛》2011年第6期，此处有删节）

7. 网络文学评价体系构建出路何在?

舒晋瑜

中南大学为会长单位和秘书处单位的中国文艺理论学会网络文学研究会 2016 年学术年会暨"网络文学评价体系构建"学术研讨会近日在湖南怀化学院召开,来自全国各地的 100 余名专家、学者齐聚一堂,积极建言献策。

一 "平民登陆":破除精英批评垄断格局

网络文学时代到来之前,文学批评是草根群体难登的学术殿堂。网络出现、技术赋权、文学上线、地球村形成,互联网不受限制的广袤空间及新媒体平台开放性、平等性、即时性、互动性、低成本、个性化、便传输、易储存等特点,让网络文学批评的主动权第一次落到了所有具备基本网络操作技能的普通网民手上,一举改写了文学批评传统,颠覆了精英批评的垄断地位。学者程海威认为,在互联网上,每个能打字的人都拥有平等的发表文学评论的权利,传播资本的稀缺性不再成为阻碍普通民众参与文学批评的绊脚石,传统文学批评领域作品发表的编辑把关、层层筛选被成功绕开,文学批评总是一批清一色的老面孔"自说自话"的局面被终结。

在这里,传统文学批评家的职业性被"解构"了,过去的权威性身份几近崩溃,网民们不再那么信奉经典和大师,文学批评的主体开始走向"多元化"。如一句网络名言所说:在线批评、随时动手、全民参与、自由抒怀,网络时代人人都是"批评家"。正是在这样的背景下,一批早期的文学网民有意识或是无意识地加入了"网络文学批评"的阵营,从读完一篇网络文章情不自禁地发表只言片语的感受和意见,到聚集在较为专业的网络文学批评网站发表观点性强的长篇评论,挤占着文学批评的空间。

二 批评的主体是谁

网络时代的文学批评主体悄然发生了许多变化,在全国网络文学研究会会长、中南大学教授欧阳友权看来,批评家的身份由三股力量构成:一是关注网络文学的传统批评家,特别是那些关注文学发展、回应现实问题的批评家,他们以学院派的身份或职业批评家的眼光看待新兴的网络文学,及时调整思维聚焦,敏锐地面对新媒体中的文学发声,构成学理化批评的最正统一派;二是面向市场的媒体批评者,它们主要由记者、编辑、作家和关注网络媒体的文化名士构成。这类批评者善于从媒体传播的角度,在网络文学中发现具有新闻价值的作品、写手或文学现象,找到一个切入点进行大众文化点评,或者用"新闻鼻"将其纳入某个"议程设置"进行热炒,形成文化关注;三是文学网民的在线批评,批评主体是关注并阅读网络作品的态度型网民、跟风追读型粉丝、论坛灌水型刷屏者、写作与评论的交互型聊友、匿名上网的评论型鉴赏者,以及作为幕后推手的商业型"马甲""水军"等。

这三类批评主体各有长短又彼此分野,形成网络批评的多维与互补。

其中，第一类批评者来自学术研究阵营，他们大多受过良好的专业学术训练，或是有着较为丰富的学术经历和研究成果，从批评的学术含量上看，他们当属网络文学批评的主力军。但由于现有学术体制的束缚和"学院派"思维惯性与表意方式的限制，学院派面对网络文学的发声时，不仅习惯于套用传统的理论批评模式来解读网络文学，且往往理论多于评论，学理建构多于文学批评，而对于具体作家作品或文学现象的所长所短、好坏优劣关注不多，或不予置评，或感觉迟钝，与实际的网络创作总归隔着一层，其成果免不了会透出"不被学界看好也不为网络界在意"的尴尬。传媒批评多为媒体人面对网络文学的"事件性"报道或点评式发言，关注的多是新闻性卖点。文学网民的在线式批评最能体现网络批评的特色。在这里，人人都能评论、个个都有专栏，并且趣味优先、猎奇为快、个性至上，评说者可以信口"吐槽"，不注重形式，不讲究方法，不顾及情面，不在意语言表达上的修辞与炼意，即兴式批评、娱乐式批评、感悟式批评、颠覆式批评，乃至冒犯式批评都时有所见。嬉笑怒骂、直言不讳甚或言不及义、褒贬失当的批评，在网络上并不鲜见，这是网民在线互动式批评的局限，但也显示了它的风格、活力与魅力。

三 文学批评价值标准遭冲击

面对浩如烟海的网络文学作品，如何进行正确而深入的个案分析和宏观评价，是网络文学研究者必须解决的问题。在今天，传统的或称为经典的文学批评标准（如"思想性和艺术性"的二分法标准以及"真善美"的三分法标准）虽然从理论上依然正确，却不能简单地应用于网络文学批评实践。

杭州师范大学人文学院的刘克敌认为，网络文学所以称为"网络文学"，就在于网络的出现赋予了当代文学活动以很多新的特质，这些特质使得网络文学因其"网络"因素而有别于传统的文学。唯其如此，简单地套用传统的文学批评标准必然是面临要么削足适履，要么东施效颦的尴尬。他提出，无论写什么和怎么写，"文学性"是核心；无论运用最低标准还是理想标准，都必须注意"网络"因素对文学活动的复杂影响，注意"网络"因素对传统的"文学四要素"的丰富和拓展，特别是对"读者"这一要素以及各要素之间关系的拓展。

苏州大学文学院的房伟指出，当下的网络文学批评存在着虚假繁荣问题，背后则是批评有效性的缺失和混乱。要重建网络文学批评的有效性，必须对网络文学批评的范式、语言观、审美接受观、批评与学院的关系重新进行反思，如此才能重新确立网络文学新的批评有效性，才能面对批评失语的挑战，进行有效的应对，并重建文学批评的尊严和权威性。

欧阳友权指出，网络文学已成为令世界瞩目的中国文化新力量，呈现出"时代现象级"的新气象，也客观存在着"大而不强、多而不优""野蛮生长、良莠并存"等问题。研究和探索网络文学评价体系构建既是网络文学健康发展所需，亦是理论批评界的责任使然。网络文学研究应当"从上网开始，从阅读出发"，关注当代文学场的变化，把握好中国网络文学的"过去、现在、未来时"，推动网络文学批评及其理论研究不断深入。

山东师范大学的周志雄表示，用传统文学的标准评价网络文学无法说明网络文学的高下优劣，网络文学的评价体系应从网络创作的实践中来，通过网络在线传播，产生巨大的社会积极效应并兼顾审美艺术性和创造性的网络文学作品才是好作品。具体来说，网络文学有其自身的特点和规律，网络文学传承的是大众通俗文化中的艺术手法，这些只有深入作品之中，深入网络文学创作现场之中去体悟和总结。网络文学评价体系不是凭空而来,应对话当下网络文学的历史和现状,了解网络文学发展的规律,建基于传统文学评价体系的基础上,对网络文学具有实践指导性,既要注重评价的有效性和通约性,又要能在更高的层面上促进网络文学的发展。

(原载《中华读书报》2016年9月5日)

8. 建立客观公正的网络文学评价体系

李朝全

中国网络文学发展至今十余年，到了该厘清基本概念、创作原理、创作底线，确定评价标准、评价准则，建立总体评价体系的时候了。

网络文学是什么？有人提出，只有在网络上连载的作品才能称为网络文学。这样的概念厘定就把在网络上发表的大量诗歌、散文、中短篇小说排除在外，而纸媒文学同样可以在网络上连载。还有人说，网络文学就是类型文学或者网络长篇小说，这些定义都不能完整囊括网络文学。众所周知，网络文学是随着互联网这种新的传播介质的出现而逐渐兴盛起来的，因此，网络文学实际上标志着与以往的纸媒文学或纸质文学的根本分野。对于网络文学，笔者更倾向于采用这样一种概括，即首先在网络上发表的文学作品。这种概括清晰地划出了网络文学的边界，确立了其基本的属性或特征，同时又具有很强的灵活性和包容性，可以囊括各种体裁、样式、形态和品种的网络文学。

从整体上把握网络文学，为之准确定位和正名，自然要涉及以下几个基本问题。

首先，评论者要怀有一种"零度情感"，对网络文学抱有一种冷静、客观、公正、中立的立场，既不能完全"痴迷"于网络文学，又不能彻底疏离乃至远离网络文学。理想的评论者应该是网络文学的在场者、参与者、感受者与评判者。

其次，评论者与网络文学作者要建立一种平等的对手及伙伴关系。"捧"和"棒"都失之偏颇。理想的评论者与作者应该既是对手，又是伙伴。评论者要具备较高的鉴赏能力、评估能力，也要有相当的创作才能。

与此同时，确立网络文学的标杆性作家和作品，将优秀的网络文学作品历史化、经典化，也是一个需要提上日程的事情。网络文学进入当代文学史是一件迟早的事，评论者和研究者要有一种超前的眼光，敢于对网络文学进行细致遴选，去粗存精、去劣存优。在这方面，举行网络文学的各种评选、评奖工作亦是当务之急。评奖既是一个树立创作导向的举措，也可以优秀作品历史化、经典化的步骤来建立一种客观公正的网络文学评价体系或环节。

评价网络文学，必须要关注和走进其创作主体——网络作家，必须关注创作的环境、空间和传播的途径——网络。研究网络文学，必须研究作者，要关注和了解这个群体的生存状况，走进创作主体的世界，才能更好地理解其为什么写作、写什么、怎么写，也才有可能深入洞察其创作的误区、偏颇与缺陷。

读者是网络文学创作的参与者和完成者。研究网络文学，必然要研究"读者"这个不可或缺的创作主体和接受主体。在市场经济条件下，整个文学生态都要面对读者选择与选择读者的尖锐课题。研究网络文学，需要研究读者的阅读选择机制。读者选择什么，如何选择，为何选择，对这些问题的研究，势必有助于对网络文学文本本身的研究。读者的择弃标准既能带给网络写手以启发，也可以为我们评价网络文学提供借鉴。

网络文学是网络与文学的结合体，因此，评价网络文学，首先要运用文学的标准、小说的标准。文学的艺术性、思想性、审美观赏性，语言的特点与叙事的风格，表现人性的深度与人文色彩，这些评价标准同样适用于网络文学。

同时，评价网络文学还有其特殊性标准，这是由网络文学的网络属性和特质决定的。由于是借助网络这一平台进行即时创作、传播和阅读，网络文学具有便捷性、互动性、流传性等特征，传播力和转化力都很强。诚如有关专家所言，网络文学创作需要遵循满足读者阅读快感原则，符合"多巴胺原理"，角色可代入性等。这些规则或原理，便是评价网络文学的特殊标准。

当然，要建构起完整的网络文学评价体系，绝非一时一文之功。理论体系的建设更需要从文学文本分析出发，结合对文学文化生态等的研究来进行。

（原载《河北日报》2014年12月5日）

9. 如何构建网络文学评价体系

庄 庸　王秀庭

　　网络文学迎来快速发展机遇期，但也面临挑战与压力。构建网络文学评价体系，不能只把传统文学评论与批评体系，或者西方类型文学与文化理论的概念体系强行照搬过来，以此观察、研判和分析当下中国正在兴起的网络文学以及各种网络文艺领域的创作实践、创新风潮和发展趋势。而应该立足于网络文学等新文艺领域自身所经验和想象的世界，去提炼、总结和生成属于网络文艺发展实际的话语、概念和评价体系。

　　需要明确的是，网络文学研究的重点并不是要分析"文学性"，而是"网络性"。

　　当我们沿袭传统文学理论批评模式以及运用西方概念话语体系来进行网络文学评论时，会特别强调"文学性"，侧重于作品作家、文化现象和社会背景的分析。事实上，网络文学评论的侧重点应该是"网络性"。因为它的文本、作家、潮流与现象，是嵌入互联网"屏阅读时代"的新文学生产机制中的，并且随着从桌面电脑屏到移动互联网的智能手机屏而不断变化。传统平面阅读单向度的文本作家分析已经被屏阅读互联式的"网络性"所替代，这意味着理论与批评的坐标体系需要重建。

网络文学是一个动态的并嵌入更大的互联网系统中的小系统。互联网正在发生重大变革，如移动互联网大潮席卷，互联网用户向移动终端迁徙，世界更平，边界越来越模糊，互联网对全部行业的大渗透在重塑新边界，动漫手游影视产业、智能硬件、互联网金融、在线旅游等对网络文学行业的渗透和影响正在不断碰撞和融合中，重塑着网络文学的边界。

现在的网络文学研究有两个非常典型的现象。一个是传统或学院派的研究者经常进不了"场"，常在"外围"打转，并且习惯于用传统文学理论批评体系，特别是西方理论话语体系来"裁剪网络文学的作品和审美"。他们在用传统文学理论，特别是西方理论的话语和概念体系对网络文学作品进行批评，难免产生"隔墙看花""绕着围墙兜圈子"之嫌；另一个是从"网络"之中生长出来的批评和分析，无法体系化与科学化，并且对外界充满抵触。这在主观和客观上都阻碍了与外界的交锋与交流、吸纳与融合，从而影响了网络文学评价体系的构建。

当前，亟待立足网络文学发展现实，借鉴并融合传统文学理论体系和西方话语体系，建构一个既具有内生性又具有丰富成长性的网络文学评价体系。这需要跨越纯文学和网络小说、通俗文学与严肃文学、虚构文学和非虚构文学等之间的界限，也必须要跨越文学与非文学、文学评论与其他社会学科理论之间的界限，采用一种跨界的"系统论""生态学"研究方法，来观察和研究这样一种"新的文学"评价体系的诞生。

面对繁荣发展社会主义文艺的新形势和大力发展网络文艺的新机遇，网络文学要实现有序发展面临新挑战。应该从网络文学"既成事实"出发，构建起网络文学的新价值评判体系，扎根于网络文学与新文艺的"场"中央，捕捉、提炼和总结那些新经验、新理念，跨界重建一个全新的评价体系，倒逼传统文学理论与价值评判体系的变革和创新。网络文学研究要把这种新文艺生产场内的新经验、新理念和新逻辑加以提炼与总结，将它表达出来，贡献并参与到新时代社会主义文艺的建设之中，使之成为繁荣发展社会主义文艺的重要组成部分。唯有如此，才能直面中国网络文学庞大的创作实践、创新风潮、重大理论问题，以"在场的亲历、见证与创造历史"为基点，"跨越一切边界"，并在文艺边界重塑中，构建起属于网络文学特有风格和固有特色的评价体系。

（原载《光明日报》2017 年 12 月 25 日）

10. 寻觅一盏灯

——呼唤构建网络文学评价体系

向 娟

在海量的网络文学里沉浸多年,从初次被"催更"(读者催促作者快速更新)的幸福到最后被"逼更"的疲惫,其中的滋味冷暖自知。长年累月的高强度写作,带来的后果不仅仅是体力透支,还有才华透支,终于写空了自己,被绑架成了字奴。不为文学而写作,只为挣钱而码字,文字一旦成了谋生的工具,媚俗就不可避免,虽然假以文学的名义,其实是对文学的摧残。

大多数时候,我们这群网络大军就像一群在混沌里摸爬滚打的猪,逐味拱食、追求膘满,末了却发现难逃脑满肠肥的宿命。在类型化写作发展到了繁盛阶段的今天,遍野都是雷同面孔,日更一万的神话时有刷新,而我们集体深陷质量徘徊不前的迷惘,似乎已经无法超越自己。

相比于传统文学,网络文学更像没人管束的孩子,所有人都看见了他的存在和自行生长。尽管本性良善,却因为缺乏必要的教育和引导,极有可能交上一帮损友,走向堕落。谁也不能否认这是一个浮躁的社会,网络也无法独善其身,面对泱泱大军冲击所造成的道德底线沦陷、社会责任缺失和审美情趣扭曲等现象,成人都难以抵御,何况一个孩子?新兴的、稚嫩的网络文学显然因此承受了过多的误解和指责，却没有多少人去关注背后真实的原因。

相比于已有上千年历史的传统文学，网络文学明显处于弱势，其最大的表现就在于缺乏评价体系。长久以来，我们标榜特立独行，其实是为了掩饰没有圈子和组织的心虚；我们吹捧大仙大神，不过是为了发泄被人不屑和不甘人下的愤懑；我们忙于更新、疏于阅读，并不代表我们拒绝学习和指导；我们唯点击数量是图，并不完全是逐利而为。在这些表象的内里，是坚守对成功的那份渴求。只因为，我们还热爱文学，还执着于文字，还需要文学的肯定和社会的认可。或可说，我们在期待一盏灯。这盏灯，可以让在黑暗中行走的我们找到光亮的目标，找到努力的方向，确定成功的所指，它就是网络文学评价体系。

仅以我个人的写作经历来说，从2005年开始网络写作，最初的定位就不是为了挣钱，只是为了圆自己的文学梦。所以并没有太多的考虑，开始还写得比较顺畅，经过一段时间的快速写作后，渐感吃力。毕竟是业余写作，没有进行过系统的训练，知识积累不够丰厚，写作技巧又很欠缺，加上练习不够，没有老师指导，越往后走问题越多。尽管一直有意识地进行着自我练习，去学习、摸索和实践更多的写作技巧，但收效甚微，还是尝到了"江郎才尽"的窘迫。

反思自己的写作之路，此时陷入了沼泽之地，无法突破自我，也无法实现进步，走下去或者变成泛泛媚俗之流，或者只能长时间停笔，找到对策再重新写作。我深知自己的困境主要在于基础薄弱，缺少理论指导，知识和积累进少出多。

在这个时候我幸运地加入了湖南省作家协会，进入毛泽东文学院的中青年作家班学习。在老师的指导下，放下写作，用半年多的时间进行阅读和写作练习。2013年1月创作了小说《咸雪》，有向传统文学靠拢的痕迹，也被读者发现水平有所提高，但我内心依旧迷惘，写得战战兢兢。作为一次尝试，这样的转型未尝不可，但是如果要作为以网络写作立身的根本，作为网络文学写作的一个标杆，则仍有无力感。毕竟，这是传统文学的培育体系，是传统文学的评价体系造就的成果，它也许匹配传统文学，却并不见得完全适合网络文学。

网络文学作为一种新生事物，有着鲜明的特征，更适合大众阅读，传统文学的评价体系虽然完备，在很多方面却仍不能与之相适应。所以，当一个网络作家遭遇了传统文学评价体系，他最先要考虑的问题是要按照传统文学来改造自己，让自己逐步趋同于传统文学，还是继续在黑暗中摸索，通过积累来完成网络文学的提升。

倘若彼时，能有一个网络文学评价体系，或许这一切都将不是问题。这是一盏灯的效应，能让数以千万计的网络作者们对比发现自身的不足，找到自己努力的方向，继而以这个评价体系为基础，建立一个完备的培育系统，对网络作者施以系统培训，那岂不是给无数在黑暗中漂泊的网络作者树立了一个航标？这盏灯，标明了方向，我们可以循着它，向着最终目标进发。有了这样的指引，最终的净化网络环境才不会成为一句空谈。

在网络文学逐渐成为文学重要表现形式的今天，为新兴的网络文学打造与之相匹配的网络文学评价体系势在必行、迫在眉睫。我深信，有了网络文学评价体系，全体网络作者能少走一些弯路，在泥沙俱下的现状中看到未来的澄明。

清网络之异化与浮躁，还文学以尊严，第一步，就从建立网络文学评价体系开始吧！

（原载《光明日报》2014 年 2 月 24 日）

11. 基于多属性综合评价方法的网络文学评价指标体系研究

高 宁

建立一套切实可行、科学合理、兼顾最终用户需求与权威性的网络文学评价机制，对于广大的读者用户和政府监管部门来说都有着非常重要的意义。

一 多属性综合评价方法及其可行性分析

所谓评价是指根据明确的目的来测定对象系统的属性，并将这种属性变为客观定量的计值或者主观效用的一种行为。在客观世界中，评价的对象系统往往具有多个不同的属性，在将它们进行比较以决定其优劣时，常需要先从多个不同的侧面加以评判，然后再进行综合。

目前的综合方法较多，但在综合过程中权重的确定及价值的量化在方法上还不甚完善，往往缺乏可比性，这对正确揭示评价对象系统的本质来说尚显不足。为此，我们运用美国学者 T. L. Saaty（萨迪）提出的层次分析法（简称 AHP）和模糊数学等方法进行了研究，提出了一种适用于多属性评价对象系统，以定量为主、定性与定量相结合的综合评价模型，并使之成为较为完整的辅助决策支持系统。

网络文学作品作为评价对象，具有多属性、多层次的特点，且在其诸多的属性中既有客观的定量指标，如作品点击量、下载量、销售量、获得道具数量等，也有主观的定性指标，如用户阅读评价、编辑推荐分数等。因此，使用多属性综合评价的方法对网络文学作品进行评价，在理论上具有较高的可行性和科学性。

二 多属性综合评价指标与权重设计

（一）确定评价目标，建立评价因素集

本文的评价目标是对网络文学作品的质量进行综合评价，评价因素是对评价目标产生影响力、决定评价结果的因素，因素集是评价对象各个因素组成的集合。根据相关研究成果，结合出版工作的属性、网络文学作品的特性及网络文学作品出版的商业模式，从人气、获得道具、用户主管评价、作品出版销售情况等十一个方面设计一级指标。在一级指标建立的基础上，进一步细化为一系列二级指标，如表1所示。

（二）确定各指标权重

权重值的确定直接影响综合评估的结果，权重值的变动可能引起被评估对象排列顺序的改变。所以，合理地确定综合评估各主要因素指标的权重是进行综合评估成功的关键问题。本体系采取常用的专家打分法（即Delphi法）确定各级指标的权重，如表1所示。

表1　　　　　　　　　　　网络文学评价批评

评价对象:网络文学作品

评价目标:对网络文学作品质量进行综合评价

评价结果形式:分值(百分制)

一级指标	二级指标	单位	权重
人气类指标(10分)	点击量	次	2.0
	下载量	次	2.0
	阅读量	次	2.0
	搜索量	次	2.0
	被收藏量	次	2.0
道具类指标(10分)	鲜花	个	1.0
	VIP贵宾	个	2.0
	凹凸票	个	1.0
	盖章	个	1.0
	惊喜	个	1.0
	装扮	个	1.0
	月票	个	3.0

续 表

一级指标	二级指标	单位	权重
用户评价指标(15 分)	文笔	分值	3.0
	情节	分值	3.0
	人物	分值	3.0
	主线	分值	3.0
	开篇	分值	3.0
销售类指标(10 分)	购买量	次	5.0
	订阅量	次	5.0
影响力(10 分)	百度指数	次	6.0
	媒体报道	次	4.0
推荐票(10 分)	投票	个	10.0
编辑推荐(10 分)	编辑打分	分值	10.0
出版实体书(10 分)	是否出版	是/否	10.0
改编影视(5 分)	是否改编	是/否	5.0
改编游戏(5 分)	是否改编	是/否	5.0
更新频率(5 分)	平均每日更新字数	字/天	5.0

三 多属性综合评价指标计算与结果确定

其测评方法主要借鉴了我国地区发展与民生指数（DLI）的测量方法，基本思路是根据每个评价指标的上、下限阈值来计算单个指标指数，指数一般分布在 0 到 100 之间，再根据每个指标的权重最终合成总体综合评价指数。此种方法测算的指数不但横向可比，而且纵向可比。

（一）指标上、下限阈值的确定

在计算单个指标指数时，首先必须对每个指标进行无量纲化处理，而进行无量纲化处理的关键是确定各指标的上、下限阈值。指标的上、下限阈值主要是参考各项指标实际数据的最大值和最小值（如某作品点击量在所有作品中排名第一，那么就将其数值定为点击量上限阈值），以及指标的理论最大值和最小值（如编辑推荐指标，理论最大值即满分为 10 分，那么上限阈值就是 10）。将 f 个指标记为墨，权重为形，下限阈值和上限阈值分别为雎和‰，无量纲化后的值为 Z_i。

（二）指标无量纲化

无量纲化，也叫数据的标准化，是通过数学变换来消除原始变量（指标）量纲影响的方法。

指标无量纲化计算公式：

$$Z_i = \frac{X_i - X_{\min}^i}{X_{\max}^i - X_{\min}^i} \quad \text{或} \quad Z_i = \frac{\ln(X_i) - \ln(X_{\min}^i)}{\ln(X_{\max}^i) - \ln(X_{\min}^i)} \qquad (1)$$

逆指标无量纲化计算公式：

$$Z_i = \frac{X_{\max}^i - X_i}{X_{\max}^i - X_{\min}^i} \quad \text{或} \quad Z_i = \frac{\ln(X_{\max}^i) - \ln(X_i)}{\ln(X_{\max}^i) - \ln(X_{\min}^i)} \qquad (2)$$

（三）分类指数和总指数的合成

1. 分类指标的合成方法

本体系由人气、获得道具、用户主管评价、作品出版销售情况等十一个分类组成。将某一类的所有指标无量纲化后的数值与其权重按公式（3）计算就得到类指数。

$$I_i = \frac{\sum Z_j W_j}{\sum W_j} \qquad (3)$$

2. 网络文学作品综合评价分数的合成方法

将网络文学评价指标体系中的 27 个指标无量纲化后的数值与其权重按公式（4）计算就得到网络文学作品的综合评价分数。

$$I = \frac{\sum_{i=1}^{27} Z_i W_i}{\sum_{i=1}^{27} W_i} \qquad (4)$$

四　不足与展望

多属性综合评价作为一种评价方法，能够有效地解决网络文学作品评价中层次多、指标复杂等问题，可以将繁杂、主观的评价转化为客观、统一的评价，该模型的建立符合用户实际需求，在网络文学作品的评价中具有较好的应用前景。但是，任何一种评价方法都有其自身的缺点和片面性，本文研究的方法也是如此，其中凸显的问题表现为以下两点。

第一，对于权重的确定，目前大多由专家凭经验主观给出，人为因素占主导，评判结果可能有出入。在实践中，可同时请几组专家对作品内容进行打分，尽可能覆盖各个用户群体进行专家选取，将各组专家的评判结果计算得出综合分值，从而得出对作品的最终评价。

第二，没有进行实际数据的验证。由于各大网络文学出版网站的数据均属于商业保密范畴，因此本文的评价方法没有得到过实际应用的验证。在后续的研究中，希望可以通过项目合作、研发等方式，联合出版机构进行实际验证，并将评价指标逐步优化，以得到更准确的评价结果。

综上，建立网络文学评价体系与评价标准，无论对于广大读者用户还是政府监管部门来说都有着非常重要的意义与实际应用价值。笔者认为，无论采用何种手段，网络文学评价都应该以尊重网络文学创作的特点为前提，以服务最终用户为宗旨，在其本身特色的基础上，促进并确保更多优秀作品拥有更长久的生命力。

（原载《出版参考》2015年第8期，此处有删节）

12. 网络文学呼唤文学批评

郭国昌

网络文学以全然不同于传统文学的姿态成为当前文学活动中的一个无法忽视的存在，然而，网络文学的迅速崛起并没有引起当下文学批评界的足够重视，当前的文学批评并没有完全参与到网络文学的整体创作活动中。这种缺席，一定程度上使得网络文学少了一面不得不照的镜子。

网络文学的健康发展呼唤着文学批评的积极介入。尽管网络文学拥有传统文学所不具有的优越性，但是其缺陷也是明显的：一方面，在"人人都是艺术家"的口号影响下，网络文学创作缺乏经典意识。随意复制、拼凑的情况愈演愈烈，一部网络文学作品动辄四五部、三四百万字，文本结构单一、内容格调低下、语言粗糙直白的现象屡见不鲜，优秀作品更难得一见；另一方面，在文学生活实利化的生存氛围下，一些网络文学的作者要么专心于表现纯粹的个人私欲，要么致力于表达虚拟的玄幻世界，要么醉心于虚构架空的历史传奇。在点击率的步步攀升中，宽广深厚的现实生活、丰富独特的民族精神、至诚至善的人伦情感等内容却日渐稀疏甚至缺失，许多网络文学最终沦为缺乏审美品格和精神内涵的文字垃圾。在这种情况下，广大读者需要文学批评"别裁伪体"，而广大网络文学作者也需要借助文学批评进行反观和促进。

然而，目前网络文学批评基本是缺失的。一方面，伴随网络文学创作产生的网络文学批评却没有形成真正的批评理论，随意性、在线性、娱乐性和炒作性等使网络文学批评无力为网络文学创作提供理论上的有力支持，网络文学创作一直是在批评滞后和话语失范的状态下发展的；另一方面，虽然传统文学批评在理论方法和话语方式上是完全成熟的，但是传统文学批评却是在传统文学创作过程中产生的，主要是针对传统文学创作的。尽管网络文学具有传统文学的基本特性，但又是与传统文学完全不同的，因而，传统文学批评并不完全适用于网络文学创作。正是由于网络文学批评的不成熟性和传统文学批评的不适用性，使网络文学创作处于前后失据的状态中，并进而形成了种种不尽如人意的状况。

那么，如何强化对网络文学的批评呢？其一，促成传统文学批评和网络文学批评的融合，形成适合于网络文学创作的批评理论。要打破传统文学批评和网络文学批评之间的壁垒，鼓励从事传统文学批评的理论家、批评家从事网络文学批评，把网络文学作品纳入自己的批评对象，通过对二者的比较，更新已有的传统批评理论，形成全新的可以适用于网络文学创作的通用化的文学批评理论；其二，更新传统文学批评话语，建构多样化的文学批评方法。传统文学批评话语是对传统文学创作的总结，有其相对的稳定性，而网络文学一经产生就显示出了与传统文学不同的特点。在对网络文学的批评中，就不能固守已有的陈旧话语，而是要针对网络文学的独特性，建构起更具适应性的网络文学批评话语；其三，加强网络文学批评的理性色彩，注重网络文学本身的特质。在"灌水式"和"板砖式"的娱乐化批评之外,网络文学批评的文本既要深入浅出,让读者接受,又不失理性和深度,形成对网络文学的作者和读者的双重影响,构建作品、阅读与批评的良性互动,从而实现网络文学的健康发展。

(原载《人民日报》2010年2月5日)

13. 网络文学质量评价指标体系研究

严佳乐 杨海平

一 质量评价指标体系构建原则

（一）文学性原则

网络文学作品的本质与传统文学作品是一致的，因此网络文学的基本要求也与传统文学相同。首先，原创是作品最根本的要求；其次，语言文字要规范、通畅、优美；再次，文学内涵要有现实意义，传递正能量，即便无法完全达到此要求，也应当是赏心悦目的；最后，在利益导向的网络市场中，仅凭点击率和收入无法真正达到文学评价的目的，因此在构建网络文学质量评价指标体系时，应更加注重其文学质量，侧重点要放在内容评价上。

（二）网络性原则

网络文学与传统文学最大的不同在于"网络性"，康桥在《网络文学批评标准刍议》一文中指出，网络文学的评价标准应该包括"快感"和"美感"，其中"快感"指网络文学读者期望的满足。邵燕君认为通俗文学最基本的欣赏原则是"好看"，这在网络环境中尤其重要。而且，并不是所有传统文学的评价指标都适用于网络环境，网络文学受环境影响，一些传统文学领域中的要求会降低甚至消失，然而也会出现一些传统文学没有的要求，因此在构建评价指标体系时要考虑网络文学的特殊性。

（三）全面性原则

构建评价指标体系要全面考虑能够用于反映文学作品优劣水平的所有因素指标，如此评价才能客观公正。

（四）数据可获得原则

评价指标体系最终需要投入使用，因此除了根据读者自身感受进行评价的指标以外，其他涉及具体数据的评价指标要考虑到数据的可获得性，这关系到评价实施的可行性。

二　网络文学质量评价指标体系构建及指标分析

（一）指标体系构建

通过对相关文献和网络文学网站的研究，在现有评价指标体系的基础上，本文尝试构建一个兼具文学性和商业性的评价指标体系，通过增加三级指标尽量覆盖关键影响因素，将它们进行归类合并，纳入上级指标中，使整个评价指标体系不致过于繁杂。评价指标体系共分为三个层次，一级指标包括"社会效益""经济效益""影响力""作者信息"四个部分，下设若干二级指标与三级指标。

由于网络文学与传统文学的共性，因此传统出版物包含的社会效益和经济效益在网络文学的评价中依然是必不可少的，同时在社会效益和经济效益中涉及了部分网络性的特征。而考虑到网络文学的特性，尤其网络文学的"影响力"在这一特殊环境中有着不一样的体现，因此将其列为一级指标,最后对直接影响作品质量的作者也列为一项一级指标。下文将进行具体阐述。

(二)指标分析

1. 社会效益

表1　　　　　　　　　网络文学质量评价指标体系

一级指标	二级指标	三级指标
社会效益（0.25）	快感度（0.20）	读者期望的满足程度（0.52）
		正面影响效果（0.48）
	美感度（0.19）	语言文字规范程度（0.25）
		语言文字优美程度（0.25）
		整体结构清晰度（0.28）
		封面设计（0.21）
	创新性（0.20）	题材创新度（0.21）
		情节模式的创新度（0.21）
		叙事布局的创新度（0.20）
		语言风格的创新度（0.19）
		角色设计的创新度（0.19）
	原创性（0.22）	—
	文学性（0.19）	思想深度（0.51）
		文化含量（0.49）

续 表

一级指标	二级指标	三级指标
经济效益（0.25）	付费阅读收入（0.32）	—
	粉丝打赏（0.30）	—
	版权运营总收入（0.38）	纸质书销售码洋（0.24）
		游戏收入（0.26）
		影视作品收入（0.27）
		其他产品收入（0.23）
影响力（0.28）	编辑推荐（0.20）	—
	粉丝量（0.27）	月度收藏（订阅）量（0.24）
		月度阅读量（0.27）
		月度点击量（0.25）
		作者被关注量（0.24）
	热搜指数（0.27）	—
	榜单热度（0.26）	—
作者信息（0.21）	作者学历水平（0.25）	—
	作者知名度（0.36）	—
	作者美誉度（0.39）	—

据《现代汉语词典》(第6版)的解释,社会效益是"各种经济活动及科学技术、教育、文学、艺术等在社会上产生的非经济性效果和利益"。在网络文学领域,社会效益就是一部网络文学作品在满足读者的精神文化需求、丰富其文化生活、提高网络精神文明层次和启发读者创造力等方面的效益,该指标下设"快感度""美感度""创新性""原创性""文学性"五项二级指标。原创性是任何作品最基本的要求,这是确定知识产权归属的原则性问题。下面对其他四项二级指标分别进行阐述。

快感度包括"读者期望的满足程度""正面影响效果"两项三级指标,在网络文学激烈的竞争环境和五花八门的作品海洋中,一部作品能够吸引读者眼球、满足其阅读需求是最基本的。之后要考虑这种需求是不是低俗的,这部作品是否能对读者产生积极正面的影响。

美感度包括"语言文字规范程度""语言文字优美程度""整体结构清晰度""封面设计"四项三级指标。由于网络文学作者存在低学历、低龄的现象,因此对于文学作品来说最根本的语言文字的规范程度、优美程度以及结构的逻辑性就成为硬性评价指标。

创新性包括"题材创新度""情节模式的创新度""叙事布局的创新度""语言风格的创新度""角色设计的创新度"五项三级指标。由于网络文学是在一个几乎没有屏障的环境中产生和生存的,作者和读者的接触可说是"零距离",因此网络文学的市场导向性相较于传统文学更为明显。一部文学作品如果仅靠搬运、模仿他人作品的设计,是无法从众多雷同作品中脱颖而出的,因此创新性是一部优秀作品必须达到的要求。创新性可以存在于各个方面,无论是题材、情节设计还是角色设计,甚至是语言风格,如果能在其中任意一个方面有所创新,就能够为作品加分。

文学性下设"思想深度""文化含量"两个三级指标。受网络文学网站商业营利特点的驱使,网络文学作品越来越忽视其作为文学本身的内涵和深度。如许多网站排行榜要求作品篇幅必须达到一定字数才有资格上榜，这一规定让网络文学作者拼命"码字"，这种速成作品水分很大，稀释了原本可能就不多的文化含量。网络文学在商业性和文学性上的不平衡甚至是断裂，对网络文学质量评价中的文学性因素提出了要求。思想深度是指一部作品能够反映社会现实、揭示社会问题或对某一问题进行深度思考、对读者有启发性作用；文化含量是指作品对自然科学、社会科学、人文科学知识的正确把握，不出现科学性错误，或是能够将这些内容融会贯通，创造出新的亮点。

2. 经济效益

经济效益分为"付费阅读收入""粉丝打赏"和"版权运营总收入"三部分，并将"版权运营总收入"划分为"纸质书销售码洋""游戏收入""影视作品收入""其他产品收入"四部分内容。目前网络文学阅读大部分是读者运用移动 APP 和 PC 网页的方式，通过充值购买"阅读币"来阅读需要付费的作品，这笔费用即网络文学作者发表这部作品的收入。此外，作品或作者的支持者常常会利用网站提供的"打赏"或"赠送"功能向作者表达喜爱之情，这些也是作者的收入之一。

3. 影响力

影响力指标下包括"编辑推荐""粉丝量""热搜指数""榜单热度"四项二级指标。

编辑推荐是指一部网络文学作品受到站内编辑的欣赏并将其推荐到网站首页，从而获得广泛的关注。在传统出版中，编辑是出版物质量的检验者，在网络环境中，编辑同样是不可缺少的一道"质检"关卡。

粉丝量包括"月度收藏（订阅）量""月度阅读量""月度点击量""作者被关注量"四个部分，由于网站设计不同，名称也就不同。在传统文学中，一部作品的影响力或许要通过销售量来衡量。但是在网络文学领域，则需要通过订阅量或点击量来衡量；同时考虑到网络文学大多以连载的形式发布，因此以一个月为评价期限能够兼顾新上传的作品。

热搜指数是指读者通过搜索引擎搜索网络文学作品的次数，一些文学作品可能不仅在网络文学读者群中具有一定名气，在其他人群中也声名远播，而这些读者往往不知道这些作品的首发网站，而是通过搜索引擎进行检索。

此外，正如许多传统文学作品可能会因为获得一些文学奖项而提高其美誉度和评分，网络文学的"文学奖励"可能就是网络文学网首页的排行榜、推荐榜的上榜次数。榜单热度就是指网络文学作品的上榜频率，频率越高，分数越高。

4. 作者信息

作者也是衡量作品优劣的因素之一，因为作者的学历、阅历、文字水平直接影响了作品的水平。作者信息下设二级指标"作者学历水平""作者知名度""作者美誉度"三部分。

作者知名度反映了作者的社会认知度，而不局限在网站内的知名度。作者美誉度指的是作者在网络文学市场上的好评度，一个受欢迎的作者基本上能保证其作品的影响力。此外，虽然笔者认为能够影响作者创作的灵感、作品的审美和思想深度的应当是作者的社会经历、家庭背景以及个人思考，但这几项无法从他人角度衡量，因此仍然选择以学历作为一项评价指标。

（三）权重分配

为了确定各项指标的权重，笔者在问卷星上利用 likert 五级量表设计了调查问卷，问卷共分为三个部分，即一级指标重要性评价（见表2）、二级指标重要性评价（见表3）、三级指标重要性评价（见表4）。

表 2　　　　　　　　　　　　一级指标重要性评价

题目/选项	1	2	3	4	5	平均分	权重
社会效益	4(5.56%)	6(8.33%)	20(27.78%)	22(30.56%)	20(27.78%)	3.67	0.25
经济效益	2(2.78%)	4(5.56%)	21(29.17%)	23(31.94%)	22(30.56%)	3.82	0.26
影响力	3(4.17%)	3(4.17%)	10(13.89%)	20(27.78%)	36(50%)	4.15	0.28
作者信息	8(11.11%)	17(23.61%)	21(29.17%)	16(22.22%)	10(13.89%)	3.04	0.21

注：百分比是指该指标某一评分所选人数占总参与者比重，下同。

表 3　　　　　　　　　　　　二级指标重要性评价

题目/选项	1	2	3	4	5	平均分	权重
"社会效益"各指标重要性评分							
快感度	3(4.17%)	5(6.94%)	15(20.83%)	22(30.56%)	27(37.5%)	3.90	0.20
美感度	3(4.17%)	11(15.28%)	15(20.83%)	27(37.5%)	16(22.22%)	3.72	0.19
创新性	3(4.17%)	5(6.94%)	7(9.72%)	27(37.5%)	30(41.67%)	4.06	0.20
原创性	1(1.39%)	5(6.94%)	4(5.56%)	19(26.39%)	43(59.72%)	4.36	0.22
文学性	1(1.39%)	8(11.11%)	23(31.94%)	16(22.22%)	24(33.33%)	3.75	0.19
"经济效益"各指标重要性评分							
付费阅读收入	4(5.56%)	5(6.94%)	21(29.17%)	24(33.33%)	18(25%)	3.65	0.32
粉丝打赏	3(4.17%)	12(16.67%)	24(33.33%)	23(31.94%)	10(13.89%)	3.35	0.30
版权运营总收入	3(4.17%)	1(1.39%)	9(12.5%)	15(20.83%)	44(61.11%)	4.33	0.38

· 179 ·

续 表

题目/选项	1	2	3	4	5	平均分	权重
	"影响力"各指标重要性评分
编辑推荐	8(11.11%)	7(9.72%)	28(38.89%)	22(30.56%)	7(9.72%)	3.18	0.20
粉丝量	3(4.17%)	1(1.39%)	10(13.89%)	23(31.94%)	35(48.61%)	4.19	0.27
热搜指数	2(2.78%)	4(5.56%)	10(13.89%)	23(31.94%)	33(45.83%)	4.13	0.27
榜单热度	2(2.78%)	3(4.17%)	18(25%)	19(26.39%)	30(41.67%)	4	0.26
	"作者信息"各指标重要性评分
作者学历水平	19(26.39%)	13(18.06%)	24(33.33%)	14(19.44%)	2(2.78%)	2.54	0.25
作者知名度	5(6.94%)	7(9.72%)	13(18.06%)	25(34.72%)	22(30.56%)	3.72	0.36
作者美誉度	5(6.94%)	55(6.94%)	7(9.72%)	24(33.33%)	31(43.06%)	3.99	0.39

表4　　　　　　　　　　三级指标重要性评价

题目/选项	1	2	3	4	5	平均分	权重
	"快感度"各指标重要性评分
读者期望的满足程度	2(2.78%)	3(4.17%)	9(12.5%)	25(34.72%)	33(45.83%)	4.17	0.52
正面影响效果	1(1.39%)	3(4.17%)	19(26.39%)	31(43.06%)	18(25%)	3.86	0.48

续 表

题目/选项	1	2	3	4	5	平均分	权重
	"美感度"各指标重要性评分
语言文字规范程度	2(2.78%)	5(6.94%)	16(22.22%)	31(43.06%)	18(25%)	3.81	0.25
语言文字优美程度	3(4.17%)	3(4.17%)	13(18.06%)	27(37.5%)	26(36.11%)	3.97	0.26
整体结构清晰度	1(1.39%)	5(6.94%)	5(6.94%)	28(38.89%)	33(45.83%)	4.21	0.28
封面设计	7(9.72%)	11(15.28%)	26(36.11%)	24(33.33%)	4(5.56%)	3.1	0.21
	"创新性"各指标重要性评分
题材创新度	3(4.17%)	1(1.39%)	10(13.89%)	21(29.17%)	37(51.39%)	4.22	0.21
情节模式的创新度	1(1.39%)	3(4.17%)	7(9.72%)	24(33.33%)	37(51.39%)	4.29	0.21
叙事布局的创新度	1(1.39%)	3(4.17%)	14(19.44%)	22(30.56%)	32(44.44%)	4.13	0.20
语言风格的创新度	4(5.56%)	2(2.78%)	18(25%)	28(38.89%)	20(27.78%)	3.81	0.19
角色设计的创新度	0(0%)	9(12.5%)	18(25%)	19(26.39%)	26(36.11%)	3.86	0.19
	"文学性"各指标重要性评分
思想深度	6(8.33%)	3(4.17%)	14(19.44%)	24(33.33%)	25(34.72%)	3.82	0.51
文化含量	8(11.11%)	1(1.39%)	13(18.06%)	31(43.06%)	19(26.39%)	3.72	0.49

续表

题目/选项	1	2	3	4	5	平均分	权重
\"版权运营总收入\"各指标重要性评分							
纸质书销售码洋	4(5.56%)	8(11.11%)	22(30.56%)	24(33.33%)	14(19.44%)	3.5	0.24
游戏收入	5(6.94%)	7(9.72%)	17(23.61%)	20(27.18%)	23(31.94%)	3.68	0.26
影视作品收入	2(2.78%)	6(8.33%)	15(20.83%)	19(26.39%)	30(41.67%)	3.96	0.27
其他产品收入	3(4.17%)	12(16.67%)	25(34.72%)	25(34.72%)	7(9.72%)	3.29	0.23
\"粉丝量\"各指标重要性评分							
月度收藏（订阅）量	2(2.78%)	2(2.78%)	15(20.83%)	34(47.22%)	19(26.39%)	3.92	0.24
月度阅读量	2(2.78%)	1(1.39%)	6(8.33%)	25(34.72%)	38(52.78%)	4.33	0.27
月度点击量	3(4.17%)	3(4.17%)	13(18.06%)	28(38.89%)	25(34.72%)	3.96	0.25
作者被关注量	1(1.39%)	6(8.33%)	14(19.44%)	30(41.67%)	21(29.17%)	3.89	0.24

通过表格统计分析可以看出，"影响力"是四项一级指标中评分最高的一项，即"影响力"对网络文学质量的评价最为重要，这一点体现了网络文学的特点。而"社会效益"与"经济效益"评分较为接近，可见大部分人认为网络文学与传统文学同样都要追求两者之间的平衡，而不是一味地跟着经济效益走。

从"社会效益"的各项指标来看，"原创性"和"创新性"评分靠前，可见人们对网络文学的要求更多是在原创和创新两方面，这也正是目前网络文学抄袭、跟风两个问题的反映。在"经济效益"指标中以"版权运营总收入"评分最高,即人们都认为IP的开发是能够检验一部作品是否优秀的有效方法。在"作者信息"中"作者学历水平"评分最低,而"作者美誉度"评分最高,可见一位被读者好评的知名作者是作品质量的保障,而这与作者的学历层次几乎无关。

  从三级指标来看,"读者期望的满足程度"的评分要高于"正面影响效果",这一方面表明在网络文学领域中,作者与读者的联系非常密切,作者能够更清晰地了解读者的需求和喜好,而网络文学作品满足读者的需求和喜好并不是难事;从另一方面来说,网络文学仍然有着一定的"快餐性"。"整体结构清晰度"是"美感度"中评分最高的,这表明读者们对网络文学的美感要求更多在于整体性的把握,而不是优美的辞藻,也从侧面反映出许多作品缺乏逻辑性。在"创新性"中,"题材创新度""情节模式的创新度""叙事布局的创新度"三者分数都高于4分,可以看出相较表面的文字语言来说,人们更欣赏故事本身的创新力。

  "文学性"和"版权运营总收入"各指标分数相差无几,重要性相当。最后一项"粉丝量"各指标的评分以"月度阅读量"最高,表示真正能证明一部作品的影响力的并不是简单的鼠标点击动作,而是实实在在的阅读情况。

(原载《中国编辑》2016年第5期,此处有删节)

14. 在线文学批评呼唤自律品格

林炜娜

首先是主体责任感的自律。在线文学批评把原本属于精英文化阶层的批判话语下放，精英立场被大众立场同化和消融，再加上网络的匿名性，这些因素导致了批评主体责任感的回避乃至丧失。强调批评主体的责任感，即要求批评者丢弃"娱乐至死"的心态，体现出对文学的尊重，并独立地保持批评的立场。文学批评不仅仅是个人的审美判断，也是对时代和社会的判断，是对文学创作的积极干预，是对人性和心灵的积极构筑。网络批评者只有认识到文学批评的本质，才能更好地承担批评者的责任和义务，有担当地进行文学批评活动。

其次是表达的自律。这包括情感的自律、语言的自律。在线文学批评的率性言说，一改批评的沉闷之气，带来了许多真知灼见和犀利观点，与此同时，有些文学批评者为博眼球，来不及控制自己的情绪，就急于表达个人的喜恶和判断，棒杀和捧杀同在，甚至会对文学创作者进行文学之外的人身攻击或谩骂。文学批评不反对个人的爱憎分明，也尊重尖锐的批评，但这一切都须建立在批评者真诚、客观、兼容的态度之上。没有约束的情感是放纵，没有过滤的语言降低了批评的审美价值，等于把文学批评变成了个人情绪宣泄的工具，严重背离了文学批评的理论本质，极大地破坏了文学批评的形象。

最后是文学素养的自律。在人人可以发表看法的网络时代，文学专业素养是区分批评文章质量优劣的核心标准。大多数网友对作品的评价只是灌水式的"好"或"不好"之类的评语，只有少数批评者会形成思考深入、语言流畅、观点鲜明的评论，后者大多会引起众多网友的围观和反馈。因此可以看出，虽然在线文学批评不以文学理论的构建和文学术语的运用见长，但批评者如果能够有意识地学习专业理论知识，提升自己的专业文学素养，那么就能更加自如地进行文学批评，使其既有"诗"的才情，又有"思"的逻辑。

在线文学批评是文学批评发展的新样式，尽管目前还处于"在野"的状态，却对传统文学批评的发展启发良多：文学批评需要多样化的理论话语和判断标准，妥当的做法不是抑此扬彼，而是尊重差异，实现文学批评的多元化发展。

（原载《中国社会科学报》2015 年 12 月 7 日）

15. 融通传统经典和网络文艺的评价体系

吴月玲

一部乐视自制剧《太子妃升职记》最近刷爆朋友圈，令人感到奇怪的是，这部剧营销的重点竟是低劣的服装道具、匪夷所思的剧情以及种种打擦边球的软色情，一般评论说到成本便宜，都会有个"虽然……但是……"的句式，可是具体到这部剧上，只有"虽然……"，没有"但是……"。为这部剧不断刷屏的水军和自来水军都在强调：剧组很有诚意云云，然则，诚意不能遮盖这部电视剧题材的雷人、剧情的单薄、表演的粗糙等缺点。而评论的缺乏，导致一部品质不算上乘的网剧被炒上了天，任何人只要提出批评就会被水军淹没。健康的文艺评论的缺席直接的后果是《太子妃升职记》这样的网剧得到鼓励，网剧品质提升的脚步可能放缓。

近日，在中国视协艺术评论专业委员会的换届工作会议上，众评论家集中探讨了近期电视剧存在的一些怪象，提出了自己的建议。中国传媒大学教授曾庆瑞指出一个危险的倾向，"资本正在撕裂中国影视事业和产业。他以阿里影业副总裁在一次论坛上所说的"给编剧们指出一条生路"为例，曾庆瑞说，现在还有三种怪象："一是用 IP 唱衰原创，二是用网络剧唱衰台播剧，三是用新媒体唱衰电视台。"他认为，面对这些怪象，评论人不能沉默，要发言、要表态。"发现文艺中的美，旗帜鲜明地指出其缺陷，是有助于电视剧健康发展的，并能引导观众观赏，有利于民族精神文化建设。"

IP与网剧紧紧地连在一起，然而，现在的IP大多为网络小说，加上网剧与台播剧面对不同的审查标准，在一定的程度上，有些网剧是粗制滥造的代名词，是色、狠、野的代名词。国家新闻出版广电总局艺委会副秘书长易凯说，一些在传统电视剧上很有成就的导演，拍出来的网剧却大相径庭，过于血腥和暴力，所以他建议评论家们多关注网剧新媒体。曾庆瑞说，在一次评奖中，网剧这一组质量实在不行，所以他当时不主张给任何一部网剧以奖项。可是，为什么粗制滥造在《太子妃升职记》里就成了看点、优点？北京师范大学副教授、青年编剧梁振华认为，网剧的趣味已经深刻介入了电视剧创作，"传统的经典的评价体系与网络的评价体系之间存在着断裂"。他主张评论者们要了解网络文化的密码，对话当下，彼此改善。

中国文艺评论家协会名誉主席李准提出，评论除了纸媒阵地外，还有电视台和网络的阵地。评论工作者对这些阵地的评论工作还有什么值得改进之处，其实也是个课题。他在多个研讨会上提出过，一些优秀的现实题材电视剧与《芈月传》的竞争其实是不公平的。像《芈月传》提前半个月就在播出平台进行了轰炸式的宣传，在播出期间每天都有相关的宣传节目，而像《温州两家人》这样的电视剧没有宣传，因而只以收视率来评价电视剧也不准确。他简单地谈了谈《芈月传》的一些漏洞，例如范雎还没有出场，怎么就会有人说出了"远交近攻"呢？虽然芈月、屈原的生卒都不可考，但他们大致的年纪是知道的，芈月与春申君和屈原之间差着辈分。他认为一部八十一集的长篇电视剧收视率这么高，对此进行研究是很有必要的。

　　对于评论队伍的建设，评论家们提出了建设性的意见。曾庆瑞提出，我们要加强自律，净化队伍，不利用话语权进行利益交换，"天行健，电视艺术评论应自强不息"。另外，他强调加强人才培养，评论的健康发展需要年轻的评论家不断涌现。中国文艺评论家协会主席仲呈祥谈到了评论工作者要在专业上下工夫，他认为有三个离不开：一是离不开哲学精神的指引，评论不要忽左忽右，搞二元对立，好走极端，语不惊人死不休，要有科学的态度，把握两端，冷静地"是其所是，非其所非"；二是离不开历史经验的启迪，坚持历史真实与艺术真实的统一，不能消费历史，尤其不能颠覆经典，要珍视民族历史文化，在经典体现的价值观上应顺势发展；三是离不开文学力量的推动，写评论也离不开文学修养，评论工作者都应该读点哲学、历史、鲁迅（文学的符号）。

　　中国视协分党组书记、驻会副主席张显谈到没有阵地的评论家将犹如涸泽之鱼，无所凭依，行不久远。他希望艺术评论专业委员会高度重视文艺评论阵地建设，采取切实有效的措施，广泛联系团结全国相关报刊，积极运用网络新媒体，不断扩建电视文艺评论平台，不断拓宽文艺评论成果对外传播渠道，争取通过持续努力，为电视文艺评论家搭建更大的展示平台，为电视文艺评论成果创造更大的传播空间。

（原载《中国艺术报》2016年1月15日）

16. 专业批评家与网络文学批评

李永艳

当前的网络批评表面上热热闹闹，其实它潜藏着很大的危机：自由的批评环境可能造成文学创作的失范；批评主体的大众化造成的是批评的粗俗化和过度自由化；多媒体方式的加入也可能带来批评的肤浅化，以至于越来越流于形式，从创作到批评，人们有可能都不再关注更深层的内涵。这样的批评是没法达到应有的效果的，很不利于网络文学的健康发展。

一 专业批评家介入网络文学批评的困难

首先，专业批评家的权威身份和精英意识与网络文学的自由精神是矛盾的。传统文学的创作与发表要受到很多规范的约束，要承受许多沉重的社会使命。而传统作家、批评家也大多有一种文化精英的心态，他们面对网络文学时，往往以民众的指导者和批判者的身份自居。然而这一切在网络的世界里都不复存在。互联网自由、开放、平等的特点，有力地瓦解了精英意识，消解了知识权威。在这里人人都有述说自我、表现自我的权利，人人都有发表批评的自由，几乎不受任何限制。一篇网络作品好不好不由某个人说了算，再有权威的批评家的言论在网络上也只能算作小小的一票而已。这样，专业批评家与网民的冲突就在所难免。1999年网易办的"中国网络文学奖"所引发的强烈争议就是一个鲜明的例子。

其次，专业批评家的理论批评模式与网络批评反理论、反深度的要求相冲突。传统文学批评经过长期的发展，已经形成一整套严肃而厚重的理论体系，它是文学批评传统的宝贵积累。但是也正因为这套理论的广度与深度，它只为个别精英批评家所掌握，与普通民众的关系是疏离的。而网络批评是人人均可参与的批评活动，并且它的参与主体主要是追求时尚与物质的年轻人，他们是没有耐心也没有能力参与精英批评家的对话的。对于他们来说，网络应该是好玩而且轻松的地方，他们需要的是风趣、幽默、娱乐化甚至是粗俗的言语方式。因而他们排斥一切婉转的说教和沉重的理论，传统文学批评在网络批评中是没有立足空间的。

再次，网络文学的即时性特点让传统批评家难以介入。网络文学是只存活在"当下"的文学创作。正如戴锦华所说："一份统计资料表明，在世界范围内，互联网网站的平均寿命只有八天，今日网络空间已到处漂流着废弃的幽灵网站。那么，网络文学似乎应该是最典型的消费文学，它似乎应该比电影更为纯粹地成为'一次过'文化，成为通俗文化的范本。于是网络文学，便成了一种悖论式生存：网络，即时性消费的此刻；文学，作为最古老的艺术，先在地指向永恒。"[①] 网络文学迅疾的更新频率需要的是生动活泼、轻松随意的速成化批评，不像纸质文学可以永恒保存。这让一向注重深层次挖掘作品，从中总结出创作规律的传统批评家手足无措，难以适应。

最后，网络批评的"跟帖化"特点也让专业批评家难以参与。"跟帖"作为一种尚未成熟的批评方式，最直接的表现形式是像盖楼一样层层递进

[①] 戴锦华：《网络文学？》，《莽原》2000年第3期。

的，许多杂乱的批评层层叠压在一起，让你无从分辨糟粕与精华。再加上文学网站林立，更换频繁，这样的批评形式是没有办法凸显出专业批评家的声音的。

二 专业批评家介入网络批评的可能性

首先，网络文学对传统文学的继承为传统文学批评的介入提供契机。虽然网络文学不论是在形式上还是在内容上，甚至是文学理念上，与传统文学相比都发生了重大变化，表现出一种反叛姿态。但综观网络文学作品我们会发现，它之中其实蕴含着传统文学的很多内容。2007年第3期的《文学评论》刊发了陈立群的《网络文学中的古典文学传统》一文，文章从对古典文学资源的利用和对古典文学的审美性认同方面分析了网络文学对传统文学的继承。当然，对传统的继承不仅仅表现在古典作品方面，现当代作品也是它们模仿的资源之一。这种文化的承继关系可以成为传统批评与网络批评之间的一座桥梁。

另外，网络文学批评的"跟帖"特点也不完全是网络的产物，其实这种批评方式在我国古代文学中早就存在。张竹坡评《金瓶梅》，脂砚斋评《红楼梦》都是我国古代点评式批评的典范。这种批评是趁热打铁时的妙笔生花，是转瞬即逝的灵感突现，具有深厚而灵活的趣味性。网络文学的跟帖批评与这种古典的评点方式有一定的共同性和相似性，古典的点评方式却为专业批评家介入网络批评提供了一种典范。我们有理由相信，随着网络文学的进一步发展，当前在网络批评方式越来越显露出它的弊端的时候，必须依赖于传统批评家深厚的学术素养来修正它。

目前，网络批评队伍人员杂乱、水平参差不齐，由于没有一定的规范可循，批评者往往人云亦云，甚至表现为狂热的意气用事，这是网络批评，尚且幼稚之处只有专业批评的理性引导才能纠正它。

三 网络批评对专业批评家的要求

首先,传统批评家不应该再用轻视的态度来看待网络文学。目前网络文学和网络批评作为一种新生事物存在很多缺陷,但是任何一种新生事物在起步的时候都是艰难的,因此才更需要专业批评家的支持与帮助。葛红兵说:"正是这些欠缺表明这个事物是新生的,它有着光明的前途,相反,那些无所欠缺的事物大都是已经经过了青春期的,它们正在走向过熟的路上。真正值得重视的不是后者,而是前者。一个有眼光的批评家应当有发展的视野,应当能透过事物发展的点滴迹象窥见它未来的可能性,网络文学目前正是需要这样的批评家。"① 因此,传统批评家在介入网络批评之前,首先要学会用宽容积极的态度、宽广发展的视野来看待网络文学与网络批评。

其次,传统批评家要学会放下精英的姿态,放下逐渐僵化的理论化批评语言,对网络文学做直观的趣味性批评。网络快速的刷新频率、受众普遍的娱乐化审美趣味决定了网络批评语言具有风趣、幽默甚至是粗俗的特点,网民需要的是生动活泼、趣味横生的生活化、口语化甚至是戏谑化的批评语言,而传统批评过于专业化,看起来总是生硬晦涩、高深莫测的理论名词只会让他们反感。传统批评家应该积极地从网络文学批评中吸取鲜活、有生命力的东西,这样不但可以为当前的传统批评注入新鲜的空气,同时也有利于尽快适应网络批评的新特点。

(原载《长江师范学院学报》2008 年第 3 期,此处有删节)

---

① 宋炳辉等:《网络时代的文学批评与人文学术》,《上海文学》2003 年第 1 期。

17. 网络文学的批评模式构建与转型发展

苏 翔

目前，网络文学的批评始终处于模糊不清的境况，既没有统一的批评标准，也缺少严格有序的批评模式指引，这与网络文学的繁荣是不相匹配的。因此，网络文坛需要呼唤全新的批评标准和批评模式，如此才能构建起坚实的金字塔。

首先，传统批评模式存在局限性。中国批评理论在20世纪90年代逐渐显现出清晰的轮廓，但是支撑网络文学快速成长的批评理论却没有长足发展，一些当代高校文科大学生手中的文学批评教材甚至已经赶不上网络文学发展的脚步。以往传统的文学创作常常有意掺入民族和国家意识，借文学来抒发对社会历史和生活的感受，起点往往站得比较高。而网络文学则不同，偏重于私人情绪或者个人情感的流露，主体也无法上升至民族高度。因此，网络文学批评模式必须采用全新的方式。

其次，提出全新的网络文学批评模式。建构网络文学批评势在必行，但是就目前学术界来说，大多数关于网络文学的批评停留于"在线式"批评与"非在线式"批评层面。"在线式"批评方式的优点在于时效性很强，作者和读者、读者和读者之间的互动性也很强，产生的结果则是提高了网络文学的开放性，但是不足之处在于缺乏有导向的价值评判，丧失了价值的正确导向和道德的规范问题。这种"在线式"批评应该单独作为感悟式点评，而不能够成为被权威、学术界所认可的网络文学批评模式。欧阳友权在《网络文学概论》中也提出了这个批评的悖论，但是没有给出合适的批评模式与标准。至此，笔者将提出一种全新的适合网络文学发展的批评模式——"距离批评模式"，即零距离批评、近距离批评和远距离批评。

一　零距离批评

文学批评常常将批评主体置身于文本之外，使文学批评成为一种纯客观的批评模式，这种"纯客观"时常指的是主体性消失或是暂且退场，使文本成为语言堆积的产物去认识评价。文学作品由语言构成，语言可以被分解为符号、代码、遣词造句的规则等因素，当批评主体脱离文本时我们就会顺其自然地去关注文本的纯粹性。海德格尔在《林中路》中指出，"正是在伟大的艺术中（我们在此只谈论这种艺术），艺术家与作品相比才是某种无关紧要的东西，他就像一条为了作品的产生而在创作中自我消亡的通道"。作品有它存在的独立价值，这种价值不需要批评者感情色彩的介入，而只需要客观地从多种语言学角度去解剖作品。文本自创作之后就形成了文本自身特定的意义，文学作品由语言、结构、语法等要素构成，同时文学作品的内在价值也由这些所决定。后现代语境下，以单独的文本研究作为研究对象的结构主义认为，人的意识支配文学的意识应该丧失，福柯的"人死了"、利奥塔的"知识分子死了"、巴特的"作家死了"都是针对语言文本被忽视的反抗。艾略特就在《传统与个人才能》中强调文学作品必须非个人化，这种非个人化也就意味着突出作品本身的语言结构的特点。作者，在一种角度看来只是呈现文本的一种途径，并非唯一的决定方式。

文学创作的过程是作者无意识思想情感流露的过程，是在自然状态或非自然状态下的情感触动反应。由于在后现代主义语境下，作品越来越多地将"个人"带入作品之中，形成私人化的文学现象。零距离批评就旨在研究已经呈现于世界上的那些被主体性遮蔽的符号系统或者无意识系统。实际上，我们往往忽略了周围所存在的一切方面，而这些事物正是由语言系统中的词语、结构和语言结合起来的。而且，语言不是仅由作者所独有的，它是全社会人类所共同拥有的，已经成为社会系统中一个传统的组成部分。作者在表达言语时，就是在表达言语本质的深层来源。一个民族有区别于其他民族的独有气质，言语本质的形成就是受到这种民族独有气质的熏染。因此，作者应该尽可能地少用自己的身份写作，尽可能地把自己作为纯粹的世界模仿者，对于批评者也是同样。零距离批评就是从这个角度出发，它的要素是纯理论化的，着重分析网络文学作品的结构方式和语言特点。比如批评今何在的《悟空传》，从纯理论的角度去剖析小说中的语言写作方式、言语表达的技巧以及行文的结构。这种对文本自身的深度批评，将批评主体自身撤出作品之中，客观冷静地分析文本的叙事手法和语言技巧。这种零距离批评对于文学作品的要求相对来说比较高，对于批评主体的理论知识要求也很高，如此就避免了网络文学的粗制滥造现象，同时也保证了一定量的相对优秀的网络文学作品的产生。

二　近距离批评

相对于零距离批评，近距离批评则是指批评主体有意识地感性参与批评过程中的批评模式。近距离批评需要批评主体完全参与作品之中，介入关于作品的感情色彩，并且摆脱传统批评必须服从理论需要的准则。这种批评模式与零距离批评模式并不矛盾。詹姆逊就指出，在后现代主义空间中，一般意义上的距离已经被取消了（尤其是"批评距离"），以至于使所有人都成为后现代的躯体无法辨识自身的空间位置，实际上也已经无法实现距离化。詹姆逊的这种距离取消原则是从文化逻辑上来探索的，然而这种距离的取消正对应了我们所谓的近距离批评，主体与文本互相"渗透"。前者充分保留了批评者自身的情感状况，就像放在博物馆里的艺术品，它需要鉴赏者给予艺术品不同时代的不同评价，欣赏者用独有的眼光和视角去审美，从而使得艺术品与他们融为一体。而后者则强调了批评者的消失性。姚斯认为审美价值是在不断接受的过程中实现的，"期待视野与作品间的距离，熟悉的先在审美经验与新作品的接受所需求的'视野的变化'之间的距离决定着文学作品的艺术特征"。批评者的期待视野很大程度上衡量了一部文学作品的价值。近距离批评模式的批评要素主要有题材的新颖度、作品与读者之间的互动程度以及读者的接受程度等，重在强调批评者个人的批评情感导向。近距离批评模式可以是感悟式批评，也可以是印象式批评，受批评者影响较大。优点在于能够及时让作者感受到读者们的情感反馈，并且使这种互动性交流不至于太过呆板，批评形式比较活泼。

三　远距离批评

所谓远距离批评主要是指通过推荐的方式来进行批评的模式。针对目前网络文学推荐批评的缺失状态，可以说，远距离批评是针对前两种批评方法所提出的一种外力驱使的强有效补救方法。批评的起点是鉴赏，这种鉴赏不同于一般读者的纯粹娱乐性质和享乐性质的鉴赏，而是带有批评者站在更高的角度、肩负批评主体批评职责的鉴赏。从这个角度来说，批评者的重要性较前两者更加突出。因为在这里，批评者的角色毫无疑问是权威性的。批评者在远距离批评模式中可以称为批评家，因为网络文学的推荐主体我们认为是传统作家、传统批评家以及文学专业领域内的学者。

由于批评者具有某种批评意识，特定的批评立场、出发点的特定的批评态度决定了批评者批评的方式方法和情感倾向，推荐何种类型的文学作品成为批评者手中独到的武器。我们放眼各大文学网站，各式的推荐榜单成为文学爱好选择的第一途径，但是其中排名靠前的文学作品并非具有很强的文学性（之所以排名靠前原因有多种，比如粉丝多、灌水多、合年轻读者胃口等），反而一些专业批评者眼中的优秀作品却鲜为人知。面对这种不合理的失真状况，理论知识雄厚的批评家们则可以扭转。比如，批评家们一致认可的一些优秀的文学作品，就可以通过推荐的方式。同时，各大文学网站可以设立一个"批评家推荐专栏"，邀请一些文学批评领域内知名的专家、学者进行定期、公开批评。这种推荐的优点还在于为读者提供一个阅读指向，使读者自身也能感受到何种作品才是相对优秀的作品，以提高网络文学整体的批评质量。

（原载《山西师范大学学报》2011年第2期，此处有删节）

18. 网络文学作品评价体系研究

李 薇

一 网络文学作品评价的特殊性

(一) 语言表达的即时性和犀利性

网络空间是一个平等、兼容、自由、开放的虚拟民间场所，网民可以对网络文学作品做出直观感知和灵机参悟的即兴点评，或一拥而上，或一哄而散。网民对网络文学作品可以畅所欲言地评价，不用顾忌情面。网民的语言表达讲究"惟陈言之务去"，清新而犀利，用词简短朴素，注重生活化、口语化，相对于传统的文学批评，多了一些灵动和随意，少了一些老套与陈腐，给文学评论带来了一股清新之风。

(二) 评价方式的匿名性和互动性

网民对网络文学作品的评价不必署名，也没有"守门员"去限制某些观点的发表，"匿名化"的身份使网民摒弃了传统文学批评"客观谨慎"的思维方式，追求"轻松随意"的批评感受。网络文学开创了大众参与、交互共享的思维空间，网络文学的评价是快捷的、互动性的，能及时形成作者和读者、读者和读者之间的互动，起到激励作者创作的作用。

（三）言者立场的真实性和自主性

网络文学作品评价的魅力在于消除网民的社会面具和人际焦虑，能够以独立的身份和自由的立场表达"真我"心态，以真话对抗虚假，网民在广袤无边的网络世界里冲浪，获得一种现实中无法实现的自主性。没有了编辑审查的制约、稿酬版税的焦虑和功名利益的束缚，网民有了敢说真话的勇气。网络文学作品的评价能更加贴近主体内心的真情实感，这是对传统文学批评中广为人所诟病的"面具批评"的一种有效矫治。

二　网络文学作品评价的现状及局限性

首先表现为内容炒作失真。由于网络媒体的参与度与互动性较高，使网络文学评价的主体呈现多元化的特点，所以导致评价内容易失真。职业批评家的权力在网络时代被越来越多的无名者分享、分解，众多批评者开始憧憬借助网络成为"艺术家""批评家"或"舆论领袖"，这种现象虽然丰富了网络文学评价的内容，但同时也使评价内容随意化。同时，借助网络这一便捷的媒体和众多网民偏好"冲浪式"寻找、"扫描式"阅读的特点，只打数量战而不打质量战，以低俗、庸俗、媚俗的评价内容迎合读者，这种炒作的心理会导致网络文学评价注水现象的蔓延，评价质量无法得到保证。

其次表现为评价方式随意。网络文学评价者通过各种网络论坛随意发表言论，评价语言也比较主观，有的甚至完全忽略作品本身，仅仅以自己的喜好来评论一部作品，不客观、不负责。正因为如此，许多优秀的文学作品被埋没，而不太优秀的文学作品往往被人们津津乐道。同时，借助网络的开放性及超链接的属性，有时一个作者的评价往往会被许多人删改、转帖、续写，使网络文学评价的版权难以得到合理、公正的判定。

最后表现为缺乏统一标准。目前网络文学的评价标准存在个人性、随意性、娱乐性等特征，评价的话语权大众化，各评价主体的标准往往得不到一致认同。有些网络文学评价者认为既然网络文学也是文学，应纳入文学评价标准的既有范畴中。有些网络文学评价者认为网络文学虽然是文学，但与传统文学有很大的区别，用传统文学的评价标准来批评网络文学过于机械，应该建立起网络文学评价的独特标准，评价标准应该融入网络载体和网络基因的特质。

三 基于"AHP—模糊综合评判法"的网络文学评价体系

（一）"AHP—模糊综合评判法"的可行性

网络文学作品种类繁多、数量巨大的特点决定了用传统文学的批评标准难以获得理想效果。层次分析法（Analytic Hierarchy Process，AHP）是数学家 T. L. Satty 首先提出的。该方法将定性分析和定量分析有效结合，不但能保证模型的系统性和合理性，而且能让决策人员充分运用其有价值的经验和判断能力，为经济、建筑、交通，甚至政治、教育等领域的多规则决策问题提供强有力的决策支持。

首先，网络文学作品的主观感受性强。文学作品的传播效果有许多直观的评价指标，如作者知名度、作品出版量、销售量等，可以运用客观的评价方法和手段。但网络文学作品的评价主要是基于主观感受，缺乏客观量化指标，具有更强的主观性和模糊性。

其次，网络文学作品种类多，评价指标层次复杂。文学作品内容的评价涉及环节或层面较多，Edward H Colley 的 AIDMA 模式从注意、兴趣、欲望、记忆、行动等方面的效果进行评价，Rusell H Colley 的 DAGMAR 模型从"未知—认知—理解—确信—行为"五个阶段进行评价，每个阶段又有许多细分指标。

最后，网络文学作品的评价是一个复杂的多目标决策问题。目前常用的方法有 AHP 法和模糊综合评判法。传统的 AHP 法存在判断矩阵一致性与决策思维一致性的差异，检验判断矩阵的一致性比较困难。将 AHP 方法与模糊综合评价法结合，得到一种系统的分析方法，即 AHP—模糊综合评判法，该方法简化了判断目标相对重要性的复杂度，借助优先关系矩阵实现决策由定性向定量快速转换，直接由优先关系矩阵构造模糊一致性判断矩阵，使判断一致性问题得到解决，从而实现从众多的单一评价中获得对某个或某类对象的整体评价，从较模糊的主观评价标准得出客观的评价结果，提高 AHP 方法中专家模糊性权重判断的准确性，这对于网络文学作品的内容评价具有十分重要的意义。

（二）评价指标设计与实证分析

第一步：确定评价目标，建立评价因素集。本文的评价目标是评判网络文学作品的优劣；评价因素是对评价目标产生影响力、决定评价结果的因素。因素集是由评价对象各个因素组成的集合。根据相关研究成果，结合出版工作的属性及网络文学作品的特性，从社会效益、经济效益、作品运营情况和作者信息四个方面设计一级指标及权重体系，表示为 $\{U1, U2, U3, U4\}$，四个一级指标又可细化为一系列二级指标，如表 1 所示。

表1　　　　　　　　网络文学作品评价因素及指标

一级指标	二级指标	代表符号	权重
社会效益 U_1 0.3	舆论导向	U_{11}	0.5
	语言文字规范性	U_{12}	0.3
	作品创意	U_{13}	0.2
经济效益 U_2 0.3	中国移动收入	U_{21}	0.3
	百度搜索指数	U_{22}	0.3
	粉丝量	U_{23}	0.2
	下载量	U_{24}	0.2
版权运营情况 U_3 0.2	实体书出版	U_{11}	0.5
	网游开发	U_{32}	0.3
	影视作品开发	U_{33}	0.2
作者信息 U_4 0.2	写作水平	U_{41}	0.4
	社会影响	U_{42}	0.3
	教育程度	U_{43}	0.3

第二步：建立权重集。四个一级指标权重分为 $U = \{0.3, 0.3, 0.2, 0.2\}$，二级指标的权重集合表示为社会效益：$U_1 = \{0.5, 0.3, 0.2\}$；经济效益：$U_2 = \{0.3, 0.3, 0.2, 0.2\}$；版权运营情况：$U_3 = \{0.5, 0.3, 0.2\}$；作者信息：$U_4 = \{0.4, 0.3, 0.3\}$。

第三步：确定评语集。评价等级分为五级，这些评语构成的集合 $V = \{好，较好，一般，较差，差\}$，依次赋值为 $\{5, 4, 3, 2, 1\}$。

第四步：形成评价矩阵。邀请网络编辑、媒体人员、营销人员、网络文学作者、文学评论专家各两人组成一个十人评判小组，依据次级因素指标对某网络文学作品分别进行五级评价，得出评判矩阵。

$$R_1 = \begin{Bmatrix} 0.1 & 0.2 & 0.3 & 0.2 & 0.2 \\ 0.2 & 0.3 & 0.2 & 0.2 & 0.1 \\ 0.1 & 0.2 & 0.5 & 0.1 & 0.1 \end{Bmatrix}$$

$$R_2 = \begin{Bmatrix} 0.2 & 0.2 & 0.1 & 0.3 & 0.2 \\ 0.3 & 0.3 & 0.2 & 0.1 & 0.1 \\ 0.1 & 0.2 & 0.3 & 0.3 & 0.1 \\ 0.2 & 0.3 & 0.2 & 0.2 & 0.1 \end{Bmatrix}$$

$$R_3 = \begin{Bmatrix} 0.2 & 0.2 & 0.3 & 0.2 & 0.1 \\ 0.2 & 0.3 & 0.2 & 0.2 & 0.1 \\ 0.2 & 0.2 & 0.4 & 0.1 & 0.1 \end{Bmatrix}$$

$$R_4 = \begin{Bmatrix} 0.1 & 0.2 & 0.3 & 0.2 & 0.2 \\ 0.2 & 0.2 & 0.2 & 0.2 & 0.2 \\ 0.2 & 0.2 & 0.3 & 0.2 & 0.1 \end{Bmatrix}$$

第五步：一级模糊综合评判并归一化。将对各个因素的次级指标的评价与权重结合，通过模糊因素运算得出各个一级评价因素的评价结果 B_i，根据第 i 类因素的模糊综合评判公式 $B_i = A_i \circ R$ 分别求得并归一化得到：

$$B_4 = U_1 \circ R_1 = \{0.13, 0.23, 0.31, 0.18, 0.15\}$$

$$B_2 = U_2 \circ R_2 = \{0.21, 0.25, 0.19, 0.22, 0.13\}$$

$$B_3 = U_3 \circ R_3 = \{0.2, 0.23, 0.29, 0.12, 0.1\}$$

$$B_4 = U_4 \circ R_4 = \{0.16, 0.2, 0.27, 0.2, 0.17\}$$

第六步：二级模糊综合评判。通过一级模糊综合评价得到的矩阵，成为二级模糊综合评价的单因素评价矩阵，即有：

$$B = A \circ R = \{0.3, 0.3 \quad 0.2 \quad 0.2\} \circ \begin{Bmatrix} 0.13 & 0.23 & 0.31 & 0.18 & 0.15 \\ 0.21 & 0.25 & 0.19 & 0.22 & 0.13 \\ 0.2 & 0.23 & 0.29 & 0.18 & 0.1 \\ 0.16 & 0.2 & 0.27 & 0.2 & 0.17 \end{Bmatrix}$$

归一化后可得：$B = \{0.174, 0.23 \quad 0.262 \quad 0.196 \quad 0.138\}$

对总体的综合评判值为：

$V = 5 \times 0.174 + 4 \times 0.233 \times 0.262 + 2 \times 0.196 + 0.138 = 1.644$。说明作品的总体质量为"一般"。

从最终的综合评判结果可得出，专家小组的意见主要集中在"一般"的级别，说明大部分专家认为某网络文学作品质量一般。对于权重的确定，目前大多由专家凭经验给出，人为因素占主导，评判结果可能有出入。在实践中，可同时请几组专家对作品内容进行打分，将各组专家的评判结果计算得出综合分值，得出对作品的最终评价。

"AHP—模糊综合评判法"作为一种评价方法，能够有效地解决网络文学作品评价中层次多、指标复杂等问题，可以将繁杂、主观的评价转化为客观统一的评价，该模型的建立符合实际情况，在网络文学作品的评价中具有较好的应用前景。在后续的研究中可将评价指标逐步优化，以得到更准确的评价结果。

四 建议

针对网络文学作品评价的现状、局限性和特殊性，要从政府管理层面、社会环境层面、企业建设层面三方面入手，完善网络文学作品的评价机制。

在政府管理层面要尽快建立健全网络文学的准入和退出机制。当前的网络文学准入门槛较低，缺乏相应的制度与标准，而经营网络文学网站的数量惊人。为此，要规范网络文学评价的体系，加大网络文学出版平台的管理力度，建立健全网络文学作品准入与退出的双向机制，明确网络文学评价的相关细则。行政管理部门要进一步强化责任意识、监督意识和服务意识，鼓励与保护优秀的网络文学作品出版，并及时披露违规行为、从严查处。

在社会环境层面要正确引导读者，鼓励优秀作品的传播。广大社会媒体要通过宣传教育，引导读者正确认识网络文学，强化读者的版权意识，共同抵制低俗、盗版作品的传播。网络文学经营企业要搭建与读者、媒体互动的桥梁，实现网络文学发表与网络文学评论相呼应，要大力推介优秀作品，鼓励优秀作品的传播，给予优秀的网络文学作品更多的展示机会，提升网络文学作品的整体水平。

在企业建设层面要强化企业责任，创新网络文学的出版形式。目前，网络文学出版产业已成为具有较大发展潜力的朝阳产业，网络文学出版企业要树立品牌意识，对读者负责，推广内容健康、格调高雅的优秀作品，注重读者与作者的互动，及时搜集读者的意见，坚决抵制色情暴力作品的传播。同时要依托技术手段，对网络文学的出版形式进行创新，使作品可以长期保存、离线阅读、继续传播。

（原载《出版广角》1914 年第 19 期，此处有删节）

19. 健全网络文学的评价机制

邵旭飞

本文试图通过建构网络文学批评理论体系、精英指向的评价标准体系及设立体制内网络文学专项奖等措施，以此健全网络文学的评价机制，以不同的机制规约网络文学，建立起一个公平、有序的文艺评价制度，形成适合不同文学现象的文艺评价体系。

其一，"学者粉"积极介入网络文学现场，建构网络文学批评理论体系。由于立足于彼时彼地文学现象的文学存在理论，不一定仍适用于此时此地的文学存在事实，不同的文学实践需要与之相应的文学存在理论加以分析、评价。传统文学批评理论基于传统文学创作，而传统文学与网络文学不论在文学功能、创作手法、存在方式等方面都迥然相异，套用原有理论评价新生的文学实践其效果是适得其反的。网络文学批评理论体系的形成也并非朝夕之事，理论的形成是累积的结果。一方面，研究者要介入网络文学现场，总结网络文学特点，寻找与传统文学的不同点，厘清创作规律，深度"追文"，即时跟踪，品读研究客体，打"阵地战"，在阅读的基础上理性思考，客观评论；另一方面，网络文学研究者要积极与非专业的网络文学精英粉丝对话，熟悉并掌握网络文学的内部行话，并主动转化成已有的既定理论话语，将内部行话翻译成规范性的学术话语，真正接"地气"，在坚持文学本质的前提下真正接近网络文学。"学者粉"介入网络文学内部，应融合传统文学理论和网络文学内部的"土著理论"，逐渐形成符合网络文学创作、体现网络文学特色的批评理论体系。

其二，建立专业批评家与文学网站编辑的联动机制，疏通网络文学批评脉络，并形成开放的多元化批评。与起初网络论坛的版主相比，文学网站编辑的文化素养、编辑素养已有很大提升，其职能也逐步向传统期刊编辑职能靠拢，文学网站编辑是内容的守门员、过滤器，熟悉发布的文学作品内容，了解创作者的写作状态。专业批评家应加强与文学网站编辑的对话与交流，借鉴编辑的导向，在编辑的建议下有选择地挑选批评文本，准确把握批评文本动向，实现批评界与网络文学创作、传播渠道的畅通无阻，以期实现有效的批评。

其三，整合民间"草根评论"，融精英指向标准于"民选"方式之中，形成网络文学批评范式。欧阳友权曾言，网络文学批评本身存在一定的矛盾和悖论，其表现之一便是网络批评具有平民化的开放平台，却又存在评价标准的失衡失依。网络文学的自由发表、评论机制，使得民间评论众声喧哗，民间评论的存在，在某种程度上弥补了专业批评的不足，但这些草根评论由于缺乏规范的准绳，过于随性化、零散化，缺乏一定的框架和标准。一方面由于草根化评论水准的良莠不齐，文学精英指向标准应渗透于草根评论中，对其进行规约与引导，减少口水化、灌水式评论，提升民间评论的整体质量；另一方面以共同的文学准绳规范各种"草根评论"，为网民发表文学评论提供参照系和评价标准，建构一套完整的网络文学批评范式。

其四，反思体制内评奖准则，设立网络文学专项奖。鲁迅文学奖、茅盾文学奖允许网络文学参评，标志着文学体制对网络文学的破冰之旅起航前行。体制内评奖条例虽已做小修小补，却并不适合网络文学的特点，以此标准衡量网络文学，其实质是对网络文学的明迎暗拒。设立网络文学专项奖是时代之需，也是今后发展之需。以日本文学评奖为例，除了纯文学奖项芥川文学奖之外，更有专为大众文学设立的直木文学奖、谷崎润一郎奖及朝日文化奖等多种奖项。中国文学体制也应有所借鉴，为网络文学量身定制适宜的奖项，通过体制赋予网络文学合法身份，给予网络文学象征资本，以网络文学精品范本引导其他网络文学创作者创作。借此在点击率、排行榜、推荐榜之外，另建一项精英评价榜，规范网络文学创作，以精英"大雅之声"避网络"愚乐文学"之嫌。

（湖北民族学院2013年硕士毕业论文节选，引入数据库时间：2013年6月30日）

20. 网络文学评价体系构建刻不容缓

欧阳婷

2017年8月12日至14日,中国文艺理论学会网络文学研究会2016年学术年会暨"网络文学评价体系构建"学术研讨会在湖南怀化学院召开,来自全国各地的一百余名专家、学者齐聚一堂,围绕"网络文学评价体系构建"的主题深入研讨,为中国网络文学研究、发展与完善建言献策。

截至2018年6月,中国互联网用户规模为7.1亿人,文学网民达3.08亿人,网络文学发展蔚为壮观,由网络作品版权转让延伸的影视、图书、动漫、游戏、移动阅读、舞台演艺及周边产品的繁荣发展,已形成今日中国最受大众关注的"IP热"和"泛娱乐"文化现象。网络文学已成为中国文化新兴力量,它关涉到国家意识形态和当代文化建设,关涉到国家话语权和新媒体阵地掌控,关涉到大众文化消费、国民阅读和青少年成长,关涉到中国社会的主流价值观建构、文化软实力打造和国家形象传播。因而,构建符合文学规律又切合网络特点的网络文学评价体系刻不容缓,这对于促进网络文学健康成长与繁荣发展,推进国家文化发展战略具有至关重要的意义。

专家认为,构建网络文学评价体系对于推动网络文学的生产和批评,具有至关重要的意义。网络文学理论与批评的建构滞后于网络文学的创作实践,建构网络文学评价体系,理论批评工作中应该以普通读者的身份走进网络文学现场,从网络作品出发,对文学网站及网络文学作品转化成 IP 的过程进行考察,在阅读中形成真诚对话,并以大视野、大融合的视角评价网络文学,提出网络文学发展的理论核心概念,当好网络文学的精神引路人。与会专家对网络文学的未来充满信心,认为网络文学将成为今后数年内文学创作与研究的热点,可能会带来中国文学古典形态与现代形态的真正分野。网络文学的未来走向将呈现由平原到高原、由服务到引导、由创新到创造的发展过程。由此,应加强网络文学大众评点和学术评论,加强媒体评介,加强政府评奖,特别需要学院派对网络文学理论评论的大范围介入,为网络文学的良性发展创造良好氛围。

在讨论中有许多专家提出了一些新颖的观点。厦门大学人文学院教授黄鸣奋谈到,文学评价体系基点发生了从地域性、在线性到定位性的变迁。"传统文学以地域性为主导,但具有去地域性,并且在地域性与去地域性的矛盾中发展。网络文学以在线性为主导,但包含了地域性,并且在地域性与在线性的矛盾中发展。"山东师范大学教授周志雄提出,网络文学评价体系应从价值、理论、审美、文化、技术等维度着眼,在研究中建立一种开放的、综合的、多维的话语体系。以大视野、大融合实现研究的理论创新,从而推动网络文学的健康发展。杭州师范大学人文学院教授单小曦认为,构建网络文学评价体系,不能停留在对现有网络文学回顾与总结层面,应树立价值预设和历史性、语境化原则,在媒介存在论批评视角下构建网络文学评价体系,该体系由网络功能发挥尺度、跨媒介及跨艺类尺度、艺术性和商业性融合尺度、虚拟世界的开拓尺度、主体网络间性与合作生产尺度、数字存在对存在意义领悟尺度,以及数字现代主义美学尺度等构成。

全国网络文学研究会会长、中国作家协会网络文学研究基地首席专家、中南大学教授欧阳友权在大会总结中指出，网络文学已成为令世界瞩目的中国文化新力量，呈现出"时代现象级"的新气象，但也客观存在着"大而不强、多而不优""野蛮生长、良莠并存"等问题，存在三个明显的不匹配：一是数量与质量不匹配，二是效益追求与人文审美不匹配，三是技术强势与艺术优势不匹配。研究和探索网络文学评价体系构建既是网络文学健康发展所需，亦是理论批评界的责任使然。网络文学研究应当"从上网开始，从阅读出发"，关注当代文学场的变化，把握好中国网络文学的"过去、现在、未来时"，推动网络文学批评及其理论研究不断深入。当前，网络文学研究应该关注网络类型化写作的意义和局限、网络IP热对中国娱乐文化市场的影响、网站商业模式对网络文学发展的意义、网站"寡头现象"对中小网站带来的压力和困境、网络文学评价体系和批评标准如何确立、网络写手的职业困顿以及对他们的扶持和引导、网络盗版对网络文学业态的伤害与治理、"净网行动"和"剑网行动"对网络文学的影响与评估，以及在网络文学主流化、经典化过程中如何避免过度剪裁与规制等突出问题。

（原载《中国艺术报》2016年8月29日）

第三部分　网络文学批评标准

1. 网络文艺批评的三个学理支柱

夏 烈

21世纪的日常生活，越来越离不开互联网。在积极进场开展网络文艺评论之前，我们对文艺处境和观念转化应做出大致靠谱的条分缕析和理论概括，从而奠定常识、凝聚共识，构架出新的知识论和方法论。从目前关于网络文艺认知和评价方面的误区与盲区看，尤其应当强调哲学、社会学和美学的支持。哲学、社会学和美学可谓网络文艺批评的三大学理支柱。

首先，哲学地思考互联网及相关文艺创作的发生，可以让我们深入理解这样一种发端于技术而全面覆盖了人类生活的文化、文明现象。以泛文艺的方式不断填充网络时空、创建其生命意识和叙事历史的网络文艺——文学、影视、游戏、动漫、直播等，以及彼此间的跨界融合与粉丝化、社群化、部落化，都象征了人类又一次伟大"造物"实践的到来。因此，互联网及相关文艺的诞生、发展本身就是人类灵智结构的惯性、创造性的一部分，无论现在的形态如何，都必然是哲学要观照和解释的对象。

其次，网络文艺的创造者们前所未有地回到了人民群众中，回到了全社会中。完整的文艺与社会的关系，是在满足人们文娱的基本诉求外，还能提升崇高意志，丰富精神内涵，为时代发展、社会进步贡献正能量。此外，关涉网络文艺社会学价值的另一核心命题是资本的过度掠夺——既要保持市场，给予文艺创作、传播的活力，又能精准有力地批判资本主义生产方式在网络文艺上的篡权和跑偏。这是一项考验我们能力、良知、远见和责任感的社会学工作。

最后，是网络文艺作为文艺的本质属性：审美，也即美学原则、美学标准、美学追求。目前网络文艺作品（产品）的体量大、总体质量弱，难免泥沙俱下，但这不该成为放弃"文艺"之审美进步的理由。例如，经常讨论到的网络影视、动漫"有视觉，无故事"，或者网络文艺粗鄙化、跟风化的问题，其实都是艺术学、美学的常识。那么，领会创作规律并加以执行就能做好，在坚持多样性前提下不断引入审美标准就能做精。

2014年10月15日，习近平总书记在文艺工作座谈会上发表重要讲话，指出"有了真正的批评，我们的文艺作品才能越来越好。文艺批评就要褒优贬劣、激浊扬清，像鲁迅所说的那样，批评家要做'剜烂苹果'的工作，把烂的剜掉，把好的留下来吃"。从某种意义上讲，依循三大学理支柱后的网络文艺批评，有望成为这样的理想评论。

（原载《光明日报》2016年9月3日）

2. 网络小说的文学性和新标准

张 柠

一 网络小说的"文学性"

所谓"文学性",是文学内部研究的基本问题,它研究文学的元素及其构成方式,首先是语言问题。小说,尤其是长篇小说,其语言标准跟诗歌语言的标准差别很大,长篇小说是一个"杂语世界"(巴赫金)。

面对作为"杂语世界"的小说语言,我们无法根据局部语言风格来判别小说语言的好坏,关键是你怎么把这些"杂语"融入小说里面,它是否符合整体结构和意义的要求。也就是说,语言和细节描写是为情节设置服务的,所以情节设置就很重要。如网络小说《黄金瞳》的情节设置就很好,情节转换能力也很强。问题是,既然语言很好,情节设置能力很强,故事很吸引人,是不是可以用传统文学标准去衡量,认为这是当代传统文学中的第一流作家和作品呢?无疑没有这么简单。因为小说还有"叙事布局"和"整体布局"的结构要求,前者可以称为"小结构"(叙事结构),后者可以称为"大结构"(意义结构)。

传统作家非常讲究叙事布局,也就是"先写什么""后写什么",

"哪里多写""哪里少写"的问题。布局结构所指向的深层价值，符合人类文明进化和社会管理的基本原则，就是"节约原则"，也就是以最少的篇幅，传递最大的价值，"以少胜多""以点带面""借比起兴""互文见义"都指向这一总体原则，而不是想到哪儿就写到哪儿、大家喜欢怎么写作者就怎么写，更不能写成平均分配时间和篇幅的"流水账"。首先是作品发布的篇幅在空间上没有限制。它利用的是无边无际的"赛博空间"（cyberspace），也包括新兴的"云空间"；其次是读者在时间上的自由度。读者所利用的是古典"劳动时间"之外的、被当代社会生产力解放出来的"剩余时间"或者叫"游戏时间"。因此，叙事布局结构上的"节约原则"在这里近于无效，写作和阅读可以是一种"耗散"的行为。

与此同时，上述"剩余时间"或"游戏时间"的零散性与网络文学叙事的断片性和任意性之间的高度吻合，消解了传统文学对叙事总体性的要求，于是就引出了下面的问题：如何看待叙事作品的"意义结构"？我们认为这是呈现作家对自我和他人、社会和世界的总体看法的重要尺度，否则，叙事布局的小结构就会变得杂乱无章，甚至不可理解。网络小说家对"叙事总体性"这个大结构概念不大在意。尽管不同的读者对作品"叙事总体性"的理解、发现、归纳有差别，但那种使作品具有"可理解总体"的要求没有改变，都要求细节和情节在时间流变中具有统一的因果关联性。假如没有这种"叙事总体性"，而是一种松散且随意跳跃式的写作和阅读，就会导致结构的弥散性，也就是叙事意义指向上的无中心和不确定。这种叙事上经验碎片的任意拼贴，从传统思维方式和价值追求角度看，就变得不可理解。如果我们这样要求网络文学创作，那么他们的写作就会崩溃，于是他们就只能向网络读者求助，这种局面只会加大文学评价和文学传播之间的裂痕。是不是必须用上述那种大结构的标准来要求网络文学？不解决这个问题，"建立网络文学评价体系"问题的讨论便难以继续。

二 新标准面临的理论难题

按照传统文学的标准，网络小说的疑问，不出在一般的语言和情节设置等要素上，而是出在"整体布局"或"意义结构"上。如果我们不打算将这个疑问绝对化，那么就需要重新讨论传统文学"整体布局"或者"意义结构"在理论上的合法性问题。

事实上，无论是对世界的认知方式，还是对事物的描述方法，那种现代意义或者现代小说的叙事结构（历史叙述及其总体性）都只能说是诸多类型中的一类而已。我们可列举出许多相反的例证，比如：阿拉伯《一千零一夜》的箱型框架结构，日本《源氏物语》的串珠状结构，印度《五卷书》的东方套盒结构，中国《红楼梦》的圆形蛛网结构，等等，来源于佛教寓言故事的《阳羡书生》（《续齐谐志》）的叙事结构就是一个东方式幻想世界的完满结构。此外还有民间叙事中的"生命树"模式，"克里希纳幻化宇宙"的结构（《薄伽梵歌》），现代物理学全新的时空观，福柯对快感中心唯一性的批判，罗兰·巴尔特《恋人的絮语》的叙事模式，废名的《莫须有先生传》和《莫须有先生坐飞机以后》，沈从文的《长河》和《边城》等。东方神秘主义的直觉离我们的生活已经很遥远，现代科学前沿成果离我们的生活同样遥远，人文学对世界的解释原则还是"古典力学"式的。能不能打破结构上的"地心说"和"日心说"，打破传统思维对世界认知和意义叙述的模式？如果可以，那么，经典文学评价体系，包括我们对长篇小说叙事结构的理解也可以被颠覆。首先需要颠覆的就是那种单中心的精英话语模式，及其在文学评价体系中的一套规则。

我们已经提到了网络文学对传统文学的两种偏离趋向：第一，在作品的生产和传播上，具有时间和空间双重的无限制，因而无须遵循传统叙事上的"节约原则"；第二，叙事的整体意义结构上，偏离近现代以来西方文学建立的总体叙事结构的要求，呈现出多元化、多中心的弥散结构。在这种新的模式和特征的价值判断上，需要多方面的专业人士介入和进一步研究评价。

三 评价体系和研究的专业化

网络文学的生产和传播是一个客观存在的事实。网络文学研究首先要面对这一事实，而不应该先入为主地要去改变这一事实。正如一些网络作家所说的那样，网络文学是建立在"读者选择机制"的基础上的（同时它的淘汰机制也非常残酷），网络文学整个生产和传播过程有自己的特殊性，跟传统文学不一样。但是，在这种生产和传播过程的表象之下，作家的叙事动力除了点击率之外还有其他深层因素吗？怎样的叙事模式才具有广泛的吸引力？一个庞大的"生产—传播—感受"共同体是如何建立起来的？它的文化价值或意义是什么？这些都是需要重新研究的。网络文学目前的基本状况，可以称为"资本原始积累"阶段，还有许多值得探讨和规范的空间，这是"建立网络文学评价体系"的基本动因。

目前的网络文学研究者的规模，与网络文学的生产和传播规模极不相称，研究的专业水准也有待提高。一定要改变两种极端的研究姿态：不是极度贬低和置之不理，就是钻进研究对象之中对其着迷而不可自拔。这两种姿态，一种是不愿意直面事实，另一种是将未经研究的事实直接价值化。网络文学研究者首先面临的难题是术语的过多或者匮乏导致了语言无法抵达和捕捉研究对象。理论术语的使用要遵循两条原则。

第一，筛选和化用原则。为了保持文学评价体系自身的历史连续性，传统文学研究和批评术语是无法拒绝的。不是每一个传统文学术语都可以直接移到网络文学评价中，有的管用，有的不管用，需要仔细甄别。面对网络上那种带有"浮世绘"色彩的小说，"典型环境中的典型人物"就不怎么管用；面对重在表现女性情感的网络小说，"波澜壮阔的历史画卷"就不怎么管用；面对玄幻小说，"接地气的作品"就不怎么管用。有一些术语，如文学内部研究的语言风格、情节模式、叙事布局、整体结构完全可以使用。这就是传统文学术语的"筛选和化用"原则。

第二，术语创新的准确有效性原则。面对新的文学对象，除了筛选和化用传统的文学术语之外，还要进行术语的发明创新，这些新术语多是从网络文学里面出来的，很有针对性，但也杂而多，在选用的时候需要准确有效。首先要进行事实判断，它是什么，这个阶段很多文学评论家在做。之后要进入价值判断，它有什么意义。新术语的发明要准确有效，应遵循术语创新的有效性原则。

如何研究网络文学这一新的复杂事实，并最终建立起科学的评价体系，是一个复杂的系统工程，需要多学科、跨学科的协作才能够完成。跨学科结构中应该包含三个主要学术领域的专家：第一是传统文学专家，包括中国古典文学、中国现代文学和外国文学。一方面因为它是"文学家族"中的一员，需要进行文学性的研究。另一方面是它经常"穿越"，这些专家的组合，能够更准确地把握网络小说中的"时空穿越"特征。第二是民间文学、民俗学、文学、人类学、社会学的专家。因为网络文学跟传统文学不一样，它在结构方式上对"现代性"话语（人类中心）的偏离，小说中的"人"是多义的，包括"自然人""种的人""群的人""神的人"，还经常出现"返祖冲动"。在叙事方式上经常带有浓郁的民间文学和民俗学色彩。第三是传播学、媒介文化、符号经济学专家。网络文学跟通俗的流行畅销的纸质书不一样，它首先是以一种文字符号的形态在网络虚拟空间传播，再加上整个生产和传播过程跟资本运营有着密切关联，这三个知识领域要交融和整合。网络文学研究的专业过程中，将这三个领域的专家和知识整合在一起是非常重要的，由此我们才能让网络文学研究由事实判断进入价值判断。

［原载《文学教育》（上）2015年第2期，此处有删节］

3. 文学批评拿什么对"网络文学+"发声?

南 帆

网络小说巨大的市场号召力再度证明了通俗文学的半壁江山地位,那么,作为某种理论回应,"欲望"有必要纳入文学知识成为一个常规范畴,并且与"无意识"、"象征性补偿"等另一些精神分析的概念相互补充。如今,两种文学类型的分歧、竞争比以往任何时代都要尖锐。对于文学想象来说,遵从历史逻辑与欲望逻辑包含了内在的对立,批评必须为两种类型的文学解读设置不同的代码系统。网络小说制造的文学震荡正在持续,诸多人们熟悉的文学命题无不察觉到这个庞然大物的压力。现今的文学知识体系大约拥有一百年的历史。20世纪之初,"五四"新文化启动的"文学革命"曾经带来文学知识的深刻重组。传统的考据、义理迅速地被"文学概论"覆盖,新型的文学教育得到了学院体制的保驾护航。尽管某些前沿的论题——例如现代主义或者超现实主义——仍然存在种种争议,但是,多数人业已就文学的形态、功能、类型、符号体系、传播网络、经典篇目等达成广泛共识。如果说,古典文学转换为现代文学曾经出现巨大的颠簸,那么,20世纪的文学知识业已再度稳定了如下的标准:何谓文学,何谓好的文学。

尽管这种标准迄今仍然在印刷文学之中享有崇高的声望,但是,网络小说仿佛带来了另一个文化空间。互联网上360百科的"小说"条目之中,《红楼梦》《阿Q正传》或者《安娜·卡列尼娜》《追忆逝水华年》已经不再充当小说的经典范本。条目推荐的小说标本多半流行于互联网,例如《倾尽天下》《重生之帝妃谋》《绝色倾城》《悲伤逆流成河》等。相对于印刷文学的现实主义、现代主义乃至魔幻现实主义,网络小说提供了种种前所未有的类型,诸如玄幻小说、冶艳小说、穿越小说、网游小说,或者架空历史小说、耽美小说、末日生存小说。

当社会的阅读重心从印刷传媒转向互联网之后,如火如荼的网络小说必然谋求文学殿堂的正统身份。除了拥有不可比拟的读者数量,互联网同时展示了一个新型的知识传播体系。对于门户俨然的学院来说,互联网的冲击可能迅速颠覆沿袭已久的教学体系。从这个意义上而言,网络小说的积累和总结不仅促进了文学知识的持续增长,更重要的是逐渐显示出两套文学知识的分歧和角逐。

一 "欲望"与"现实"

网络小说的汹涌大潮冲垮了文学知识构筑的脆弱堤坝。如果说,琼瑶、金庸、梁羽生们扮演了复兴通俗文学的先锋,那么,后续的网络小说终于蔚为大观。网络小说对于社会历史批评学派所围绕的"历史"范畴无动于衷。从众多武侠共同追逐一本武林秘籍到一幢凶宅突如其来地闪现吸血鬼,从若干后宫妃子密谋争宠到几个纯洁的青春期少女为梦幻之中的白马王子洒下一掬晶莹的泪珠,网络小说制造的悬疑、惊悚、争风吃醋和秘密怀春的确仅仅是一些短暂的临时性情绪波动,人们无法从中发现支配历史的深刻冲动。描述历史内部构造的众多范畴无助于解释这些故事,例如政治经济学,或者种族、阶级、性别、国家等。尽管巧妙的悬念设置令人欲罢不能，奇幻的场面一个接一个抛出来，但是，这些眼花缭乱的故事与读者的生活没有内在的精神衔接。无论是就业、购房、结婚还是缩小城乡差别、改善医患关系，网络小说无法提供任何值得信任的参考。

尽管如此，一个不争的事实是，网络小说拥有庞大的读者群。人们不得不面对一个令人费解的后续问题：脱离现实"人生"的作品为什么竟然赢下了如此之大的市场？许多时候，人们可以听到了大量"质朴"的回应。一个会计刚刚从众多财务报表之间脱身，一个温习功课的考生打算松弛一下紧张的精神，一个厨师试图离开烟火缭绕的厨房休息半小时——什么是适合他们的文学读物？这时，《诛仙》显然比曹雪芹和普鲁斯特有趣。等待一趟晚点的航班或者必须在嘈杂的地铁车厢度过大半个小时，多少人愿意琢磨鲁迅的《狂人日记》或者福楼拜的《一颗纯朴的心》？对大多数读者来说，娱乐是他们的首选。他们甚至坦率地表示，恰恰因为就业、购房或者开拓发展空间如此渺茫，网络小说至少有助于暂时遗忘各种挫折带来的不快。当会计、考生、厨师纳入"大众"范畴并且拥有市场消费者的身份之后，他们的愿望必将迅速转换为文学的生产订单。必须承认，这种状况是对文学教授的严重挑战，文学的意义、功能不得不重新规划和描述。有人感叹地说，网络小说绕过了"五四"新文学而径直汇合到鸳鸯蝴蝶派，这个事实甚至令人怀疑从前的文学教育成效。

在我看来，考察网络小说与现实"人生"的联系，现在已经到了正视一个概念的时候：相对于人们不断重复的"历史"范畴，"欲望"是某些文学介入读者精神生活的另一种形式。由于精神分析学的洗礼，人们对于"欲望"并不陌生。许多时候，某些不合时宜的欲望将会遭到社会规则的抑制和封闭，欲望的扑空通常意味着主体的某种现实匮乏。精神分析学认为，受挫的欲望并未消失，而是潜伏于无意识的某个角落，等待理性监控松懈之际乘隙逸出。逸出的欲望时常乔装打扮，借助各种符号和意象从事象征性表演。许多人时常虚构一段情节补偿现实匮乏，例如胆怯者幻想自己拥有绝世武功，姿色平庸者幻想自己拥有花容月貌。这时，欲望带动的想象已经与文学很接近了。事实上，弗洛伊德即是按照这种逻辑描述文学，他将文学形容为"白日梦"，其核心观点是：未曾满足的欲望成为想象的催化剂。

受挫欲望的象征性补偿机制很大程度地解释了网络小说取悦大众的秘密。武侠小说和惊险小说隐含了英雄梦和淋漓尽致的复仇，后妃们钩心斗角赢下的是帝王的爱情和荣华富贵，青春美少女保存了滤尽烟火气息的纯情，穿越小说可以抛开世俗的烦恼遁入另一个快乐的空间。当代故事之中，"总裁"和"女上司"是炙手可热的主角，他/她隐含了腰缠万贯的前提。总之，权势、财富、性和情场上的赢家、暴力对抗的胜利者——这些诱人的情节背后隐藏了现实中遥不可及的荣耀和快感。换句话说，网络小说并未脱离现实"人生"，而是以文学想象集中表征一个特殊的"人生"主题：受挫欲望的补偿。相对于日常工作的理性状态，人们的业余娱乐往往交付于无意识掌控。这时，遭受压抑的欲望蠢蠢欲动，继而与等待多时的网络文学一拍即合。当然，精神分析学的"欲望"及其后续故事仅仅是一种心理图式，而不是历史结构。尽管"欲望"带来心理"共振"的强烈程度可能超出文学显现的"历史"动向，但是，没有嵌入历史结构的心理图式不可能改造历史，现实匮乏的虚拟补偿不可能消除匮乏的产生原因。

二　网络文学与传统文学的分歧、竞争

如果说，网络小说巨大的市场号召力再度证明了通俗文学的半壁江山，那么，作为某种理论回应，"欲望"有必要纳入文学知识成为一个常规范畴，并且与"无意识"、"象征性补偿"等另一些精神分析的概念相互补充。当然，提出"历史"与"欲望"两个考察文学的范畴，并非一分为

二地重新分配另一些概念的归宿，例如精英与大众、官方与民间、经典与市场、网络文学与印刷文学等。事实上，介入文学场域的诸多因素往往按照不同的比例形成各种组合。同时，"历史"与"欲望"并没有成为两种迥然不同的纯粹模式，彼此绝缘。首先，所谓的通俗文学并非一个"本质主义"的概念，文学史的轴线上，某些通俗文学——譬如词、曲、话本——曾经在另一个时代转换为经典文学；其次，许多通俗文学并未拒绝"历史"信息，例如金庸武侠小说之中明史与清史的背景；最后，"为人生"的文学并不意味着"欲望"的彻底清除，现代文学史上那一批"革命加恋爱"的小说甚至流露出纵欲的气息。

然而，不论二者之间存在多少交集，这个判断的意义并未缩减：如今，两种文学类型的分歧、竞争比以往任何时代都要尖锐。对于文学想象来说，遵从历史逻辑与遵从欲望逻辑包含了内在的对立，批评必须为两种类型的文学解读设置不同的代码系统。一个意味深长的文学史事实是，"为人生"的文学很大程度上塑造了"五四"时期一代青年的精神，他们借助文学洞察历史，决定自己的命运；相形之下，现今许多年轻读者的心目中，文学仅仅是一种娱乐，一种失意之际的慰藉，一种欲望的想象性完成。总之，与他们置身的生活仅有微弱的心理联系。当然，这个事实本身即是深刻的历史产物。

（原载《文艺报》2016 年 10 月 28 日，此处有删节）

4. 试论新媒介文化的批评标准与叙事逻辑

陈定家

以互联网为代表的新媒介打造了一个面向全民的舆论、娱乐平台，在这个无限开放的公共空间里，沉默的大多数在身份、言论等方面都获得了前所未有的自由。网络围观者的飞沫和哄客们的叫嚣更是犹如雪崩与尘暴，使人根本无法看清真理与真相。以图像、音频、视频、文字和五光十色的表情符号组成的微信铺天盖地，且无从所来，不知所去。这种全天候无差别的信息大轰炸，使文化研究与批评遭遇前所未有的"标准危机"和"价值迷失"。

一 文学"发烧友"的技术逻辑

单就新媒介文化批评而言，新媒介所导致的批评标准缺位和价值导向迷失问题在文学艺术领域早已是人尽皆知的顽疾。以互联网为代表的新媒介发动了一场前所未有的技术革命，我们在为这场媒介革命所带来的可喜变化欢欣鼓舞的同时，也注意到事物相反的一面。例如，昔日艺术家的特立独行之风及其孤标傲世之想已变得不合时宜，从柏拉图到雪莱时代一直被人们所信奉的代神立言观念，正在被"娱乐至死"的话语狂欢所代替。

独立创造精神的万丈光芒也日趋暗淡，以单个主体创作为特色的"浅斟低唱"已被创作群体精细分工合作的"众声喧哗"湮没。尤其是在大数据与云计算技术进入电影制作之后，传统表演艺术的空间日渐逼仄，以至于有人感叹银幕将失去真正的艺术家，电影艺术将被数码技术"退化"到魔法时代。日新月异的网络技术对当代艺术生产与消费的各种冲击和影响被理论家们轻描淡写地概括为"媒介的后果"。但我们注意到，这个所谓的"后果"并不具有结局的意味。如果从媒介批评的视角看，这些冲击或影响，与其说是"结局"，还不如说是"开端"。

就网络写作而言，由于写作主体的转移和"分散"，人人都可以在网上率性而为，信笔涂鸦，传统的功利主义和唯美主义被声色娱乐和情感宣泄的强烈冲动打得落花流水，文学正在被网络进化/退化为一种"游戏"，一种随心所欲的"游戏"。正因为如此，某些知名的"传统作家"曾一度对"网络文学"这种提法很不以为然。但技术的发展是如此惊人，以致莫言这样的传统作家也渐渐理解了陈村所谓"将来所有的文学都是网络文学"的说法。2013年，莫言出任网络文学大学首任名誉校长，并在就职演讲中说："网络文学是不可忽视的存在，你要研究了解中国的当代文学，绕不开中国当代的网络文学。你要关心网络文学，必须关心网络文学的作家。所以如果要对中国当代的文学进行评价，必须把网络文学考虑进去。"2016年年末，一款名为"偶得"的写诗软件在微信群中大行其道，一首首"气死李杜"的诗歌触手而成。相关评论认为，就像阿尔法狗打败顶级围棋大师一样，"诗狗"软件令诗人甘拜下风的日子似乎也为期不远了。

著名女作家王安忆也曾参与过网络原创作品评选，她认为自己和大部分参与投稿的网络文学爱好者在对文学的理解上存在较大差距。她说："他们不是真正的文学青年。"她甚至认为："目前大部分热衷于网络文学的写作者，很大程度上类似于音响发烧友，发烧友和爱乐者的区别是前者对音乐技术和设备装置更有兴趣。网络文学的写作者常常沉溺于网络技术所带来的新的语言、题材和表达形式等等。"王安忆把网络写手与"发烧友"联系起来不是没有道理。网络作家之所以被称为或自称为写手，某些批评家之所以说网络写手是"文坛"圈子之外的文学"票友"，其基本理由与王安忆"发烧友"的说法大抵相同。

"发烧友"对视听器材技术精度和功能的崇拜，往往超越了对图像或声音本身所蕴含的人的能力的关注。有学者认为，视听设备的技术更新在相当程度上已经超越人的能力极限，比如早已超越人的视觉或听觉分辨能力。然而，技术并未因此而停步，而"发烧友"们也并未因此而满足。相反，他们追求技术表现"完美"却变本加厉。其实，在"发烧友"行为中起作用的并不是那些具有人文意义的图像和声音，而是一种工具理性，一种技术逻辑。

在新媒介文化批评领域，这一倾向容易导致一种"技术批评模式"。例如，在网络文学批评方面，这类研究者的眼睛只盯着"网络"，几乎无视"文学"的存在。在"技术"与"人文"之间，他们一屁股坐在技术的宝座上，"认为技术传媒和信息工具才是它与传统文学的本质区别，于是用技术眼光和工具理性来分析网络文学现象。由于缺失人文审美的致思维度和价值立场，其对网络文学的理论言说往往会变成技术分析的文化读本或新名词术语的'集束式轰炸'，结果是文学人看不懂，技术人不屑于看，于实际的理论批评建设意义甚微"。"技术批评模式"所遵循的是一种文学"发烧友"的技术至上逻辑。在一种"娱乐至死"、"技术为王"的语境里，文学作品成为媒介星空中的众星之一，而且绝对不是星空中最亮的那一颗。关于这一点，只要我们看看身边熙熙攘攘的手机一族，文学阅读在他们的"拇指生涯"中占有什么样的位置就不难理解个中缘由了。

二 "速食化"与"键构符"的隐忧

网络媒介给文化和文学带来的所有变化中，有两大变化最为明显：一是阅读方式由"读书"转向"读屏"。读屏不像书面的线性阅读那样亦步亦趋地依据语言符号去实施再造性想象，这使得读者在衡量网络文学的价值时很少再有意义的探究和隐喻的发掘，有的只是对屏幕文本超媒体感觉的全方位敞开；二是审美价值取向从"社会认同"转向"个人自娱"。传统的评价尺度倾向于社会认同而淡化个人差异，网络文学批评的价值尺度则更重视个体的自娱自足。这样，个人的兴趣和当下的感受将在很大程度上成为选择和评价网络作品的基本尺度。与上述两种变化相对应，网络文学批评观念也有了显著变化：一是批评者身份的改变。传统批评家的角色在网络中被消除，创作者、批评者和读者之间的界限出现交互式转换融合。二是批评目的发生变化。文学批评的目的由传统的"载道经国、社会代言"变为"自娱娱人、趁网游心"。

因此，"网络批评的艺术祛魅将导致经典交权，中心消解，评价标准悬置，认同尺度模糊，个人趣味至上等。于是，平面化的表达、无深度的言说、零散化的复制，造成的是批评深度的缺失，批评学理的消解，把原本属于意义赋予的文学批评变成了个性展现的话语游戏，批评的价值欲求也由'意义疏瀹、启迪心智'的价值行为，转为'跟帖打诨、赚取点击率'的娱乐消遣。在话语平权和张扬个性中如何建构起富含普适价值的评价标准，是网络文学批评要解决的课题"。

当然，任何事情都有相反的一面。在所有的艺术与非艺术行当里，也有不少痴心不改的"发烧友"最终成为独树一帜的行家里手，甚至成为开门立派的一代宗师，如著名京剧表演艺术家孙菊仙、言菊朋等。从这个意义上说，文学一向就是"发烧友"的事业，离开了"发烧友"这池子水，即便是写出《长恨歌》的王安忆，也很快会变成旱地上的鱼。

但如前所述，"发烧友"的缺陷与局限也是不容忽视的。在网络文学的众多缺陷与局限中，大多与其"发烧友"心态有关。譬如网络写作中常见的"键构符"的利弊，网络互动过程中所谓的"搂不搂得住""书写综合征"等，无不与网络写手这种"发烧友"心态密切相关。众多批评者所诟病的网络语言"口语化"与"速食化"等，在一定意义上也与这种"发烧友"心态有密切关系。

"口语化"和"速食化"在很大程度上是网络媒体技术平台刺激的结果，网络写手的业余心态使得表情达意更为自由与随意。这与传统文学语言追求书面语的诗情画意构成鲜明的对比。随着自由联想式输入软件的不断升级与完善，尤其是语音输入的日渐普遍使用，网络写手的"发烧友"品质更是表现得淋漓尽致。在键盘翻飞或唾沫四溅的输入过程中，写手们往往直奔主题，而无视必要的语法修辞要求，"口语化"与"速食化"特征也因此变得更为突出。正如青年学者李星辉所指出的，网络文学语言往往运用日常口语、较短的句式、习惯用语甚或简易代码，不过分讲究文句的修饰，不太考虑表达方法，不太注重铺垫和描述，语句构成简单，叙述节奏快速，情节却曲折动人，贴近网络生活本身，因而使网络文学削平了神圣性而增加了日常性，削减了高雅性而增强了通俗性。文学和非文学的界限开始变得模糊，文学语言与日常语言的界限开始变得模糊，网络文学语言成了口语词汇占很大比重，"速食化"特色非常浓厚的语言形式。

有一种观点认为，网站原本就是以盈利为目的的企业，可以凭借"本文不代表网站的观点"等寥寥数字撇清自己的主要责任。至于写手，作为网站雇用的"码字工"，但凡法无所禁，均可放言无忌，只要"雇主"和"用户"满意就不愁财源滚滚。对写手来说，唐家三少版税过亿的榜样，具有无可估量的力量。作为付费上网的"用户",他们做何选择,全看自己的心情,不看别人的脸色。于是有人提出了这样一个问题:究竟该由谁来为网络"粗口秀"负责呢?有一种意见认为,批评家们似乎具有义不容辞的责任。不管这话有理无理,让我们先为有价值担当的批评家们点个赞吧!

但是,有批评者坦言,狂欢的网络空间是一个消解崇高、颠覆神性、蔑视权威的"渎圣"世界,存活于此的网络文学批评也不再是严肃的价值评判行为,而更多的是一种轻松随意的话语游戏。事实上,"许多网络批评充斥着怪诞、嘲弄、调侃、耍贫嘴、假正经,以及各种民俗民间文化的'粗口秀'叙事,用'另类'的批评姿态打破旧有的批评模式,祛除文学批评传统的原有光环,颠覆典雅的批评范式和尊贵"。

由此不难想见,"速食化"与"键构符"至少在网络文学批评领域不可避免地存在着。既然"快"与"乐"成了所有"网中人"心之所向的境界,网络文学批评又何独不然?亦何所免?当然我们也应注意到,目前,网络已经介入文学生产的全过程。"这彻底改变了已有的文学社会学,网络空间的文学权威陨落了。而且,网络语言的'速食化'倾向将对文学语言产生深刻影响。此外,网络技术形成的超文本对于传统的线性文本结构具有巨大的冲击力量。"对这种"深刻影响"和"巨大的冲击力量",我们既有充分的理由为之欢呼,同时也有充分的理由为之忧虑。"正如'数字化生存'并不等于'诗意的栖居'一样,高科技迅猛发展也不都是艺术的福祉。阿波罗登月火箭终结了嫦娥舒袖、玉兔捣药的广寒宫神话;试管婴儿、克隆技术给生命孕育的神秘和血缘人伦的神圣打上了问号;直拨电话、电脑传真、光纤通信、电子邮件等现代科技的确方便快捷,却又消弭了昔日那种'望尽天际盼鱼雁,一朝终至喜欲狂'的脸红耳热的幸福感;还有高速公路上的以车代步和蓝天白云间的睥睨八方，的确让人体验到了激越和雄浑，但同时又排除了细雨骑驴、竹杖芒鞋、屐齿苍苔的舒徐和随意。"

毕竟，网络带给文学的并不只是"现代性"的创造效率和"全球化"的传播便利，它也同样带来了形形色色的广告陷阱和机械复制的文化垃圾，使诗意栖居变成一种无法企及的幻想。在这种背景下，追求速成的"语言失禁"和不知所云的"乱码奔腾"等负面现象，必然成为网络时代传统文学观念溃堤后的次生"灾害"。

三 "造神"与"造梦"的后果

今天，我们发现对计算机的"无所不能"感到忧虑似乎不再显得那么荒唐可笑。在一定意义上可以说，计算机已经能够用一群代码随意制造一个人间天堂或者地狱。世界上似乎还从未有过什么东西像计算机这样令人"千般欢喜万般忧"。对科技的反思与批判，也因此开始从少数精英知识分子的书斋走向大众。

计算机作为大众媒介，"是一架造神与造梦机器，它不仅在每一个细小的题材上大做文章或做大文章，还能在短短的言说过程中，迅速编制和演绎神话"……当代大众不太需要口耳相传而节奏缓慢的线性叙事神话，这是当初老奶奶用来催眠小孙儿的，他们希望的是满足感官需要的或全部的感官沉浸于其中的神话。这种审美风尚的变化，无疑是作为新媒介的计算机所造成的后果，计算机也因此引发了人们无数乐观和悲观的设想。"所有形式的乐观和悲观的设想，都植根于计算机的潜能。一方面，计算机为未来开辟了远大的前程，美好的诺言最终有可能兑现，计算机的成就可以高速递增，带来意想不到的好处；另一方面，惊人的成就又带来惧怕和担忧：人们是否会在计算机技术的伴随下被设定在一个他最终不能预见和控制的可怕发展过程中？人自身是否或迟或早成为这种发展的牺牲品？

机器是否会变成它的制造者的主人？"这些难题还是留给未来学家去思考吧，我们这里把话题限定在文艺批评的"圈子"里。

对于网络语言来说，讲究科学、准确的"信息优先"原则始终占据着主导地位。坚持科学精神与技术品格是互联网得以快速发展的前提条件，但文学艺术完全是另一套表情达意系统，具有超越现实、驰骋想象的虚构"特权"。这两者之间的矛盾一向难以调和，这也是为什么在网络文学理论研究领域，"技术乎？艺术乎"始终是一个令人困惑的问题。这类理论问题，在网络语言上自然不会毫无反映。

网络虽然使沉闷的文本增添了无与伦比的声光背景，但对深远的人文主题的表达却无济于事，有人甚至把主宰网络时代精神世界的科技意识形态看作扼杀艺术的"幕后黑手"，这些不无偏激的言论，被某些网友称为"技术恐惧症"。"技术恐惧症"患者最大的特点就是永远像鲁迅笔下的九斤老太那样"粉昨非今"，他们习惯性地以古董商的眼光看待一切事物。对于任何东西，他们均以年轮齿序分贵贱，越旧越有品位，越旧越有韵味，越旧越有价值。因此，大多数新东西根本就难入其法眼，且少有不被贴上赝品、拙劣、肤浅、轻薄等标签的。他们的逻辑非常清晰，那就是物质文明的进步必然要以精神文明的衰退为代价。当然，"技术恐惧症"患者并非厌恶所有新生事物，只是当技术使人类自由的疆域出现爆炸性的拓展时，一些人突然失去了蜗行摸索的依仗，焦虑和恐惧便由此而来。其实，技术进步并不会造成精神衰退，实际情形应是恰恰相反。当然，精神发展严重滞后于技术的现象也的确存在，因此，有人大声疾呼："健步如飞的技术哟，请等一等，给落伍的灵魂一个追赶的机会。"

历史上曾多次出现过技术恐惧的流行病。在目前看来，技术的进步尚未让人真正体会到诗意栖居的安逸与恬静，相反，膨胀的欲望和激烈的竞争使我们对安全感与归属感的需求变得更加迫切。尤其是身处技术前沿的

"发烧友"一代,其焦虑感和孤独感会更加严重。新媒介技术有时会如毒品一样,为"发烧友"的狂欢激情火上浇油,但激情消逝后的落寞与空虚,会化为他们内心深处挥之不去的隐痛。正如酒足饭饱后的百无聊赖的危害,有甚于奔波于衣食的辛劳一样,媒介技术无所不能所导致的"娱乐至死",有可能比丛林中的物竞天择更为残酷。

过度依赖技术的人类文明是否真的像尼葛洛·庞帝所断言的那样,发展到了一个临界点?果真成为现代人注定无法逃避的谶语?现代技术革命在大幅度推动社会进步和改善物质生活的同时,是否一定要留下无数意念中的奇幻诱惑和谜一般令人困惑的现代神话?现代人匆匆忙忙涌向"网络新大陆",仿佛找到一只可以逃避过去、通向未来的"诺亚方舟"。李河说:"作为一个敞开的全新的世界,计算机网络对于许多富于好奇心的人来说确实产生了一种'挡不住的诱惑'。一年前。我的一位尚未入网的朋友在看过网上漫游的演示后大发感慨:现在忽然觉得自己就像刚从树上下来那么原始!"这种感慨其实只是网络社会无数"正常的"奇怪感受的一种正常表达而已,因为网络社会是由无数惊人的奇迹组成的,网络本身就是一个史无前例的迷人的神话。

毫无疑问,网络文化是人类有史以来最了不起的创造之一,有人认为它是通往天堂的"巴比塔",将给人类带来无比美好的全新的文明。它不但能轻而易举地实现人们的愿望,甚至在帮助人们实现愿望的同时,为人类创造幸福生活提供了无限广阔的空间。但是,也有人担忧,网络这个伟大的神话实际上是人类发展史上最大的一个陷阱,网络召唤人们逃离"原子"组成的现实家园,纷纷奔向"比特"组成的"太虚幻境",它把现代人变成匆匆过客,现实生活也因此成了一个失去家园的驿站。

显然,科技在不同人眼中扮演着天使和魔鬼两种角色。它不仅能造福于人类,也为人类制造过数不清的灾难。它不停地制造美妙的科学幻想和现代神话，同时也以它无穷的破坏力制造着人类终结的倒数计时器。当乐观主义者数着科技大踏步向前迈进的步伐时，悲观主义者则从相反的方向数着人类走向终点的脚步。对于文学和艺术，科学技术同样扮演着敌人和盟友的双重角色。

但是，不管怎么说，科学和艺术毕竟都是人类用以认识和改造世界的重要的手段。米·贝京在《艺术与科学》一书中评价福楼拜时认为，在科学技术发达的机械化生产的环境中，人会丧失人性，并变成机器。在金钱和暴力占统治地位的社会里，福楼拜产生了一种悲观的思想："美大概对人类没有好处，原来，艺术是介于代数和音乐之间的某种东西。"尽管"人的思想不可能预见到未来的创作将被怎样的精神阳光所照耀。我们暂时停在一个拥挤的过道里，在黑暗中来回摸索"，但是"艺术越来越科学化，科学越来越艺术化；两者在山麓分手，有朝一日会在山顶重逢"①。显然，这个美妙的"重逢"在这个全新的世纪里正在成为现实。

我们必须承认，网络文学的现状确实有令人担忧的方面，但是，对网络文学的前景，我们却满怀信心。鲍里斯·阿库宁说："互联网和它所带来的新的信息空间能够扩大文学的可能性。而那些诸如'网络把文学引向死路'之类的话，是没有事实依据的。实际情况却恰恰相反——文学从网络中获得了新的推动力。"假如有一天，阿尔法狗之类的软件抢走了我们这些以写字为业者的饭碗，真不知道我们将会为之欣喜还是悲哀？但至少有一点是值得欣慰的，那就是它帮我们摆脱了呕心沥血、焚膏继晷的艰苦劳作。

（原载《中州学刊》2017年第3期，此处有删节）

---

① [苏]米·贝京：《艺术与科学——问题·悖论·探索》，任光宣译，文化艺术出版社1987年版，第131页。

5. 网络文学批评标准刍议

康 桥

网络文学的发展需要文学批评的介入，然而批评界缺少与网络文学对话的经验，缺乏适配的批评标准。文学的批评标准，应该与批评对象的文学承诺、创作实践、读者期待相匹配，网络文学最常见的作者承诺与读者期待是为读者提供快感体验。网络文学的主要成就在于涌现了一大批优秀的"玄幻小说"与"穿越历史小说"。在纵横驰骋的幻想中，实现主人公的愿望，营造快感体验是其显著的作品构成特征。即便是"都市小说""官场小说"，看似与现实有关，但其中的"现实"生活场景也只是演绎快感体验的情景而已，按照"真实性"标准去反映现实生活，并非网络文学的强项。

快感与美感体验是人类生命活动的基本需求，也是网络文学生存发展的立足点。从达尔文进化论到当代的自组织理论，对人类生命体的研究成果表明，人的生命系统与自然系统、社会系统一样，是在物质、能量与信息输入的刺激下，不断走向有序的自组织结构。当人们做的事对生命体有益，包括在展望、幻想中，实现了有益于生存、发展、繁衍的结果，生命体的神经兴奋性物质就会协同工作向全身传递出快感，这就是生命体的快感奖赏机制。人的意识活动在快感经验的推动下，寻找和发现更多对人有利的事物，寻求更高的秩序与意义，超越生理束缚、具体功利、现实条件而获得更大自由、更强主体性的情感势态，就是美感体验。它诱导人类积极从事有益于人类群体生存、发展、繁衍的创造活动，得到更为丰富、新鲜的愉悦感，这就是生命体的美感诱导策略。比如爱情，能够显著提升人类快感水平，给人以多层次快感与美感体验。如果没有爱情、亲情在每一个环节给人以快乐，人们也就没有动力去承担繁衍后代的繁重责任。人们视爱情为艺术创造的重要源泉，享受爱情，歌颂爱情，也是生命体对快感奖赏机制与美感诱导策略自发的强化。

具有丰富的快感与美感体验的生命体往往更积极、更具备主体精神和创造性，一切有益的认知与创造活动都会得到生命体自身的奖赏，形成良性循环。快感与美感是创造人类文明的发动机，缺少快感与美感体验的生命体会陷入焦虑、紧张、恐惧、痛苦之中，而快乐激励就是解除这些负面情绪的良药，观赏可以提供快乐体验的文艺作品，疏解内心的纠结，导向积极情绪，是越来越常见的心理治疗方法。

长期以来，人们过于强调文学的严肃性和思想深度，而忽视乃至蔑视文学的快感与美感体验的功能，把"经营"快感的大众文学归入"通俗"文学，认为这类文字只能提供"消遣"，因而将其排斥在殿堂之外，贬抑为"下里巴人"。但是，大众的天然需求总归会显示出自己的力量，网络文学自发的爆发性增长就是如此。人们需要在文艺作品中寻求、汲取快感与美感体验，是因为日常生活平庸重复，高潮体验缺失，特别渴望实现在现实生活中难以达成的欲求，天然需要在文艺作品中得到抚慰，得到心理补偿。

在幻想中代入、融合故事主人公的能力是人类身心中潜藏着的本能，是作者创作与读者阅读体验的心理基础。当读者遇到文艺作品中的主人公，因为彼此拥有同样的愿望与动机、情感与伦理倾向，读者移情代入主人公，跟随"逼真"的故事情节，随着主人公的愿望"得逞"，读者把主人公的情感体验，特别是混合着快感与审美冲动的高峰体验融合为自身体验，带来震撼感、透亮感、痛快感。此时，作者、主人公、读者就构成了三位一体的愿望，即情感共同体与命运共同体。因为拥有相通的体验而心神相连，这是文学作品能被读者接受、追捧、痴迷的心理机制。

所以，快感与美感标准应该是网络文学批评的基础性标准。作者能否为读者提供强烈、鲜明的快感与美感体验，读者是否愿意代入主人公是网络文学作品成败的关键，也是最为重要的接受反应效果评价。它使作品发挥其各种文学功能成为可能。借鉴心理学与生命学科等领域的研究方法，对作品提供快感、美感体验的状态与功能，对读者接受反映的审美活动进行研究，是贴近创作实际的评论工作。

在网络文学中，人类的各种快感与美感态势都得到了呼应，受到热烈追捧并能够流传后世的"神级"经典作品必然是提供了强烈快感与美感体验，创造了独特快感模式的作品。

长生、拥有超能力、成神成仙是人类与生俱来的强烈欲望，东西方玄幻小说都是根基于此。主人公经过努力修炼，在战斗中不断升级，成就神仙事业，影响人类社会，创造自己的世界，这就是欲念得逞的主要快感模式。因为单纯，所以愿望得逞的快感更为强烈。网络玄幻（奇幻）小说作品，如《盘龙》《神墓》《间客》《恶魔法则》等，在想象力、故事情节的雄奇瑰丽，其快感体验对人类心灵的吸附力等方面具有不凡的魅惑力。

强调快感与美感对于网络文学批评的意义，并不因此就淡化思想性、艺术性的要求。不能认为网络文学就不需要思想深度。网络文学通常不会专注于思想性表达，而是在人物愿望、动机、行为的后面，在作品建构快感奖赏模式的过程中渗透着作者的内心尺度和世界观，脱离作品的快感模式进行思想性分析，可能顿失其鲜活品相。在网络文学实践中，读者对主人公愿望得逞的快感奖赏机制，产生了上瘾即心理依赖的情形。主人公的伦理、情感倾向，在不知不觉中影响到了读者。读者接受与依赖一种快感模式，通常也就接受了其中蕴含的价值观，会自发地捍卫其合理性，这比严肃的居高临下式的"教育"要内在一些，也要有效、持久一些。

玄幻小说《盘龙》《神墓》的主人公，依靠自身努力获得成功，获得友谊与荣誉，其自立自强的励志精神很有感染力；《间客》的主人公，在社会罗网中捍卫自由，不懈拼搏，与知识人群的心理朝向吻合……有些作品因为创造了独特的世界、神奇的故事情节而独树一帜。但是因为宣染淫邪倾向、丛林法则价值观等，使其蒙受污点，理应受到指责。价值观评判始终是文学批评的重要尺度，负载着我们对人类文明的承诺，网络文学自不例外。

网络文学具有类型化面貌，但是追捧者众多的作品，通常都具有人物、故事情节、艺术样式等方面的独创性。独创性是其艺术性的重要体现，也应该是重要的批评标准。网络文学的故事情节是围绕主人公实现愿望的行动主线来展开的，愿望的类型、愿望达成的路径与情境决定着小说的类型。小说的类型化是对人类愿望分门别类的体贴安置，为读者提供阅读心理场、快感与美感体验的情景模式。但是"类型化"并非创作目的，满足人类愿望、滋养人类想象力与创造性才是创作目的，不应该以"类型化"认知遮蔽批评的眼光。人类天然喜欢新鲜事物，通过快感奖赏机制和美感诱导策略，推动创造活动，而其结果又开启了更多的愿望与需求。从发掘尚未被表达的人类愿望，到实现愿望的时空、社会条件与人物关系的设定，人物性格的创造、快感模式的营造、作品构成的每一个环节，都有其独创性空间,而作者的主体性、创作个性就是在独创性的文学行进中实现的。独特的人物与优美的故事能够影响不同时代、地区的人们,特别是青少年的成长,对文化发展具有重要意义。

网络文学的创造性与影响力理应获得更多的激励与赞赏,网络文学的批评工作应该发挥积极作用,成为推动网络文学发展的重要因素

(原载《光明日报》2013年9月3日)

6. 网络文学批评

——建构属于自身的标准

李 静 石少涛

"网络文学批评"是一个可能引发歧义的概念，因为它既可以指发表于网络上的文学批评，也可以指对网络文学的批评。就目前而言，学界对前者的研究，成果似不如后者丰富。但是，网络上的文学批评确乎是一个新兴的重要的文学批评力量，它数量庞大、形式多样，批评对象也十分广泛，不仅包括网络文学，还包括对传统的纸质文学甚至其中的经典批评，其传播力和影响力不可小觑。因此，是该对前一种意义上的"网络文学批评"进行深入研究的时候了。

一 精英标准还是大众标准：网络文学批评标准的基本定位

网络文学批评是一个具有"狂欢化"性质的平台，在文学网站、文学社区、文学论坛乃至个人博客、微博中，任何人都可以以任何形式发表对文学的评论和意见。他们可以从自己的意愿出发，选择学术化的阐释、随笔式的评论、格言体的点评、情感型的估价乃至完全个人化情绪化的"吐槽"来发表文学批评，也可以有计划地发起投票、调查。严肃认真的探讨与随心所欲的褒贬并存，贴近作品的感悟与借题发挥的乱弹同在，呈现出一片既自由又混乱的局面。可能有一个哪怕在很小的程度上整合如此纷纭复杂的批评形态的"标准"存在吗？如果有，这个标准来自哪里？是来自精英对文学批评的学术含量、文化品质、指导价值等方面的追寻，还是来自大众自由抒写内心感悟、表达"草根"的文学意识的诉求？简单来说，是要突出它的精英价值，还是大众意义？这两个答案似乎都不能让人满意。

二 有突破性的自由：网络文学批评的特殊价值

首先，以精英标准来衡量网络文学批评，从社会文化依托的角度讲就是不可能的。网络文学批评的主体是大众，当然，不排除他们当中有文学、文化素质相当高的知识精英存在，但他们中的大多数都是大众。即使是网络文学作家，也并不都是精英身份，他们"80%为40岁以下的年轻人……如今，20世纪80年代出生的作者已经占据了网络写作的主要位置"，"80%生活在二三线城市，乃至边远山区，这和20世纪80年代的创作情况十分相似，文学的民众性得到了重生"，"80%为具有大学以上学历的非文科专业人士，作者结构的多元化将为文学产生新的造血功能"。那么网络文学批评者的结构就更是可想而知了，他们的批评不可能实现正规学术体制内的批评家那样的专业化。况且，让他们的声音得到自由表达也是文学民主、学术民主的必然要求，人为的规约不具备社会伦理层面的合理性。更重要的是，网络文学批评本身也有它的特殊价值，至少，它突破了精英文学批评的两大局限，它因此可以看成文学批评中一支有创造性的力量。

一是网络文学批评打破了学院批评使用的标准化的学术语体，从而复活了许多在学术规范内难以生存的批评形式，如具有鲜活的生命质感的随笔式批评，中国传统特色的意象化批评、点评式批评等。目前，中国使用的学术语体是与西方"接轨"的，重视术语规范，强调逻辑结构，要求证据充分。这固然培养了中国传统学术相对缺乏的客观性和严谨性，但是对于人文学科来说，它也使从事研究和批评者的生命体验和直观感悟犹如"戴着镣铐跳舞"。实际上，正如中国传统文论所一向主张的那样，由于文学的歧义、多义的性质和文学语言的暗示、象征性质，对文学的认知在很多情况下也只能以多义的、暗示性的语体来传达和交流。这正是中国传统文学"意象化批评"的依据。这种极富生命质感的意象化批评，本来可能随着规范学术语体的建立而走向边缘甚至消亡，但是，网络文学批评的出现却扭转了这一趋势。网络文学批评是"体制外"的，它可以不理会学术界的标准和规范，因此在网络文学批评中，意象化批评、随感批评、点评式批评等随处可见，并且占据了主流。这些批评形式既然在网络上获得了继续生存的空间，如果加以适当的培植，是可以期待它们实现新的生长的。

二是网络文学批评能够紧跟作者创作，贴近读者接受，实现与创作、接受的互动。而互动的缺乏正是当下专业文学批评的最大问题之一。近年来的文学批评引进了太多的西方理论、术语，但是很多批评者却缺少问题意识，很难将引进的理论与中国文学创作和接受的现状结合起来，很难进行有效的本土化转换。加之在"象牙塔"中从事批评研究，对创作和普通读者接受的规律、过程、心理、经验等缺乏理解。这就导致了他们的批评使用的语言越来越艰涩，未受过专业训练的普通读者很难从他们的批评中获得明显的心灵共鸣、有效的阅读鉴赏指导。内容却越来越空洞、缺乏针对性和可行性，作者很难从他们的批评中读出中肯的意见。文学批评变成了一项几乎只能"专业内部交流"的事业，与创作产生了极严重的脱节。网络文学批评却不存在这个局限，它的自发性决定了它不但总是因特定作品或特定文学现象而引起，还经常能够进行"零距离"的对话。在最极端的情况下，网络文学批评还能以它的方式"构入"创作，这往往发生在对开放式的网络文学的批评活动中，作品与批评在互动中形成"超文本"。尽管由于大量随意性、主观性、情绪化的内容甚至不负责任的"灌水帖"的存在，目前尚很难说网络文学批评能与作者创作和读者接受形成良性的交流，对之进行有效的引导，但是它天然的互动性至少能给打破批评、创作，与普通读者接受"各自为政"的局面带来希望，只要网络文学批评的力量可以得到有效的引导和运用。

综合上述原因，以精英文学批评的标准来衡量和规范网络文学批评，既不具备可行性，也不具备合理性。网络文学批评确实需要有它自身的独特标准，这标准既来源于它的社会文化依托，也是引领它实现特殊价值的保证。

三 元批评的需要：网络文学批评局限的解决

但是，这并不是说网络文学的批评标准是纯粹的"大众标准"。

第一，是否有一套"大众标准"存在，首先就是个问题。什么是大众标准？是当下大众文化普遍显现的娱乐化倾向、去中心去深度倾向吗？是满足了大众"审美消费"的需要就符合了"大众标准"吗？它到底是大众的真实需要，像精英主义、保守主义的阿诺德指出的那样，是"工人阶级"随心所欲、为所欲为的"无政府状态"，或者像霍加特认为的那样是丰富充实的生活，像霍尔特所认为的那样是具有颠覆态势的"对抗代码"？还是被别有用心的文化工业或霸权话语制造出来的虚假需求，像法兰克福学派等大众文化批判者所指出的那样，是"对现状、对现存秩序的无条件认同"，或是被消费所异化？如果是后者，那么它还能算是"大众"的标准吗？这很难定论，或许问题本身就具有两面性。

第二，退一步讲，即使这些标准确实是"大众"的，泛娱乐化也未必就是"大众"的必然。"大众"的趣味并非必然是一成不变的，它也是开放的、生长的，可以随着社会文化环境的变迁而变迁，也可能——至少在理论上可能——随着大众艺术水平和文化素质的提高而提高。说"大众"的追求只能是娱乐和欲望狂欢，其实是精英的假设，这种假设可能过分低估了大众自我提高的能力。况且，网络文学批评乃至创作中确实存在着一部分既通俗易懂又具有较丰富的思想内涵、较高的艺术水准的作品，21世纪以来还有不断增多的趋势。这一部分作品游走在精英与大众的边界模糊地带，雅俗共赏，可以同时为精英和大众接受。当大众产生了"精英化"的诉求，所谓"大众标准"是变成了一个伪命题，还是应该扩大其边界、修正其内涵，这都是有待解答的问题。

第三，再退一步，如果我们抛开对理论层面的思辨、特殊现象的探析和未来发展可能性的预支，从目前网络文学批评中最常见的情形出发，也可以找到一系列相对稳定、相对普遍的"大众批评标准"。但是，与精英标准不同，大众标准是自在的而非自觉的。因为网络文学批评具有很大的自发性，既没有明确的课题、规划，也缺少体系和系统，绝大多数是网民们有感而发，零散地分布在各个网站、论坛、博客中。无论它的合理部分，还是它的局限部分，都需要进行概括、总结、分析和某种程度的引领才能变得明晰，才能进入文学批评的谱系。总之，无论考虑到一些基本的理论问题尚须建构，还是考虑到网上混乱的批评实践需要梳理，对网络文学批评进行"元批评"研究都是必要的。这就仍需要一定程度的精英标准的介入。

所谓"元批评"，是"关于批评的批评，它以分析、考察某种批评的概念范畴、逻辑构架、方式方法、价值原则为主要目的"，"它的作用主要不是做出解释性和评价性的陈述，而是追述和考察这类陈述的逻辑，分析我们做出这些陈述时所从事的工作以及所应用的代码和模式"。但是，我们几乎无法想象纯粹的不带任何"解释性和评价性的陈述"的学术研究，网络文学批评的元批评研究也是一样，既然是由知识分子来进行，就总或多或少地带上精英话语的色彩。元批评能做到的只是尽可能地客观。元批评研究无须急切地表明立场，不管是精英立场还是所谓的"大众立场"，因为，正如我们看到的，精英批评存在着它的局限性，而"大众"批评中，大量存在的过于主观化、情绪化甚至低俗的、恶意攻击的内容确实需要一个更高的标准来纠偏，而且感性化和娱乐化也未必是"大众"的必然。"精英"或"大众"的标签不是最重要的，重要的是对网络文学批评的思维方式、结构模式、价值倾向、语体特征等进行总结性研究，从宏观上把握纷繁复杂的网络文学批评的概貌，从网络文学批评中摸索到大众及大众中各个阶层的精神状况、文化结构、心理倾向和艺术趣味，深入地研究批评与创作、批评与读者鉴赏之间的互动关系，研究批评的作用和影响，剔除其中明显低俗的、缺少建设价值的内容，并通过总结其积极效果来促使其发挥作用。

　　学界的网络文学批评研究目前尚在起步阶段，学者对于网络文学批评的标准也尚未建构出完整的体系。避免模式化的定位，向网络文学批评的现象本身求解应是一个有效的途径。

[原载《北华大学学报》（社会科学版）2013年第3期]

7. 网络文学评论标准体系如何建立？

何 晶

2013年，百度、腾讯等互联网巨头纷纷进军网络文学市场，打破了盛大文学一家独大的格局。在PC、平板和手机多种阅读终端开展，并且将网络文学与视频、游戏、影视、社交等业务结合的生态链已成为当下网络文学产业化存在的样式。网络文学进入了文学与资本极度融合的时代，面对网络文学产业化的时代，当下的网络文学评论又应该如何建立起它的标准和体系呢？

一 "资本与网络文学的聚合作用将有可能改变文化的现状"

"当下做网络文学研究的人，往往只从文学本体来看网络文学，他们并不考虑网络文学资本化的现状。"在网络文学评论家马季看来，面对新的网络文学资本时代，我们的批评其实并没有做好应对。"网络文学最初是由纸媒向网络的延伸和过渡，但资本进入后情况就发生了变化，与传统文学和资本距离相对较远。不同的是，网络文学在当下已经与资本有了密不可分的关系。这一两年来，百度、腾讯、阿里巴巴等资本进入网络文学的现场，这里就牵涉到网络文学互联网经济的背景，抛开这个背景，网络文学是不能成立的。不论资本进入网络文学是好是坏，这个客观事实是存在的。网络文学评论如果忽视这个问题，得出的结论自然会有所偏离。"

马季认为，当下的网络文学已不仅仅是一个文学问题，而是一个文化问题。"网络文学牵涉到的是文学、动漫、游戏、影视甚至舞台剧等各种样式，它的范畴已经外延至大的文化现场，它带动了整个文化的发展，极大地影响了当下文化的走向。"有两个数据能够说明这个情况：第一，2017年共有4600部长篇小说，有2500部是网络文学的纸质出版；第二，2017年影视剧的改编、网络文学的改编已经超越了传统纸质出版物。因而面对当下的网络文学，传统的文学评论已经远远不能涵盖它的范畴，不能解析它的真正面貌。

百度、腾讯等互联网巨头进入网络文学，它们掌握了当下网络文学的资源，当网络文学各种艺术样式不断成熟后，其中的收益也是巨大的。"某种程度上，资本进入网络文学，未来将会发挥更大的作用，二者的聚合作用将有可能改变文化的现状。也就是说，网络文学正在为将来建立一个新的文化现场'打地基'，新的文化偶像有可能从其中产生。"马季强调网络文学对未来文化可能会产生的影响："文化与商业的结合在中国历来是不成功的，而网络文学为此提供了一个范本，从中我们看到了一种成长的空间和可能性。网络文学的基础逐步扎实，资源越来越丰富，技术含量也在增加，它将会与世界文化接轨。"

二 "不能进入网络文学的现场，是评论中存在的最大问题"

网络文学与传统文学评论的标准有何异同？文学性是否仍然是网络评论的重要标准？《网络评论杂志》主编杨克说，网络上评判一部网络作品的好坏往往按它的点击率高低来评价，但网络文学评论要建立起自己的标准与系统，这个标准应该是文学性的。但他认为，这里存在的一个问题是，这个标准与传统文学有何区别？"它应该带有传统文学的元素，但它更应该依据网络文学自身的特质建立起来。而当下，这个标准并没有建立。"

在马季看来，文学性仍然是网络文学评论的准则，因为网络文学本质上接续了通俗文学的传统。"近年来网络文学爆发式的增长与通俗文学发展比较迟缓、水准相对较低有关。'五四'新文化运动使通俗文学边缘化了，但它还是存在的，但1949年后，通俗文学的发展迟滞，转而在中国香港、中国台湾的土壤上成长起来，出现了金庸、古龙、梁羽生、琼瑶等人，似乎振兴华语通俗文学的使命就由他们来完成了。但试想，大陆文学创作者如此之多，如果接续上通俗文学的传统，必然会出现大家"。但他也认为，我们的文学评论没有正视这样一个问题：通俗文学的发展是精英文学的基础，通俗文学的大家会成为精英文学的作家。"当下网络文学作家有成为精英的可能，比如猫腻、辰东、江南等一批网络作家，他们的作品品质是很高的"。

对于评论家而言，进入网络文学的现场是相对困难的。网络文学庞大的体量、文学网站的运作方式、读写关系等都成为评论中应该考虑的问题。这些都涉及互联网文化产业的问题，不谈这个问题，就不能将网络文学的本质描绘出来。马季提醒："不能进入网络文学的现场是当下网络文学评论中存在的最大问题。当下网络文学评论，会考虑到网络文学的特点、写作模式、与读者的关系，但资本为什么会进入网络文学，网站如何培育自己的作者，评论家是不知道的。"

三 "网络文学评论也正处在生态积累的过程中"

杨克主编《网络文学评论》时曾经想做一个文学排行榜，以此来遴选作品，由此建立起评论的标准和体系，但最终计划却破产。"当下的文学评论家其实很少阅读网络文学，因为他们是传统文学评论者，对网络文学的兴趣不大,网络文学太长且样态模糊,如何阅读成为一个问题。"他曾经有个想法,让网络作者来进行文学评论,但他很快发现,"网络作者每天要埋头完成自己的几千字任务,他们并不阅读其他网络文学作品"。

在编辑杂志的过程中,杨克发现,即便是从事网络文学评论的评论家,他们的评论方式也是传统的。"文学评论面对网络作家时,你的评论如何与他的写作之前对接?评论家的评论是否真正切入了网络作家写作的实际?你的评论是否会对他的写作产生影响?《网络文学评论》有个困境,我们仍然是用办传统文学杂志的方式,没有进入真正的网络文学。也就是说,作为一份面向网络文学的杂志,它应该从内容、形式、风格、气质上与传统杂志区分开来,但很遗憾,我们没能做到。"在杨克看来,网络文学评论系统的建立不能仅仅依靠传统评论的力量,它可能需要的是更多人的介入、杂糅、多方合力的一种方式。

马季认为,网络文学评论标准与体系的建立,可能有赖于我们文学标准观念的改变。"二十世纪的文学标准是精英文学的标准,但它不应该成为唯一的标准。网络文学接续的是传统文学,而不是'五四'新文学,它的根本是中国传统文化,因此我们判断它也要看到它民间化的过程,它的初始阶段我们要容忍质量的良莠不齐。网络文学目前是一个生态积累的过程,它在现阶段扮演的是盘活这个文学现场的角色。"在他看来,网络文学评论现阶段也应该处于一个生态积累的过程,它的标准与体系也正在这个过程中自然建立。

(原载《文学报》2014年5月29日)

8. 确立引领网络文学发展的新标准

李永杰

当下，网络文学受到热捧，成为中国文坛一道亮丽的风景线。在不久前召开的全国文艺工作座谈会上，两位网络作家代表应邀出席，这表明网络文学已逐渐摆脱边缘化的位置。然而，需要承认的是，网络文学在自身发展过程中仍然面临诸如商业化倾向明显等问题，如何保持健康良性发展是摆在这一领域的首要难题。对此，学者表示，网络文学和传统文学要相互借鉴、取长补短，进一步融合发展。

一　问题：商业化压倒文学的审美性

不少人认为，"过于追求经济价值，忽略作品的审美属性"，这是网络文学的"一宗罪"。在中南大学网络文学研究基地首席专家欧阳友权看来，网络文学是技术与市场催生的文学新类，它先天带有商业的基因。20世纪90年代，网络文学刚刚诞生时，主要以网民的自由表达为主，商业模式尚未形成。或许正因于此，其发展显得后劲不足。

2003年，起点中文网等网站开始探索原创文学网站的产业化经营，以全媒体产业链为标志的商业模式日渐成熟。商业驱动助推着网络文学的

"大跃进""人气堆":2.89亿文学网民、2000万人上网写作、200多万人成为签约写手,"粉丝经济"拉动网络文学的发展,形成了前所未有的"网络文学现象",对此,中国社会科学院文学研究所研究员刘叔明表示,自2003年以来,网络文学逐渐改变创作模式,其商业化程度日益加深。随着资本市场的介入,网络文学的商业性被充分利用,甚至成为商业开发的工具,这一现象近些年有愈演愈烈之势。

欧阳友权表达了同样的担忧,网络文学已经被文化资本寻租所裹挟,其商业价值与艺术审美价值相剥离的现象越来越突出。商业化写作已经走进网络写作的前台,商业化压倒了文学的审美性。他说,在网络文学中,审美与艺术渐行渐远,有"网络"而无文学,或有"文学"却鲜有文学性,造成网络文学"量"与"质"之间的巨大落差,因而饱受诟病。

二 举措:"结对子"促进两类文学互鉴

随着网络文学成为重要的文学现象,网络作家成为作家队伍的重要一员,其未来发展问题业已引起主流文坛关注。中国作家协会党组成员、副主席陈崎嵘曾表示,引导、提升网络文学,关注、扶持网络作家已成为中国作家协会工作的重要组成部分。

在今年(2014)7月举行的首届全国网络文学研讨会上,陈崎嵘透露,中国作家协会已启动成立中国网络作家协会的相关筹备工作。另外,一个专为网络文学设立的全国性评奖活动也将启动。他表示,为网络文学评奖,要根据网络文学的特点制定标准、规范程序,借此促动更多的优秀网络文学作品问世。

自2009年7月盛大文学联合鲁迅文学院举办"首届网络文学作家培训班"以来,到今年(2014)已经连续举办了7期,已有数百位网络作家在鲁迅文学院接受培训,反响良好。此外,中国作家协会还专门组织开展网络作家与传统作家"结对交友"活动，即让知名的传统作家、评论家与网络作家结成"对子"。这项活动旨在构建网络文学与传统文学融合互补的平台，架起网络作家与传统作家交流沟通的桥梁。

"网络作家与传统作家'结对交友'的活动很有意义，但不能'结对'了事，两类作家应真正取长补短。"在欧阳友权看来，网络创作和传统创作各有所长，如传统作家更敏锐的现实观察、更深厚的人文情怀，网络作家更活跃的艺术想象力、更贴近生活的语言表达，都值得对方借鉴学习。

三 趋势：网络文学形成自己的传统

实际上，无论网络文学具备哪些新特征，归根结底仍然属于文学范畴，并与传统文学、经典文学有着"斩不断"的密切联系。

欧阳友权梳理了近五年来网络儿童文学、网络女性文学、网络少数民族文学、外国网络文学等发展现状。在研究过程中，他发现，包括这几类文学在内的网络写作都与传统文学有着千丝万缕的联系。且不说类似《悟空传》这样带有"戏仿"色彩的网络作品，大量的武侠、玄幻等类型小说也都与传统武侠小说具有一定的渊源联系。

欧阳友权表示，传统是人类文明与智慧的结晶，网络写作不是从零开始，而是在传统文学、经典文学的"地基"上开辟新篇，谁继承得好，谁的创造力就更强，作品价值就更高，在这方面网络作家还有很长的路要走。

"尽管网络文学继承了传统文学所积累的经验，但在很大程度上，其是在'去经典化—再经典化'的过程中发展起来的。"厦门大学人文学院特聘教授黄鸣奋表示，二者之间的关系有点像动漫和美术——动漫是另类美术，正如美术是正统动漫一般。如果说网络文学历经数十年的发展形成了自己的传统，那就是随着网络平台的应用更新而有效实现文学经验的重组。从 BBS 到聊天室，从个人主页到商业网站，从博客到微信，每一种网络应用都有它自己的特殊要求，也都欢迎文学作者去聚集人气。

在黄鸣奋看来，当前更重要的是为网络文学确立适合其自身发展的新标准。这种新标准应当超出商业价值、审美价值等传统视野，既要考虑到网络文学为展示人民群众的创造力、激励民族创新精神所做的贡献，也要考虑到网络文学在我国特有的媒体生态中健康发展的需求，以及网络文学区别于传统文学的交互性。

（原载《中国社会科学报》2014 年 12 月 19 日）

9. 网络文学需要什么样的专业批评？

怡 梦

"我写过一个情节，毒贩用牙齿把手榴弹的拉环咬开，我的读者中有个是军队的干事，他说他找手榴弹来试了，根本咬不开。他告诉我，手榴弹的拉环事先没经过处理，是不可能直接拉开的。"今年刚刚加入中国作家协会的都市题材网络作家骁骑校在谈到读者对他创作的评论时讲了这件趣事。他说："直接有效的读者互动是自己前进的动力。网络写手一天要更新几千字，不可能每个细节都反复斟酌，读者中有来自各个行业的专家，他们指出的 bug（漏洞），不但能使作品趋于完美，还能令作者增长知识。"

同批加入中国作家协会的网络作家流潋紫也有同感："在网络上一边写作一边发表，非常重要的特点就是广大读者在作品形成中的参与性。读者和编辑根据自身的理解和知识储备，会帮助作者指出作品中可能出现的常识性错误或逻辑性不足，这些及时有效的批评和建议都对作品的最终完善产生了很大的帮助，《甄嬛传》就深受其益。"

参与了 2013 年中国作家协会发展会员相关流程的文学评论家白烨介绍说，今年刚刚加入中国作家协会的 16 位网络作家都是各个类型领域里的佼佼者，代表了不同题材与类型作品在当下写作的较高水准。比如写作后宫小说的流潋紫、桐华，写作古代情爱小说的天下归元，写作当代爱情小说的苏小懒，写作玄幻小说的辰东，写作军事小说的菜刀姓李等，都是各自写作领域里文学性较好、又广有影响力的作者。"他们的文学价值各不相同，但整体来看有一个共性，那就是在通俗文学与严肃文学的链接与沟通上，都做出了各自的努力与贡献。"

随着越来越多网络文学作家作品进入主流视野，网络文学和传统文学的边界逐渐打破，势必在两种创作之间形成对话。白烨认为，网络文学与传统文学的分野，对照着通俗文学与严肃文学的区别。而好的网络文学，一般都在向传统文学的品位靠近，或者说具有传统文学的某些元素。但是，一部分网络文学的价值尚未被充分发掘。骁骑校表示，他在创作中很注重提升作品的艺术性，但读者最关心的是情节发展、人物命运，在修辞手法、叙事技巧上，即使发现问题也不会介意，他的作品《国士无双》去年（2012）曾得到一位专业评论者的点评，"这类点评和普通读者的书评大不一样，对我作品的优缺点有很清晰的认识"，骁骑校说。

白烨指出，网络文学的发展离不开网络文学批评的辅佐，但与繁荣的网络文学创作现状相比，网络文学批评还没有形成足够的力量，对网络文学创作与生产的实际影响还十分有限。中南大学文学院教授、湖南省网络文学研究基地专家欧阳友权也表示，网络文学的社会关注度越来越高，但对其有深度、有科学分析水平的评论较少，尤其缺少贴近现场、贴近实际、贴近写手和网站、贴近作品本身的评论并且点击率很高的作品，有效评论不多或评论声音明显单调。不可否认的是，网络作家作品的存在方式与传统文学有很大的不同，中国作家协会网络文学负责人马季指出，"80后""90后"作家的成长主要是通过网络而非纸媒，这直接导致作家的产生机制发生变化，青年作家首先进入的是类型写作，而传统文学重视的修辞手法、叙事技巧对他们来说并不重要，批评者介入网络文学的方式与传统文学应该有所不同，"要进行田野调查，要与网络作家成为朋友"。

北京大学中文系副教授邵燕君认为，网络文学内部其实已经存在着某些自足的评价体系，虽然是业余水平，但一些读者对作品的理解非常透彻和巧妙，一些长评更类似于中国古代的文人随笔，"他们对作品的介入方式可能会像金圣叹评《水浒传》，而不是为这部小说写一篇论文"。当记者对读者书评的理论深度提出质疑时，邵燕君表示，这正是专业评论者在介入网络文学批评和研究时需要避免的一种心态。所谓的理论批评，并不是进入一切文本的唯一正确方式，"传统文学的批评系统其实是独立的学术话语，它是一种知识生产，有的与作品本身无关"。而作为类型文学的网络小说，它是通俗文学文本，大多不是适合学术性文学研究的样本。由此可见，网络文学需要的是关乎作家作品本身的批评和研究，邵燕君的主张是"评论者要放弃固有的精英话语，进入网络文学的语境中，要学会属于网络文学的'土著话语'"。据邵燕君观察，随着网络文学的发展和作者的成长，一些作品已经具备了网络与传统的双重属性，既"好看"又有针对现实的思考，而研究者的任务就是对此类作品进行甄别、指出其价值及与传统文学的传承关系，必要的时候，成为作者的粉丝，让有愿望提升阅读品质的读者关注到他，"你说的话只有让他听进去了，才能产生影响"。

流潋紫从自身体会的角度也提出，"网络文学的作者基本上不会订阅传统意义上的专业文学评论期刊，不少评论者和研究者也不太会将其研究成果发表在网络上，这导致了双方的隔空对话和信息不畅，无法形成有效的互动"。网络文学已经成为当代通俗文学的重要组成部分，互联网也已经成为信息传播的主要平台，她认为，"如果更多的专业评论者、研究者主动进入网络平台，通过博客、微博等渠道和作者形成对话，相信一定能对创作产生积极影响"。

成熟的网络文学市场将形成精细的分众化阅读结构,商业性诉求和艺术性诉求都将在其中找到自身的位置,由于这一领域发展迅速,文化资本的支配作用较为强势,网络文学作家的创作取向也在不断变化,价值判断标准尚在形成过程中。网站运营者关心的是如何令作品获得更多点击,写手则更关注读者的反应,网络文学批评与研究尚处于边缘化阶段,但作家协会和各高校网络文学研究机构等专业力量,正在为网络文学和传统文学之间更好的交流沟通努力着。白烨表示,随着网络文学的长足发展,作家协会不断加大对网络文学的关注力度,包括在重要的文学评奖中吸纳网络文学作品,重点扶持并适当关照网络文学作品,以及组织网络作家与传统作家结对交友,举办网络文学与类型文学作品的研讨座谈会,等等。可以说,作家协会系统的这种关注与扶持给网络文学的发展提供了更多的可能性,虽然从宏观层面来看,这与海量网络文学的生产与流通相比还显得有些杯水车薪,但这种介入和互动,无疑是朝着有利于网络文学的成长方向不断发展的。

对于写作者而言,"加入作家协会更多是方便我们找到一批志同道合的爱好写作的朋友,增强沟通和交流。这么多爱好文学的朋友经常聚在一起,或许会产生一些智慧碰撞的火花,这些火花对各自的创作会有促进和影响",流潋紫说。

(原载《中国艺术报》2013年7月15日)

10. "人民的"批评标准与网络文学批评

姜太军 李文浩

一 "人民的"批评标准的基本解读

"人民的、艺术的"标准的提出引发了文艺理论研究者的普遍关注与激烈讨论。就目前的讨论状况来看,学界对两个新批评标准的提出基本持认同态度。研究者普遍认为"人民的、艺术的"标准与当下中国的文艺发展实际贴合较为紧密,"实现了历史精神和人文精神、艺术追求与美学追求的高度统一",是对恩格斯"美学的、历史的"标准的继承与发展,对于营造文艺批评的良好氛围意义重大。

就传统文学批评而言,判断一部文学作品是否符合"人民的"批评标准,可以从满足人民的精神文化需求、书写人民的现实生活、反映人民的心声意愿等方面进行考量。拷问国民性的《阿Q正传》、追求个性解放的《凤凰涅槃》、描写普通劳动者奋斗历程的《平凡的世界》等作品都较好地坚持了以人民为中心的创作导向,引起了一代又一代读者的共鸣。

二 "人民的"批评标准的网络文学语境转换

其一，网络文学与传统文学的参与者趋于融合。

"为人民抒写、为人民抒情、为人民抒怀"可以被视为对"人民的"批评标准的具体阐释，而当"人民的"批评标准具体到网络文学批评语境之中，首先需要考虑的是"为什么人"的问题。

网络文学活动的特异性之一在于，网络文学活动的参与人群与传统文学活动的参与者并不完全重合。网络文学活动以网络文学用户参与为主，但并不能因此将网民与"人民"混为一谈。在数字媒介时代，网络文学通过媒介融合突破网络壁垒，融入日常生活。从"来自网络的文学"到"通过网络平台进行创作的文学"，再到"网络时代的文学"，随着网络文学含义的演化，它的参与群体也发生了变化。网络文学与日常生活的融合，使越来越多的非网络文学用户自觉或不自觉地接触网络文学作品并参与到对网络文学的创作与接受活动中。围绕不同的传播媒介与参与人群，网络文学批评主体可以分为四类：以文学杂志等传统媒介为发表渠道的作家（以下简称"作家批评"）；以学术期刊为主要传播载体的学者（以下简称"学者批评"）；以新兴数字媒介为评论阵地的网友（以下简称"网友批评"）和以口头媒介为日常交流工具的群众（以下简称"群众批评"）。这四类批评群体选择不同的媒介进行网络文学批评，又因为知识结构、思维模式、审美心理等方面的差异，在进行批评时呈现出较大差异。作家依据自己的创作经验和写作实践，从作品风格、主题、结构、语言等方面对文学作品进行鉴赏；学者以文艺理论为指导，具有较强的逻辑性与思辨性，能深入挖掘作品内涵和社会意义；网友侧重情感抒发，通常结合个人情感、经历畅谈作品所带来的直观审美感受，随意性较强；而群众在日常生活中对于文学作品的批评与严格意义上的文学批评相去甚远，常常与寒暄相结合，以戏谑的方式评价文艺作品，并使之参与日常文化生活的构成。在传统媒介时代，文学批评往往通过一个或几个较为单一与固定的渠道进行传播继而产生影响，批评的话语权通常被以作家、学者为代表的"专家"掌控。网络文学独特的生产与传播方式解构了批评专家的话语权，网友的批评行为借助网络、博客、微博等数字媒介得以强化。网络文学对日常生活的渗透，加深了文学对社会文化的影响，大众逐渐成了批评系统中的重要组成部分，并开始影响批评生态的形成。

由此可见，网络文学语境中的"人民"涵盖了以网络文学用户为主的自觉或不自觉的网络文学活动参与者，并逐渐呈现出与传统文学中的"人民"靠拢的趋势。就涉及人群而言，网络文学批评语境中的"人民"与传统文学批评中的"人民"并不对立，而是趋于融合，以"人民的"批评标准指导网络文学批评等网络文学活动的开展并非遥不可及。

其二，网络文学与人民群众的日常精神生活关系密切。

既然网络文学批评语境中的"人民"开始逐渐与传统文学批评中的"人民"融合，那么，网络文学能否满足最广大人民群众的精神文化需要呢？

网络文学二十余年的发展历程一直伴随着鲜花与荆棘，拥护者称其为可以与韩国电视剧、日本动漫相提并论的中国大众文化典型样式，质疑者则忧心于网络文学在文学性、艺术性、现实性与思想性方面的不足。

这种区别较为明显地体现在技术基础上。网络文学所依赖的"数字化信息技术"与文化产业所依仗的"模拟信号技术"有着显著区别。就文学生产而言，"信息模拟技术对文化内容的生产在一定程度上以牺牲文化创作的个性化原则为条件，数字技术则可以实现个性化基础上的生产。前一种叫'大规模复制'，后一种叫'大规模定制'"。在以收音机、电视机为代表的电子传媒大行其道的年代，电视转播使信息在全球范围内广泛传播,并使各种事件具有了共时性联系。与此同时,人们生活方式和观察视角的多元化消解了人民在文学活动中的地位和权利,大众传媒通过对既定内容的传播,致使大众被动地接收具有强制意味的信息。电子传媒的单向传播方式阻隔了文学公共领域中的交流与讨论,从而出现了哈贝马斯所说的"民主潜能的暧昧特征"。但随着传媒技术的革新,电子传媒影响下的选择强制性和民主潜能暧昧性都得到了较大改观。在数字媒介的帮助下,网络文学从法兰克福学派所批判的弊病中走出,逐渐担负起"启蒙"之职。

回顾20余年的网络文学发展历程可以发现,网络文学并非只是娱乐消遣和粗制滥造的代名词,而是逐渐超越文学的界限,成了与社会生活其他领域紧密联系的社会文化基石。读者通过阅读《凡人修仙传》暂缓俗世的压力在仙侠世界中快意恩仇;通过阅读《致我们终将逝去的青春》丈量理想与现实之间的距离;通过阅读《请你原谅我》反思网络社交媒介的利弊……文学是社会生活的一面镜子,网络文学则是数字化生活的直接投影,它与人们的日常生活联系如此紧密,完全有能力反映现实生活,满足人民的精神文化需求,并有可能成长为中国现实主义文学重镇。

三 大众批评与专家批评的差异与互补

以"网友批评""群众批评"为代表的"大众批评"在实践"人民的"批评标准方面具有天然优势。他们能自觉地结合人民的生活经历和情感体验,使用人民熟悉的语言符号,以人民的文艺评判标准对文学作品进行阅读与评价。与专业学者相比,他们以个人精神需求为导向,自主选择作品进行阅读,并愿意为之付出时间、金钱和精力。以情感抒发为目的,自由发表对作品的见解,而不需要经历严苛的审稿。这种自主、自由的批评方式较好地促进了大众网络文学批评的发展,使网络文学批评成了文艺争鸣的舞台。

以批评目的对当前的大众网络文学批评进行划分，可以发现其中至少包含鉴赏式文学批评、吐槽式文学批评和推介式文学批评等多种类型。

鉴赏式文学批评以文学鉴赏为目的，依托数字媒介所具有的及时性、交互性、灵活性等特点，能在较短时间内传递出大量信息，便于吸引普通受众，尤其是年轻受众的注意。网友们往往以直抒胸臆的方式大段引用小说原文，并畅谈小说给他们带来的心灵触动，尽管与学理性、逻辑性较强的专家批评之间存在较大距离，却仍能获得大众的广泛关注，引起热烈的讨论。

吐槽式文学批评的表现形式多样、普及面广。吐槽批评的出现和流行源于数字媒介所特有的自由性、娱乐性，源于普通受众对犀利点评风格的钟爱，更源于观众对作品的审美期待。网络文学的高速发展使观众的选择余地更大，对于作品的期待也更高，当审美感受与预期之间存在差距，不满之情也随之而来。吐槽可以被视为反映观众审美感受的镜子，能为生产者生产出满足观众精神需求的高质量文学作品提供参考。但个别评论者过分追求语言的辛辣，忽略了对作品内涵的客观评述，使原本客观的评论走入误区，影响了评论活动的正常开展。

网络文学推介在传统推介模式的基础上引入了销量、点击率、收藏数等数据性描述，以简单直白的方式向受众传递信息，而近年来推介式批评又有了新的变化。文化产业的蓬勃发展使作为优质 IP 资源的网络文学与游戏、影视等文艺形态之间的关系逐渐密切，成了文化产业链中至关重要的一环，并日益受到资本市场的青睐。因为推介批评对受众有较强的指引作用，部分文化产业运营商为获得经济利益开始用金钱干预批评。网络水军、幕后推手等通过语言暴力操纵舆论，影响了文学批评活动的正常开展，扰乱了网络文学市场秩序，更使大众对文学作品失去了信心。

回顾上述三种批评模式可以发现，大众批评一方面凭借其在传播媒介、语言范式、情感传递、批评形式、资源整合等方面的优势表达了人民的精神文化需求，为网络文学生产提供了参照；另一方面则因批评标准模糊、审美意识淡薄、表述方式随意和商业资本冲击使文学批评变成了一种符号游戏和全民狂欢，消解了文学批评的严肃性，使之陷入嘈杂、分裂与无序，而"大众批评"的上述优缺点恰好与"专家批评"互补。鉴赏式批评的在场性与通俗性能弥补专家批评的网络缺席和语言晦涩，专家批评的学理性与艺术性能对鉴赏式批评的随意无序进行补偿，吐槽式批评的多样性与灵活性能丰富专家批评的单一模式，专家批评的严谨性与客观性又能遏制吐槽式批评的粗鄙倾向，推介式批评所引用的数据能为专家批评提供支撑材料，专家批评的超功利性与中正性又能为推介式批评提供参照。大众批评与专家批评之间的互补性关系是如此明确，以至于我们可以推断，尽管大众批评存在诸多问题，但它对于文学批评的影响仅仅是表面上的，而并未触及本质，非但没有与专家批评相割裂，而是借助人民的参与，使文学与日常生活之间的联系变得更加紧密。

四　以对话为桥梁促进"人民的"批评标准的网络批评实践

"人民的"标准在传统文学批评中可以被具体化为"为人民抒写、为人民抒情、为人民抒怀"，这些指征如何与网络文学批评语境相结合是建构网络文学批评标准需要探讨的重要问题。

网络文学语境中的大众批评了解人民精神需求的渠道，沟通民间文艺言论与学院批评话语的桥梁。在网络文学批评语境中贯彻"人民的"批评标准需要重视对大众批评的建设，更需要促进专家与大众之间的批评对话。

2006年白烨与韩寒的论争曾引发热议，但事件最终以白烨难以忍受韩寒及网民的谩骂关闭博客而告终，并未能激起更深程度的文学争鸣。"白韩"之争折射出对话关系建构过程的曲折，也暴露出对话关系建构中存在的两个问题：其一，大众的文学趣味与因袭的主流文学观念之间存在差异，文学批评难以依据大众的审美标准进行言说；其二，文学批评的道德规范和自律秩序感尚未形成，文学争论极易沦为极端的话语暴力。

2014年清华大学教授肖鹰在《中国青年报》上发表《"天才韩寒"是当代文坛的最大丑闻》，文章从《后会无期》的艺术性、韩寒文学作品的原创性和韩寒的社会角色等多个方面对韩寒及其作品发难。文章一经刊出，便引起了广泛关注，并经由新浪微博、中青在线等数字媒体发酵，在短时间内成了一个被热议的文化事件。肖鹰之后，多名知名评论者随即出声，评论的重点逐渐由对韩寒作品的质疑转变为对韩寒人品的分析，继而上升到对中国文艺的批判性反思上。与之相对的则是众多网友对韩寒给予力挺与声援。

对比"白韩之争"与"肖韩之争"可以发现，经过五年的发展，学者与大众之间以文学批评为载体的对话关系发生了一定程度的变化，其中最为明显的一点就是，不少"挺韩"网友在此次事件中对于"倒韩派"的反驳不再局限于下三烂的谩骂，而是有理有据、辩证清晰，而正是网友批评态度和"文风"方面的转变为对话的持续开展奠定了基础。另外，在"肖韩之争"中，网络平台也较之前发挥了更加积极的作用。面对网友对肖鹰之文"诛心"的指责，《中国青年报》发表了《韩寒之争的背后，没那么多"阴谋"》，强调"肖韩之争"只是正常的学术批评，既维护了对话双方的话语权，又阐明了文学批评应该秉持的基本道德与准则，使"白韩之争"的尴尬结局没有再度上演。

"肖韩之争"提供了一个开放性的论题，既然大众在文学批评时已经构建起相对独立的话语平台，那么，以"人民的"标准为指引需求对话关系的建立，就需要着重探讨如何实现专家批评话语平台与大众批评话语平台的对接。然而现有的文学批评生态呈现出两张皮的窘况，一面是学者自持艺术的合理性在权威纸质媒介中奔走呼号；一面是大众以人民的精神诉求为依据在数字媒介中肆意发声。两方鲜有互动，更难有争鸣。自网络文学研究兴起以来，不少研究者致力于填补专家批评与大众批评之间的间隙，却收效甚微。窃以为不能因此而放弃寻求二者间对话的可能。拥有三亿用户的网络文学行业已成为中国文学的重要组成部分，它与人民的日常生活相联系，与人民的情感需求相贴近，理应借助专家与大众之间的争鸣实现质变与升华。

"融合"是以"互联网+"为代表的互联网思维传递给人们的一个关键信息，不妨以融合为突破口探寻专家批评与大众批评间对话的可能。促进媒介融合，寻求文学杂志、学术期刊等传统媒介与网络平台之间的信息共享，弥补专家批评的网络缺席；促进话语融合，谋求专家语言通俗化与大众语言学理化的可能，跨越专家与大众之间的沟通障碍；促进观念融合，以"人民"的精神文化需求为根本出发点鉴赏和批评文学作品，化争论为争鸣。

"人民的"批评标准的提出要求研究者与批评者在进行文学批评时关注文学作品与人民日常生活之间的联系，了解人民的精神文化需求。2015年，"互联网+"影响的扩大促进了文学与社会其他领域之间的融合，网络文学与人民日常生活之间的复杂关系被广泛关注，以中国文联为代表的专业部门和以各高校网络文学研究中心为代表的学术机构通过奖项评定、学术讨论等方式推进网络文学批评与研究，一个价值多元、观点多样的批评生态正在逐渐生成。

［原载《湖南科技大学学报》（社会科学版）2016年第6期，此处有删节］

11. "在线性"对网络批评形式的影响

谭德晶

一 "在线"特性与批评形式

我们通常说网络阅读是一种在线阅读,也通常说网上写作是一种在线写作。那么,在所谓的"在线阅读"和"在线写作"中,包含着什么深奥的或深层的意义?笔者以为,要弄清网络阅读和网络写作的本质,弄清网络在线阅读和写作对批评形式的重要影响,首先就要弄清"在线"二字的含义。

"在线"二字具有什么重大的隐含意义呢?为了更好地对其加以说明,让我们首先从一个比方开始。我们都知道,写信和打电话是人们"非面对面"的两种交流方式。从交流的最一般的功能而言,这两种交流方式是可以互换的。譬如说,为了同一件事,有时候我们就打电话,而有时候则写信。书信和电话的表达"形式"是很不一样的,这些不同我们可以归纳为以下几个方面:第一,电话中的语言是更生活化、更随意的,而书信中的语言则往往更文雅、更字斟句酌、更讲究规范;第二,电话中的交流通常也更直接、简短,我们很少看见电话中一个人在长篇大论而另一个人俯首聆听；第三，电话中的交流是即时的，一个人在此表达，那个人马上就会知道；第四，电话的交流不仅是即时的，而且还是即时交互的。那么，电话交流的这些与书信不同的特性是怎样造成的呢？我们现在可以回答说，这是因为电话交谈是一种"在线交谈"。"在线"在这里的意义实际就是"直接在场"（所谓"虚拟社区""虚拟空间"或"网络卧谈会"都含有直接在场的意思）。由此，我们可以做出推论说，"在线写作"和"在线阅读"的本质实际就是作者和读者的直接在场，更直接地面对面，就类似于人们在电话中直接面对面地"写作"和"阅读"一样。

这样一种直接在场对网络批评的写作和阅读产生了非常重大的影响。单就形式而言，由于我们意识到在线写作是更直接地面对着读者或者说"听众"，因此，我们的写作就必须更加生活化、口语化，任何"书信"式的文雅和一本正经（即过于理论化和逻辑化）对于在线写作都是不相宜的。网上写作，尤其是批评的写作不能太长（文学作品还可以采用连载的形式，而批评则是不可能连载的），因为在"在线阅读"中，读者不可能"听"你一个人在那里长篇大论，而他在那里俯首聆听。李寻欢曾就网络文学的长度说："一个帖子超过5K就很少有人看，就是说字数两三千左右，如果是长篇小说就得连载。"另外，由于网络具有即时和互动的性质，你大可以长话短说，即使有什么未尽意之处，"在线"的即时交互性也可以使你有再次言说的机会。你不必像写书信那样，把你要说的话全部详尽地倾吐出来。现在，可以初步地做出结论说，"在线写作"，尤其是批评的"在线写作"对批评形式的最重要的影响就是更加生活化、更随意，也更加短小。

"在线性"促使批评更加醒目、更加新颖。为什么"在线写作"会有这样的促进作用呢？要说清这个问题，仍然需要用打电话的比方来加以说明。我们知道，打电话的在线交流是一对一的，不管对方说什么、说的水平高低，我们总会耐心地听对方把话说完，因为这里的"阅读"是没有别的选择的。但是，在网络在线写作和阅读中，其交流却远非一对一的。在读者的在线阅读中，他实际上同时面临着成千上万的选择，而选择什么不选择什么，完全由读者个人一时的兴趣而定。另外，由于在线阅读同时面临着太多也太容易的选择，一般读者往往采取的是"冲浪式"的寻找和"扫描式"的阅读方式。这正如网友呼伦贝尔以传统的标准所责备的："浮躁。有多少人能够网络在线时潜心创作？又多少人能够网络在线时专心看帖？"为了适应读者这样的阅读选择和阅读方式，网络写作就不仅需要生活化、拒绝过分的理论化、程式化和深奥难懂，拒绝太长的篇幅，而且需要使自己的文章更加醒目新颖，要运用尽可能多的手段，甚至奇招异术将飘行在网络洋流中的读者之舟牢牢地或尽可能长久地钩住。我们看到，网络写作，尤其是网络批评写作的形式就是这样由其"在线"特性所制约着、影响着。

二 网络批评的一般形式

由网络的在线特性所影响、制约的网络批评的形式特征又可以分为两个方面：一是最一般的形式特征（即它是最普遍的，几乎成了一种文体化的特点），二是网络批评写作上的一些特殊的艺术技巧因素。

最一般的形式特性主要是两点：一是它特定的长度，二是其"生活化"的形式。长度的问题看起来简单，但实际上它与网络的"在线"性紧密地联系着。长度问题分两种，一种是"灌水"批评的长度，另一种是"板砖"的长度。"灌水"批评的长度大多在一百字左右，偶尔稍长的也不会超过三百字，这样的批评和一般纸质媒介上正统的批评文章相比，简直就算不了文章。但是在网络批评中，这样的"灌水批评"却是最为常见的。虽然它对作家作品难有较为深刻、全面的分析，批评者也很难由此获得声名，但从点击量或被阅读的次数，以及由它产生的网络的"社会效应"看，"灌水"却具有重要的意义。

点击率和阅读次数的问题似乎很容易解答，因为它短小，读者自然乐于阅读。但实际上，"灌水"批评的短小和高点击率还与另外两个问题联系着：一是网络在线的即时交互性，二是网络批评的"数量战略"。

有过网络发帖经历的人都知道，一个帖子贴出去，心中最大的渴望就是马上有人发出回应。楚狂接舆在《关于论坛的传播学分析》一文里说："很多网友都有这样的感觉，自己的帖子在论坛里贴出来以后，就急切地盼着别人跟，一旦发现后面有人附和，那种兴奋的心情，简直无法言说；而假如没有引起任何注意的话，则感觉有些沮丧。"这说明了什么呢？这说明在网络中，作者心中最大也是首要的愿望就是能获得与人即时交流的机会，至于是不是能得到批评家权威的肯定和深入的解析，反而成了不十分重要的事情。因此，在网络文学和相关的论坛中，首要的事情不是追求文本内容的深刻和成熟，而是立即有人给出反应。"灌水"正是在这样的需要和条件下产生出来的。

"灌水"的出现和重要性除了与即时反应和即时交互密切关联外，还与网络在线的"数量战略"有关系。所谓"数量战略"就是说，最重要的也许并不是批评的"质量"，而是批评的"数量"。李寻欢曾谈体会说："我可以根据市场的眼光来判断文章被下载被点击了多少次……我直接到网上写。好不好大家都明白，可能十个人看我的东西形成不了观点，可是一百个人看的话就会有一个较强的势力，这会比一个著名评论家的评论更有效。"数量不仅对作者有如此重要的意义，对网络论坛及论坛的斑竹，亦是有重要意义的。这就像一个商场一样，它最需要的是"人气"，而"灌水"的性质最容易创造出旺盛的"人气"来。所以，社区园地或论坛上每有新作出来，斑竹们就迫切希望有人来"灌水"，如果没有人或者

"灌水"的人太少，斑竹就会亲自出马来"灌"。从以上几点我们可以看出，"灌水"虽然短小得"不成样子"，但它的作用却是不可小觑的。

除了"灌水"，其次就是"板砖"。"板砖"的长度范围当然更大一些，从几百字到几千字的都有，但如果说也有什么标准长度的话，一千字左右的应该是比较常见的标准"板砖"：长的极少超过两千字，短的也有六七百字。当然，考虑到网站的题头、页面装饰和广告，页面会相应地增加。但总之，读者的阅读量就在一到两个页面左右。这个长度范围是在线阅读的一个比较令人舒适、容易被人接受的长度。若太短，不到半个页面的话，那就太接近于"灌水"，读者一望而知，既引不起读者的重视，作者自己也难以尽意；若太多，达到四五个页面的话，以在线阅读的心态和方式看，读者一般是难以有这个耐心的。尤其是网络批评，它既没有情节，也没有人物，要读者有耐心地"走"（而不是"冲"）上五六个页面的"浪"，的确是不太可能的。文章太长的结果往往是读者在读了一两页后，一看后面还多，就会加快"冲浪"（那是真正的"冲浪"了）的速度：一目十行、一扫而过。结果不仅没有读懂、理解作品，而且作品究竟说些什么，也许都不了解。所以，网络上的"专家式批评"，往往是费力不讨好的。

网络批评的一般形式特点除了有限的长度以外，其次就是要生活化。上面说过，这亦是由网络写作和阅读的"在线"特性所决定的。生活化表现在三个方面：首先是语言，即语言要尽可能口语化，口语化意味着轻松自然和亲切。其次是"非理论化"，当然，准确说是"非过于理论化"。这也是与在线阅读的性质相一致的。因为类似于专家批评的那种过于理论化的写法，对网络阅读来说，是过于抽象、深奥，甚至枯燥的。"你"怎么可能当着人家的"面"去"子曰""诗云"，这个结构、那个主义地进行批评呢？所以我们看网络上的批评，极少有过于理论化的写法。最后是

"非过于逻辑化"。前面我们说过,离线写作就好比是写书信,你尽可以在书信里归纳、演绎、环环相扣、步步推进。但是在"在线"中,正像我们在前面用过的那个打电话的比方一样,在电话的"在线"里谁有耐心听你的"三段论"呢?在电话里你的唯一听众可能会莞尔一笑,但在网络里,那无数的听众则可能掉头而去。综合以上三点说,生活化就是口语化的语言、对话式的论述以及自由松散的结构。

三 网络批评的特殊技法

在"在线"阅读条件下,要吸引读者的眼球,"短小"和"生活化"只是一种消极的防守方法,更积极的方法则是尽可能地写得新颖独特。吸引眼球的新颖独特的方法很多,有网名、标题的选择,有文章开头的设计,还有文章中各种增加兴奋点的奇招异术,更积极的方法则是尽可能地写得新颖独特。

取一个新颖独特的网名是使自己容易被识别的一种方法,网络文学、网络论坛,甚至各种聊天室都用得着,网络批评当然也不例外。除了在网名上做文章以外,文章的标题也应注重。按说,标题是没有多少文章可以再做的,因为自从有了新闻报道以后,在标题上做的文章已足够多,但由于网友人数众多,加之又没有什么顾忌和限制,因此,在标题的新颖独特方面往往十分巧妙甚至惊世骇俗。

正文的优劣取决于作者的才气、素质、学识、风度、幽默的天性以及对网络特性的认识等,要将它一一分清实在很难。不过,网络高手邢育森倒是给我们提供了两条理论:一是"节奏明快",二是"兴奋点密度高"。虽然作为理论仍嫌笼统,但我们还是可以就此入手悟出些门道。

"节奏明快"实际上是与网络批评结构短小的要求相一致的,即都要求为读者营造一种轻松舒适的阅读感觉。怎样才能做到"节奏明快"呢?

这也表现在很多方面，但比较易把握也很重要的应该是：第一，段落要相对短小，给人一种散文诗式的节奏跳动的感觉，而不能黑压压的一大片。第二，剪裁须得体有致，给人一种律诗般的起承转合的节奏感。一般说来，这要求文章的开头简洁，结尾收束自然，中间即使是短小的段落，也不能像非洲的鼓点一样，敲起来就没完没了，而应该节奏明快、见好就收。第三，网络批评虽然不能拘泥于逻辑性，但也不能完全没有逻辑，应当保持一种自然、清晰的批评小品般的逻辑。第四，语言要干净自然。滞重烦琐或结结巴巴的语言，自然不能做到节奏明快。

至于邢育森说的兴奋点及其密度的问题，就更是一个难以说清却又非常重要的问题。对于兴奋和刺激的追求，本来在任何形式的阅读中都存在，但它从来没有像在网络写作和阅读中那样显得如此重要过。怎样才能在网络批评的写作中不断地创造出兴奋点呢？除去内容、情感等方面的因素外，单从形式因素来说，以下一些方面恐怕是网络批评的写作中最能创造出兴奋点的。

一是幽默。常言道，幽默是天才的标志。这句话用在日常工作、学习和生活中或许有些夸大，但把它用在网络写作中，说幽默是网络写作天才的标志，恐怕是再恰当不过的。我们看到网络批评的高手中几乎没有一个不是十分擅长幽默的。例如著名的冷面狗屎、木乃二、亩产万斤、李寻欢、魔鬼教官、邢育森、sbygd 等都是幽默高手。幽默在网络写作中之所以重要，是因为它最能创造出网络阅读的兴奋点。另外，它也与网络主要读者群的特点相关。例如，下面 sbygd 的《从蓝色生死恋说开去》中的一个例子：言情小说给什么人看呢？不懂感情的人。真正懂感情的，不看。为什么不看？因为它太假。那位说了，你李大哲懂不懂感情？我这么说，我本来有点感情，被我妈扯去一块，被我爸磨去一块，被亲戚硬生生砍去一块，被自己和着良心咽下去一块，待了一天半天的，也都顺着谷道，拉没了。唯今剩下的，只有那么一小点儿，支撑着我的脑袋，让我还算是个人，要让我谈爱情，我告诉您，我说它全是瞎编，我说啊，情这玩意儿没真的。

我们都知道，幽默是一门综合性的艺术，它中间包含的艺术技巧很多，有反语、反讽、戏拟、夸张、滑稽、调侃、借用、甩包袱，还有巧妙的比喻、粗俗的语言（对这两点，我们将把它单列出来进行论述）等。类似的例子在网络批评中可以说是不胜枚举。

二是巧喻。比喻在文学作品中是非常重要的，在正统的理论、批评文章中，从来就没有人重视比喻的运用，但在网络批评中，这种情形产生了根本的变化。由于网络批评追求阅读的兴奋点，本是文学中的重要因素的比喻在批评中也得到了大量的运用。更值得注意的是，网络批评中的比喻往往还不是一般的比喻，因为要使人兴奋，批评者们往往在比喻上求新求奇。例如 inkan《拿病历写作的安妮宝贝》中写的："谁能在安妮宝贝的小说里看到一丝的大气甚至是一丝的精神我请他去新马泰。每次翻开她的书，我都好像看见一个虚弱弥留的病人，在一个狭窄冰凉的角落里偷偷蜷着身子，一口口地吐香烟，看着迷离缥缈的香烟在空中扭曲着身体，然后转过脸吐口浓痰，望着外面的人群传阅着她的病历，嘴角露出一丝鄙夷嘲讽的冷笑。"在这个例子中，作者本是为了说明安妮宝贝的创作风格和社会效果，但他放弃了理论化的抽象的说明，而代之运用了一个巧妙的比喻。不仅如此，他还将这个比喻描绘得绘声绘形，极力强化这个比喻的形象效果。这种写法在正统的批评中是极难见到的，但在网络批评中却是常见现象。

三是"粗俗"的艺术。粗俗能沾上艺术的边，这似乎有些匪夷所思。但实际上粗俗在民间滑稽中一直占着重要的地位，只不过在以往它难登正统批评的大堂罢了。例如，幻海沙《"文化大散文"——一个乳房干瘪的奶妈》中就有这种粗俗艺术的运用："当然，余秋雨现象的出现，也不可避免地引起一部分急于成名的学者，一部分忧患散文走进死胡同的文学评论家，一部分闲来无事的作者的大肆攻击。其中有真诚的文学评论，有恶意的语言攻击。最典型的不外乎两种：一种说法是现在的妓女，每个人的包里除了避孕套和口红，都有一本《文化苦旅》……"

不用笔者说明，粗俗的艺术差不多总是与"下身"有关，上面的例子就是这样（在幽默和巧喻中也包含着粗俗的艺术因素）。而粗俗与兴奋点的关系实际上也是不言自明的，因为这些东西平时都被我们的道德、意识压抑着，而越压抑，它就越有着强烈表现自己的欲望。当在网络这样既公开又极隐秘的天地中出现了可以表现的机会时，我们又何尝不愿"趁机"满足一下自己的潜意识呢？当然，在批评中，这些粗俗的"下身化"的东西是披着"艺术"的外衣的，有的还与巧妙的比喻联系在一起。

毫无疑问，网络批评制造兴奋点的办法还多得很。例如有诗的批评形式，有类似民间说唱的形式、寓言的形式、叫骂的形式、格言警句的形式、典雅的半文半白的形式等。但使用得最普遍、最具有网络特色的，应该还是上面三大类型。当然，网络批评为了适应在线阅读的需要，它必然还会发展出各种新的"奇技淫巧"以创造阅读的兴奋点，从这个意义上说，我们以上的概括（包括它的一般特性和技法）只是一种"过去时"的，因为网络批评和网络文学一样，正方兴未艾。

[原载《中南大学学报》（社会科学版）2003年第5期]

12. 加强网络文学的"在线批评"

吴 艳

网络文学是在新型媒体互联网上发表的文学作品,与传统纸质文学相比,历史短、门槛低,写作者水平参差不齐,数量庞大,影响也不小。我们的文学批评不能将网络文学排斥在外,从某种意义上可以说,文学批评有效性与否,针对网络文学的批评是很好的检验和证明。广义上的网络文学批评应该指一切针对网络文学现象、网络文学文本的批评,除了传统文学批评的视角及其理论方法,还包括多元文化视角下用新媒体及其传播形式所进行的文学批评,网络文学的"在线批评"就是其中的一类。我们提倡的网络文学"在线批评",不仅要"在线"及时,还必须具备专业水平。它一方面是针对网络文学(作品原创、在线)文本及其相关现象的批评,另一方面要求"在线"书写和发表。加强和提高文学批评有效性也包括对网络文学批评有效性的重视和提高,因而网络文学的"在线批评"应该成为其中的应有之义。

网络文学批评现状可以说是热闹与沉寂并存。对网络文学批评的论文不少,也可见以网络文学为研究对象的相关专著。《关于"网络文学"研究论文情况一览》(见中国专业学术期刊网)收录 2003—2009 年的论文共

553篇，其中在权威、核心期刊上发表的有79篇，占总量的14%；针对网络文学文本的批评有24篇，只占总量的4%。欧阳友权主编的"网络文学教授论丛"（中国文联出版社，2004年）共五本，是国内第一套专题研究网络文学的学术丛书，分别是《网络文学本体论》（欧阳友权）、《网络文学批评论》（谭德晶）、《网络叙事学》（聂庆璞）、《网络文学禅意论》（杨林）、《网络文学的民间视野》（蓝爱国、何学威）。谭德晶的《网络文学批评的主体批评论》从多维视野下研究网络文学批评：媒体的、多元文化的、批评主体的、批评美学特征的和批评文本的。其中也谈到"在线性"对批评形式的影响等问题。

由对网络文学批评论文和专著的抽样分析，可以得出初步结论：目前的网络文学批评在理论层面、一般性成果方面比较热闹，在文本批评、高层次成果方面则比较沉寂。如果以"在线"为检索对象，发现普通跟帖多，即兴、感性的只言片语批评多，以"在线"方式对原创在线作品的专业性批评，即艺术感、理论感、历史感结合的文学批评则少之又少。也就是说，网络文学批评里热闹的一方是一般性的论文，是只言片语的跟帖，有深度的文本批评、高质量的批评成果方面是不热闹的，甚至是沉寂的。

文学批评的有效性与对文学文本深度、及时的批评关系密切，这几乎是一个常识。为何评论家忽视了这个常识？以在大专院校里从事文学理论批评的老师为例，其缘由大致可分为不愿和不敢两个方面。所谓不愿，是指不愿意从事专门的网络文学批评，更不愿意用"在线"方式进行网络文学批评。据马季统计，有70%的网络写手不以文学追求为目的，网络文学批评的难处首先表现在这里：要甄别批评对象，哪些是文学的，哪些是非文学的。甄别量太大，许多人没有时间做甄别工作。另外，剩下的30%的网络文学文本，其平均文学水平也参差不齐，网络文学门槛低决定了及时、在线的网络文学整体水平与纸质刊物文学水平还存在较大差距，况且网络文学的新元素不一定能用我们已有的文学批评理论去阐释，所有这些都减弱或阻止了评家的热情。

现行高校科研体制也制约了大学教师参与网络文学批评工作。在许多高校，所写论文不满3000字、未在纸质刊物上发表的均不算科研成果。高校对老师科研工作每年都有量和质的要求，有的还是硬性指标，别说是网络文学批评，就是对纸质文学文本的批评，尽管及时，尽管具备艺术感、理论感、历史感，具备问题意识，为繁荣发展当代文学做出了贡献，有时评家仍然没有把握：文学批评的成果是否少有学术价值？如果说文学批评成果是否算科研工作量只是外在条件的制约，文学批评论文是否具备学术价值则是评论家发自内心的质疑。按理说，好的文学批评在文学理论批评史是有地位的，甚至地位不低，尤其到了与理论家平起平坐的地位，这也是一个常识。为何评论家缺乏这样的自信？这就不仅仅是体制问题，连带着是对当下文学批评质量及其有效性的质疑。

除了不愿参与网络文学批评，还有不敢参与网络文学批评的理由：甄别量太大，有失手的可能。如果是在线批评，则不能完全接受没有门槛的跟帖。网络上的语言狂欢，跟帖中的非文学成分甚至显示出的语言暴力，不是一般从事传统纸质文学批评的评论家所能接受的。

批评主体的"不愿"和"不敢"，造成网络文学批评现状热闹与沉寂的不平衡，造成有质量、有深度的网络文学批评匮乏的局面。

我们倡导网络文学批评，就是基于这样的环境形势。我们提倡运用"在线"方式，对网络文学进行及时有效和专业的批评。通过及时的网络文学文本批评，可以普及文学创作常识，让广大网络写手对基本文学创作规范有所知晓、有所认同，提高广大网络写手文学创作与创新意识，分辨读者市场需要与坚守艺术要求的不同，使网络文学创作既是网络的，也是文学的。其实，市场需求和艺术要求的矛盾并不为网络文学所特有。说远一点，名为《汉佛莱的座钟》的文学周刊，虚拟每周从一个隐居的老人汉佛莱的座钟里发现一篇故事手稿然后公之于众。《老古玩店》是其中的一篇，原标题为《老古董商和孩子》。后来，刊物销路不好，狄更斯便仓促上阵，边编写，边排印，把原来的故事扩展成长篇小说，分章连载，这就是《老古玩店》。在"缺乏直接的、有意识的设计"和一边编写一边排印方面，与今天的许多网络写手的一边创作一边发表极其相似。《老古玩店》以女主人公小耐儿与外祖父的流浪为主线，写出了一部带有"流浪汉"体性质的小说，把连载形式的特点发挥得恰到好处。小说结局的"小耐儿之死"体现了当时读者大众愿望与作家创作的尖锐冲突，即反映读者市场期待与艺术规律的矛盾，是一味迎合读者市场甚至经济指标，还是坚守艺术创新立场？狄更斯尊重"流浪汉"小说文体规范，坚守现实主义创作方法。《老古玩店》所处的时代环境、小耐儿这个人物性格发展的逻辑注定了小耐尔之死，这样的结局是现实主义与艺术创新的胜利，《老古玩店》也成为伟大的现实主义作品。这就说明，文学作品包括网络文学作品，不管是内容元素还是形式元素，作者一旦选择，就一定要遵循艺术发展的内在逻辑，在此基础上才可能进行艺术的创作与创新。网络文学的在线批评更多的还是对网络文学文本的批评。文本批评是对评论家艺术感悟力、文学史眼光和理论穿透力的极大考验，因为好的文学批评可以成为"文学文本与文学接受者之间的中介、桥梁和纽带，他的职责是传递美感，保持和强化美感，增加接受者审美快感的强度和深度"。坚持加强网络文学的在线批评与发现、提升中国经验，创新文学批评理论关系密切。

网络文学的在线批评对广大网络写手而言具有普及文学创作常识的作用，促使他们提高文学创作与创新意识；同时作为评论家自己，也可以通过及时的文学批评锻炼艺术感悟力，在文学文本与文学接受者之间起到"中介、桥梁和纽带"的作用，以"增加接受者审美快感的强度和深度"。

另外，网络文学的在线批评还可以将批评提升到理论层面。批评是概念的知识，或者说它以得到这类知识为目的，批评最后必须以得到有关文学的系统知识和建立文学理论为目的。韦勒克的批评观将文学批评的阐释与过度阐释区分开来，同时又强调了文学批评的创新性质，将文学批评落脚在批评本体和批评者自身。因而通过网络文学的在线批评，发现、提升中国经验，创新文学批评理论也是可能的。

网络文学的"在线批评"可以是即兴的，但不能止于即兴的只言片语，而是对感性的条理化和理性化。虽不是动辄千言万言的篇章，却也要求尽量阐释充分。网络文学的"在线批评"尽管难度大，参与者不多，却是文学批评有效性不可或缺的组成部分。因为通过网络文学的"在线批评"可以普及文学创作常识、传递美感、保持和强化美感，增加接受者审美快感的强度和深度，在网络文学文本批评研究中还可以发现、提升中国经验，为文学批评理论的创新提供范本。

（原载《文艺报》2012年4月11日）

13. 对网络文学究竟该如何评价

潘凯雄

网络文学自打出现以来似乎一直处于某种尴尬的位置：一方面被一部分人视为数字出版骄人业绩的重要标志之一，而之所以骄人的理由则仅仅因其体量的巨大，当然在这庞大的体量中也的确有那么几部颇为畅销的作品；另一方面又始终得不到所谓"正统"文学界的正面评价，于是，要求"改进与完善网络文学评价体系"的呼声遂不绝于耳。这种呼声背后的潜台词，说白了就是现有的文学评价标准与现有的网络文学不对接，网络文学也因此始终难登大雅之堂。

正是在这种呼声的召唤下，一些有心人、热心人开始尝试着为网络文学设计"多维度、多指标、多权重组合"的评价体系，诸如"用户维度、内容维度、舆情维度、运营维度""畅销程度指标、文学价值指标、专业评价指标"等。姑且不论这样的体系是否周全与合理，只是这样一来不能不令人更加怀疑"改进与完善网络文学评价体系"这个命题本身存在的合理性了。

首先需要明确的是"网络文学"的属性，究竟是文学的一个新分支、新形态、新的呈现形式，还是横空出世的全新事物？而无论是其中哪一种，都不存在"改进与完善网络文学评价体系"这码事儿。如果仅仅只是前者，那文学的评价标准当然就适用于它，如果是后者，那问题就绝对不止于"改进与完善"，而是需要"新建"了。

仅从现有的网络文学状况来看，无论其体量如何庞大，大部分都不过是文学写作在网络上的直接呈现而已。有论者以"类型文学"四字而蔽之，有的则在此之下进而细分成"玄幻、言情、武侠、穿越"等门类，这些其实都不过是万变不离其宗，终未逃出文学的框架，仅仅只是呈现方式的不同显然是不足以与文学分道扬镳而另立门户的。

如果这样的基本判断无误，那文学的评价标准同样也就是网络文学的评价标准，根本犯不着大声疾呼"重建评价体系"之类的了。

在我看来，所谓文学的评价标准除去所有文学作品都必须遵循的基本"公理"外，其他的从来就是开放与多样、不断丰富与不断创新的。比如，当现代主义文学兴起，原有的文学评价标准已不足以解释时，现代主义的文学理论体系随之应运而生；当然这一切又都在文学这个大框架内运行。不过，这些主张背后都有自己的哲学思考作为支撑，而这些哲学思考又是和作者对社会、对现实的深刻理解相联系，绝非大着嘴巴作惊人语。倘若以此回过头来反观是否需要为网络文学新建一套评价体系，答案应该是十分清晰的。坦率地说，网络文学现有的写作状态还远未到这个时候，现有的文学评价体系完全有能力对其做出评判。至于目前批评界为何对它的集体"失声"，不是因为其现有评价体系不好使、不够用，其缘由正可套用一句网络热语——"你懂的"！

再来看看那些热心人士试图为网络文学建构的"多维度、多指标、多权重组合"评价体系中所使用的基本材质是哪些？所谓"用户""运营"和"舆情"，这些和文学写作本身有关吗？而所谓"畅销程度、文学价值、专业评价"之类在现有的文学评价中不都现成地摆在那里，又何来"重建"之谈？

　　说一千，道一万，如果认定网络文学还是文学，那就老老实实地回到文学的轨道上，围绕作品、写作说事儿，认认真真读作品才是说话的前提。文学创作的优劣与文学数量的多少从来就不是简单的比例关系，不明白这点基本常识，除去暴露自己的无知外，一无所获。

（原载《中国青年报》2015年6月19日）

14. 网络文学评价标准问题反思及新探

单小曦

网络文学"普遍文学标准说"把精英文学标准人为拔高为普遍、永恒真理，再将之不恰当地套用于网络文学；网络文学"通俗文学标准说"人为拉低了网络文学的价值和功能，网络文学"综合多维标准说"则隐含着评价标准的双重性和矛盾性，有割裂网络文学整体存在的倾向。建构网络文学批评标准需要采用合理的价值预设和历史性、语境化原则。在新媒介时代可以"倾向"或"根据"文学活动的媒介要素，建构出继模仿说、实用说、表现说、客观说四大批评模式之后更契合网络文学批评需要的"媒介存在论"批评。媒介存在论批评视野下的网络文学评价标准，由网络生成性尺度、技术性—艺术性—商业性融合尺度、跨媒介及跨艺类尺度、"虚拟世界"开拓尺度、主体网络间性与合作生产尺度、"数字此在"对存在意义领悟尺度等多尺度系统整体构成。在网络文学批评活动中，需要把个别尺度与多尺度系统结合起来，才能对批评对象做出更为合理的判断。

既然媒介存在论批评是"倾向"或"根据"媒介要素生发出来的，它首先也要从媒介要素确定文学评价标准。不过，由于媒介是文学活动的连接性和综合性要素，是其他要素互动交流、开启存在意义的"存在之域"，媒介存在论批评标准就有可能超越其他批评模式，只着眼于某一要素和作品关系带来的片面性。具体到网络文学评价标准问题上来，它不再是现实性、真诚性、快感奖赏、形式陌生化等某个或某类单一标准，也不是审美性、技术性、商业性等分离性尺度的简单相加。而是以媒介要素切入、立足整体性"网络化存在方式"的多层、多维评价尺度系统。这一尺度系统既有广度又有深度：就广度而言，它涉及了文学活动的各个要素和完整活动过程；就深度而言，它触及了网络化存在方式中的存在意义之开启问题。在网络文学评价尺度系统中，至少包括下面几个具体尺度。

网络生成性尺度。媒介存在论批评认为，网络文学质量的高低首先体现在对网络媒介、网络审美潜能的开掘程度上。网络文学中的网络媒介具有强大的生产、生成性功能。在此意义上，不能把网络文学理解为"网络原创文学"（以印刷文学惯例创作在网络上首次发表），而应解释为"网络生成文学"（通过网络生成出"网络文学性"）。在西方和中国台湾网络超文本创作中，网络潜能被充分激发出来，往往形成了人与网络充分结合的"赛博格作者"（cyborg author）。成功的网络文学往往是通过"赛博格作者"创作出了关于文学多维立体、路径纵横的"歧路花园"，作者—读者联合生产主体可以从中体会到创作、阅读与再创作共在的审美体验。大陆网络文学生产也存在着网络功能发挥程度的差异性，目前大陆许多"大神"常常借助写作软件进行创作。如"小黑屋"云写作助手不仅具备字数统计、一键排版、章节起名、过滤敏感词、资料查找等功能，还可以设定程序，强制使用者进入创作状态或与其他写作者开展竞赛方式推动创作进程。这是网络媒介去除人机界限、实现两者合作的重要表现。而这种软件使用与否、用户体验好坏、使用效率如何、最终对文本质量和整体网络文学活动产生了正面或负面的影响及其程度等，就成了评价某一网络文学活动优劣的第一尺度。

技术性—艺术性—商业性的融合尺度。在古代社会，技术和艺术本不分家。亚里士多德就把诗人的创作与绘画、雕塑等一起划分在"模仿技艺"之下。艺术排斥技术的观念起于广义浪漫派诗论，强化于德国古典美学。鲍姆嘉通、康德、席勒、黑格尔等美学家把艺术限定为"感性审美"，强调天才、独创性、想象力等是艺术创造力的来源。这样，天才式"创造"（creation）被归为艺术行为，技术参与的"生产制作"（Production）行为归为工艺活动。而技与艺截然分开的观念已经不适合数字媒介时代的文学艺术活动了。"今天的艺术家比以往任何时候都更为依赖于技术……技术和艺术正在重新融为一体，回归到它们原初的身份。"① 优秀的网络文学生产，往往来自创作者和接受者对"数字技艺"的熟练使用和驾驭。在传统原子媒介时代，文学的商业性遭人诟病，与文学艺术价值需要依靠原子媒介的物化价值才能实现，具有一定的关系。此时，文学作品的艺术价值不仅要附着于物质性的媒介价值（纸张、排版、印刷等物质资料成本），甚至常常被湮没在前者之中。网络文学价值则通过网络并以"比特"形态传播、显现，不需要消耗原子性资源和从事物质生产的劳动力。即在具备计算机网络等硬件设备的前提下，作为精神存在的文学意义和艺术价值有史以来第一次脱离原子载体进行生产、流通和消费，文学产业也成了真正和独立的"精神生产"。这样，网络文学的商业性就可以名正言顺地回归于文学活动本身。不仅如此，越具有"技艺性"的文本应该越拥有市场。在评价网络文学时，不是看批评对象是否具有技术性、艺术性、商业性，而应看技术性—艺术性—

---

① ［荷兰］约斯·德·穆尔：《赛博空间的奥德赛——走向虚拟本体论与人类学》，麦永雄译，广西师范大学出版社2007年版，第137页。

商业性之间融合得怎么样，三者的融合程度以及从"技术性"要"艺术性"、从"技艺性"要"商业性"的程度才是评价网络文学优劣的尺度之一。

跨媒介、跨艺类尺度。网络媒介的最大优势在于去界限、去阻隔，这使网络文学也走上了跨媒介、跨艺类的发展道路。此处又分为三种情况：首先是大类媒介系统内部不同次级媒介形式之间的跨越。主要指网络文学文本跨越了传统单一语言符号界限，形成了文字、图像、声音等相复合的复合符号文本，取得了传统单一语言符号文本无法取得的审美效果；其次是不同大类媒介系统之间的跨越。主要指网络文学跨越到了出版、电影、电视等媒介领域；最后是不同文艺类别之间的跨越。主要指网络文学跨越到影视剧、网络自制剧、动漫、游戏、舞台剧等艺术、泛艺术领域。后两种情况往往交叉在一起。需要强调的是，网络文学跨越到其他大类媒介和艺类领域，但它本身并没有变成其他艺类，更没有消失，而是成为其他艺类的语言和故事部分。在这个意义上，网络文学的实体书出版（印刷文学）和影视剧、网络剧、动漫、游戏改编，只是网络文学的一种跨媒介、跨艺类的延伸。网络文学和这些艺类之间不是等同关系，而是合作关系，这同样是网络媒介去阻隔、促融合功能在不同媒介和不同艺类之间的一种落实，而这样的跨媒介、跨艺类的成败和效果也应成为评价网络文学优劣得失的一个尺度。

"虚拟世界"的开拓尺度。在传统文化语境中，文本世界被解释为"虚构世界"。"虚构"（fiction）一词的原义接近于"编造""谎言"，"虚构世界"暗含着文本是作为现实世界、精神世界的翻版却又达不到百分百复原的意思。也正因如此，模仿说、表现说才确定了文学的真实性、真诚性标准。而在优秀的网络文学创作中，数字技术和艺术可以交融为"数字技艺"，其焕发出的力量已经改变了传统文本世界的性质和它与现实世界、精神世界的关系，使用"虚拟世界"可以把这层意思标识出来。"虚拟"（virtualization）并非"虚构"，本意有力量（force）、强力（power）、潜能（potential）等意义。"虚拟世界"不再必须以现实世界、精神世界为"本体"，它可以成为一个与后两者平行的、拥有自己的存在论地位的新世界。网络文学追求"虚拟世界"恰恰是张扬其个性和独创性的重要表现。在玄幻、奇幻、仙侠、修真类网络小说中，衡量这种世界设定水平高低不以走近现实世界，而恰是以走出现实世界的距离为尺度。作为网络修真类小说的开山之作，《缥缈之旅》的成功主要体现在对世界体系开创性设定方面。如对筑基期、旋照期、辟谷期、结丹期、元婴期、出窍期、分神期、合体期、渡劫期、大乘期的修真等级设定，再如对仙人期、地仙期、天仙期、金仙期、玄仙期的修仙等级设定，又如对神人期、偏神期、准神期、主神期、神王期、天尊期的修神等级设定等。按照这一尺度进行批评，自然会得出该作优于《凡人修仙传》《修真世界》《百炼成仙》等同类作品的结论，因为它们或多或少都有对前者的模仿痕迹。

　　主体网络间性与合作生产尺度。在网络文学活动中，主体间性的具体形态表现为"主体网络间性"，即以网络为关联域和交流平台的主体间性。充分的网络文学活动已经实现了"主体网络间性"的充分释放。以此为基础，"作者—读者在线交互主体"已经形成，并成了网络文学活动中的新型主体。越是优秀的网络文学创作越能体现出这一特征。在西方一些超文本网络文学活动中，作者构设故事框架、设定链接路径，读者选择路径、通过网络导航功能架构出新文本或者"补写"出新文本，实现了作者和读者之间的交互合作生产。在中国大陆一些网络文学活动中，读者通过论坛表达对小说人物关系和情节发展的愿望，与作者谈判，作者则在坚持自己创作原则和底线的基础上与读者达成共识，实现了另一种合作生产。这两种合作生产都存在着一个合理性问题。值得肯定的活动往往表现为作者和读者相互激发、良性互动。相反，有些活动中作者被低水平读者牵制，并一味迎合其低级趣味，或者作者与读者发生激烈冲突甚至演化为口水仗，无法形成网络文学应该具有的良性合作生产形态。在某一具体网络文学批评活动中，需要批评主体使用"主体网络间性与合作生产尺"对批评对象予以分析评判，以达到有效批评的目的。

"数字此在"对存在意义领悟尺度。海德格尔等人的现代存在论哲学认为，文学艺术的最大价值体现在对存在真理的开启上。人存在的基本结构表现为"在世界中存在"（being – in – the – world）。但现实中人与世界往往无法达到相互融合的理想状态，因为人在和这个世界"打交道"过程中与"异化"相伴而行。当人走进艺术活动时，这个"在世界中存在"的理想状态就可能出现。艺术本身即"将真理自行植入作品"，艺术具有强大的"去蔽"功能。当人处于在"艺术世界中存在"的时候，就有可能领悟到存在的意义。网络文学使在"艺术世界中存在"结构出现了新情况，这里作为"此在"的人成了"数字此在"[①]，这里的世界成了网络"技艺"世界，这里的"在世界中存在"（being – in – the – world）结构也变成了此在"在虚拟世界中的存在"（being – in – a – virtual – world）。前面只谈了"虚拟世界"的开拓问题，其实这里还存在着"虚拟世界"对存在意义的敞开和遮蔽的双重性问题。即存在意义在"虚拟世界"中是个"显—隐"的双向过程。那么，作为网络"技艺"的某一网络文学活动构成的是对存在意义遮蔽还是敞开，抑或这种遮蔽和敞开的所占比率大小，其中的"数字此在"对存在意义的领悟程度等，就应该成为我们评价网络文学成败得

[①] ［荷兰］约斯·德·穆尔：《赛博空间的奥德赛——走向虚拟本体论与人类学》，麦永雄译，广西师范大学出版社 2007 年版，第 146 页。

失的关键尺度之一。

　　最后需要强调的是，进行网络文学批评时，既需要批评主体以上述每个尺度对应分析网络文学活动和文本，还需要从多个尺度形成的系统层面做出综合评价，如此才可能改变目前网络文学批评的无序和杂乱状况。

（原载《文学评论》2017年第2期，此处有删节）

15. 为什么要提网络文学创作的"中华性"

夏 烈

今年（2017）9月，《光明日报》的编辑来跟我商量写一篇关于网络文学创作最新动态的短评，当我说可以提一提网络文学的"中华性"问题时，对方在微信里连续发了几句肯定的话，还带着感叹号，仿佛能看到她眼神中的光亮。之后，就有了《是时候提出网络文学的"中华性"了》的千字短评，再之后，就是网络上大量的转载和个别学界文坛的同人来跟我说，这个点很好，可以再做些阐释。

为什么这么认为（是时候提出网络文学的"中华性"了）？这要综合20年来中国网络文学发展的内部和外部因素来讲。可以说，网络文学既是一种根植于当代改革实践和中国民间及传统文化的创作混生体，也是越来越强烈地反映着全球化语境下中华主体性确立的敏感区。时代的势能给了这个伴随新媒介崛起的草根事物成长契机，而这恰恰由于它既是世界的又是本土的，既是传统的又是时髦的，既是大众的又是部落化的，既是发达的又是发展中的，既是作品又是产品，既是它自身又是辐射文化产业链的IP（知识产权）。它在集中体现全球化和"互联网+"所有特质的同时，源源不断地呈现出沉淀于广大网络作者、读者的中华文化基因。而且，

3.53亿人次规模的网文读者以及影视、动漫改编的用户群体,开始不仅仅满足于早期普遍认定的娱乐("爽文")诉求表达,而选择在阅读、体验中寻找生活参照、精神动力、价值关怀和家国情怀。

我想,有必要对这一概括式的描述进行更多说明,让网络文学创作"中华性"的提法更为客观、丰满与合理。

网络文学目前的主流,无论是男频的玄幻、军事,还是女频的言情、耽美,抑或男女通约的历史、职场、科幻等类型,其写作借鉴、文化来源、价值立场可谓广收博纳、多元混生。换言之,网络文学的创作毫无疑问地处在当代中国的大语境之中,是百余年来中华文化转向和重构的结果,也是全球化、国际化经济文化处境下的应命缔结。我们在网络文学一事上所谈的"中华性",已经不是简单的中国传统文化或者中国古典文化,而是包含了多个中国历史时期的大传统和小传统、古老基因和现代基因,是中华已经完成和正在发生的文化遗传密码序列的当代体现、当代见证和当代融合。所以,你能看到今天的网络小说跟诗经楚辞、诸子百家、唐诗宋词、明清小说、民国文学的直接关联,也能看到它与西方神话、西方奇幻、推理悬疑、科幻电影、西方经典文学以及日韩流行文化、二次元文化的各种结合。可以说,中国整体有什么样的历史命运和时代抉择,网络文学的基因中就包含什么,于是在今天,既有直接反映中华优秀传统文化的创新作品,也同样有续写革命历史文化和社会主义建设时期改革文化的精品力作。它是驳杂的,也是宏大的。

在这种多元混生的基因及其融合过程中,网络文学的主体部分却日益突出其中华审美和中华精神的倾向。这在我看来是好的,也是需要研究和重视的。

比如,很多网络名家名作越来越倾向于对中华史的叙述——你可以说这是中国古已有之的强大的史传传统和历史演义的文脉所致——这本身就是一种"中华性",即21世纪的网络小说作者仍然自动地绍继这样的传统和文脉,并擅长在此领域作为。有趣的是,众多"70后"至"90后"作者的参与,也在为这种历史增加崭新的认知和视角,丰富、发展了中华史的重述与演绎。代表者比如蒋胜男的《芈月传》《燕云台》,以秦宣太后芈八子、辽太后萧燕燕等女性为主角,重构女性主义历史叙事的同时,也建立了多民族融合之大中华历程的小说表达范式。又如酒徒的"隋唐三部曲",孑与2的《唐砖》《大宋的智慧》《银狐》等,都对某一时期内中华历史的政治、军事、经济、文化等做出了比较精彩的重述和分析。客观上,中华史的小说叙事道路就是一种"中华性"的基因表达。

即便在以"怪力乱神"为能事的玄幻、仙侠类网络小说中,儒道释文化、人生观、美学特征仍在被年轻的网络作家们转化和肯定。他们把武侠、言情糅入其中,加之影视的推波助澜,产生了诸如《择天记》《三生三世十里桃花》《花千骨》《仙剑奇侠传》等热门大众影视作品,更有一批"玄武合流""科玄合流"的作品成为网络阅读中的佼佼者。如猫腻的《将夜》和烽火戏诸侯的《雪中悍刀行》,前者通过夫子及其弟子们确立了儒家式的"人间"观照,用以对抗所谓光明而实则黑暗的"神殿"统治,后者更是架构了国与国、庙堂与江湖、中原和边疆的关系,演绎了政治、人性竞争和支撑中的复杂性。相同的是,两部小说都有充沛的中华精神认同,将平民视角和家国正义紧密相连。

此外,军事类网络小说始终以另一方式强化着"中华性"表达,这一表达借助电影《战狼》的主题"犯我中华者,虽远必诛"得到清晰的标举。在"战狼"系列的编剧四人组中,始终有两位网络作家的名字:纷舞妖姬(董群)和最后的卫道士(高岩),他们过去在起点中文网、铁血网、逐浪中文网等连载的《鹰隼展翼》《弹痕》《第五部队》《诡刺》《中日战争》《边缘狙击》等,多为英雄主义的军事类网文代表作。他们代表的一拨网络作者则以爱国主义、革命历史传统为精神养料，从国际政治、军事博弈的角度回到"中华性"的母题上，虽然内部有其复杂性（比如民族主义），但也是重塑中华主体性的路径之一。

关于网络文学与文化传统的关系，复杂性是不容回避的话题。创造性转化和创新性发展，常常会遭遇"转了坏的"和"转坏了的"部分。比如过往传统文化中的"黑道文化"（江湖文化、流氓文化）和风水文化（相术、堪舆术）已经跟现代文明价值与科学认知格格不入，不可能成为当下传统文化中的"优秀"部分，难以转化和发展成为当代共识。然而网络小说中的黑道小说和风水小说为数不少，故事好看但亦残暴离奇，作为娱乐的一部分满足了一些民众消遣和猎奇的需要。这种貌似中华题材却违背主流价值观的内容，是需要把控的重点和难点。

所以，弘扬网络文学"中华性"的趋势之时，也要注意维护现代性的底线，即是否具备"中华性"品格。

从文化的"中华性"过渡到文学的"中华性"，我想阐述另一个意思。

中国古典文学在文学革命后转向现代白话文，经历了晚清这样一个前文学革命时期。某种意义上，新文化运动所确定的白话文和向西方经典文学全面学习的方向是对晚清这个过渡阶段的再选择。但诚如海外著名中国文学研究者王德威所说："没有晚清，何来'五四'？"换言之，在晚清这个更为丰富多元、雅俗共赏的裂变繁荣期，文学变化、创作道路包含着更大的信息量。更直接地说，由于民族的历史际遇，我们向东洋、西洋学习，确立自己文化、文学新身份的时候，是不是也果断乃至武断地切断了曾经很多面的中国文学可能性？

一个事实始终在提醒我们，在通俗的、类型化的故事中，有更多中国元素、中国情感、中国密码被有效地安置、寄放、传播着，有更多中国读者对于这样的文学创作是喜闻乐见的。不少通俗文学在民国时期，在20世纪五六十年代、八九十年代以及 21 世纪以来的网络文学中不断重现其辉煌的流行度和传播率，是谁在促使它们回到中国现场，又是什么原因让这些被启蒙主义和精英文学批判过、摈弃过、压抑过的东西一次次"还魂"，并生动甚至繁荣地表现中国人喜怒哀乐，成为几代人记忆的呢？我想就是"中华性"，即中国基因。

恰如诗词歌赋、礼俗民俗、中医药、国乐会成为当代中国人赖以证明其民族身份、贴近中华水土的印证信物一般，中国故事的整个叙事方式、叙事精神，依旧会是受过中华文化哺育的世界华人的一个最大公约数。一方面，我们接受文学书写方式的变革，不断吸收外来营养和新传统；另一方面，对于中华传统故事的美好记忆及整套叙事特点也绝不会因为身处不同地域、环境而被抹去。于是，无论鸳鸯蝴蝶派、民国新武侠、港台新武侠新言情还是网络类型小说，都会便捷地回到"我是中国人，要讲述中国故事"的逻辑轨道里去，这是网络小说在文学层次上最重要的传统，即其"中华性"的呈现。

当中国人越来越能感受到中国综合国力增强所带来的中华崛起时，这种中国故事的讲述习惯就被赋予了"在世界如何建立中国人自己的身份"这样一种坐标思维，如此，网络文学的中国故事讲述方式便与我们在世界中建立中华主体身份坐标完完全全地联系在一起，这也是网络文学海外传播获得一定成功并充满自信的原因。

我曾提出，当一种大众文艺载体成为时代的强势，引发各阶层的广泛关注之后，势必带来"文脉与国脉相连，文运与国运相牵"的社会性、政治性、历史性赋格。固然商业的规律依然牵制着平台、作者和作品的诸多方面，但这种制约也不全是创作的敌人，某种意义上它们同样是刺激和启发作者认识全球化本质以及中国历史潮流的近因，只要作者能够平衡其中的重心并逐渐上升到创造性转化，剩下的关键就是如何通过大众的文学叙事机制完成合理合法的"中华性"网络文学经典。所以,这个时机提出网络文学的"中华性"命题,是基于事实,也是基于期许。期望正在发展变化中的网络文学创作能够熔铸更高的价值观照,在未来影响中国文学的凤凰涅槃。

(原载《群言》2017年第10期)

第四部分　网络文学批评实践

1. 话语方式转变中的网络写作

——兼评网络小说十年十部佳作

马 季

经历 10 多年发展的网络文学，作品海量，仅长篇小说一项就有数百亿字节，而且类型众多，我也只能大致根据时间的顺延和创作手法的变换，遴选其中 10 部具有明显网络写作特征的佳作进行述评，网络写作的话语转变由此可见一斑。

一 《悟空传》（戏说类，今何在著，光明日报出版社 2002 年 8 月首版）

《悟空传》是早期网络文学最重要的作品，篇幅短小、语言精练，在艺术上达到了较高的水准。作品并非无意义的搞笑，其主要意图是借助孙悟空等人物思想情感的变化，揭示我们今天所处之物欲社会的现状。因为，唯有这样的"特殊"人物，才有可能对现实世界形成突破，而自身不被击垮。应该说，香港电影《大话西游》的创作理念对《悟空传》产生了直接影响，没有前者，后者的问世是难以想象的。正如《大话西游》虽脱胎于《西游记》却不走寻常路一样，脱胎于《大话西游》的《悟空传》

同样创造了自己独特的话语方式,这一话语方式与网络世界的自由、开放意识相结合,产生了巨大的能量。同样的故事核心,可以创造不同的文学世界,这是《悟空传》额外的收获。

二 《此间的少年》(情感类,江南著,西北大学出版社 2002 年 9 月首版)

一座古老而充满阳光的校园,里面正上演着年轻的侠义故事,这就是江南笔下的汴京大学。故事虽然以宋代嘉祐年为时间背景,透过师生们各异的生活,我们看见的却是 20 世纪 90 年代中国社会的基本风貌。理想的失落,物欲的攀升,身处历史大变革之中的莘莘学子,精神世界和肉身在逐渐分离。在这个意义上,借用金庸小说人物关系,《此间的少年》无疑是一部现实主义作品,一部从有梦的青春到无梦的现实的心灵成长小说。《此间的少年》里有一种强烈的气场,在一个看似和平、宁静的世界,一个只有笑、没有泪的安乐窝里,真正的哀愁是他们正在失去的本该属于他们的少年的莽撞。青春年代本是侠的世界,或者说侠本是青春年少的标志。但这一切只能"象征性"在演绎中存在。

《此间的少年》的故事始于开学,结束在毕业。校园是此间,社会则是彼间。此间有着令人难忘的爱情、友情,有着不大不小的争执、无奈和醋意,也有率性、耍酷与较真,以及憧憬与失落、奋斗与彷徨……这一切是那么真实、自然,那么贴近我们的感觉器官,令我们内心隐隐作痛,但它转眼间竟然成了虚空。对青春的回忆和怀念,一定是伤感的,这是所有成长小说的共同主题,但江南摒弃煽情笔法,以机智幽默的笔触书写伤感情绪,这是作品出类拔萃,胜人一筹的地方。要说《此间的少年》的缺陷,那就是过于温和而失去了批判精神,或者说对现实的怀疑态度没有找到落脚点。这使我自然而然想到了塞林格的《麦田里的守望者》,《此间的少年》似乎缺少了一点"守望意识"。

三 《英雄志》（武侠类，孙晓著，京华出版社2003年5月首版）

《英雄志》是10部佳作中唯一一部中国台湾网络小说，以350万字的超多字幅在网络上连载多年，其艺术质量远远高于声名卓著的《第一次的亲密接触》。网络上曾经流行这样一句话："金庸封笔古龙逝，江湖唯有英雄志。"虽是溢美之词，却也足见其影响之大。《英雄志》的主要贡献在于，当人们认为武侠小说已经走入绝境无法前行时，它横空出世、力挽狂澜，为这一小说样式的未来开辟了新路。在继承金庸、古龙武侠精神的同时，《英雄志》一举打破以往武侠小说"成人童话"的套路，让人物身上多了一份烟火气息和俗世情怀，给人生之路平添了一份崎岖坎坷，体现出现实主义深度和人文关怀精神。作者对武侠小说内容与形式的突破显而易见，并且取得成效。当然，《英雄志》也存在很严重的缺陷。这部作品格局宏大，但由于作者驾驭能力有限，几乎失去了对结构的把握，大规模的铺垫情节，难避拖沓之嫌。在语言上，也露出了粗糙简陋的痕迹。在叙事方式上并未超越前人，与金庸的精于设计相差甚远，与古龙的剑走偏锋无法抗衡。另外，这部小说基本上是按照传统写作方式进行创作的，具有现代意识，但网络特征并不鲜明。

四 《最后一颗子弹留给我》（军事类，刘猛著，中国社会出版社2004年8月首版）

在将《最后一颗子弹留给我》归入军事类小说的同时，我充分理解和尊重作者本人的意见，并且我自己也认为，它不仅仅是一部军事小说，还是以军事为题材的多主题、多向度的小说。小说以主人公小庄的从军经历和退伍后的生活为主线展开的描写，两个时空交替的出现，使军旅生活成为表达作者思想情感的一个载体。小说以众多的配角人物为副线，塑造了一大群军事干部，包括大军区副司令、特种兵大队长、中队长、野战军的团长、连排班长等。但是，刘猛回避了走传统军事小说的路子，他并不是在搞什么突破，而是完全改弦易辙，在另一个叙事空间里，寻找军旅生活状态下的人的思想情感脉络，其中包含了作家个人对战争、国防、军事改革的独特认知。这部作品在网络上被海外读者誉为中国第一部真正具有国际意义的军旅小说。

五 《诛仙》（玄幻、武侠类，萧鼎著，朝华出版社2005年6月首版）

《诛仙》是网络玄幻武侠小说代表作品，在网络类型小说中具有开创性意义。《诛仙》讲述了少年张小凡历尽艰辛战胜魔道的曲折经历，正道与魔道的道德对立、强烈的悬疑色彩和魔法氛围、千奇百怪的武功、似是而非的传统文化夹杂着动人心弦的爱情故事，使它具备了一个网络文本成功的要素。《诛仙》很好地继承并开发了传统文化资源，以老子《道德经》"天地不仁，以万物为刍狗"的思想贯穿全文，同时融合西方魔幻表现手法。从思想内容到表现形式，既有传承也有创新，深得读者喜爱，因此获得"新民间文学"美誉。《诛仙》的传播过程是网络时代文学向娱乐作品转换的范本。这个过程是从严肃到通俗、从文学性到娱乐性的改变，此现象比传统文学作品的影视改编更具时代意义与商业价值。由此可证，网络已经具备了完善的从产生到传播再到娱乐化改编的文化传播流程。

六 《随波逐流之一代军师》（架空、历史类，随波逐流著，人民文学出版社2006年4月首版）

《随波逐流之一代军师》虚构了一段历史，准确来讲是由几段历史融合而成。同样，作者笔下的王朝也是一个子虚乌有的朝代，但是，我们似乎又很熟悉小说中的历史场景……不能不说作者成功地"架空"了历史，虽然在网上受到热捧，但小说表达的核心问题——作者对独立价值观的思考，却一直无人谈及。我以为，这正是这部小说达到较高审美层次的关键。《随波逐流之一代军师》与其他描写历史战争的小说很不一样，它侧重于对人物内心的开掘，而忽略了对血淋淋战争场面的描述，这与作者追求的淡雅文风相一致，但也少了些许历史的深厚感。必须提及的是，这部小说的叙事结构比较特殊，主人公江哲既是叙述者，也是被叙述者。小说是在江哲看着南楚遗臣刘奎的《南朝楚史》，同时通过自己的回忆展开的。在《南朝楚史》中他是被叙述者，而在回忆中，他是叙述者。两个文本的交叉，造成了人称等一些细节上的阅读困难，但同时也丰富了叙述空间，不失为一次对文本表现形式的积极探索。

七 《明朝那些事儿》（历史类，当年明月著，中国友谊出版公司2006年9月首版）

从这部小说的名字我们就能感受到这个时代的文化气息：以轻松、随意和闲适的姿态，努力消解对历史沉重阅读的畏惧，这样的写作路径暗合了网络时代的文化心理诉求。这是从外部来分析《明朝那些事儿》的阅读环境，一旦进入内部，小说的成长空间当然有其自身的节奏。从中国历史来看，明朝的确是个深藏机锋的话语场，给叙事者提供了一展身手的舞台，而说到市场，这几年恰逢国学热，《明朝那些事儿》作为网络化历史叙事的代表作品，可谓占得了天时地利人和。简单来说，《明朝那些事儿》是一本以自己的观点讲述历史，并借用历史事件折射现实问题的故事集。它的主线完全忠实于《明史》，从核心人物到重要事件，都是有影有形的，和所谓的戏说、大话又不一样。当年明月之所以能够走红网络，原因在于他使用了现代读者能够接受的叙事方式，把那些已经既定的历史人物形象

"激活",也就是说,这部作品的创新性不是运用架空、重塑等表现手法,而是实现了叙述方式的转换——把重的历史变为轻的故事,把严肃的考据变为生动的讲述——体现出网络平台新的读写关系。其实通俗历史写作早已流行开来,柏杨先生所做的努力开一代叙事之先河,但时代的发展不可能裹足不前。

八 《鬼吹灯》(恐怖、悬疑类,天下霸唱著,安徽文艺出版社2006年9月首版)

自从以《鬼吹灯》为代表的盗墓小说兴起,一股掺杂东方神秘色彩的现代探险故事开始在网络蔓延,有心的读者或许不难发现,这些小说夹杂着多元文化的元素,其情节、笔法、故事背景和精神诉求,既有中国古代传奇小说的痕迹,也有好莱坞惊悚大片和游戏的影子,它会让人联想起志怪小说、僵尸鬼故事、恐怖片、灵异小说、游戏《魔兽世界》、电影《深渊》《异形》和《古墓丽影》等。读者并不排斥大杂烩,关键在于是否能吸引他。在这个嘈杂的世界中,涓涓细流早已被遗忘,人们对离奇古怪的幻想世界充满兴趣。无疑,《鬼吹灯》的网络爆红暗合了这一心理需求。当然,这也没有什么不好,读者的选择自有他的道理。《鬼吹灯》的故事由一本主人公家中传下来的秘书残卷为引,纵横天下千里寻龙,历尽艰难险阻,那些龙形虎藏、迷窟生烟、天坑深潭诡异无比,冰川下的九层妖塔,野人沟中的关东军秘密要塞,消失在塔克拉玛干黑沙漠中的精绝古城,神山无底洞中的尸香魔芋花,云南的虫谷妖棺,西藏的古格王朝无头洞,陕西的龙岭迷窟……处处陷阱,危机四伏,步步惊心,环环紧扣,蹦极式的极限挑战比比皆是。《鬼吹灯》前后两部共8册,故事的发展出现了前后脱节现象,成了探险集式的故事汇本,可见作者在构思尚未成熟时即匆忙动笔,在对全局的把握方面还有待改进。

九 《杜拉拉升职记》（职场类，李可著，陕西师范大学出版社 2007 年 9 月首版）

杜拉拉，"职业的一代"，草根出身，外企白领，做着一份不高不低的人事行政经理的工作，拿着一份不高不低的薪水，经历着职场的跌宕起伏。这是 20 世纪 70 年代生人的标本式特点，也是第一代跨国外企人的生存境况。《杜拉拉升职记》有两条主线，一条讲的是她从一家小民营企业到著名外企的奋斗过程，另一条讲的是她和公司客户部总监王伟的恋爱过程。在描写职场生存艰难冷酷的同时，作者在情感描写上也相当细腻而富有情趣，将这场属于办公室恋爱范畴内的爱情故事写得一波三折。《杜拉拉升职记》的成功绝不是一个偶然，它切合了职场女性的心理特点，可以算是为职场女性量身定做的成功学，和以往写给男人看的职场小说有很大的区别。20 世纪 90 年代的职场小说，多数是商战题材，以企业老总争斗为主线，不仅心狠手辣，而且挟带官场之威，俨如厚黑学博弈。跨国外企并不讲这一套，逻辑系统发生转换，现代职场女性开始扮演主角，她们显然对厚黑学兴趣不大，也不希望自己给人留下这样的印象。

十 《盘龙》（幻想类，我吃西红柿著，太白文艺出版社 2010 年 1 月首版）

《盘龙》一书的作者我吃西红柿，原名朱洪志，1986 年出生，在苏州大学读书期间开始网络小说创作。2008 年，《盘龙》以丰富的想象力和尚显稚嫩的文笔创造了网络文学的点击神话，总点击量已经超过一亿。《盘龙》是一个励志故事，主要讲述龙血战士后代林雷·巴鲁克的成长历程。从一个平凡的人类，到成为玉兰位面最好的恩斯特魔法学院的学生，超越学校的天才少年迪克西，修炼成为圣域强者，最后突破成为神级强者，整个过程中,"魔武双修型"的林雷没有一刻停止过修炼,当然他有4个神分身和本尊,加起来相当于5个人,某个分身修炼的同时,其他分身和本尊可以不受影响地做其他事情。从下位神一直修炼到中位神,最后终于成为上位神,最后灵魂变异、炼化4枚主神格,成为突破宇宙限制、跳跃到鸿蒙空间的第一人,中间发生了特别多的故事——初恋的失败、父母之仇、德林爷爷的帮助、雕刻的神奇、好兄弟的友情、恶魔城堡的任务、紫金山脉的阻困、四神兽家族的重担、位面战争的历险、贝鲁特爷爷的嘱托——最后终于全家团圆、兄弟团聚,林雷修炼成为鸿蒙空间的掌控者。

综观以上10部网络小说,它们有一个共同的特点,就是创新精神。话说回来,不是传统作家没有这样的意识,而是从根本上说,我们所处的时代发生了剧变,真正的断裂已经产生,一部分人被淘汰出局是极其正常的现象,一点也不奇怪。而勇于挑战、敢于尝试、吐故纳新的网络写作,对中国文学在21世纪的发展所发挥的作用,将随着时间的推移逐渐显现。然而,创新何其难,需要智慧与勇气,尽管如此,有时候还会半途而废……艰难中的攀行,又怎能不犯错误呢?我因此有了另一个观点,对于网络小说创作,一定要持宽容的态度,鼓励创新、允许犯错;同时,传统写作也要不断提升创新精神。需要强调的是,商业化导致了大量文本复制——网络创作的跟风现象非常严重。因此,对极少部分原创性作品,应该给予更多的关注和保护。

(原载《文艺争鸣》2010年第19期,此处有删节)

2. 超级 IP 制造时代的"玛丽苏式神话"

管雪莲

近年来,"玛丽苏式神话"几乎成为一个最重要的原型,活跃在网文 IP(知识财产)改编的各类作品中,《步步惊心》《大漠谣》《甄嬛传》《武媚娘传奇》《花千骨》《芈月传》《太子妃升职记》等全部都可以称作玛丽苏式的故事。这些故事从小说到电影、电视剧、网剧、网游等媒体形式中不断地被复制和再生产,形成巨大的跨媒体互文性现象,它以历险和奋斗的故事折射出现代主体之独立精神,引发社会中特定的情感共同体对它的持续关注。研究这一现象,有利于加深对当前大众文化特色的理解。

一 "玛丽苏式神话"成为超级 IP

在国内网站的各大搜索引擎上,2015 年被影视文化圈定位为"IP 元年""IP 时代的开启",相关研究文章有《中国电影跑步进入 IP 时代》《大 IP 时代下的互联网电影》《国产电影进入 IP 时代,传媒板块行情持续火热》等。如今,IP 电影、IP 电视剧、IP 网剧、IP 戏剧、IP 游戏、IP 流行歌曲等层出不穷,共同构建了文化产业的繁荣局面。一时间,文化创意界可谓言必称"IP""大 IP""超级 IP",很多文化投资方甚至认为当前文化资本竞争最重要的就是 IP 争夺战。

对具有知识产权的文化产品的再度开发、系列改编是文化市场一直奉行的文化机制之一，可过去并没有人将 IP 夸大到这样一个现象级文化事件的程度。今天人们热议的 IP 时代、超级 IP 时代指的是在 2014 年已经引发人们高度关注、在 2015 年呈现为行业高度共识的对"互联网 IP"知识产权的开发。简单来说，这些超级 IP 是有 IP 地址的，通过追踪这些 IP 地址可以发现其 IP 产权的价值数据——粉丝团数量。因此，IP 元年指的是"互联网＋"的 IP 开发元年，是互联网粉丝经济链条的一个延伸。

在这波"互联网＋"的 IP 开发大潮中，玛丽苏式的文本占据了 IP 数量的大部分份额。可以来看一组网络新闻数据：（1）被称为超级大 IP 的《花千骨》改编自 fresh 果果的同名网络小说《花千骨》，该剧在湖南卫视钻石独播剧场播出后，收视率一直占据榜首，收视份额达到 21.74%，网络收视率达到 3.26%，爱奇艺视频点播超过 50 亿次，远远高出 2014 年的收视冠军剧《古剑奇谭》。截至 2015 年 8 月 19 日网络总播放量达到 150 亿次，作为 IP 产业链延伸，《花千骨》的手游、网游也被同步推广。（2）2015 年的第二热剧《琅琊榜》，改编自海晏的同名网络小说《琅琊榜》，《琅琊榜》在北京卫视和东方卫视播出后收视率一度比较低迷，中后期才上了 1.254%（北京卫视）、1.063%（东方卫视），但在网络视频点击量方面却累计超过 60 亿次。在国庆长假期间一直占据网络视频点击量榜首，远远甩出其他热剧，本剧同时也推出了手游。（3）《芈月传》也是 2015 年热剧，版权出自蒋胜男同名网络小说《芈月传》，开播以后"以 4.15 的单台最高收视率，成为近 10 年来内地电视剧鲜有的现象"。（4）火爆全网的《太子妃升职记》改编自鲜橙的同名网络小说《太子妃升职记》，这部剧以单日两亿次，总点击量 24 亿次的超高播放量横扫了网剧市场，登顶 2015 年第一网剧。（5）在电影方面，玛丽苏式故事也有不俗表现，如《何以笙箫默》（3.53 亿次）、《九层妖塔》

(6.8亿次)、《致青春》(7.19亿次)、《寻龙诀次》(16.79亿次)、《小时代》系列(17.93亿次)等。

市场的繁荣吸引了越来越多的资本聚集到IP收购和IP开发链条中来,随着阿里影视、"腾讯电影+"、百度华策影视等巨头公司的高开高走,互联网影视文化产业链作为一种新型的影视文化生产机制,其优势在于能运用当代最先进的科学技术,迅捷整合从生产资料(IP采购)、生产过程到跨媒体播放平台等流通环节的无缝对接,从而决定了其生产方式的优越性。而互联网大数据又可以帮助投资人有效分析IP的粉丝团基础,预估IP的商业回报,降低投资的市场风险率。从市场调查的角度来说,玛丽苏式的故事之所以受到市场的青睐,是由这类网络小说的在线点击率决定的。

二 玛丽苏式神话的跨媒体改编:故事本位胜于影像本位

技术条件的先进、流通平台的畅通和一定数量的粉丝群体,并不是文化生产取得成功的绝对保证。优越的外在机制还须以优质的内在机制为基础。IP改编是个很具创造性的活动,IP版权的收购并不意味着一劳永逸。不用说从一首歌的IP到一部电影的改编之间需要大量的故事去落实,就是一部情节完整的小说IP要改编成电视剧、网剧、电影也是需要大量精力去增删、去补充,从而使其发生质变。比如李安的奥斯卡得奖电影《卧虎藏龙》,其原著仅仅是个民国时期的三流武侠小说,而陈忠实的史诗巨著《白鹿原》被王全安改编成电影后票房和口碑都惨遭滑铁卢,可见,IP改编存在着从语言艺术到屏幕艺术的跨媒体差异。而其核心问题也许是"我们正在进入叙事混沌时代,传统框架正被涌现中的实验性、激进性企图所推翻,这种企图的目标是在发展着的技术中重新掌握叙事艺术"。这段话所讲的实验性、激进性是针对各种屏幕艺术所需要的新技术而言的,诚然,技术表现手段的发展变化需要根据原来的叙事经验做出调整,并有可能在运用新技术的过程中创造出新的叙事方法。从目前的媒体技术而言，屏幕艺术的叙事方法可以分为以故事为本位和以影像为本位两种。

什么是以影像为本位？"像"可以是事物的第一重外观，也可以是事物的第二重外观。借用索绪尔的所指和能指概念，我们可以说第一重外观强调的是所指，所见即所是。第二重外观强调的是能指，它追求影像本身具有无限解读的潜能，追求多义性，追求隐喻。以影像为本位的屏幕艺术所要追求的是小众精英品位的"思"的乐趣，太高端，太具有先锋性、挑战性，不符合普通大众的审美水准和审美习惯，也非一般的导演能够胜任。所以最为保险的做法，还是以故事为本位，按照普通大众在经验中最为习惯的方法去做。

影像的成像技术经历了从相机拍摄到摄影机拍摄到如今的3D，数字虚拟技术的发展历程，但不管技术怎么变迁，以故事为本位的叙事传统依然要遵循同样的故事逻辑。对故事的依赖就是IP改编为什么要选用那些热门粉丝小说的重要原因，而画面是起点缀与辅助作用的，只要好看就行。

《步步惊心》《大漠谣》《云中歌》《后宫·甄嬛传》《盗墓笔记》《华胥引》《花千骨》《琅琊榜》等玛丽苏式故事，叙事技术都非常成熟，它们主要继承的是源远流长的中国小说传统，自汉代的稗官野史始，经唐传奇、宋元话本，到明清小说一路慢慢成长起来的一套成熟的叙事体例。这套叙事体例的特点就是非常注重故事性，事件的想象往往精彩奇特，而事件之间的关联环环相扣、咬合严密。

三 "自我代入式"写作与时代精神

经典的玛丽苏是"女性向"的——现在的网络作家和网络小说粉丝，女性占据绝对地位。"玛丽苏"是对 Mary Sue 的音译，是20世纪90年代借助互联网从欧美传入中国的。据詹金斯在其《文本偷猎者：电视粉丝和共享文化》一书中所说，其形象原型是 1974 年葆拉·史密斯发表在科幻同人志 Menagerie 第 2 期的 "A Trekkie's Tale"，中的女主人公 Mary Sue 上尉。这篇《星际迷航》的同人小说在原作故事背景基础之上集合了大量自我 YY 的元素，塑造出一个原作中本不存在的完美女性 Mary Sue 作为同人小说里的主人公。她是舰队最年轻的上尉——只有十五岁半，却因聪慧的头脑、性感的美貌博得了原作中各大男主人公的倾心，还凭借自身无所不能的才华拯救了全人类，更难能可贵的是，圣洁的 Mary Sue 最终并没有徘徊在爱情的迷雾中，而是选择了为拯救世界献身。目前在谈到玛丽苏时，经常要谈到的就是"YY""自我代入式""对完美的自我的不加克制的幻想"等。

关于"玛丽苏"是"自我代入式"写作的判断，依据的事实是：（1）同人小说中的"玛丽苏"，本来就是一种粉丝创作现象。就以《星际迷航》为例，在 20 世纪 60 年代晚期，电视剧《星际迷航》热播，以后历时 39 年的持续演播造就了'迷航之谜'或称迷航者（以女性为主体），她们开始集中研究电视和电影，深入分析人物和叙事，做视频或续集以延续这个文本。而粉丝观众和一般观众相比，他们对文本世界的沉迷度是更高的。（2）粉丝作者虚构一个新的人物进入文本世界，这个新虚构的角色其实就是作者的自我代入。（3）这个角色过度完美，完全是对"完美自我"YY 的产物。（4）从文艺的社会功用角度，指责这只是一场美梦，与事实相脱离，没有现实意义。

以上这些观点必须要进行反驳。第一，玛丽苏早已脱离了早先的同人界，而活跃在各种原创界。在国内，大部分的玛丽苏文出现在穿越小说、玄幻小说、历史小说和都市言情小说中，它的隐喻意义早就超越了粉丝对原文的具体指涉；第二，任何写作都属于自我表达，都会有"自我代入"或"自我感觉与自我意识的植入"，把"自我"完全抽空的零度写作在实际操作中是不可能的，所谓完全呈现事物客观规定性的创作，其作者的自我也是隐藏在艺术形象之后的；第三，虽然写作需要一定的幻想，但幻想本身不是写作；第四，不能根据粉丝文化的外在现象——如粉丝群大多为十几岁的少女，就主观武断地去推断同人作者为十几岁的少女。从玛丽苏的一些经典文本，如桐华的《步步惊心》《大漠谣》，李歆的《独步天下》，穆丹枫的《步步惊华：懒妃逆天下》，猫星人的《鬼王的特工狂妃》，流潋紫的《甄嬛传》，海晏的《琅琊榜》等来看，作者完全是心智成熟的女性，文本表达出的是女性在进行一定程度的社会分析之后的幻想；第五，至于说到社会功用，更不能持一元论的观点，要追求深刻的思想，自当去哲理型小说中去寻找；要追求社会批判，自当去革命型小说中去寻找。玛丽苏小说的作家与粉丝群，大多数是女性，因此玛丽苏小说也是给女性大众群体的致幻剂，它通过分享故事的方式来短暂地消弭、抚慰女性在现代社会的心灵痛苦。

本文认为，玛丽苏小说在21世纪的广泛流行，是因为它触及现代女性在"成人化"和"社会化"转型中遇到的精神困境问题，并且提供了一套关于自身社会处境的转喻及一些幻想性的解决方案，即作者都会把一个按照"现实世界的成功学标准"虚构出来的、有个人英雄主义色彩的、理想化的自我代入作品中，是对"完美自我"的幻想。

与传统流行小说中女性总是"性"的幻想符号不同，在"玛丽苏"小说中，"性"和"野心"两种幻想都统一起来，这当然和我们这个时代女权主义运动高涨，女性的社会化要求越来越高有关系。如2015年1月在网络媒体、手机媒体上发生的"围观周国平直男癌"事件，就在一定程度上说明了女性对自我社会主体性的话语建构已经取得普遍成效。但在社会现实当中，女权运动的理念是种理想，在不同层次的女性群体中，她所享有的权利、她所怀有的抵抗能力是不同的，对于那些处于中低层的女性来说，女权主义理念对于她而言既是一个希望，也是一个压抑性的力量，她一方面借助它建立了理想化的性别偶像，另一方面却又还不具备充分的能力去面对甚至去有效消弭与男权意识形态冲突分裂出现的鸿沟。这些都导致了女性一种普遍的心理挫败感，这种从家庭到社会的双重身份危机，在玛丽苏小说中转移为一种替代性满足的幻想，无往而不能，无往而不胜，在痛苦的逆袭征途上必定战胜各种磨难，磨难越多，就越能安慰粉丝受难的心情，也越能转化成程式化的隐喻。最后，心灵的内在层面和身份的社会化层面都要达到人生的巅峰。关键的是，中式玛丽苏对庄子哲学的逍遥游精神都是深有领悟的，齐万物、一死生，睥睨天下，又追求生命的自由。

玛丽苏式神话其实是灰姑娘神话的升级版，它只是在灰姑娘的爱情维度上再加上事业维度。大众文化里的灰姑娘叙事所传达的是底层人们对自我机会的幻想，它渴求顶层社会对自己的接纳，并怀着用自己的道德优势来改良已经被权力和资本所败坏的社会人心的目的。她（所有的灰姑娘）身处底层社会之中，却渴望进入顶层社会，仿佛只有顶层社会对她的接纳，才能说明这个社会是平等的、是良知尚存的。在这样的故事里面，弱者把所有的幻想寄托在机遇、神遇、魔法等各种各样的神奇力量里，它说明了女性实际上的配角地位。

玛丽苏式神话是后工业时代凸显强烈的女性自主意识的自恋型文化。在后工业时代，生产方式的信息化和智能化使得女性可以更全面地展开与男性的竞争，玛丽苏的舞台主要是在社会生活中，她的美貌、个性、智慧、才华、绝技、胆识等全部都是征服世界和征服男性的武器，她集合了男性气质和女性气质的全部优点，她闯入原本属于男性的秩序体系，要求重整全部世界的价值信念。这反映了当代女性要求主动介入社会、重整性别意识形态的乾坤及与男性共同分享顶层世界的幻想。玛丽苏式神话对女性形象的建构比灰姑娘神话更有深度，更有主体性，但对"完美"的轻率幻想又使其容易堕入庸常的文本表达中。这是一个处在精英和大众之间的模糊地带的女性幻梦，在她对自我进行无节制的幻想的同时，还无节制地幻想着"众人们"的赞美式凝视。同时，不同于灰姑娘的单一女性气质，玛丽苏气质是混合两种性别优势的，因此，很容易跨越为男性版本，这样，玛丽苏从原本比较单一的女性形象转化为可以跨性别的双向形象，也从一个为女性建构的社会幻想转变为社会两性的共同时代问题及其幻想。《太子妃升职记》则干脆让现代都市男子穿越成古代太子妃，让她的身体里封印着一个男子。

当今天的城市化进程已经迈入后工业化时代，两性平等的理念慢慢与社会分工实践相融合，我们的性别建构自然会慢慢改变。因此，在这通向成功但尚未成功的路上，梦想已经建立起来，玛丽苏也好，杰克苏也好，梅长苏也好，她（他）们照亮了无数城市平民的梦。

结 语

玛丽苏小说的盛行，是因为它把握到了这个时代普通人的精神脉搏，写出了他们的诉求和向往，不管它有多少种变体，多少维时空，多少个故事，但精神内核始终刻着"时代之我"的烙印。它的网络 IP 被广大的粉丝群点击分享，从而引起了影视圈产业链的注意，然后被大量的资本注入，翻拍成电影、电视剧、网剧、网络游戏……它是一个创意，一个版权，也是一个梗，在这个多媒体融合时代的互文性文化圈子里成了一个王。

（原载《探索与争鸣》2016 年第 3 期，此处有删节）

3. 英雄的悲剧、戏仿的经典

——网络小说《悟空传》的深度解读

林华瑜

长篇小说《悟空传》由作者今何在（本名曾雨）最先在新浪网发表，并很快赢得广大网民读者的青睐。2000年圣诞夜，今何在获得榕树下原创文学大奖赛的最佳人气大奖，2001年年初光明日报出版社出版该书，立即引起图书市场的轰动。不久前中国电影集团公司与作者今何在正式签约，重金购买了《悟空传》的影视及动画的全部改编权，中影公司决定投资数千万元人民币，用三至四年时间将《悟空传》搬上银幕，将陆续推出动画电影、动画电视剧及真人电影三个版本。自《西游记》问世以来，续本或改写本不计其数，迄今为止，有如此蓬勃生命力的西游文本实不多见，更何况《悟空传》最初的文本生长、漂浮于网络文学的汪洋大海里，在那里一部作品的出生往往就意味着死亡。在无数网络写手中间，作者今何在也只不过是一个24岁的毛头小伙子。是什么原因使得《悟空传》赢得如此令人咋舌的热烈喝彩？作品本身的思想深度与艺术含量究竟如何？作为网络文学，它的存在表征了什么样的文化意义？对于拥有如此社会阅读影响的文本，有的批评仅仅以一句"文化快餐"

概而论之，笔者在阅读作品后觉得这样的论断似乎有失公允，也过于简单。事实上，比起此前流行于网络空间的《第一次的亲密接触》，《悟空传》无论在思想的深度、广度还是艺术的试验探索上都呈现出更高的追求，即使拿它与"正规"文学圈子里许多所谓的"纯文学"作品比较，《悟空传》仍然有其不可替代的艺术魅力。我个人认为它一定程度上是网络文学在经历一段时间的酝酿、发展后的自然结晶，因此有必要对其进行深度的探析。

一 作为宿命的英雄的悲剧

掩卷之后，我的第一感觉是《悟空传》叙事结构交叉往复，叙事时间不断穿梭于过去（前因）与现在（后果）之间，叙事空间在天界、人界和灵界跳跃不居，小说主题相当繁杂，很难用一句话或几个关键词做出恰当的内容概括。这里既浓笔书写英雄对命运的不屈反抗，也不时流露英雄的油滑与庸俗，既有天蓬和月女神、小白龙与唐僧的纯真爱情，也有对沙僧的愚昧性格的嘲弄鞭挞，而且还浸透着一种关于命运、关于宗教的哲性思考。小说在一些地方没有褪去《大话西游》的痕迹，一些人物甚至某些"俏皮"的语言也是直接转换过来的，但在格局与气势上，《悟空传》显得更为磅礴，两者不可同日而语。思索之余，我觉得作品最能打动人心的既不是浪漫的爱情絮语，也不是"我要这天，再遮不住我眼；要这地，再埋不了我心……"般的豪情与壮举，而是弥漫在作品里那种浓郁的、成为英雄宿命的悲剧感。

从书名上看，孙悟空是小说的主要人物，但如果我们以英雄悲剧作为解读的出发点，则可以看到作品里的其他人物，包括猪八戒、唐僧、沙僧，甚至作为最高意志的如来，都莫不是一个悲剧性的人物。猪八戒历尽艰辛、苦苦守候的爱情既令人感动，也叫人扼腕；唐僧虽然与天扬论法歪打正着，取得胜利，但始终参不透"既带我来，又不指我路"的生存之谜，就连死在悟空棒下也不明不白，枉费小龙女一片深情；沙僧在神仙当中是受侮辱和损害的卑贱者，而当孙悟空与众神对峙时，他又为虎作伥，实为奸邪之徒，他的身上凝聚着难以觉醒的庸众性格，当他颤抖着把费了五百年才修复的琉璃盏捧到王母面前时，"王母接过盏，看了看：'我要这东西还有什么用呢？'她一松手，那盏坠下，重新摔成粉末"，其人其情着实令人可悲可叹；弟子金蝉子与佛祖如来打赌，最终的结果是如来自甘服输，因为孙悟空"宁愿死，也不肯输"，最终赢的是始终反抗的那个悟空，也就是说，天地间还有东西能跳出如来的手掌心，这不仅是徒弟对师父的胜利，也是反抗意志的胜利，不过是以失败（选择死）的方式取得的。如此一来，不仅消解了最高意志代表者的权威，亮出他的无力，也使一切意义的生成，包括反抗以及悲剧本身的意义能量都在这个环形中若有若无。何谓胜利？何谓意义？何谓跳出与跳不出？一切既是意义不断生成的泉眼，又是无法破解的谜团，所有这些人物共同营构的悲剧形成了一个巨大的宿命轮回，让人感叹唏嘘。

二 戏仿与文本的颠覆力量

作品主要是通过戏仿化来实现文本的颠覆力量，在颠覆经典的过程中实现作者的创作意图，取得最终的艺术效果。《悟空传》就是一部对《西游记》和《大话西游》的戏仿之作，人物和故事框架以这两者为底线，但行文中更透出与这两个文本的"戏仿"对话，不过，对《大话西游》的戏仿主要是话语形式层面上的，而对作为中国文学经典的《西游记》则是深层的。《悟空传》的主要人物是《西游记》唐僧师徒人物形象的新改写，"仿"在这里是最基本的也是必要的，众多的"前因"似乎是对《西游记》的叙事做出某些补充，也是在为新文本建立意义的过程，行文中似乎并不见《西游记》的踪影，但作为经典的《西游记》文本始终是叙述过程一个隐身在场者。最后两章里，另一个六耳猕猴重蹈孙悟空的旧事，既是从前的孙悟空的"复活"，实际上也不妨看作另一种象征——传统经典文本在当代传媒——网络上的复活、延伸与新发展。

除了"仿"以外，《悟空传》更表现了对经典文本"戏"的精神，一是表现在人物形象上，比如将唐僧性格置于"圣"与"俗"的两极境地，使读者在对唐僧做价值判断时更加迷惑、复杂；猪八戒不再是《西游记》里"调戏"嫦娥的"呆子"，而是光彩照人的绝世恋人；沙僧默默无语的忠厚形象在新的文本里转为愚庸奸邪的小人；而对于孙悟空，他的形象更是跳跃动荡，甚至不时突出他的"市井混混"模样和猥琐化特征，他不承认自己打死了唐僧，有抵赖耍泼之嫌，无事生非，胡搅蛮缠，一任自我意志行事，在道德上既不完满，行动上也谈不上光明磊落，和《西游记》的"孙大圣"简直有天壤之别，不过，新的孙悟空显得更有人情味，这也是戏仿的效果。二是叙事的狂欢化，狂欢与"戏"的精神极为一致，是戏仿的一种高级境界。通过戏仿，《悟空传》与经典文本《西游记》构成了颠覆的关系，前者的艺术力量通过后者得到辐射放大，阅读起来也更觉轻松，相信许多人会在阅读过程中都会捧腹大笑，就在这笑声里，经典的权威已经悄然坍塌。

三　悟空情结与一代人的文化理想

如果从更深的意义解读《悟空传》，我们还可以看出，无论是英雄无可解脱的宿命悲剧，还是作为一种艺术策略的戏仿，都暗含有《悟空传》的作者及钟爱它的读者这一代人文化精神上的象征意味。"我要这天，再遮不住我眼；要这地，再埋不了我心；要这众生，都明白我意；要那诸佛都烟消云散"！这短短几句话能如此深得众多年轻网友的青睐，也可以看出大部分读者从文本中所拾取的，主要还是那种带有理想色彩的浪漫情怀。

　　西游英雄的宿命悲剧和20世纪70年代人的心路历程在一定意义上确实形成了同构，即如作者今何在所说："其实写作就是借题发挥""每个人的理想，一出生的理想，在无奈的生活中被压在五行山底了。"和20世纪80年代人相比较，由于后者一直置身于这个业已成形的现实语境，他们的理想化情结并不如70年代人强烈。在80年代人那里生存和游戏可以做到二位一体，在70年代人那里却存在无法消弭的内心分裂，所以即使70年代人选择游戏，但在心里仍有一抹挥洒不去的纯情，就如同《悟空传》选择了戏仿，颠覆的只是经典文本而不是文本的悲剧内质，同样，这一代人即使反叛也只是一种姿态，传统和理想的重负不是说卸下就可轻松卸下的。确切地说，这样的戏仿中更包含着一种无奈，有不满，有愤怒，有自嘲，也有独自神伤。作为21世纪初的一个文化样本，《悟空传》的文本和它的作者、读者以及网络评论者一起，共同表达了一个饶有意味的命题。本文的解读也许有过度阐释之嫌，但我想，最后的命题提出也许并不过度。

（原载《名作欣赏》2002年第4期，此处有删节）

4. "遗忘"：叙事话语和价值态度

——评慕容雪村的网络小说《成都，今夜请将我遗忘》

姜 飞

慕容雪村肯定是2002年中文网站上最引人注目的网络写手，被《新周刊》等多家媒体评为"2002年度网络风云人物"，而《成都，今夜请将我遗忘》亦被"新浪"等网站评为2002年度之"最佳网络小说"，小说版权甚至卖到了海外。

小说写了"一个普通的城市居民"陈重，"在物欲横流的城市中一点点沉沦"的故事，"他沉醉于放纵的生活，蝇营狗苟，斤斤计较，与上司和同事钩心斗角，与最好的朋友时远时近，甚至勾引对方的未婚妻；他爱自己的妻子，却不知道珍惜"，到了最后，"一切美好的东西都被戳穿了，陈重在灰色的天空下开始质疑人生"——这是作者慕容雪村对小说的概括。但是，当我们按照作者的提示进入小说的时候，我们其实很难发现什么真正的问题。故事本身及其轻巧流畅的叙述很容易使读者与主人公陈重一道止步于"质疑人生"，而不能回过头来"质疑"这部小说。小说的确具有风行一时的所有要素：在流畅而富于机趣的文字间，有欲望的真切萌动，有动人的颓废、感伤，有对"万劫不复"的青春、理想与大学时光

"深情无限"的追怀，有"浪漫而怀旧"的诗意和歌声，有成都的粗口和噱头，有商界的精彩缠斗，有人际的阴谋、背叛和复仇……许多挂在网上的大学生和"白领"们被小说吸引了目光，迷醉于小说的情调和所谓的"质疑"。然而，真正的问题却被遮蔽了。

真正的问题在于"遗忘"。在小说中，"遗忘"是一种叙述方式，一种老练的话语策略。而如果我们放宽眼界进一步思索，"谁被遗忘"则更是一个深刻的关乎价值态度的大问题，这个问题尖锐而真实地存在于这个时代的写作和生活之中。对于《成都，今夜请将我遗忘》而言，仅仅用一种传统方式去分析人物形象显然不够，重要的是作者的叙事——尤其是叙事的元素和视角显示了人物的"形象"，更体现了作者的目的性和潜藏于文字与人物形象背后的意识形态。

在这部小说的叙述中，有两组元素相互交错，共同推进小说的故事流程：一是堕落与放纵，二是质疑与反思。这两组元素构成小说的叙事主体。每一次从"堕落与放纵"到"质疑与反思"的叙述都组成小说的一个叙事单元，这样的叙事单元在小说中共有11个，而小说在每两个叙事单元之间都隐藏着一个叙事策略："遗忘"。"遗忘"是小说主人公陈重的行为逻辑，也是小说得以展开的话语方式。

《成都，今夜请将我遗忘》告诉我们：第一，大体言之，网络文学也是一种市场化的文学。为了畅销，纸媒的文学堕落同样也存在于网络，点击率就意味着市场。慕容雪村评论《重庆孤男寡女》的文章，标题叫"失忆年代，虚假悲欢"，这也可以说是自评，在"失忆"（或遗忘）的年代，网络文本制造出来的"悲欢"确实虚假，真实的只是对点击率和市场的绝对关心。之前有痞子蔡浅俗而"纯情"的《第一次亲密接触》，今日有慕容雪村放纵的《成都，今夜请将我遗忘》。他们在网络上、书市上和现实中引人瞩目的成功必然会产生有力的示范作用，使跟进者为了点击率而奔波于"网"中。谁都看得出来,人们心中曾经有过的网络文学"非中心化(decentralization)"迷梦今天已经破产了。今天的中文网络文学正在不断制造新的写作明星,他们就是取得市场成功的痞子蔡、安妮宝贝和慕容雪村等人。从理论上讲,他们的写作本来属于"非中心化"的网络写作,而他们却戏剧性地成为新的中心。这里,"中心"不但是指他们作为网络文学兴起的几年来涌现出的网络文学名人的中心地位,而且也指的是他们所坚持的写作本身、他们的写作方向和写作模式。实际上他们的写作已经成为风尚,这是更为深刻的"中心化"。

第二,网络文学大体上也不是许多人所认为的没有门槛、真正自由的文学。凡是执着于点击率者,都会倾向于"无限"地靠近那个吸引眼球的"中心"(即时尚的模式和市场的"好望角""'性'大陆"),所以都不会自由。而抬升点击率的因素更像是电脑屏幕一样锁定了大量写作者的眼睛,也使他们敲击键盘的双手如负镣铐,毫无自由可言。慕容雪村举起写着"纵欲"二字的双手向市场投降了,市场回赠他以名利。他失去的是自由,获得的是"成功"。可见,包括慕容雪村在内,网络写手们受到了消费主义时代强大市场的强力牵制,自由的价值并未在中文网站的文学写作中像人们曾经预期的那样真正体现出来。

第三,正如《成都,今夜请将我遗忘》所显示的一样,今日的网络写作不关心他人,不关心他人的苦难,这里没有工人、农民和一切底层人民的声音,没有坚硬的、艰辛的真实生活,只有"小资"们、"下半身"们的无聊抒情、消费表述和纵欲狂欢,在某种意义上,这正是当今某方面社会生活的缩影。面对底层和他人,这些网络写手最大的关注也不过是冷漠地隔岸观火。在我们这个时代,网络写作从一开始就已经在反对所谓"宏大叙事"的宣称之下沦为极端狭隘的文字堆积。这里的"狭隘"不但指今日网络写作所面对的人生和世界的狭隘,而且也指价值层面的道德狭隘——狭隘到拒绝关注他人,在消费主义的时代消费一切(包括物质和他人的尊严),而让自己彻底解脱社会责任,失去良知良能。

(原载《文艺理论与批评》2003年第2期,此处有删节)

5. 盗墓小说的魔力之源

——剖析南派三叔的《盗墓笔记》

梁 沛

为什么游戏大人热衷,小孩喜欢?曰:游戏刺激,好玩;为什么《盗墓笔记》一直排在今日小说排行榜网前列?曰:盗墓刺激,好看;为什么游戏大人、小孩难以戒掉?曰:游戏有魔力;为什么《盗墓笔记》好看?曰:《盗墓笔记》有魔力。

长沙镖子岭盗墓时挖到了一部战国帛书,但这些土夫子在地下碰到了诡异的事,最后只有一个土夫子存活。五十年后,存活的那个土夫子的孙子("我")在一个金牙老头子带来的一张战国帛书里得到了一张古墓的地图。于是"我"在三叔的带领下前去山东盗墓。在盗墓过程中,"我"结识了闷油瓶和胖子,并经历一连串的恐怖、诡异事件,几乎搭上了自己的小命,然而谜团涌现,并由这些谜团引出了后几次的新古墓探险,如海底诡异船墓、秦岭上的万年神木、崇山峻岭中的天宫雪墓以及蛇沼鬼城的西王母墓。这些恐怖和诡异的事件给人营造了一种惊悚的气氛,而那些谜团和悬念又激起了人们的好奇心,让读者能在惊悚、紧张和困惑中获得不同于其他类型小说的刺激。

一 传奇：来自故事的魔力

《盗墓笔记》的第一季一共写了五个墓，这五个墓总的特点是新奇、诡异，总有一些让人意想不到的事物。在去盗鲁王宫时出现的有着一排排骷髅的尸洞、长着人脸的蜘蛛、尸鳖、血尸、青眼狐尸、食人的九头蛇柏；在海底墓中出现的可以夺人命的枯手、有着可以当武器的大量头发的禁婆、有着狰狞的巨脸的海狮子；在秦岭古墓中出现的具有神秘力量的青铜神树、戴着人形面具的猴子、可以在宿主体内繁殖的螭蛊、一种叫烛九阴的巨大毒蛇、物质化人；在云顶天宫出现的百足神龙、尸胎、十二只手的男尸、人面怪鸟、食人的口中猴、阴兵；在去西王母墓时出现的可以使人丧命的鳖王、可以学人叫的"野鸡脖子"蛇、巨大的蛇母等。这些事物在我们现实生活中是从没遇到的，可以说是不可能遇到的，难以用科学来解释的，使得整本书带上了新奇和诡异的色彩，吸引读者的兴趣。

盗墓在中国有着悠久的历史，但我们对这个行业的具体情况并不熟悉，在看了《盗墓笔记》之后，我们才发现原来盗墓并不是那么容易，会遇到很多新奇和诡异的事物，过程是充满惊险的，一不小心就会被夺去性命，这为盗墓渲染上浓浓的神秘色彩，为整本书添加了传奇性的魅力，更加激起读者的阅读兴趣。

二 悬念：来自结构的魔力

这是一部还没完结的小说，我们根本无从预测它的结局，它是由一连串的谜团构成的，充满着悬念。就拿第一季来说，每一卷都会留下很多谜，这些谜会随着故事的发展而不断解开，但是旧的谜团解开了，新的谜团接着来。如闷油瓶本身就是一个谜，他有着神秘的力量，他的血液非常有用，是血尸、尸鳖和那些毒虫的克星，在云顶天宫里，他混进了阴兵，后来又平安无事地出现在"我"的面前，他为什么能够拥有那些力量，他究竟是人还是鬼呢？三叔也是一个谜，他的行为也是非常神秘的，在盗完鲁王宫后，他就失踪了，直到在云顶天宫那里才遇到他，后来又发现他并不是真正的三叔而是解连环，他究竟有什么目的？还有文锦的考察队，他们在二十年前失踪了，被一股神秘的力量控制着，二十年后他们的容貌不变，但要面临着变为禁婆的命运，那股神秘的力量究竟是什么呢？这个谜团也没有解开。就像小说里写"我"的心理疑惑："在整件事情中，还有很多我不了解的部分，比如说，我真正的三叔在哪里？闷油瓶的真正身份是什么？小时的文锦到底去了哪里？终极到底是什么？那地下的巨大遗迹到底是谁修建的？文锦那批人到底是什么身份，他们到底在进行着怎样的计划？"可以说，整部小说就是由一个个谜团组成的，充满悬念，让人忍不住想继续看下去，想知道那些谜团最终将怎么解开。这些谜团也为这部小说增加了悬念性魅力。

《盗墓笔记》的写作手法、叙事方式、悬念设置以及氛围创设都十分高超，尽管里面难免有些逻辑上的冲突（而且现在很多都纠正过来了）。整个故事的讲述呈现的是一个面，其中有数条线同时进行，继而在某一个点产生碰撞和交集，从而使读者对整个事件的感受更为丰富，故事细节更为丰满。试想《笑傲江湖》《红楼梦》等小说翘楚，无论哪部优秀的作品，丰富的人物和多分支的情节主线都是必需的，相比之下，《盗墓笔记》这方面还是做得比较出色。

三 知识：来自文化的魔力

《盗墓笔记》汇集了各种学科知识，如风水学、历史学、建筑学、古董知识等。汪藏海是明代的建筑师，他用风水学来设计坟墓，如在《云顶天宫》中写到汪藏海利用风水学中的"'昆仑胎'是天定的宝穴"这一理论设计了一个假的"昆仑胎"来迷惑盗墓者。还有，汪藏海把三条鱼放在不同朝代的坟墓里，就是根据风水学来放的，那三个墓地在地图上连起来就是一个风水局。如陈四解释："你看这几个点，连着长白山脉、秦岭、祁蒙山系、昆仑山脉入地的地方，这叫千龙压尾。中国的几条龙脉在地下都是连着的，这整合着风水，整条线上聚气藏风的地方自然数不胜数。你下的这几个点，都是很关键的宝眼，因为这条线一头在水里，一头在岸上，所以叫出水龙。"小说里写到了各个古墓的有关历史，介绍古人是如何祭祀的，如凉师爷对"我"介绍商代和西周时代的祭祀方式：祭祀土地，就把人活埋；祭祀火神，就把人烧死；祭祀河神，就把人丢河里去。这部小说还多次用到建筑学的知识，如在《怒海潜沙》中写到他们运用建筑学的原理把墓炸出一个洞来逃脱困境，还有《蛇沼鬼城》中，"我"利用建筑学的三角力学，用藤蔓和托架配合自己的体重做牵引吊具来救比自己重的胖子。

这些知识满足了读者对各种文化元素的阅读需求，让读者了解到盗墓是跟各种学科联系在一起的，这也为小说添加了知识魅力。

无可否认的是，古代人真是智慧无边，很多神秘的事情现代人也解释不清楚。像古埃及的金字塔、中国的长城、英国的百慕大，我们只能用现代科学进行比较牵强的解释，而没有发现它的本质。所以"我"对鬼神之类的超自然现象是心存敬畏的，人类的文明即使发展到令人难以置信的高度，或许也会被某种灾难摧毁还原到一个低级的形态。

四 人性：来自心灵的魔力

看了这部小说后，我感触最深的是小说中所体现出的人性之善。盗墓是非常惊险的，经常会遇到困难，在面对困难时，里面人物的做法不是大难临头各自飞，而是通过相互团结和努力来解决困难。如潘子面对成千上万只尸鳖时仍旧面不改色，只为帮助同伴逃离古墓。他和三叔并不是真正的父子，但他把三叔看得比自己还重要，为了救三叔，他多次遇险，遇到再大的困难，他都不怕；阿宁为了寻找自己的队友，不顾危险，连夜进入鬼城；三叔尽管并不是"我"真正的三叔，但他却一直把"我"当侄子看，不想把我扯进谜团和危险之中；在蛇沼中，"我"几乎都要丢掉自己的性命了，但是"我"还是舍不得丢下奄奄一息的胖子，拼了命也要救他；在西王母的祭祀台中，"我"坚持要等闷油瓶和文锦，直到最后实在是没有食物才离开。离开时，"我"还把仅有的食物留给可能已经死了的文锦，最后饿着肚子逃亡……每次遇险，都是经过团结、努力想办法度过的。每次离开古墓时，也都是经过重重考验。如"我"和胖子们被困在墓室时，就是通过大家一起想办法才逃离那个永无止境的死循环。人物体现出人性之善，为小说增添了人性魅力。

作为一种新兴的网络文学类型，《盗墓笔记》是一本充满魅力的盗墓小说，小说里描写的事物新奇、诡异，刺激着读者的感官，使读者感受到了传奇的魅力；小说是由一连串的谜团构成的，使读者感受到了悬念的魅力；小说里汇集着各种学科知识，使读者感受到了知识的魅力；小说里的人物是充满人性之善的，他们有着团结与努力的精神，使读者感受到了人性的魅力。

（原载《戏剧之家》2014 年第 7 期）

6. 一部"抓人"的网络军文

——评丛林狼《最强特种兵》

欧阳友权

丛林狼（廖诗群）的网络小说《最强特种兵》，先有网上大量粉丝跟踪阅读，后将第一部分下载成书，分三大卷，每卷40万字。这是一部好看、易读、有味的网络军事题材小说，曾在腾讯文学网销售榜排名第一，在"和阅读"历史军事销售榜上排名第一。其对读者，尤其是对喜爱军事题材的读者具有难以抗拒的吸引力。在同类题材的网络小说，如《兵王》《弹痕》《第五部队》《狼牙》《狼群》《兵王归来》《至尊兵王》之中也是写得更为精彩的一部，读起来有一种"拿得起放不下"的感觉。

一 好看在哪里

首先是故事抓人。作者是讲故事的高手，全书讲了一个"热血军人英雄梦"的故事。主人公罗铮本是西北边防哨所的一名19岁的新兵。哨所突然被恐怖兵团——野狼佣兵团偷袭，9位战友全部牺牲，他因外出运送物资而侥幸存活。为了复仇，他在追击野狼佣兵团时偶遇特种兵王美女蓝雪，从而踏上了"特种兵狙击手→普通兵王→精英兵王→最强兵王"的成长之路。作品有翔实的特战描写、丛林狙击,有别出心裁的战术设计,有新奇的武器装备,有险象环生的异域搏杀,是一部由一长串励志英雄故事组成的网络军文。热血、坚强、忠诚、胆识和成长,构成了这个故事动人心魄的精神,奏响了一曲现代军人英雄主义的壮烈凯歌。

作品设置了一条明线和一条暗线:明线是罗铮、蓝雪等特种大队官兵与外在强敌野狼佣兵团、轮回杀手组织、雪熊特战大队、皇家御用菊花忍者、青龙寨地方黑恶势力等生死搏杀,在强大的对手面前完成一个个异常艰险的战斗任务;暗线则是与军中黑手宋氏家族的私仇暗斗,包括军区政委宋海天,以及宋涛、宋阳、宋立(集团军少校参谋)、宋智、宋岩(副市长)等。宋家势力的阴险恶毒——暗中与境外恐怖分子勾结,让野狼佣兵团设埋伏、炸飞机,让轮回组织抓人质,设计借刀杀人等,让罗铮、蓝雪等人的搏杀腹背受敌,增加了特种战斗的难度和故事的曲折性,也为小说的"抓人"找到了更多的卖点。

小说中一场场生死搏杀的战斗惊险刺激、扣人心弦。大的战斗就有:边哨惨案;全国特种兵大赛,以实战代赛,罗铮负伤返回,为所在大队争得荣誉;组建幽灵小队,去边境打击运毒队伍,摧毁野狼佣兵团基地;去巴基斯坦解救人质(蓝雪),打击轮回杀手组织和瓦塔游击队;狼王京城复仇,罗铮被押为人质,历经残酷生存,返回时与雪熊特战大队作战;罗铮加入国刃特战大队后,参加全球特种兵大赛,去非洲草原大漠直捣野狼佣兵团老巢,杀死狼王,并与山姆国、雪熊国、倭国特种兵斗智斗勇,去罗铮乡下老家青龙寨打击当地黑恶势力,保护乡亲利益;完成军工所保安任务,保护科学家林树森,保护重大军事科研成果,顽强战胜菊花忍者;克服原始森林重重困难,摧毁倭国毒素研究基地;蓝雪率小队摧毁冲岛倭寇军事基地,杀死敌人将领等。一个个战斗首尾衔接,紧张激烈,每一场战斗都是生死考验,都是看似不可能完成的任务,最后都化险为夷,英勇凯旋。这样的战斗描写让读者不断绷紧心弦，不断释放悬念，跟着巧妙设置的英雄故事不知疲倦地读下去。

其次是人物传神。罗铮是贯穿小说的中心人物，作者让一条主线贯穿到底，使作品只有一个中心的聚焦点，体现了网络小说的典型特点。罗铮是英雄也是常人，他在小说中是变化的、成长的，唯一不变的是他坚强的意志和崇高的灵魂。他数次九死一生，历尽重重磨难，靠着坚强的毅力，良好的身体素质，怀抱忠诚和爱情，以勇敢无畏的品质，刻苦训练的精神，终于从普通新兵成长为普通兵王、精英兵王和最强兵王。他身上所体现的精神气质正是特战大队和中国军人的品质：国之利刃，为国而战，为民出鞘，只有战死，决不跪生。罗铮有血有肉、有棱有角、可爱可亲、品格高尚，但这个人过于完美，过于理想化，有时显得不够真实，但这种理想化的人物处理方式也许正是网络写作所需要的。

另一个主要人物是最强兵王蓝雪。她是高干子女，一个智勇双全的美女军人，不仅武艺高强，一身本领，而且聪慧过人，胆识超群。尽管追求者甚多，但却是一个孤傲的"冷美人"。作为罗铮的导师和恋人，蓝雪不愿屈从于宋氏家族的"娃娃亲"，讨厌宋阳，独爱罗铮，二人并肩战斗，出生入死，燃烧出战火中的青春和爱情。

小说所写的英雄群像也都栩栩如生。他们是一群同生共死的战友，个个身怀绝技，如鬼手的快刀术，山雕的心狙术，酒鬼的醉拳和飞针技法，雪狐的打穴技，炊事班老常的手功等，技艺惊人、生动形象，个个都让人印象深刻。

那些作为对立面的人物形象，作者也都能颇具匠心地让他们以独特性的面貌呈现出不同的个性特点。如对野狼佣兵团和他们的头领血狼、孤狼、狼王，突出他们的复仇性格和追杀行动；对轮回杀手组织、雪熊特战大队成员突出他们残忍；对菊花忍者突出他们的狡猾暗杀能力；而对于军内高层的败类宋氏家族则写出他们复杂的社会关系，突出邪不压正的必然结局。

再次是小说很善于刻画美女角色，她们各美其美，均让人过目不忘。在美艳动人的大前提下，写蓝雪突出她的孤傲和作为最强兵王的强悍；写蓝星则突出其古灵精怪的性格；水美人吴淼作为军医，凸显的是她的柔情似水；而对宋氏家族中唯一的好人宋韵，突出的是单纯和善良；即使落墨不多的桂芳（鬼手桂离的妹妹），也给人以心地纯洁、情感饱满的艺术感受。

最后是知识开眼。小说有许多特种兵军事知识的描写，让人大开眼界。特别是作品所表现的特种军事技能知识，虽显得十分专业化却不让人感到枯燥，因为它们总是和故事情节、特定场景相关，与作品内容是水乳交融的。罗铮一级一级训练的丛林生存、搏击格斗、体能极限、神枪狙击、海陆空渗透、斩首、护卫、反恐、解救人质、特种侦察、装备运用、信息化作战、国际通用语学习，以及袭扰破坏、敌后侦察、窃取情报、心战宣传、反特工、反偷袭、反劫持，还有山地、丛林、雪原、沙漠、城市等不同地形作战的战术技能等，让读者应接不暇，在获得知识的同时，也获得许多艺术享受。

小说对武器装备知识的描写也非常丰富，让读者眼界大开，如枪械知识上，细致描写了特种兵使用的 95 式突击步枪、m99 式半自动狙击步枪、巴特雷 m82a1 半自动反器材狙击步枪、多功能军刀；在军事装备上，描写了现代特种部队使用的蜂鸟侦察机、全地形车、红外线探测仪、运动感应器。还有在针对不同战斗场面和敌人特点所描写的狙击绝招、巧设陷阱、临时布雷、临时炸弹，以及罗铮作为特种兵所具备的特殊直觉能力、祖传呼吸之法等，都是难得一见的艺术亮点。

二　为什么好看

《最强特种兵》之所以好看，能够写得故事抓人、人物传神、知识开眼，首先源于作者十分突出的语言表达能力。小说的语言干练、迅达，句式较短，用词通俗却十分精准。如：

> "一枪，两枪，三枪……"罗铮边跑边数着对方开枪的次数，不断跑着避弹步躲开射击，拉进了和对方的距离，两个人一追一跑，速度都不慢，罗铮没想到对方耐力十足，体力也不错，显然是个高手，恼怒不已，咬牙狂追，耳边只有呼呼的风声，眼睛死死地锁定目标，举起了手枪。
>
> 一百米，八十米，五十米，距离越来越近，罗铮精神大振，情绪高涨，冷静地瞄准对方大腿，准备抓活口。奔跑中，罗铮凝神、静气，掌握对方奔跑的速度和节奏，正要开枪，忽然，对方停了下来，转过身，将手枪丢到一边，冷冷地看过来，大口喘气。
>
> "哟呵，想单挑？"罗铮怒极反笑，冲了上去，在距离五米远的地方停下来，收起了手枪，冷冷地说道，"小子，不跑啦？"然后紧紧地看着对方，暗自戒备。
>
> ——第三卷第 213 页

这样的表达句式简短，用词通俗，却表意清晰，形象生动，显得精练而有效。我们看到，小说对人物、场景、战斗过程、战略战术运用、敌我力量对比等，往往三言两语就交代得明明白白、清清楚楚，颇显语言功力，毫无做作之态；对特种兵的生活、训练、工作环境、人际关系描写均能要言不烦，不拖沓，不累赘，与作品所写的故事、人物十分匹配。

其次，小说的叙事节奏十分明快，与特种兵战斗故事的内容表达十分吻合。由于叙述方式简练，整部小说显示出快节奏、强叙事的特点，很适合网友阅读。作品没有过多的环境描述和背景交代，也没有什么心理刻画，往往开门见山，不绕弯子，不作铺垫，直接写人、写事、写战斗，尽快进入角色。大大小小几十次战斗、几十个人物，都尽量使用镜头语言去表现，让读者像看电影一般感受到一幅幅画面，生动形象，历历在目。如：

"报告，跑了一名西方人，身高一米八左右，体重目测85公斤左右，戴灰色太阳帽，墨镜，上身皮夹克，下身灰色休闲裤，耐克运动鞋，我让两名兄弟继续追击去了。"一名警卫小队长跑来汇报。

郑铎看向罗铮，罗铮想了想，说道："算了，将情况告诉警察，让他们协助抓捕，你们的人马上撤回来布防，以防万一，敌人想制造混乱渗透进来，失败了也未必会放弃，我们不能大意。"

——第三卷第 276 页

这样的语言表达话语简练，语速较快，言简意赅，毫不拖泥带水，与特战故事的内容风格是一致的，或者说为所要表现的内容找到了最恰当的表达方式。

最后是细节生动。作者善于抓住特定战斗场面、人物动作和战术运用的瞬间，来表现战争的残酷和特种兵的勇猛精干。如：

等探照灯扫过去后，大家忽然暴起，鬼魅一般朝前面冲去，弓着腰，脚下健步如飞，身体随着奔跑起伏，形成一道完美的流线，以肉眼难辨的速度穿过公路开阔带，一个飞扑卧倒在一片绿草地的椰树阴影下。蓝雪冷着脸警惕地观察四周，一对眼眸在夜色下格外明亮，闪烁着浓浓的战意。确定没有被发现后，给两旁的战友打了个手势，鬼手、雪豹、山雕和勾魂迅速闪开，幽灵一般消失在夜色中。

——第三卷第 389 页

搏杀血狼、巧杀孤狼、怒杀狼王，写轮回杀手组织、雪熊特战大队、野狼佣兵团的复仇和追杀心理,与倭国菊花忍者的斗智斗勇,在原始森林与蝎子、美洲豹、巨蟒搏斗,以及写罗铮的勤学苦练,好强上进,血拼搏斗,巧借外物,善用地形等,都用了许多生动的细节描写,给读者留下深刻的印象。

三　作者还可以写得更好

作为一部网络小说,《最强特种兵》具备网络写作的优点,如情节进展快,故事性强,阅读代入感好,知识性、趣味性、可读性都是一流的。与一般网络小说相比,这个作品文从字顺,不重复,不拖沓,结构语言均显现出良好的文学功底。而相对于那些玄幻、武侠、盗墓、穿越类小说,这种现实题材的军事小说更具真实性和亲切感;相对于那些青春、校园、都市、言情类小说,特种兵题材更具故事的劲爆性与阅读的节奏感,即使是在军事类网络小说中,《最强特种兵》也算得上是佼佼者,属于同类题材小说中的上乘之作。

与此同时,该小说也具有网络小说共有的某些缺陷和不足。例如:

该作品编织故事疏于写情怀,好看但不够耐看。《最强特种兵》基本停留在写故事层面,人物描写和塑造显得比较单调,性格不够丰满,内心世界开掘不够,对心灵的复杂性揭示不够,特战生活与时代精神的联系不紧,值得回味的东西不多。罗铮不是杀人机器,蓝雪也不是天生最强兵王,罗铮无端被三个美女所爱,理由不太充分,与蓝雪之间的真挚爱情显得过于单调和简单。这样的小说只能看一遍,一次过就够了,一般不会去看第二遍,说明引人思考的东西太少。故事是外在的,人物不是行动的符号,如果没有更丰满、更细腻、更复杂的心灵世界和时代脉动作铺垫,人物和故事都不过是一个没有灵性的躯壳。这正是绝大多数网络小说的共同特点,可能与网络创作和阅读的特定方式有关。网络小说是通过不断"续更"和"碎片化"阅读逐步完成的，讲究即时性阅读体验，需要不断制造阅读"爽点"，如果没有紧凑的故事推进，"粉丝"将会流失，故而作品无暇顾及抒写情怀，只能编织故事。

另外，作品中战斗搏杀的密度太大，少了些张弛和疏朗。小说从"边哨惨案"开始，到摧毁冲岛倭寇军事基地、斩杀基地头领首级结束，通篇都在战斗、搏击、格斗、狙击，大小战斗一个接着一个，衔接得很紧，读起来让读者没有喘息的余地。甚至连老家探亲、京城度假、街头购物，都要遇到杀手，都要拿出特种兵的看家本领搏杀格斗。缺少间隔就缺少节奏的张弛和错落，时间久了，一直绷紧的神经就会出现审美疲劳，强刺激也就变成了弱刺激，这是《最强特种兵》的不足，也是所有网络小说的缺陷，其原因大概也是源于网络阅读的需要，是对读者阅读口味的迁就，也是"读者中心"的一个注脚。传统文学创作，特别是文学名著，都是很讲究艺术节奏的，如《三国演义》写了三顾茅庐、舌战群儒、草船借箭、火烧赤壁、三气周瑜、巧布八阵图、七擒孟获、六出祁山等一系列故事，战争的密度也不小，仅写赤壁大战，作者就用了七回的篇幅大肆渲染，但在紧张的战争描写中，作者依然穿插了庞统挑灯夜读、孔明草船借箭、曹操横槊赋诗等相对宁静和抒情的场面，显得张弛有致，形成阅读调节和审美张力。当然，《最强特种兵》这样写是为了时刻吸引粉丝受众，紧紧抓住他们的心，保持读者的兴奋度，然后才会收获较高的忠诚度，读者群才不会流失，眼球才不会转移。这是网络传媒的特点对网络写作约束所致，也是网络文学的通病。

（原载《作品》2015年12月"网络文学评论"专号）

7. 情似雨余黏地絮

——评 Fresh 果果的《花千骨》

胡影怡

仙侠剧《花千骨》自播出以来，收视率一路飘红：网络首播破 2 亿次，网络搜索指数达 380 万次。播出仅 9 周，播放总量已破 120 亿次，平均收视份额更是高达 9.85。作为网络小说的衍生品之一，电视剧《花千骨》改编自同名网络小说，原名《仙侠奇缘之花千骨》，作者 Fresh 果果，2008 年首发于晋江文学城。当下，以网络小说为蓝本，以跨平台的形式营造复合型传播效果，打造"粉丝"产业，已经成为影视行业的共识。小说《花千骨》讲述了世间最后一个由神转世的孤女花千骨与长留上仙白子画之间的师徒虐恋。花千骨自出生时命格诡异，但秉性善良，自瑶池群仙之宴，初遇白子画的刹那，便注定了为情沦陷。那种爱而不能、爱而不得，但又无法不爱的情感，似雨后胶着于地的柳絮，再也无从脱身。这份情感左右着她的命运，并最终将其引向了神灭魂离的凄凉境地。

网络小说不同于传统纸媒小说，其无限制的准入门槛，让任何怀揣写作梦想的人皆可大显身手。而写手基数的庞大，实则也是利弊相生，既带来原创网络小说的繁荣及小说数量的丰硕，也带来了创作水平参差、"三观"不正等不利的一面。网络，是自由的媒体。它开放、包容，但却鱼目混珠，对于网络小说而言，只有经典，才能常存。所以，小说自发表于网络的那天起，便注定要经历一个大浪淘沙的过程。在浩如烟海的网络书籍中，只有那些语言晓畅、情感动人、故事精彩的小说才经得住时间的检验，在网络中生存下来，并在读者的视野中积淀。《花千骨》之所以能从众多网络小说中脱颖而出，其成功之处便在于着玄幻霓裳，以仙侠血肉，织就了一段流丽玄幻、凄婉动人的仙侠情缘。

一 凄美爱情

Fresh果果曾自言这是一部披着仙侠皮的"小言"（网络上对言情小说的指称）。爱情历来是中国传统叙事母题之一，从两千多年前《诗经》中的"死生契阔，与子成说"至唐诗的"取次花丛懒回顾，半缘修道半缘君"再至宋词的"伤高怀远几时穷？无物似情浓"，爱情一直被浅斟低唱，徘徊于文学殿堂。在《蜀山剑侠传》《诛仙》《仙剑神曲》等男性视角的仙侠小说中，爱情虽也是叙事的元素之一，但大多时候却不免沦为修仙、功法的附庸。《花千骨》的创作则不同，从Fresh果果的座右铭"怀感恩的洒脱行走于世，以无畏的执着爱中坚持，用纯真的幻想创造世界，把刻骨的深情篆成文字"中可以洞见其文学作品中所蕴含的基本要素：爱与幻想。再加之女生心思的纤敏、感情的细腻，决定了其创作中感情必是重头戏，而"仙侠"不过是成全其爱情之美，有别于尘世的异界背景设定。

以爱情为母题的小说，必要有虐点，才会戳中读者的泪点。小说《花千骨》将白子画与花千骨的师徒虐恋写得凄美动人，悲情处让人潸然泪下。瑶池的最初一见，花千骨便已情根深种，为一段虐身、虐心之恋揭开了序章："花千骨无端地慌乱起来，大口呼吸，害怕自己因为遗忘而窒息。眼睛，却始终离不开那漫天绯色中，白得不染尘埃的身影。万籁俱静，仿佛，这早已经不是了群仙宴……淡香的风从鼻端轻轻擦过，微微的痒，从鼻尖一直蔓延到心底。"明知不伦，却仍要飞蛾扑火。长留山、绝情殿的朝夕相对，修仙路的患难与共，既温馨又暖情。花千骨对白子画的爱，是加了砒霜的蜜糖，纵百般压制、千般掩饰，却难敌最终的毒。她是他的婆娑劫，而他又何尝不是她的劫难？十七根销魂钉、一百零三剑、十六年的囚禁……这样一份绝望的爱，她始终舍不得放手。

爱之于她是一种执念，已入骨、入髓，无法剔除。若要绝情断念，便是她魂飞魄散之时。Fresh 果果曾这么说："花千骨身上有我的影子，例如她的简单、固执、轻信还有为了爱不顾一切……"但当白子画将轩辕剑插入她身体的一刹那，爱情终归于尘。世界在她眼前寂灭，她放手了，"白子画，我以神的名义诅咒你，今生今世，永生永世，不老不死，不伤不灭"！这诅咒，看似毒甚，但从另一个角度想，又何尝不是她对他最后的爱护。所幸这是仙侠世界，生可以死，死亦可以生，作者给了一个圆满的结局。

二 奇幻异界

仙侠小说中，叙事充满了各种非自然的因素，超越了真实世界关于时空的概念。虚实变幻、时空穿梭，这恰恰就是仙侠小说吸引读者之所在，穿越时空、超越生死、主宰世界，这些现实世界不可能之事，不可能之境在非自然叙事中统统成了现实。《花千骨》故事设定是仙侠，六界之中，除了人界尚有些许自然叙事的痕迹，仙界、神界、妖界等五界皆为非自然叙事。人舌问讯的异朽阁、群魔乱舞的七杀殿、虚无缥缈的仙境、不见天日的蛮荒绝域……所绘之境、所叙之事，皆非现实中可见、可为。

花千骨第一次见到的长留仙山如海市蜃楼悬浮于空："夕阳的余晖丝丝缕缕，仿佛从天空中金色的大洞里倾泻而出，海面倒影粼粼荡漾，浮光闪烁。身边不时有头上长着漂亮花纹的鸟儿飞过，鸣叫犹如管乐……主岛方圆千里，呈一个不规则的奇怪形状，整个漂浮在半空中……而远处的空中，还散布着大大小小零星的仙岛和仙山。"远离凡间的神霄绛阙里居住着可御剑腾空、瞬息万里的仙人与修仙人。他们拥有各类法宝和仙器，辛勤修炼之下，往往能力超凡，可通达于星汉日月，交游于漫天神佛。仙人们以日月精华、天地灵气为养分，生活随性、闲适，只为下一盘棋便可瞬间元神万里。有别于现世中人们的变动不居、生老病死，在这些由幻想勾勒出的异世界中，仙人们可上天入地、操控生死。其无所不能的功法和长生不老的仙躯，对读者而言，可望而不可即。而通过对小说的阅读，在某种程度上满足了读者的精神欲求，使其在现实生活中承受的压力得以舒缓和释放。

三 道家文化

仙侠小说植根于中国的传统文化，道家文化对其影响尤为深远。道家认为道是无所不在、无所不包并变化无穷的，凡人若想修得仙体必须重道贵德。《老子想尔注》云："今布道诫教人，守诫不违，即为守一矣；不行其诫，即为失一矣。"[①] 此处，"一"即为"道"。《花千骨》中的长留上仙白子画堪称道家的典范，身为六界道行最高之人，他清冷孤高，心怀天下，始终以守护苍生为己任。其师的"子画在，可保长留千年基业，可守仙界百年平安"一语是对其修为、品行的最佳评定。

主张道法自然，清心无为的白子画始终秉持趋善避恶、行诫守道的教义，如他对花千骨的教诲："修道人的视野，却是大脑所捕捉到的，心中所感念到的。更应该心怀万物，包容整个世间的广阔风景，把它看作是自己所生活的世界，去感悟它，保护它。"是与非、对与错、善与恶，在他

---

① 饶宗颐：《老子想尔注校证》，上海古籍出版社1991年版，第12页。

心中壁垒分明。所以，当花千骨制造出屠戮苍生的幻境时，即使面对的是最爱的人，他还是举起了手中的剑。他宁愿陪她一同赴死，也要坚守心中的道，庇护天下苍生。这种牺牲，是至善，亦是大道。除此之外，传统文化的因子在小说的叙事话语中俯拾皆是：仙境的设定、神器的命名、内丹功法的修炼，皆融入了以道家文化为主的中国传统文化的精粹。读者在阅读过程中，可沿着这些文化因子，回溯中国悠远而绵长的文化，探寻中国文化的根。

以《花千骨》为代表的一大批网络小说，诸如《何以笙箫默》《芈月传》《盗墓笔记》《华胥引》《琅琊榜》《云中歌》等都是网络小说中的翘楚，其情节动人、形象感人，令受众读之可思，思之可观。这些小说的文本有着可视化的想象，具备一定程度的影视元素，其IP成了影视行业的新宠。改编自以上小说的影视剧在2015年的荧屏上为观众奉上了一场场视觉盛筵，火爆荧屏的同时唤醒人们对曾经读过的那些网络经典的回忆。

（原载《中国现代文学研究丛刊》2016年第1期）

8.《芈月传》：网络文本与传统文本的同构

马 季

近十年来，古代言情小说在网络文学类型变换起伏中不仅没有衰弱，而且大放异彩，其创作手法推陈出新，表现形式不断拓展，无论是在纸质出版、影视 IP，还是在社会影响力、公众口碑诸方面，均呈现巾帼不让须眉之势，形成了女性网络文学的特殊场域。古代言情小说种类繁多，有历史文、宫斗文、宅斗文、仙侠文、武侠文、穿越文、玄幻文、种田文等。如果以 2010 年为中轴，之前有桐华的《步步惊心》、金子的《梦回大清》、流潋紫的《后宫·甄嬛传》、随波逐流的《随波逐流之一代军师》、海晏的《琅琊榜》、寐语者的《帝王业》、犬犬的《第一皇妃》等，之后有天下归元的《扶摇皇后》、天下尘埃的《浣紫袂》、寂月皎皎的《君临天下》、唐七公子的《华胥引》、阿彩的《凤凰错替嫁弃妃》等。上述作品被泛泛纳入女性历史题材范畴，但由于其历史背景的虚拟性（网络称为架空），又与传统的历史小说存在很大差异。

这就引发了一个文学概念上的议题：网络时代，历史小说是否有重新界定的必要和可能？换句话说，包括架空、穿越等形式在内的网络历史文，能否划入历史小说范畴？这关涉研究者的方法论及其对作品的身份认定。

然而，特例总在某个时刻出现。曾经长期活跃于网络文学领域的女作家蒋胜男，其新作《芈月传》对这一难题给出了她的答案。这部小说既具有古代言情小说的重要特征，如历史脉络、后宫争斗、情感纠葛、主角登顶、后世影响等，也具备了历史小说的基本要素，如历史人物、重大事件、史料依据、合理虚构等。也就是说《芈月传》的出现，打通了古代言情小说和历史小说并行不悖的路径，弥合了网络与传统对历史小说认同的巨大裂痕。

当代史学研究的进程，或许可以帮助我们重构网络时代的"历史小说"概念。第二次世界大战后形成的后现代主义史学倡导"从史料到文本的转移"，认为历史事件的意义往往并不在于所发生的事件的本身，而在于同时代人对它的感知和后时代人的理解。那么，依据后现代主义史学理论的观点，历史研究者可以在不违反学科规范的前提下，对历史事实进行不同的联结和组合。而这些不同的联结和组合，会形成不同的人物、事件或者过程的历史面貌。因此，对历史进行描述可基于以下要素进行：

A. 历史并不等同于事实；

B. 可以有虚构成分；

C. 可以有不同的版本；

D. 其中的事实是不确定的。

将《芈月传》与其他网络小说进行比较，我们会发现，显然可将其划入古代言情小说类别，而采用后现代主义史学观对其身份定位，则基本可以认定《芈月传》属于历史小说范畴，这是它明显区别于其他网文的重要标志。

塑造和刻画人物是小说的主要功能之一，历史小说则是在尊重历史原貌的基础上塑造和刻画人物，展现作家的叙事能力和想象力。在网络文学的古代言情小说谱系里，"宫斗"是极其重要的叙事动力，它既是故事情节，也是人物活动的轨迹；既是内容，也逐渐成为独立的形式，乃至于形成了专门的类型。相对于历史文的浩繁，宫斗文的形式较为单一，历史背景弱化、虚化，从属于故事发展的需要，作者的目标直奔故事而去，其方法是尽量放大小说中人物关系的复杂性，简化铺陈和枝节的描述。历史文则是依照特定历史环境讲述故事，故事从属于历史真实，尽可能实现两位一体。

  从《芈月传》的叙事策略中，我们可以看出，古代后宫里的女性，虽无衣食之忧，但她们的生存空间十分有限，一旦遭遇险情，其生存境遇甚至不如寻常百姓。因此，后宫里的人情冷暖、地位之争和权力博弈，自然而然成为合理的叙事逻辑。但《芈月传》里的"宫斗"并非叙事目的，而是大历史中的"小历史"，是故事情节和人物命运的必要铺陈。

  从小说层层推进的细节上看，作者对战国时期的历史背景、重要历史人物活动轨迹、各国错综复杂的渊源关系，以及当时的人文思想等，均做了认真仔细的研究和分析，文本基本达到了"历史学家可以当小说读，普通读者可以当历史读"的效果。应该说，这样的写作具有相当的难度。

  《芈月传》全书共分为六卷。前两卷主要是写芈月少女时代在楚国的生活状态，描述形成她独特个性的诸多因素。芈月不是嫡出的公主，她的生母是随养母嫁到楚国的妾。在后宫里芈月的身份虽然较低，但是她从小个性活泼，深受楚王喜爱，因此争取到了接受良好教育的机会。楚王去世以后，皇后开始对她养母这个分支进行打压。生存环境的恶化，练就了她独立生活的能力，坚忍不拔的意志，养成了她自尊、自爱、自强的个性，只要条件具备，人物注定能够成就一番事业。

  《芈月传》的第三、第四两卷侧重于恶劣环境中的人格塑造，并记述她在一系列感情纠葛和后宫权力纷争中独立思想的形成。芈月和她的姐姐同父异母，两人同时嫁到秦国，她的出生决定了她只能以妾的身份作为姐姐的陪嫁。到了秦国以后，由于她独特的个性，秦王对她另眼相看，由此她和姐姐之间也产生了矛盾。在生子之后，身为人母的芈月终于认清了

"皇权"的面目,也看清了自己的价值,她痛恨后宫里代代相传的地位之争,决定跳出樊笼,改变自己"陪侍"的命运。芈月的大胆尝试,可以说是中国古代女性面对"自由"发出的一声振聋发聩的呐喊,尽管在外界看来她身份高贵,甚至高不可攀。

在《芈月传》第五、第六两卷中,我们看到的是一个完全掌握自己命运的芈月,这在古代女性中是很少见的,更重要的是,她超越了那个时代,超越了她的养母与生母在楚国后宫的处境,也超越了她自己在秦国后宫里的遭遇和经历,她不再是附属品,实现了真正意义上的人格独立。尽管她的姐姐贵为正宫皇后,影响秦国历史进程的却是芈月,而不是她的姐姐。芈月身上有一种特殊的魅力,有一股神奇的力量,她大胆而执着,善良而真诚,机智而敏锐,因此注定能够改变自己和国家的命运。这些都是《芈月传》在塑造芈月时,通过若干细节逐渐传递给读者的重要信息。

网络文学有自身的一些特点,比如说,在情节设置上要求高潮迭起,每个章节(三千字左右)都必须有抓人眼球的细节。通过故事情节吸引读者,打动读者,这一点很多作者都能做到。但是,在故事生动曲折的基础上,对作品所塑造的人物、所讲述的历史有自己独特的理解和思考,并形成个性化的叙事语境,这一点,大部分网络历史文都难以做到。由于网络文学每日更新,强调读写互动的即时性,忽略反复推敲仔细打磨的文本修订,停留在故事层面的文学书写也就成为网络文学的一种常态。长此以往,网络作家们已经习惯了"编故事"的写法,不去深究文本的价值沉淀,这就给网络文学按照传统文学模式的经典化之路造成了难以逾越的障碍。

对于小说的真实性和历史真实之间的关系,网络文学从来就无从顾及。一般来讲,只要在读者可接受的范围内,不被戴上"狗血剧情"的帽子,真实性是不在讨论范围的,那么,作品的虚构建立在何种基础上就显得十分重要。网络文学由于重视天马行空的想象力,缺乏严肃性和实证精神，而经常遭到社会舆论的诟病，但所谓恶搞、颠覆也未免言过其实。一部小说，最重要的真实还是其内在逻辑的合理性，这其中当然包括史学的考证和美学的思辨与想象。《三国演义》的读者为什么会永远多于《三国志》的读者，这是个毋庸解释的问题。

《芈月传》似乎是有意要打破网络文学与传统文学相隔两望这一僵局，以网络文学的基本格调进行创作，采用的是草根笔法，略写大事件、大人物，详写日常生活中的小事件。在结构上，也是按照网络文学的线性结构布局，以稳健的叙事方式，层层递进，环环相扣，前后呼应。在讲述古代女性之间关系、君王与妃子之间关系的时候，充分考虑到读者的接受心理，将现代女性的观察尺度巧妙融合其中，非常自然，没有痕迹。在锁定阅读人群方面，作品非常明确地指向了读者群体，而这正是传统文学最薄弱的环节。在文学作品汗牛充栋、文学阅读庞杂无序的今天，对阅读人群的关注显得格外重要。

同时，小说文风典雅、节奏均衡，人物关系处置有序，这些传统文学的基本要素《芈月传》也悉数安排得当，作者对战国时期宫廷与民间的礼仪、家居、装束、出行，生活习俗等各方面都做了仔细的研究，落笔沉稳，娓娓道来。在对文本的宏观把握与微观构造中，显示出作者在网络文学写作中超群的优势。

当然，这部小说也存在一些遗憾，其中男性人物形象比较模糊。屈原的形象几乎是一笔带过，没有给人留下印象。另一个重要人物张仪的刻画，也是概念大于形象。在处理芈月和秦王、芈姝和黄歇（芈月少女时代的情人）的关系上，有点游离，流于表象化。由于考虑到影视改编拍摄的需要，在写作过程当中强化戏剧效果，因此文本难掩 IP 化的痕迹。

（原载《南方文坛》2016 年第 3 期）

9. 缪娟网络小说《翻译官》：
   谁的青春不梦想

肖惊鸿

"翻译官"这三个字并不寻常。虽然业内外少有人这么讲，然而用在这里，在我看来，具有浓烈的感情色彩，充满了艺术张力。"翻译官"，在清纯女生乔菲眼里，是梦想的代名词，是此生的终极追求。它闪闪发光，在前方不远处等着她，然而却难以企及。这是主人公的希望，是生命的外在，是精神的内涵，它象征着高傲的不服输的灵魂，超越一切，甚至超越爱情。"翻译官"，是多么大的一个名词啊。它用傲骄的目光，赶走平庸，拒绝堕落。这三个字，为本书定下了基调，确立了思想高度。网络小说《翻译官》与热播电视剧《亲爱的翻译官》，二者多有不同。后者在网络文学 IP 开发的众多剧作中，占有一席之地。小说与电视剧各有千秋。看过小说你会知道，《翻译官》实际上不是人，而是梦想的代名词；看过电视剧你会知道，《亲爱的翻译官》实实在在地指向了人，且着重于女性视角。前者指代女主乔菲的追梦历程，后者却落在爱情硝烟上。为给这爱情加料，小说中具有独立品格的亲哥哥程家明被改写成与程家阳构成情敌关系的程家养子。我以为，仅此一项，见出境界不同，小说胜电视剧一筹。南宋诗人朱熹有言："问渠那得清如许，为有源头活水来。"既然此剧来自彼小说，我更愿追溯源头，将那远处的景色尽收眼底，细品其荒芜或精美。

作者缪娟，10年前就完成了这部成名作。10年后新一轮热浪腾空而起。网络为文学创造奇迹。电视剧被定位于职场爱情剧，我更愿将这部网络小说定位于青春校园小说。以18万字的篇幅来呈现一次追梦的旅程，多少显得局促，然而却也符合作者与主人公一干人的青春特点。青春总是那么短暂，在不经意间一去不返。而对于读者来说，相比于海量的百万字长篇，不言而喻，会从中体会到阅读的舒适感。

我猜，10年前，作者也刚刚迈出校门。她的周遭，一定有一场场的虐心之恋，开始了，又结束了。回顾往事，无限感慨。这样的创作冲动结出的果实，从某种程度上说，接续了现实主义创作传统，也验证了这句话：生活是创作的源泉。《翻译官》讲的是一场青春的突围，困境里的蜕变，活着的生活。它是理想与现实的抗争与对决，是对爱情的果敢和向往。女主人公的身上，定有作者的影子。

一 爱情拉近梦想与现实的距离

青春是人生的花季。青春是注定用来做点什么的。在最美的季节里遇见最爱的人，然后携手追梦，相伴一生，这可能是每一个人心底的愿望，青春的梦想。它指向一个童话般浪漫美好的结局，然而现实却是一盘永远下不完的残棋。小说结构明晰，叙事简练。男女视角对比鲜明，互为叙事，互补互动。灰姑娘与王子本是两个世界的人，他们本不在一条命运轨迹上。但是，王子每天要与仆人相遇，灰姑娘也总有一天会遇见王子。有一对高官父母，父亲还是在任的外交部部长，含着金汤匙出生的男主程家阳，成功没有悬念。有一对聋哑人父母的女主乔菲，作为一个北方小城赤贫家庭的女儿，成功遥不可及。这两个人的相遇，巧合之间有了电光石火。乔菲也是有灰姑娘特质的，差不多是个学霸级女生。可她出身卑微，为了学费不得已去娱乐城坐台，然而"出淤泥而不染，濯清涟而不妖"。小说虽然从头到尾，是以程家阳和乔菲二人的视角呈现的叙事，但仍可发现作者的主观意识，美好的品格和修养永远是胜出的筹码。乔菲的追梦历程，凸显了作者的女性意识和蕴含其中的价值观。乐观、坚毅、积极、向上，自立自强，充满正能量，这些恰恰是社会主义核心价值观的体现。

作者没有回避现实中的职场规则。程家阳为乔菲实现梦想助力，也为自己争取爱情煞费苦心。他不动声色地找关系，为乔菲争取追逐梦想的一切机会，这让小说特别接地气。梦想发芽于现实的土壤，爱情成为梦想的催生剂，程家阳对乔菲的意义关乎她人生的大方向。小说虽写梦想，但这梦想并非遥不可及。程家阳作为一名出色的翻译员，他对乔菲的意义，不仅是灰姑娘眼中的王子。他与她的梦想有关，他是她梦想的标杆，也是她追梦的助推器。因为梦想，他们相爱，他们相惜，他们相知，他们相许。是梦想，让程家阳和乔菲相互吸引，相互欣赏。爱情的确可以改变命运，拉近梦想与现实的距离，这是这部小说反映现实生活的一个明证，也很好地代表了现实题材网络小说的一个创作特点。

二 现实助燃爱情与梦想的花火

灰姑娘逆袭的故事在网文里有足够大的生存空间，国外的类型小说也多有这类题材。然而这部小说不止于灰姑娘，小说始终在现实里左奔右突。乔菲不想让她的过去给她的爱情蒙羞，于是，她选择逃避。她试图用自己的努力，让苦难现实开出的花能够结出梦想的果。她坚强、果敢、无畏的青春如同一只雨后飞鸾，在晴空起舞。

乔菲在现实中奔跑。她留学回来，虽有程家阳的巧妙安排，但她出色的工作能力帮她迈上了通向梦想的第一个台阶，她与程家阳成为同事。翻译官的工作远不是外表看上去那么光鲜，乔菲在工作中得到历练，然而，心爱的人即将成为别人的新郎，这份痛楚终于击倒了她，她大病一场，程家阳的婚事自然也成为泡影。聪明的文小华，在这场煞费心机的爱情保卫战中，当了落跑新娘，维护了自己的尊严，这是继男女主人公之外刻画最好的一个人物。而乔菲的爱情出现转机，是在程家阳的父亲临危受命去非洲之时。乔菲提出并支持程家阳陪伴他的外交部部长父亲去非洲，父子共同经历了一场武装劫持，最后，程家阳的父母开始重新认识并定义乔菲。门当户对的观念在现实面前终遭瓦解，乔菲以品格胜出，爱情与梦想双赢。

至此，乔菲的坚守、奋斗都指向了美好的结局。故事在一波三折之后，进入暖心的尾声。青春不是用来浪费的，而是用来梦想的。特别是最后一节写道，程家阳从非洲打来电话告诉乔菲，他在回国之前要办领养手续。那个叫卡赞的非洲男孩，和乔菲的名字一样，也是青草。现实总是这样，来的来，去的去，不断地为爱情与梦想验明正身。

作者的女性意识和文化自觉，体现在小说里便有了一种叙事上的特别的女性气韵。不急不躁、细腻温婉、明丽大气、仁慈悲悯。就算是写对手，既没有发狠的角色，也没有发狠的行为。例如，情敌文小华用了一系列手段逼乔菲退位，可到最后我们发现，她仍然细心地保留着14岁时与程家阳一同当小主持人的照片。情窦初开的完美初恋，由此可见一斑。尽管一厢情愿，然而任谁都无法否认，她对程家阳，同样是真爱。

美中不足的是番外篇"少爷的磨难"。此章讲述程家阳作为准姑爷，在乔菲老家注册结婚前，被乔菲的聋哑爸爸设计考验。离奇的情节，另起篇章讲述了"宝盒子的秘密"。这一末章与全书气韵不符，难脱狗尾续貂之嫌。然而瑕不掩瑜，我愿为《翻译官》点赞。

（原载《文艺报》2016年6月29日）

10. 《欢乐颂》：尝试关注现实的"肥皂泡"

江　枫

电视剧《欢乐颂》根据阿耐在晋江文学城首发的同名小说改编，通过表现现代都市女性在职场、情感的个性经历，试图展示都市人生活和奋斗的画卷，颇有史诗般宏大叙事的气魄。智商超群的首席财务官安迪、明艳动人的人力资源管理樊胜美、精明搞怪的富二代曲筱绡、温婉清新的小白领关雎尔、厚道活泼的傻白甜邱莹莹……生活在大都市的年轻女性或多或少可以在她们身上看到自己的影子。尴尬的群租生活、戴"有色眼镜"的物管、虚伪算计的同事、"不近人情"的顶头上司……职场人专用的成长"磨刀石"让该剧散发着"烟火气"。在手撕鬼子、婆媳大战等"雷剧"层出不穷的今天，《欢乐颂》相对真实的细节处理着实使人眼前一亮。

遗憾的是，《欢乐颂》并不是一部以女性为主角的《平凡的世界》，而是讲述了一个"恋爱"老故事。更不幸的是，编剧为了增加故事的可读性，舍弃了现实主义的真实性，以少量的社会现实描写作为老故事的修饰。

在房价高企的上海，以贝多芬名曲《欢乐颂》命名的小区，业主的经济实力可以预见。如果说曲筱绡出现在欢乐颂是"苦肉计",那华尔街精英安迪出现在欢乐颂则显得过于牵强。安迪任职的公司实力雄厚、其收入优渥,且与老板私交甚好,她的老板究竟是个什么样的"葛朗台",才会为她选择"一梯多户"的欢乐颂呢?剧中安迪、曲筱绡有更多共同语言,显然创作者已用地位、金钱对女主角进行了基本分类。按此推理,五个女主角在等级森严的职场同时见面都需要巧合,天天同乘一部问题百出的电梯实在不符合现实生活逻辑。

即使观众勉强接受了五个女主角同住欢乐颂22楼的事实,故事发展却怎样都难以使人信服。精英型"仙女"安迪是首席财务官,居然仅用电话和会议就完成了首席执行官的工作。众所周知,首席财务官需要协调重要的外部群体关系,如金融机构、税务机关等。连职场菜鸟都知道,能搞定这种协调工作的人除了"智商超高、记忆力超强"外,必定是"八面玲珑"。可是剧中安迪性格敏感、封闭,单纯得像个小女孩,胜任此项工作的原因不会是因为颜值高吧?学习型"超人"曲筱绡在海外求学只知吃喝玩乐,连英文原件都看不明白,居然能在安迪几天的指导下就完成项目策划案等一系列高难度工作并轻松匹敌职场人十几年学习工作的积累,众生只有哀叹"龙生龙、凤生凤"了。邱莹莹用网店拓展咖啡店业务,勉强算是思路创新。但她的成功不是建立在科学工作方法上,而是"及时"又"碰巧"地得到老板支持。在电商蓬勃发展的现在,有多少网店主绞尽脑汁求屏幕一角广告而不得,只有"外挂全开"的创新型"神人"邱莹莹可以做到动动手指就让推广、销售一步到位。

理想很丰满,现实很骨感。《欢乐颂》的确记录了个别的不幸事件和社会现象,但只是单纯把现象、情节等要素进行了机械合成,缺少独立、深刻的思考。用"有钱人"的视角解读某些社会现象,否定"普通人靠奋斗可以获得更好生活",对"血统论"进行另一种肯定。总之,《欢乐颂》离"用现实主义精神观照社会生活"的目标实在太远,不过是诸多都市情感剧中尝试关注现实的"肥皂泡"罢了。

（原载《文艺报》2016 年 7 月 14 日）

11. 历史、民族与英雄的别样书写

——评现实主义力作《遍地狼烟》

苏 勇

一 朴素的现实主义创作手法

《遍地狼烟》以抗日战争为背景，用朴素的现实主义创作手法塑造了牧良逢这样一个个人命运与民族命运休戚与共的正面英雄形象。在创作手法上，小说并没有故弄玄虚地引入什么现代主义、后现代主义的手法，而是忠于现实主义的创作原则，即在典型环境中塑造典型的人物形象。

牧良逢这个人物形象虽然颇具传奇色彩，但在作家李晓敏朴实真诚的讲述中，又是那么有血有肉，真实可信。可以说，小说中主人公牧良逢的年纪尽管也就二十岁左右，但他身上所体现出的精神面貌，某种程度上恰恰是我们这个时代很多年轻人所匮乏的，他阳刚果敢、憨厚正直、深明大义、爱憎分明、不畏惧、不认输、不妥协、有担当、有责任感、有使命感。小说写了牧良逢的成长史，当然，这里的成长却是多个层次、多个角度上的。

《遍地狼烟》最突出的特点在于既非脱离历史语境来单纯描写人性，

也非剥离了人性，刻板地把人物写成历史摆弄下的傀儡，而是将两者非常辩证有机地结合在一起。文本一开始，牧良逢作为一名以打猎为生的乡野小子，并没有非常自觉的民族意识、民族认同和家国概念，虽然牧良逢并非在壮丁意义上被卷入战争之中，但也不是一开始就意识到民族危亡，而是出于对枪的与生俱来的迷恋，在回答师长"好枪是给你了，你应该怎么办"的问题时，牧良逢说："多杀鬼子。"牧良逢在回答之前还需要想一想，因为他最初对战争的性质，认识得还不是非常深刻，对侵略者还没有切肤之痛。而正是在残酷的斗争环境中，牧良逢目睹了日本侵略者的暴行，这种对于日寇、汉奸的憎恨才逐渐地强烈起来，与此同时，狙击侵略者和汉奸的行动也就变得自觉、主动起来。

不仅如此，我们之所以说牧良逢这个人物形象是丰满的，还在于他对待恋人、战友、人民群众和敌人时的不同态度，另外也在于他比别人站得更高。牧良逢并非是站在狭隘的民族主义立场上而是站在国家和民族的立场上，来展开他的行动的。牧良逢憎恶侵略者，对日本鬼子从不手下留情，但是他并未将这种仇恨迁怒于无辜无知的日本人民，他不但阻止战友伤害日本女人滨田凌子，而且还多次对她进行救助，这在战争时期，是需要勇气和智慧的。也因此，牧良逢这个人物形象与我们通常所读到的民族英雄形象有着极为鲜明的区别。

此外，小说还刻画了许许多多较为成功的人物形象，例如，热情泼辣、忠贞聪慧的茶馆老板娘柳烟，外表冷酷、内心火热的王大川，单纯天真的战争牺牲品滨田凌子，老实巴交的阿贵等。

二 表述历史与历史表述

《遍地狼烟》在进行历史表述及其表述历史的同时，呈现出以下几个显著的特点。

首先，从小说的题材上来看，这部小说可以被理解为一个关于我们当代社会的寓言，或者说是关于现代社会的隐喻。狙击手本身极富传奇色彩，他们身手敏捷，弹无虚发，先发制人，而这样的人自然是天赋极高的少数派，他们潜伏、隐匿在绝佳的地理位置上，以捣毁敌人的中枢神经、消灭敌人的精锐力量、攻击敌人的优势堡垒为目标，他们是战斗的先锋、前哨。而狙击手的这些特征、行为，无不对应着现代社会的基本逻辑、基本原则和基本要求。狙击手攻击敌手时的快、准、稳，难道不是高速运行的现代社会在逻辑上的最佳注解吗？因而，与其说狙击手题材的出现揭示了一段一度被我们所忽视的历史，毋宁说它有效地隐喻乃至复现了现代社会的基本逻辑。

其次，小说具有强烈的现代视野。小说的主人公牧良逢尽管出身乡野，但从小也接受了现代教育。在牧良逢十岁时，去山下私塾接受了韩老先生的教育。小说里明确指出，韩老先生在日本、法国和美国这三个国家奔波了大半生，六十岁时才回到老家风铃渡。这位老先生不仅教授传统文化，还教授哲学、历史、法制、军事、工业等。牧良逢跟随老先生学习了四五年，可以说已经是一个具有现代意识的年轻人。那么，为什么要在文本展开之时，进行这样的描写呢？显然是为后面牧良逢自身素质，包括技术和精神层面的进一步提升做准备。而这种描写本身给小说注入了一种现代意识或现代感，得以使我们自然而然地将抗日战争纳入战争的现代性系统中去。

最后，小说的历史视野是开放的、国际性的。同其他抗战题材的小说相比，《遍地狼烟》这部小说对抗战的描写并非像其他小说那样画地为牢，就抗战而写抗战，而是将抗战纳入整个第二次世界大战的结构或格局中去，将中国人民奋起反抗侵略者的历史融入整个可歌可泣、波澜壮阔的反法西斯战争的历史图景之中。小说一开始，主人公牧良逢是以一个历史秩序之外的年轻猎人的身份出现的。在一次狩猎过程中，牧良逢意外地遇到了一位身处险境的美国飞行员，这位美国大兵是国际反法西斯组织中的一员，他与中国人民一起抗击日本侵略者，不幸的是，这位美国大兵的飞机被击落，命悬一线，也正是这位美国飞行员将牧良逢拉进了抗日历史的序列之中。尽管这种国际主义援助或国际主义精神并非小说所要描写的主要内容，但作者具有自觉的国际意识，小说借人物之口写道："美国佬现在是我们的朋友。"小说还描写了美国记者对于中国人民反抗侵略者的报道等。此外，小说在不经意间写了国际反法西斯阵线对我们的援助：美国的牛肉罐头、狙击手教练以及各种较为先进的枪支等。之所以说作家的这种国际意识是值得赞许的，是因为从世界范围来看，特别是在西方人眼中，中国人民抗战的历史并没有得到应有的尊重，在许多的西方历史教科书中，抗日战争并没有被十分严谨地纳入整个反法西斯战争的结构之中。那么，在此意义上，这部小说在格局和视野方面就有了重要而清晰的历史意义和艺术价值。

三 民族意志高于一切

表面上看，《遍地狼烟》主要描写了以牧良逢代表的国军正面抗击日本侵略者的故事，而关于我军的篇幅则不是很多，只是在第十章《锄奸行动》中，比较集中地写了由老马率领的游击队掩护锄奸队撤退的事迹。但实际上，牧良逢从未有过对自己党派归属的明确指认，而牧良逢的父母尽管在文本中是缺席的，但他们从一开始就被指认为"早些年就参加了共产党……现在也在八路军那边带兵打鬼子"。显然，牧良逢并没有较为明确的党派意识。不仅如此，他甚至极其厌恶国军的某些做法。牧良逢之所以被收编到二〇四团，起因就是牧良逢在柳烟茶馆看不惯吴连长调戏欺负老板娘柳烟而抱打不平，之后因闹事抓了起来，在被带去团部的路上，因为成功地反击了鬼子的伏击，才被师长和团长相中，并留在狙击排。小说后面也多次写到，牧良逢同那些流氓无赖式的兵痞发生过多次摩擦和争执。

在小说的结尾处，牧良逢为了八连的军饷，还动手打了三十六军的一个营长和新上任的八连连长。在牧良逢眼里，正义和天理远比这些职位更重要，即便是差点丢了性命，也无所畏惧。可见，牧良逢虽然加入了国军，并受到了上级的器重，但却并没有清晰的党派意识。而牧良逢的一切行动都不是站在国民党党派的立场上，而是站在国家和民族的立场上，遵循着民族的意志，听从于人民的心声。

我们看到，小说主要描写的三位优秀的狙击手无一例外地全都出自底层，他们是我国下层劳动人民群众的代表。因而，他们最能感受到人民的疾苦，也最能深切体会到国家、民族之于个人的意义。这也就是为什么当他们深恶痛绝的土匪们和日本鬼子拼死进行肉搏的时候，看到土匪们一个个倒在血泊之中，"中国军人们的脑海里闪过一个念头，他们和土匪之间所有的矛盾现在都微不足道了，这是他们中国人的内部矛盾，而现在，他们共同的敌人是日本侵略者"。而这三位狙击手的愿望也并非什么大富大贵，而是"回家娶个老婆生一堆娃，美美地过小日子"。

不仅如此，牧良逢的行为逻辑或依据均来自民间伦理和传统积淀。他救助美国大兵约翰、为柳烟打抱不平、为乡亲们除害、因八连新来的连长及其上司克扣军饷而对他们大打出手等，这一系列的行为均源自他所接受的传统伦理价值，即扶危济困、挺身抗暴。

（本文为首届网络文艺评论大赛一等奖获奖论文，此处有删节）

12. 重绘文学与现实的渐近线

——从网络原创小说《余罪》反思真实书写问题

杨俊蕾

和网络小说大多是巨无霸体量一样,《余罪》的字数已经高达两百万字,并且从第一卷到第七卷,每一个新完成的篇章在字数上都是涨势。回望一下公认经典的纯文学作品《红楼梦》不足百万字,《战争与和平》约一百三十万字,精简约取的文学化艺术写作显然不是《余罪》这种网络小说的制胜法宝。那么它的阅读吸引力究竟缘何而来?不仅各大文学网站竞相转载,更重要的是在改编为网剧后吸引了数十亿的在线点击。火爆的点击量继而推动了这部网络原创小说在线下出版实体书,自2015年连续出版多卷后,截至目前不过短短一年的时间,已经连续加印三次。《余罪》依靠什么聚集起如此海量的阅读者?蜂拥而至的看客们从中获得怎样的欣悦与满足?一言以蔽之,其实就在于久违的真实。

在网络小说《余罪》中,可以读到当代文学暌违已久的某些品质。首先是书写的真实和作品的现实主义,继而是人物性格中的少年血性,以及源自单纯正义的血性与第一层次的社会现实相碰撞后所促生的情节冲突。更深层次上则是写作者未必时刻自知,却又始终坚持的民本立场与民生情感，一以贯之地体现在技巧无甚高明可言的刑侦故事里，每每在无心之际迸发的真情，便会在不经意间点燃草根读者们的感动。

一

《余罪》的故事属于现实主义的刑侦题材，主人公余罪是典型的中间人物，身份上不是高富帅的设定，事业道路上不是精英化的路线，就连支持人物各种行为行动的思想动机也从来没有拔高之举。然而就是这个长相歪瓜裂枣的晋地青年，却凭着异常真实的刑侦经历感动了大量读者。真实的、当代的、中国的，土生土长似乎就是清晰倒映着你和我生活经验的真实，在网络小说《余罪》中每天刷出一页新的认识与体悟。

该作品在不同的媒介载体上被横加上名目各异的概括。始发于网络格式的小说分为八卷，纸质书出版后，网络上的一卷编辑成一本，基本上保持了每本含纳一到两个刑案实例的节奏。小说从主人公余罪即将从警校毕业写起，第一卷主要写如何选拔特勤人员，第二卷余罪被送入监狱，卧底贩毒集团，第三卷是功劳傍身的余罪遭遇明升暗降，成为街头反扒队的先锋，第四卷里余罪被派遣到偏僻乡野破了偷牛案，第五卷中仍是乡警的余罪解开一桩18年前的积案，第六卷破获的是网络上的跨境赌博和高速路麻醉抢劫案件，第七卷再次回到时下形势极为严峻的禁毒侦破中，也正是在此卷中，人物第一次发生了自我认识的内在心灵危机。本来网络连载写到这里，余罪经受了内外震荡后已经悟到了几分人之为人的存在感，以"大结局·与子同袍"为题目，了结整个故事。但是，可能受到复杂的动因影响，不久后又开出第八卷"骗你先商量"。这一卷的出现耐人寻味，在警匪故事线上出现大幅落差，从紧张危险的缉毒故事改为贴近日常生活的电话诈骗、二手车买卖诈骗和民间金融集资案件。这种写法从人物的衡量标准来看无疑是大踏步倒退的，一个已经创下出生入死功业的少年英雄人物，居然能够平静地清零人生，不但穿过了形形色色的名誉和虚荣诱引，而且在遭逢了重大心理创伤和生死刺激后，依然找回平常心态，波澜不惊地重复常规工作与日常生活。正如中国的传统武侠小说，英雄故事最终回落在平凡"世人"的视角，"以平凡的'世人'为视角来叙述不平凡的'剑侠'故事……可能隐含着作家的某种价值判断"[①]。《余罪》的缔造者常书欣自言受武侠系列小说影响很深，由此可见一斑。在余罪的人物塑造上，"血性"和"情分"是带有爆发力的两个维度，集中体现了一个平凡却独特的基层个体，并最终指向平民阶层如何实现集体化的自我认同，又是如何达到共情与互助这一问题。

小说《余罪》在这个段落中使用了传统的"苦肉计"。余罪为了达到证实敌手真实罪行的目的不惜出手自残，此中所依据的情理就是"人不自害，受害必真"，而兵法上却以此为大伤，所谓"杀敌一千，自伤八百"，不到非常时刻不予推用。余罪在非常时刻的自残选择来自反常现实的无边压力，也体现了这部小说在反映现实，针砭现实方面的文学意义。其中的意义之重大不仅令读者在阅读过程中热泪动容，其后续影响更加敏感尖锐，触痛现实的锋芒也导致了作品本身被修改。这段描写在网络首发时用了一个刚猛勇毅的题目，"以血为证"，而在纸质出版物上则改成相对温和的"血证如山"。然而不管词语怎么更改，余罪这个人物在矛盾情境中的血性一搏还是为读者们提升了相信现实的信心，也让读者们看到了一个浑身都是中国小镇青年习性的草根英雄。在网络小说《余罪》里，一个布衣平民的愤怒同样得到作者常书欣的欣赏，因为它能激发更多人在绝望境地里的智慧和勇气，在看似无路可走的困境中，敢于拼出生命的蛮力，尽力保护并相信我们社会底线上的正义。

---

① 陈平原：《千古文人侠客梦·武侠小说类型研究》，新世界出版社2002年版，第37页。

二

《余罪》中另外一处让人非常感动的地方是关于集体认同后的情感描写，情感的辐射面包括主人公与朋友，与家人，与同事，甚至与自己身处的时代与国家。这在当代很多以纯文学或者严肃文学自诩的作品中缺席已久。很多作家崇尚新结构主义思潮中的"零度写作"，用不带个人情感判断和倾向的笔法去模仿旁观者的口气，在作品的人物之间制造情感上的间隔甚至绝缘；又或者用一种伪装的悲天悯人来俯视笔下环境，书写人物的苦难细节，在环境描写上刻意呈现晦暗破败的外观。无论是前者真的无情，还是后者虚情假意，在文学写作中流行已久之后造成的冷淡、寡情与书写功利化，都损害了文学本身作为特殊艺术情感形式的本质，更何况"缘情"与"抒情"本来就是中国文学传统中的重要论题。[①] 而且，"情因何而起"的背后还有人物的价值认同问题，不涉真情的文学写作隐藏了写作者内心深处的怀疑或无信仰。而在《余罪》中，网页所承载的大体量文字中固然有不少冗余的赘文，但是主人公的感情世界也因此得到完整呈现。

余罪历次侦破得手，没有任何一次归属于个人英雄主义的孤胆超绝，总是和各种情感人物的帮助联系在一起。就像小说虽然以人名做书名，主要故事架构也是以一人经历来贯穿，但在各个章节里都能听到作者在击节念唱："岂曰无衣""与子同袍""同气枝连"……一干兄弟的草莽气质和草根身份在欢饮啸聚后的酒令合唱中显露出来。从朋友到同事，每当余罪在贪念与良心的天平间找不到准心与正路的时候，又会有亦师亦友、似知音又像天敌的前辈领路人点醒他的迷误。及至家人，一桩18年都未曾告破

---

① 王德威：《"有情"的历史：抒情传统与中国文学现代性》，《中国文哲研究集刊》2008 年第 33 期。

的悬案终于破获，异地抓捕成功的逃犯解押回来，余罪竟然放弃争功，不在第一时间递交结案，而是法外容情，让逃亡18年的嫌疑罪人先回家与父母相见。接下来情节陡转，抓捕嫌疑人归案的队伍再到家里却扑了空，人去屋空的眼前景象在情节上逆转了此前的成功叙事，也在悬念上打造起了一个余罪是不是犯了滥情主义错误的怀疑。小说接下来的叙述调成了深度感人模式，在关键处诉诸中国乡土特有的"血缘空间"，[①] 重现了乡土中国的亲密社会景观。

在网络小说《余罪》中，关于普通百姓的真实情感描写具有一种值得重视的伟大力量，它能够实现部分宗教职能，救赎人性，不向恶的深渊堕落。而且，在深情与真情处的描写还因为网络小说常见的简单化文字而别具一番感染力。当逃犯最终被父母亲手送进"钢筋网状的牢笼"，一路陪他归案的母亲却忍不住"跟在车后走着跑着哭着，她拍打着车窗，哭喊着，声音悲痛地已经嘶哑"。理性而冰冷的法律在数百人的围观下增加了人情的温度，地处华北的晋地县城也成为实在有灵的栖息地。执法报告忠实记录下"祭祖"和"家属陪同"的每一细节，目的是给真实悔罪的年轻人一个减轻罪责的机会。小说中这一章节的题目是"白发亲娘"，浅显直白，却无比贴切。

平心而论，大多数网络写作被获利方式和阅读点击直接捆绑，而陷入码字却非书写的状态，很多网络写手迫于压力以写作来取悦他人，娱乐读者，以至于有时候忽略了很多东西，包括文学的艺术特质、公共社会的道德感，以及写作者自身的品格操守。《余罪》也在一定程度上携带着上述问题，但它之所以能够脱颖而出，冲入网络小说搜索和下载的前列，正在于大体量的非精致文本映射出了一个能够让读者们真实感知到的粗粝现

[①] 费孝通：《乡土中国》，北京出版社2004年版，第104–105页。

实，以异质同构的方式赢得来自民间自发阅读的喝彩。其中的特别价值就在于它虽然来自基底松软的网络文学语境，却颇为难得地采用真实书写的方式，重新绘制了文学反映现实的渐近线。

（本文为首届网络文艺评论大赛二等奖获奖论文，此处有删节）

13. "畅销"与"经典"的距离

——以《微微一笑很倾城》为例

禹建湘　黄惟琦

　　《微微一笑很倾城》是典型的网络女性言情小说，讲述了上海某大学校园里一对才子佳人先在网络游戏中相遇，后在现实中相知，最后相恋的故事，通过一群年轻人的理想、爱情、亲情、事业来展现当下的校园和都市生活。作品小说题材不算新颖，主题浅显，语言直白，但拥有稳定的读者群体，尤其在电视剧和电影开播之后，更进一步积累了口碑，成为畅销作品。通过分析其文本，我们可以理解网络文学的畅销与文学经典之间的距离，并为探索缩短这一距离提供样本参考。

一　《微微一笑很倾城》的畅销征候

（一）人物设定完美，符合受众理想

　　在这部作品里，男主肖奈外表如"青竹般秀逸潇洒"，风采绝佳；智商很高，曾"带领计算机系获得军校际联赛冠军"；情商上"肖奈的管理政策不容小觑，将公司打理得井井有条"等方面都可以看出作者塑造男主形象的出彩，女主的人物设定也是青春貌美，聪慧可人。这已经是大众心目中理想的情侣搭配，完全符合受众的理想爱情观。小说中，男主肖奈在游戏里给女主微微举办了一场盛大婚礼，羡煞旁人。读者凭借天马行空的想象力在虚拟的电子空间里代入角色，痛快地过了一把"完美人设"的瘾。在阅读作品时它让读者暂时忽略现实与理想的距离，实现心中所想，满足心中所欲。除此之外，这部作品里的其他配角人物，没有一个坏到让读者牙痒痒的地步。即使是情敌，也不会暗中设计阴谋诡计来祸害别人，避开了冤仇大恨、爱恨情仇的狗血烂俗剧情。

（二）情节双线发展，增加故事波澜

双线是指作者在设计文章结构时，安排两条线索来推动情节的发展。双线结构大体可分为并列式和明暗式，该作品属于并列式双线结构，即现实生活是一条线，网络游戏生活又是一条线。

线上男女主人公是侠侣队友。小说设定男女主同玩一款网络游戏，继而推动后续在现实的故事发展，这条线充分体现了网络的特性。小说里男女主经过游戏合作搭档，一段时间后决定见面，发现原来对方甚是符合自己心意，之后的故事也自然而然地展开了。在网络里能极大地实现现实里无法实现的梦想，更加让读者对剧情的发展充满期待，无形中也就锁定了读者群体。

线下男女主是情侣加工作伙伴。这条线主写校园生活，以青春气息为精神质素。作者不用发挥卓越的创造力和想象力，描写的场景自然、真实。男女主一起骑单车穿梭校园，与室友打打闹闹共同去上课等都是我们在校园里会发生的普通场景，是每个人的人生都会经历的时刻。且校园恋爱是大学校园普遍存在的一种文化现象，如果读者是在校学生，对剧情最具有发言权；如果读者已经走入社会，可以通过"回忆"视角和"怀旧"

情怀回忆曾经的校园时光。另外，男主毕业之后与志同道合的室友一起开公司，还有一些与同行竞争而备受挫折等情景都会引起读者为梦想打拼的切身感受与体会。作者通过文字触摸校园、时代与社会，也让读者感受到质朴、本色、本心和率真。小说将现实生活与虚拟环境交叉描写，情节双线发展，增加了故事的波澜。

（三）读者定位清晰，凸显女性意识

《微微一笑很倾城》定位清晰。同顾漫的其他作品一样，绝大部分读者是青春期的女生，爱情是这一年龄阶段的女生最喜欢讨论的话题。小说极大地满足了青少年尤其是女性读者对爱情的浪漫憧憬。小说中设计的情节，虽为虚构，但贴近生活。文本中的爱情与现实相关，又升华了其浪漫性和理想化成分，文学体验与读者的情感生活具有现实的交叉与内在的精神联系，作品定位清晰是作者锁定读者群体的手段之一。

作品的内容凸显了女性意识。女主去公司实习，她出色完成了属于主营业务的手机测试报告，工作成果受到对女性IT从业者有偏见的同事肯定等情节，让读者看到，虽然女主也会感受到当代都市生存的现实和残酷，但不是一味躲在男主的"保护伞"下博得读者的同情。作者塑造了一个乐观、自信、积极追求幸福的女主角，她勇敢大胆地追求爱情，但不会爱情至上；她思考人生，积极寻求并证明自我价值，具有当代思维意识。作者笔下的女主努力奋斗，自强自立，以便更有底气来谈论爱。女主的存在其实是以另一种方式存在的读者本身，在阅读时极易让女性读者产生代入感，通过文字描写或旁白，与自己对话。

（四）语言直白浅显，加强互动体验

综观全文，《微微一笑很倾城》辞藻并不华丽，艺术性也不高，但是其语言风格浅显易懂，形式活泼，营造温馨直白的风格。每一章节的连载结尾部分，都有作者针对读者各项要求和提问的回答，并提示会根据评价建议设计故事接下来的发展情节。事实上，顾漫根据读者意见和反馈，不断创作出《A大美女排行榜》《大神宿舍的排行》等番外篇，甚至根据角色的受欢迎程度和反馈意见，以原作中的配角进行二次创作，衍生出与原故事相关，但却又独立于原故事剧情之外的新作品《美人一笑也倾城》。作者以符合大众理想化的倾向为支撑，为读者构建起了一个成人般的童话世界，满足了成年人尤其是年轻女性对情爱的追求与渴望。

二 《微微一笑很倾城》的经典性问题

《微微一笑很倾城》同其他网络文学作品一样，衍生出电视剧、电影等多种文化形式，文化开发力度大且受读者欢迎。作为网络文学典型畅销作品之一，可尝试从以下角度进行改进，以缩小畅销与经典的距离。

（一）丰富题材形式，拓宽读者范围

《微微一笑很倾城》题材形式比较单一，可以将其划分为网络言情小说，主讲校园爱情故事，只围绕情侣展开，并没有涉及多方面、多层次的群体。我们分析对比顾漫的其他作品，可以发现她基本上都围绕这种类型的题材在写，作品类型不丰富。因此读者也只是以女性学生为主体。虽然，大众粉丝已经取代权威机构成为网络时代经典的认证者，但考量文学的经典性之一就是看其是否会随着时间的推移积累读者，是否能够被大多数社会群体所阅读和接受。网络媒介提供细分和互动功能，根据读者的口味不同，网络文学类型也变化丰富，层出不穷。网络文学以读者兴趣为导向，却极易带上商业性和功利性，在此目的下而形成所谓的套路化写作。将自己的作品作为商品贩卖，虽然是网络文学能够持续发展、繁荣的最大

价值推动力，但写作高度类型化、模式化、套路化，后果就是作品的严重同质化，缺乏独特的艺术个性。在顾漫的系列作品里，可以看到太多相似的人物形象或者故事情节。题材狭窄会影响读者的文学审美情趣，因此作品也难以大众化。作者可以通过不断探寻新的创作征途，突破类型化创作，创新写作模式和思维方式来丰富题材形式和内容，适应不同的阅读口味，从而拓宽读者粉丝群。

（二）提高主题立意，挖掘社会深度

《微微一笑很倾城》主要通过描写一群年轻人的爱情、友情、事业发展来展现当今时代的校园与都市生活。作品虽然对当今年轻人走入社会有鼓励作用，也会对女性读者恋爱观产生影响，但故事情节发展较为简单，并不会赋予读者太大的启发性和教育性。在《微微一笑很倾城》中，以女性意识这个话题为例，除了已经塑造的勇敢追求幸福的自强、自立的女主外，还可以立足于现实，从时代女性的婚恋观、两性意识的探讨与觉醒、自我意识的发现与认同等更多角度来描写女性意识，这样就更能够开阔读者视野，促使读者正确、深刻地了解社会人生状况。作者在创作过程中，应该有意识地提高主题立意，从内容上挖掘社会深度，让读者通过阅读作品来思考现实生活的价值。

（三）用好网络语言，遵循文学审美

《微微一笑很倾城》文中运用了大量网络语言，虽然给读者带来新鲜、时尚的阅读体验，但使用频率太高的直接后果就是增加读者阅读的困难。网络语言的高频率使用会淡化对文字的书写，隐匿文本理应承载的教育意义，降低文字的审美情趣，这在无形中限制了《微微一笑很倾城》阅读群体的范围。小说中对人物刻画的独白和对白占了绝大比例，句式简短，情节叙述的语言相比于刻画人物的对话少了很多，大多是起到告诉读者故事发展到了哪个地步的作用，环境介绍与描写更是凤毛麟角，这也会降低人们在阅读时想象和思考的空间。因此，作者应该适度使用网络语言，以免给交流带来阻碍。遣词造句应仔细推敲，讲究语法、词汇的正确应用，适当吸纳到现代汉语中，共同体现汉语的魅力。同时，遵循小说语言的审美特征，语言的使用要有形象性、典型性、真实性和倾向性。细致刻画人物形象，生动展示情节，加大环境的渲染与铺垫，只有把人物、情节和环境三者的关系协调好，作品才会有艺术感染力。

（四）拒绝沉溺网络，介入现实生活

文中大量出现网络游戏，如果一些网络作家在写同类题材时没有明确树立正确的上网意识，他们自身对于网络及网络游戏的喜爱就会不自觉地融入自己的创作中，使小说充满了娱乐至上的腐朽思想，也会误导一些价值观念薄弱的读者，使读者忽视真正的生活，而沉迷于网络的虚拟环境中。在现实中对网络以及网络游戏上瘾的大有人在，他们沉迷于网络世界不可自拔，更有甚者羡慕和效仿小说出现的新型的时尚化的网络爱情，渴望像小说中主角一样在网络游戏中遇到白马王子，随即产生一段姻缘。小说里配角曾经为了游戏角色而"男用女号"的故事情节在现实中非常常见，利用网络的匿名性和虚拟性增加信息来源的不确定性，双方可以包装或伪装性别、年龄、身高、体重等各种特征，随意隐藏真实情况，选择性表达想让对方知道的信息。但如果有一方输出虚假信息，那么输出真实信息的一方极有可能受到资源浪费、情感欺骗等"损失"，甚至伴随欺诈、强奸、拐骗的违法犯罪行为的发生。另外，小说里只展现了网恋的美好一面，对它的"无为性""非理性""泛爱性"等问题都避而不提。尽管小说反映了某种社会现象和社会文化，但弱化了现实的残酷性，这些都会对读者产生畸形的引导。因此，作品应该告诫读者立足于生活，利用网络为自己服务，摆正学业生活与上网、网恋的关系，让读者树立正确的上网意识，从网络回归到现实。

（本文为首届网络文艺评论大赛二等奖获奖论文，此处有删节）

14. 史学视野下的回眸：《第一次的亲密接触》之意义与局限

程海威

汉语网络文学开宗立派的标杆作品——《第一次的亲密接触》（以下简称《第一次》）由中国台湾作家蔡智恒于1998年在网络上首发后，迅速风靡海内外华人圈，成为大陆"网络文学热"的导火索与催化剂。很多人因该小说的流行而知晓网络文学，无数草根作家在该小说的影响下加入网文创作阵营，甚至不少年轻人受"痞子蔡"与"轻舞飞扬"的网络爱情故事吸引而走进网吧，推动"网恋"成为一时流行之最。本文从网络文学的史学视野中重新审视《第一次》的意义、价值和局限，从本源着手，以为探寻网络文学存在、发展和受限的现实逻辑与理论走向提供一枚观察之"切片"。

一 文学里程碑：缪斯比特之子与大众"第一次的亲密接触"

《第一次》讲述的是大学生"痞子蔡"在互联网上无意认识了网名为"轻舞飞扬"的女孩，由心怀好奇、网络畅谈、建立好感，到忐忑相见、现实相恋，但最终因女主人公不幸去世而生死永隔的一段浪漫、新奇、悲情的恋爱故事。小说围绕男女主人公的网恋过程及二者间言行互动展开，全文节奏清晰，语言生动，情思斐然。作品是蔡智恒第一部公开发表的小说，也是成名作，文中所描述的网络恋情是网络时代的产物，作品大肆流行则可称是文学的缪斯女神与科技的比特男神联姻后孕育的文坛新秀——网络文学首次大范围与大规模公众见面，因而具有当代文学的里程碑式意义。

（一）历史契机：网络文学在中国的首次公众亮相

在《第一次》爆红之前，华文网络文学经过百花齐放的野蛮生长期，已基本覆盖各类文学形态，孕育和产生了一批小有名气的网络红人写手和新鲜网文作品。然而，一来这些作品和作者的影响力局限于留学生群体中，少为外界所知；二来此时华人世界特别是中国大陆电脑及互联网普及率很低，网络文学的生成、传播无从谈起；三来作品从内容到形式与网络的贴合度还不够高，"网络化"标签不够深入，故未能形成如《第一次》般的影响力，在文学史上的意义也大打折扣。直至该作诞生，掀起网络小说流行潮，才开启了网络文学新时代。

（二）文学根脉：深厚的传统功底与叙事的灵活性

《第一次》的走红借助了历史机遇，也得益于小说本身的精彩故事情节、生动的人物形象和幽默睿智的语言，根植于作品扎实的文学性造就的无穷魅力。就内容而言，该作能成为网络小说的"开山之作"，原因在于三个方面。

一是巧借先机讲述了一个"传统经典性与先锋刺激性并存"的新故事。《第一次》创作于特殊的时代背景：中国台湾地区接入互联网的时间比大陆早三年，其本土网络文学发展历史也较大陆更长，前期发展步伐更快，经历了更好地孕育和积累。同时，中国台湾有着较好的武侠、言情小说创作传统与阅读氛围，以三毛、琼瑶、席绢为代表的言情小说家及以古龙、卧龙生、温瑞安为代表的武侠小说家的作品广泛流传为通俗小说创作提供了参照，形成了有利于网络小说创生的文化母体。双重条件下，蔡智恒以网络式写作为体，以通俗小说技法为用，将传统经验与现代趋势相结合，创作出《第一次》这部巧夺人心的作品。小说讲述的男女主人公通过BBS与E-mail建立的互动交流，点缀着咖啡、大片、飞机、香水、出租屋等元素的现代都市生活，基于互联网亚文化之上的浪漫恋情，无不极具"摩登"气质与先锋性，却又迎合着商品经济时代求新求变的大众口味。小说男女主人公借助因特网谈了一场悬念迭出的新式恋爱，走在了时代的风口浪尖，却又表现出鲜明的保守爱情观与传统价值取向，适应了不同读者群体的阅读需要，极易引起读者共鸣。

二是以爱为轴上演了一幕"浪漫之爱情遭遇现实之绝症"的悲惨剧。《第一次》通过讲述一个情感故事，展示了一幅时尚、纯真又浪漫的爱情画卷。小说男女主人公的网恋历程，虽被作者冠以"第一次的亲密接触"的帽子，事实上却是相交止于触碰，交流以柏拉图式精神恋爱为主，感情平淡而真挚。这种传统纯爱模式与商品经济登场以来在大中城市大行其道的"快餐爱情"形成巨大反差，使受众产生极大的移情效应。在着力刻画两人间的爱情之浪漫美好时，作者反其道而行之赋予了小说一个悲剧性的结尾。层层伏笔之后，读者才发现，女主人公在与痞子蔡见面前便已知道自己患上了红斑狼疮，而在两人两次见面、互有好感并开始"吃饭逛街看电影"的幸福恋爱生活中，她却病情加重，休学住院，不久因病去世，让人不禁扼腕叹息。在文学史上，悲剧作品是格外搅动读者情感参与的一类，《第一次》所描写的悲剧，不是单一、平面化的悲剧，而是建立在喜剧基础之上的悲剧，不单是"轻舞飞扬"的个人命运悲剧，更是男女主人公的爱情悲剧和网络恋情走入现实受挫的社会悲剧，其悲剧性更加动人。

三是精巧构思奉献出一部"人物典型性与情节曲折性兼具"的好小

说。《第一次》中，三位主角人物形象生动、个性鲜明，令人过目不忘。男主人公痞子蔡是一名长相平凡、逻辑严谨的典型"理工男"，名为"痞子"却并不痞，而是"本性纯良"，这从他的恋爱观与恋爱史中即可看出；与他关系很铁的同学兼室友阿泰，是号称"万花丛中过，片叶不沾身"的情场老手，他嘴巴又甜又油，在情场上百战百胜，充当痞子蔡的爱情参谋，实际上却迷失在肉欲爱情之中；女主人公轻舞飞扬则是一名外文系学生，她美丽、深情，很有生活情趣，对爱情渴望而坚持，可惜身染红斑狼疮，在大好年华早早离开人世。作为知识丰富、思维活跃的后现代大学生，三位主角身上有着鲜明共性：青春洋溢、用语幽默。如痞子蔡称"优美的昵称，就是恐龙猎食像我这种纯情少男的最佳武器"，拍马屁时要"装作一副无辜的样子，正所谓'拍而示之以不拍'"。女主角轻舞飞扬在聊天中常打趣遇见痞子蔡是"遇人不'俗'"，称他"一言九'顶'"（被讲一句要顶九句），更随口就聊出一套"咖啡哲学"。而阿泰的诸多经典语录，包括"交女朋友三大忌理论""男人四种类型论""'睁眼说瞎话'之逃难法"等，无不令人捧腹，又闪耀着生活的"哲理"光辉。在谋篇布局上，小说精心设计，从痞子蔡的视角推进故事情节，使读者的心情随着男主人公的心情波动起伏。又通过痞子蔡对轻舞飞扬"美丽蝴蝶"的印象及发现她皮肤冰冷、身上有斑等细节描写，多次为后文埋下伏笔，使故事的最终结局既在意料之外亦在情理之中，让人感受到作者在情节设置上的巧妙心思。对主角人物个性的精准刻画和小说情节设置的独具匠心，成为作品持续火爆的重要原因。

二 颠覆与再造：蔡式网络"痞子文学"的贡献与价值

（一）叙事陌生化：代言网络文体的成熟形态

《第一次》中网络文体写法叙事上的陌生化在多方面均得到验证：

小说的标题，看似大胆、直接，实则一语双关、暗含伏笔。题为"第一次的亲密接触"，视觉冲击力极强，引发读者无限遐想，甚至颇具色情挑逗的意味，"好奇害死猫"的惊异心理牵引着读者迫不及待开卷"读屏"，全篇看完才发现作者玩了一个"标题党"的小把戏："亲密接触"的是初涉情场的男女主角，更是读者对"新新人类"网络恋情的好奇窥探。两者的"亲密接触"不但一点不"污"，反而平淡纯情得很。小说简短的句式和明快的节奏具有鲜明的"互联网特色"。《第一次》全文均是散文诗般的短句，行文畅快，真实自然，是在线网络语境的真实写照。网络语言符号的广泛使用及包袱频出的旧词新解、语码转换也是该作的鲜明特点。语言夹杂着互联网符号，但新颖奇特。层出不穷的新词新义、中英转换，如"恐龙""美眉""见光死"等网络词语的使用，以"你娇艳如花，于是我口水'欲滴'"来解释"娇艳欲滴"，及"Sorry，让你久等了！Let's go"等大量中外语言转换，都是互联网文化的产物，时髦、有趣，符合年轻人的口味，具有较强的语言张力。

（二）审美日常化：推进大众审美的方式转换

一是作品的流行彰显了大众文学审美的平民视角与娱乐功能。传统文学以精英主义为内核，描写和歌颂的对象以英雄人物或典型样板为主，看重批判性和思想深度，讲求意识形态与价值观引导，《第一次》表现的是平凡人的网络生活，无论是痞子蔡、轻舞飞扬还是阿泰等都是芸芸众生中的普通一员，故事内容叙写的也是草根网民的风花雪月、喜怒哀乐，谈不上有多么深刻的教育意义，但它引领大众审美的日常生活化，有着不容小觑的时代价值和现实意义。

二是作品推动、弘扬了交互性审美的审美形态。《第一次》是蔡智恒在成大猫园 BBS 网站与网友互动中连载完成的，小说事先并无写作架构，作者边写边贴，适时参考读者意见修改内容，互动之合力成就了最终摆在公众面前的小说全文。这种交互性的创作与审美过程，既增进了读者对小说背景与情节的了解，为网民讨论并传播作品提供了有利条件，又催生了读者对作品创作过程的审美参与，是如今各大文学网站上以"续更"为推进器的作者—读者交互式审美的前身。

（三）产业衍生化：开创 IP 经营的商业模式

据统计，《第一次》于 1998 年在互联网上连载后，当年 9 月即被中国台湾红色文化出版社抢先出版，热销近 60 万册。在中国大陆，30 余家出版社争夺该书出版权，最终知识出版社捷足先登，一出版便洛阳纸贵，重印二三十版皆被抢购一空，截至 2005 年，已热销 100 万余册。在实体书籍一纸风行的同时，《第一次》很快引起了影视剧、舞台剧导演的关注。在商业利益与大众文化裹挟推动下，2000 年、2001 年，由上海电影制片厂及中国台湾学者公司联合摄制，金国钊执导，舒淇、陈小春、张震等领衔主演的同名电影在中国台湾及大陆先后上映，云集了多位一线大咖演员，成为首部由网络小说改编而成的电影；2001 年、2002 年，北京人民艺术剧院、杭州市余杭小百花越剧团分别将话剧版与越剧版《第一次的亲密接触》搬上了舞台，前者由人民艺术剧院副院长任鸣执导，著名演员陈好、徐昂等主演，后者由著名越剧演员赵志刚、陈湜分饰男女主角，让痞子蔡与轻舞飞扬的爱情故事走进了中国传统艺术；2011 年，北京人民艺术剧院还更换人马再次推出了《第一次的亲密接触》十周年纪念演出；2003 年，智冠科技公司、厦门火凤凰公司制作推出了名为"第一次的亲密接触"的单机游戏，游戏根据小说的剧情安排，让玩家在游戏中感受网络爱情的酸甜苦辣，至今仍可下载安装；2004 年，崔钟执导，佟大为、孙锂华、薛佳凝、郭广平等主演的电视剧也亮相荧屏，在广东电视台、爱奇艺网站分别播出，这也是网络小说改编为电视剧最早的一次尝试。该小说还曾被改编为广播剧、漫画等。

总之，《第一次》作为中国网络文学早期的翘楚之作，扩大了网络文学的社会影响力，开创了网络文学商业化运作、产业化开发的先河，引领了最早的"网络IP"泛娱乐化全产业链经营，对网络文学乃至大众文化产业的兴盛繁荣有着拓荒式贡献。

三 狂欢与逐利：在线消费性写作的审美缺憾与艺术困境

（一）语言粗口秀：或杂或鄙的网言网语

"网语"充斥、中英混杂，部分用语或香艳或粗鄙，过度迎合网民的感官欲望是《第一次》的一大病症。小说中，"你敢 jump 我就 jump""万一她刚被 fire""晚安 you too"等中英夹杂的说法很多，这些网络语言无规则的随意性用法冲击了汉语语法的秩序与规律，破坏了汉语的纯粹性。既容易造成汉语使用的混乱，也不利于汉语教学和传播。

（二）快餐式写作：底蕴缺失的文化祛魅

《第一次》由蔡智恒于1998年3月22日到5月29日在论坛BBS上隔日更新完成，仅用两个月零8天的时间即结束了全部10章34节的内容，相比古人"两句三年得，一吟双泪流"的字斟句酌、诗意酝酿与"批阅十载，增删五次"的艰苦劳动、悉心打磨，不可不谓之快。这种一次性创作、草稿即终稿的写法，容不得仔细思考，也很难达到承载生命的厚度与人性的深刻的程度。

（三）价值肤浅性：主角人物的庸俗认知

对爱情解读庸俗，对人物点评浅薄，价值取向略显肤浅，是《第一次》的又一大病症，折射出现代人的"都市病"。譬如小说中的男性角色，无论是男主人公"我"（痞子蔡）还是主人公的死党阿泰，对女性的第一标签就是划分其是"恐龙"（丑女）还是"美眉"（美女），以此作为判断和评价一位女生的首要标准。谈起见网友，则是语含讽刺表现出明显的以貌取人的庸俗取向。小说中的主角人物不是传统文学中"齐家治国平天下"的英雄角色，作者也未在其身上投射人性的反思或现实的批判，几位主角痞气有余，而精气神不足，缺少文学经典人物形象的人格魅力。

（四）过度商业化：利益驱动的消费危机

《第一次》引领的网络文学实体出版和影视游戏改编的产业化浪潮对扩大网络文学的知名度与影响力固然大有裨益，然而网络文学与商业的合谋愈演愈烈，利润逻辑成为网络文学生产的主导逻辑，商品法则、粉丝经济成为网络文学存在、发展的基本原则，网络文学的文化商品属性凸显甚至盖过其文艺作品的属性，造成千年未有之文学新变。在文学产业化的浪潮之下，追求点击率和利益最大化的创作动机左右了网络文学的创作与传播，造成网络写手对色情、暴力、猎奇等人性中的劣质因素的反复使用与过度张扬，"点击—粉丝—金钱"的转换成为写手的首要目标，"爽—完结—归属感"的进阶成为读者最大的期待。文学的神圣性、作家的责任感被抛之脑后，审美逻辑、人文逻辑寡不敌众，"垃圾文学"如雨后春笋般涌现，代言文学艺术最高价值的"逻各斯"被消解。

（本文为首届网络文艺评论大赛三等奖获奖论文，此处有删节）

15. 论网络历史小说的文本范式和诗性建构

葛 娟

就历史小说而言,"文本"有其特定的语义,即对历史的话语建构。历史是曾经发生的事实,也是以话语呈现的文本。作为文本,既有所谓记载史实的内容,也有属于想象和演义的成分。在这个意义上,历史和历史小说没有本质性区别。而当穿越、架空作为文本范式风行于网络历史小说时,历史与历史小说的关系则变得复杂甚至错乱起来。为什么穿越和架空成为当下网络历史小说的文本范式?小说对历史的改写和杜撰,是否意味其历史性的消失,仅徒有历史小说之名?穿越、架空作为历史小说书写的一种新范式,其功能意义何在?此类小说究竟表达了怎样的历史观念和思想倾向?本文拟对此逐一进行论述。

一 穿越:历史的当下性言说

穿越是一种超越时空的叙事范式,一经产生,便与网络历史小说结下不解之缘。近些年来享誉网络的历史小说,如中华杨的《中华再起》、阿越的《新宋》、月关的《回到明朝当王爷》、酒徒的《明》、大爆炸的《窃明》等都属于穿越小说。这些小说具备"穿越"的基本特征:一是穿越者的身份多为现代社会普通人物，穿越到古代即成为受人仰视的才子英雄、王侯大臣或小姐公主；二是穿越的时代和历史环境多为当代读者所熟悉，且相关史料容易与小说形成某种"互文"性效果；三是穿越的情节基本上都是穿越者凭借现代知识和质素在古代大显身手，经过历练和斗争，最后大获成功。2006年发表的《回到明朝当王爷》，以其出色的文笔、轻松幽默的故事以及生动的人物形象赢得众多读者的追捧，引发了一轮创作网络"同类名小说"的热潮，这些小说以相似的文本套路，架构了一个"（主语）穿越到+时代+当+身份"的穿越范式，显示出与以往历史小说的不同。就历史性而言，后者追求的是"真"，前者言明的是"假"。相比后者，前者突出文学的想象和虚构功能，有意违背历史小说的真实性原则，奉行穿越时空的法则。穿越者想回到哪个朝代，就回到哪个朝代，想当什么就当什么，其虚构性自不待言。那么，为什么穿越要与历史嫁接？被穿越者介入的历史小说其历史性何在？

历史不单言说的是过去，它还联结着当下。从哲学意义而言，当下并不存在，或者至少它只不过是时间上极小的瞬间。这一瞬间存在于连续性事件之中，哲学家称这一个个单一的瞬间为"似现在"。穿越小说的真实企图，不是历史借穿越复活，而是穿越借历史言说当下。

如果说"似现在"只是从哲学意义上让过去与现在相连，那就要进一步追究过去与现在"似"在何处？即历史与当下有着怎样的联系？亦即该怎样理解"一切历史都是当代史"这一著名论断。如果说历史是针对当下而言的，研究历史从根本上讲是出自对当代生活的热情和关注。那以穿越的形式联结历史和现在，让历史作为一面镜子折射当代生活也就不言而喻。事实上，在穿越历史小说中，我们看到的是作者在历史名义下编织的现代故事。如在酒徒的《明》中，除了有关驱除鞑虏，光复中华的叙事性描述，还试图表达振兴国家的探索和思考，将先进的思想观念和方法技术注入古老的社会肌体，改进落后的生产方式。小说创作的现代理念在《明》前言中也得以印证。该小说的正文之前，列有作者多篇写作杂谈以及资料，关涉明代社会的农业、工业、金融以及科技、民主等领域。显然，这些带有鲜明时代特征的字眼聚焦了当代人生活的"兴趣"所在。作者将自己对当代生活的关注和思考融入小说叙事，在一个虚设的世界里探求"历史的可能性"，借小说来表述其历史发展观。当作家用穿越将过去、现在以及未来联系起来，历史也就多少进入小说之中了。

二 架空：文本的虚构与历史性诉求

与穿越连体而生的架空范式同样引人关注。作为一种创作手法，架空即凭空架构，亦为虚构、杜撰。作为一种书写范式，架空历史小说的"架空"有其特定的含义和所指，它不是一般的虚构和想象，而是对历史的超越和改写。小说架构和虚拟一个特定的历史时空，这个历史时空或以真实的历史朝代为背景，或纯属子虚乌有。据此可将架空小说分为半架空和全架空两大类。前者如《回到明朝当王爷》《明》等，在这类小说中，主要人物及其故事情节是虚构的，但一些重要历史事件包括真正的历史人物及其故事也会夹杂其中；后者如《从春秋到战国》《楚氏春秋》等，小说完全脱离历史，故事情节任凭作者想象和虚构，尽显荒诞奇特和夸张浪漫，如《楚氏春秋》虚拟一个历史时代，天下四分而治，南齐、东吴、西秦、北赵相互角逐，小说聚焦于赵国楚氏家族的内部斗争以及皇室之间微妙的关系变化。作为一种文本形态，架空历史小说对传统历史小说一直奉行的真实性创作原则进行了大胆拆解。它让作者以架空历史为名，放开手脚，任意穿越，充分施展历史的想象和虚构性。这种带有后现代风格的小说亦在拷问历史小说的创作，历史可以被想象和虚构吗？这种对历史的想象和虚构，究竟离历史有多远？

一般认为，文学文本因其虚构和想象，与历史文本保持一定的距离。但对于架空历史小说来说，它究竟是"架空历史的小说"，还是"架空的历史小说"？如视作前者，似乎毫无问题，但几无意味可言；若理解为后者，亦自有其悖谬之处。究竟如何定位架空历史小说？如果我们把历史比作一个坐标，由时间、空间之轴以及人物、事件等参数构成，那历史小说的虚构和想象就是一个变量。一般而言，这个变量不论其大小，各种参数无论其多少，都处在由历史作为原点构成的坐标系中，而架空历史小说则不尽然。全架空历史小说也被称为"异时空"小说，它已脱离了既定的历史坐标，或者说它借用了历史时空之轴，另构一个假想的历史坐标。小说家认为，既然历史有多种可能性，既然我们无法改变所处的现实时空，也无法逃避既定的历史，那就将这种可能性置于另一时空去演绎，首要的就是要创造和假设异时空。这样说来，全架空历史小说与历史的距离不是太远，而是不相交。因而，我们可以将之排除在历史小说之外。半架空历史小说则不然，它没有改变历史坐标以及主要参数，只是增加了历史变量，即在"历史可能性"基础上进行虚构和想象。这类小说理应划于历史小说门户之下。在目前的网络历史小说中，与全架空相比，这类依托一定的历史背景和史实而又不拘泥于历史的小说更易被读者接受。此类小说除了充分的想象和虚构，还有一定的历史性内容作为支撑。虚构和历史在小说中相互依存，并形成叙事张力，架空历史小说的文本魅力多来自此。

虚构与历史是一对矛盾关系，二者既对立又统一于架空历史小说。就架空历史小说而言，虽然可以架空，可以任意想象和虚构，但必须以一定的历史作为根基，否则将失去立身之本。那么，我们就可根据历史文本记载的相关史料和史实，来考察半架空历史小说的历史性。可以将《寻秦记》与《史记》对照，可以将《新宋》与《宋史》《辽史》《西夏史》等对照，可以将《明》与《明史》《高丽史》《明太祖实录》《元史》等对照。以《窃明》为例，这部"网络文学十年盘点"的获奖作品被认为"是一部能够令人热血沸腾、血脉贲张的历史战争小说，一部恢宏的历史之书、热血之书、战争之书、权谋之书"[①]。所谓历史战争小说，所谓历史之书，那就是见之于其他历史文本的一些重要史料在这部小说中得以再现。我们可以从历史背景的设定、历史人物的参与以及历史事件的描述三个方面来观照。小说以主人公穿越到明万历四十六年为起始，以明末的政治军事斗争，尤其是明末辽东政治军事局势为历史背景。明万历四十六年至四十七年的辽东战役是主人公以及各式人物活动的历史大舞台。那些人们比较熟悉的历史人物魏忠贤、袁崇焕、毛文龙、熊廷弼、孙承忠、祖大寿以及东林党人、辽东将门等诸多人物纷纷登场，而由这些人物勾连的历史事件加强了历史在场感。这里我们无意或无须考证小说所写的史实，但可以确定的是，《窃明》所写的历史背景、历史人物以及主要历史事件已前置于作者的历史知识结构之中。这些历史知识又以艺术的方式呈现于小说文本，这是作者对历史的另一种书写，尽管其中不乏大量的想象和虚构成分。颇有意味的是，小说在每一章后都附有写作资料出处，诸如《国史记太祖实录》《辽东英烈纪·张元祉传》《荷兰著名人物记》。这些所谓的"外传"，并非史书，实际上是作者虚晃一枪，仿拟历史文本或假借历史之名来演绎小说的人物及其故事，由此亦可见出小说的历史性诉求。

三 "自我"建构与乌托邦精神

穿越和架空连接了文学与历史的两端，它使历史诗意地栖居于文学的王国，也让文学自由地行走在历史的领地。如果说穿越和架空给历史小说插上了腾飞的翅膀，让其穿行在虚构和真实的世界，历史的诗性也由此而

[①] 马季：《话语方式转变中的网络写作——兼评网络小说十年十部佳作》，《文艺争鸣》2010年第19期。

生，那么，我们还要继续追寻诗性的走向，去认识文学话语范式对历史话语的制约和渗透以及文学和历史相互作用所生发的诗性意义。

小人物通过穿越成为大人物或改变历史进程，这是人人皆知的谎言。这些情节之所以能大行其道，成为此类小说叙事的普遍法则，就在于这一叙事主题实际上表达了当代人的人生价值和理想诉求。当代社会人们的日常生活琐碎平庸，宏大的政治理想、革命情怀乃至建功立业的梦想，已经化作历史的记忆潜藏在人们的意识深处。文学提供给人们追求欲望和梦想的通道，穿越更是打通时空的快捷方式，将现代人投至古代，去干一番惊天动地的大业，去过美梦成真的生活。而小人物参与大历史，无疑最激动人心。因为，穿越具有很强的"代入"功能。在穿越者那里，我们看到的不仅是穿越者本人，而且是"自我"。这个"自我"是我，是你，是他，是众多的当代社会的普通人物。在穿越者身上，当下人找回了属于自己的情感和理想。穿越历史小说所写的小人物参与历史或改变历史的进程，表现了主体与历史的关系。每个人只有投身历史，只有在社会文化和历史语境中锻造，才能激发生命的能量，施展自由的个性，升华自己的人格和精神。历史也只有通过主体的参与才能有鲜活的生命力，也才是真正意义上的活的历史。文学不仅作为文化的一部分，参与历史话语的建构，而且以诗性的光芒照亮历史的"力场"和"自我"。

乌托邦不仅是一种社会理想，以希望、想象、幻想和批判的方式来把握历史的发展，而且也是人的一种价值理想，是人作为主体存在的精神建构中不可或缺的内容。可以说，乌托邦是人之为人的本质属性。人如果失去精神创造的动力，不仅会被现实所奴役和遮蔽，而且也会失去人的主体性价值。人只有在对现实的批判和思考中，在对未来的展望和构想中，才能完善自我，实现自我价值，并把握历史的总体性。这就是说，"自我"不仅没有因穿越而被架空和抽离，而且因小说特别的历史书写范式和乌托邦精神的展示得以放大和彰显。

至此，我们找到了穿越与架空两种范式的内在联结，发现小说历史书写的深层结构，并掌握了穿越历史或架空历史小说的要义，即以虚构和想象的方式来展示当代人的精神生活。诚如酒徒所言："为什么有人喜欢读虚幻的故事？大部分原因是故事可以让现实世界中不能满足的地方得以实现。"[①] 此言也可解释当下网络小说中玄幻、穿越、架空等小说流行的原因。这样，不仅文学因虚构而充满诗意，而且当架空历史小说以想象的方式来虚构历史时，历史的诗性也自在其中。

结　语

较之传统意义的历史小说，网络历史小说以消解、改写和戏说历史的方式，显示历史与历史小说关系的疏离和错位。是忠实于历史，维护历史的客观性和严肃性，还是诗意化地表现历史，抒写个人心灵的历史？这是历史唯物主义和新历史主义的区别所在。我们认为，历史小说创作在对待历史的基本态度上，应当坚持历史唯物主义，不能任意篡改、否定或虚无历史，尤其在对待重要历史人物和重大历史事件上，必须保持正确的立场和态度。但在书写历史的方式方法上，应当将历史小说与历史区别开来。作为一种新型的文学样式，网络历史小说以虚构和想象的方式表现历史，或者说以历史为底本，艺术化地表现作者对历史和当代生活的理解，正是后现代主义的文学思潮在历史小说创作中的涌动。小说大胆叛逆的艺术创造精神和生动新颖的表现风格，有值得肯定和欣赏之处。同样还应当看

---

① 酒徒：《〈明〉，作品前言资料与杂谈》（http：//www.xyshu8.com/Book/B8810N13621.Aspx）。

到，网络历史小说因其大众化和网络化等因素，存在大量粗制滥造之作，其中不乏对历史任意评说、改写和颠倒等肆意消费历史的现象，应引起重视并加以引导。正因为如此，我们要充分肯定一定数量的优秀作品的存在价值，其不仅代表着网络历史小说的创作成就，而且也引领和主导着此类小说创作的发展轨道。

（原载《社会科学战线》2014 年第 12 期，此处有删节）

16. 在作者、读者和编辑的合力中生长

——网络言情小说漫谈

金赫楠

一

言情小说作为类型化文学的一个重要门类，向上的源头可以追溯到唐传奇中《莺莺传》《李娃传》以及后来许多"才子佳人"的中国故事。清末民初鸳鸯蝴蝶派的兴起，是言情小说从古代到现代的过渡。1949年以后，这种写作基本绝迹，在文学史上也一直处于被遮蔽的角色。20世纪80年代，伴随改革开放的发展，港台言情小说进入中国大陆并迅速赢得了大众读者的追捧。最早进入大陆的中国台湾女作家琼瑶的几十部爱情小说以及由此改编的电视剧在女性读者和观众中风靡一时，确立了那个时代"言情"叙事的基本模式和套路，甚至影响了大陆早期电视剧市场和娱乐产业的格局雏形。随后还有亦舒、席绢、梁凤仪的言情小说，也都陆续进入大陆阅读市场。但中国大陆始终没有出现成气候的言情作家和成熟作品，直到21世纪初期网络文学兴起，才出现安妮宝贝、榕树下这样较早的本土言情名家和阵地。及至今天，网络言情小说已经发展到相当规模。流潋紫、

桐华、辛夷坞、顾漫、饶雪漫、九夜茴等一大批年轻的知名作者，写下大量的言情网文，从《甄嬛传》到《花千骨》，从《裸婚时代》到《何以笙箫默》，创造了一个又一个阅读奇迹，同时通过影视剧的改编和热映形成了社会公众层面的广泛传播，甚至影响了一代人的青春方式——如同我们曾经的年少时光，先在琼瑶小说里熟读了爱情，然后才在现实里不自觉地模仿着小说情节去实践自己的恋爱生活。

二

网络言情小说的一个重要特点就是分类多且细，在男女情爱的主要线索与核心情节之外，按照不同的角度和标准又被细分为爽文、虐文、甜宠文、女强文、女尊文和总裁文等。这些分类具体在一部作品的时候，往往是交叉的，而所谓分类也是开放式的，依照写作实践的发展随时可能有新的门类产生和兴盛，既有门类也随时会被淘汰和遗忘，这一切最终取决于读者。在网文的世界里，只要具备一定规模的阅读需求，相应门类的小说就会产生，这是月票、打赏、分成等网站运营模式和网络作家盈利模式所决定的。换句话说，只要有客户需求和利润期待，相关产品就会被创新研发和批量生产。而网站编辑则更像是产品经理，除了被动地审阅书稿，还要根据读者反馈和市场分析，引导甚至参与设计网文作者的人物模式与故事套路。可以说，很多网络作品是诞生于作者、读者和编辑的合力下的，而这与主流精英文学中所着力凸显的强大独立的写作者显然不同。

2005年，旅居美国的桐华发表了她的第一部网络长篇小说《步步惊心》，故事讲述了现代少女张晓在车祸瞬间穿越到清朝康熙年间，并由此卷入"九龙夺嫡"的宫廷大战中，与众阿哥上演了纷繁复杂的多角爱恨情仇。该作品虽然并非穿越小说的开山之作，但上线后过亿的点击量、出版后几十万册的销售成绩以及改编电视剧的热播，让"穿越"这样一种情节模式迅速走红，跟风"清穿"之作无数，一时间"雍正很忙"。桐华也由此成为职业言情小说家，陆续创作了《大漠谣》《云中歌》等多部长篇小说。她不再仅仅依赖穿越手法，但始终以男女情感的爱恨纠葛为主要情节，不脱离言情小说的基本框架。其中，2013年推出的《长相思》，把故事的背景设置在上古神话时代，三皇五帝成为故事的人物角色，围绕一个名为小夭的女子，展开政权争夺、氏族家族利益博弈，将一场发生在上古时代的爱恨纠葛写得有声有色。那些传说中面目模糊的先祖大神们都化作荡气回肠的爱情故事中的各种角色，读着小说中他们各自的嗔痴喜怒，历史人物的厚重感和传奇性与故事中角色的可感可及形成一种特别的张力，增加了阅读趣味。

最近集中看了几十本近两三年知名度较高的网络言情小说，读罢惊觉"霸道总裁"真是无所不在。"总裁文"作为近来最为流行的言情模式，男主多为多金而酷帅的老板、总裁或社团大哥，性格特点清一色皆是不动声色的高冷范儿；而女主则通常出身平凡、处世弱势，姿色不过中等偏上，或者身世有点惨，或者脑子有点笨，手足无措、狼狈不堪成为她们面对残酷现实时的常见画面，却因各种机缘巧合与男主相遇相识并获其一往情深、无怨无悔的青睐和呵护。典型作品就是改编自同名网络小说、由黄晓明和陈乔恩主演的热播剧《锦绣缘》。这样的男主形象和男女关系模式，在近来的小说中随处可见。无论仙侠剧还是青春片，男主的形象内核一路朝着外表冷酷又内心炽热、颜值爆表且才能出众完美下去，而女主不外乎小可怜、小清新、小确幸，不是被遗弃的养女就是凄苦的孤女。短时间内集中看这些小说，读完回想起来，各本书里人物和情节已经完全混在一起，不同文本之间的同质化问题非常严重。

网络文学的一个突出特点在于，当某个题材、门类爆红时，就会有大批量的跟风作品产生，但处于流行顶端的时候，往往也预示着即将到来的审美疲劳，"总裁文"铺天盖地的同时，又有一种言情小说模式处于上升状态——女强小说。女强小说的基本模式，大多为在男尊女卑的现实环境下，女主角依靠个人奋斗从卑微实现逆袭。比如，近来流行的各种"庶女"系列小说，在尊卑分明的传统礼教下，身为庶女，一出生就注定卑微，而庶女的逆袭过程貌似会是一个充满励志色彩的传奇故事。

上述小说，无论穿越、仙侠还是总裁、女强，它们的共同特点就是背景的架空和对当下社会时代与现实的回避。《致青春》的作者辛夷坞，则以直面青春和现代都市题材著称，独创"暖伤青春"系列女性情感小说。2014年的新作《应许之日》，一改之前追逝青春的怀旧套路，把叙事兴趣放在都市大龄单身女性人群，讲述了在世俗尺度的挤压中，高速发展的现代社会中，一个经济、人格独立的现代女性，如何放松放纵自己去爱的故事。我一直觉得，辛夷坞的言情写作，和琼瑶、席娟这些前网络时代的作家是最接近的。其作品篇幅的节制以及遣词造句的讲究，甚至和所谓的"纯文学"写作也是最像的。《裸婚时代》大火后，作者唐欣恬2014年又推出了《裸生》，小说关注的焦点依然是"80后"小夫妻衣食住行与柴米油盐的日常生活以及可能会被细节打败的爱情。只不过《裸婚》重在从恋人到婚姻的聚散过程和人生况味，而《裸生》则侧重于生育和教养孩子的过程，表现一对小夫妻、一个大家庭所需要直面的现实变化与伦理困顿。在所有网络言情小说中，唐欣恬的这种写作，可算是最直面当下和现实的，因此她的写作也必然面对一道难题：会被读者苛求小说逻辑与生活逻辑严丝合缝的对应关系，会被严格追究"像"与"不像"。大概恰源于此，言情网文里，现代都市题材，尤其"裸婚""裸生"这种涉及具体的时代问题和社会矛盾的作品越来越少，大家一股脑地在穿越、架空和重生中肆意营造着各种白日梦。

三

所谓"言情",其叙事的重心是爱情及与此相关的世俗与世情,读者一直多为女性。在分众细密的网文时代,言情小说更成为最典型的女频文,其写作者和阅读者,以及下游版权衍生品的消费者,都以女性尤其是年轻女性为主。所以,那些最流行的网络言情作品,可以很明显地折射出当下社会普遍的女性自我想象和内在欲望,更可以从中观察到大众心理普泛的婚恋价值观和性别秩序意识。

前文中对诸类类型言情小说的分析中可以看出,无论故事设置在什么样的背景下,无论男女主角的形象设计模式如何,都有一个明显的共同特征:欲望化叙事。细读近年来得以大火的那些网络言情文本,几乎全部有一个极其自恋的女主形象贯穿其中:皇帝、王爷、太医都痴心钟爱的才貌双全的甄嬛、搅动一众阿哥围着自己打转的若曦……而"总裁文"中,同完美的男主相比,女主形象貌似平凡普通,其实细想,对男主颜值、财富、才华以及冷酷霸道性格的极力渲染,正是为了从侧面去衬托女主的强大魅力——一个拥有天下又藐视天下的男子,唯独对自己情有独钟,在这样的故事结构和人物关系里恰能最大化凸显女主的魅力与幸福。被一个强大又英俊的男人痴情地爱上,这恐怕是几乎所有女性普遍的"痴心妄想"。这些小说其实都是写作者和阅读者共同编织、沉醉的白日梦,其中内含着女性心理中对自己的想象和憧憬。所谓玛丽苏模式的本质就是写作者白日梦的替身,其广受追捧更是受众自我想象、欲望膨胀的产物。而这种超级完美玛丽苏女主的流行,其呈现出来的不是现代社会女性自尊、自强、独立自主的明确主体意识,恰恰相反,它是对现代价值中个性解放、个人奋斗以及两性关系中平等自由观念的丢弃和丧失。

亦舒小说中反复强调的两性关系是,"当你有财富的时候,我能拿得出美貌；当你有权力的时候，我能拿得出事业；当你有野心的时候，我能拿得出关系。你一手好牌，我也一手好牌，因此，唯有你拿出真爱的时候，才能换得我的真爱"，如同《致橡树》中"我如果爱你，绝不像攀援的凌霄花，借你的高枝炫耀自己"，言之凿凿的重点都是"我必须是你近旁的一株木棉，作为树的形象和你站在一起……你有你的铜枝铁干，我有我的红硕花朵"。而在近来占据网络言情半壁江山的"总裁文"模式中，一个女人的成长和成功，无须上进和奋斗，只要莫名地遇上和搞定一个高富帅极品男人，便能坐拥天下，女主形象尽管一路都朝着小清新去塑造，但骨子里仍然是"女人通过征服男人来驾驭天下"的陈词滥调。所谓"霸道总裁爱上我"的句式表述里，内含受宠若惊的窃喜和炫耀，说得刻薄点，分明就是深宫里恭候帝君翻绿头牌的心态。我还记得当年对琼瑶小说的批判主要集中在"不现实"——刻意把爱情简化成"执手相看两不厌"的纯净水模式，无视婚恋关系存续的时代社会外因和人性内因。而现在，无论玄幻、穿越、仙侠、重生，各种"不现实"的情节外壳下却几乎都跳动着一颗女主"现实"的心，而我却不知道，关于爱情的讲述，这到底是进步还是退步？

而这种代入感强大的白日梦创作和消费过程当中，不仅包含既有女性价值观的释放和贯穿，同时又在继续强化和重塑受众的两性意识和婚恋观念。这种价值观的影响和引导在消费和娱乐的轻松、休闲过程中潜移默化地实现着，受众在缺乏情感抵抗和认知警惕的不自觉状态中，往往会把外来的理念灌输误认为自我的内在诉求——通俗文艺倒真正实现了"寓教于乐"，实现了价值观塑造的有效性，而这正是最可怕之处。

网络言情小说中女性主体意识的倒退、两性关系中女性主体人格的缺失，跳空"启蒙"，似乎直接回到前现代社会——女主"穿"去古代，女性观念意识似乎也随之"穿"回从前，秋瑾、子君、莎菲们的挣扎努力，似乎都徒劳落空。究其原因，在我看来至少包含：前面所论新文学精英化过程当中，因其长期以来对大众化、通俗化的盲视和怠慢，它所宣扬和推崇的个性解放、妇女解放一直未能以"喜闻乐见"的方式真正被大众所接受、理解和认同——这涉及启蒙话语的"有效性"。具体到女性解放命题上，与其说是文化启蒙推动、实现，不如说是国家意识形态从政治层面推进落实妇女解放和两性平等观念，真正深入人心并对现实构成改变的，主要落在了婚姻自由、反对包办买卖婚姻局面，而这在相当程度上是革命通俗文艺的宣传成果。也由此，妇女解放这个大题目在社会生活和大众观念中的影响也仅仅停留在"婚姻自由""男女都一样"的简单层面，而内在深层的性别机制历史文化反思和重建，根本没有引发公众的关注和思考，原有性别秩序和两性关系本质也从未从根本上被撼动。

这是一个欲望被无限挤压又被无限打开的时代，网络文学在"将白日梦进行到底"的狂欢中，正面价值与问题毛病同在，进步与倒退混为一体。前面分析中所论及网络言情小说文本同质化、价值观混乱等诸多问题，并非网络文学内部可以轻易解决的，包括网络文学整体的生存发展，都需要合力下的平衡来实现其活力与健康。当下的网络文学现场，受众、资本和国家意识形态已经明确成为对其深度影响的几大力量，而在这个受众庞大并集中承载着中国人当下欲望、焦虑和期冀表达的场域，主流文学和知识精英不该也不能缺席和失声，要找到进入、理解、提升它的路径与方式，这是新的时代对文化精英的要求和需求。

（原载《博览群书》2015年11期，此处有删节）

17. 中国网络军事文学调查

舒晋瑜

在图书出版界,军事题材一向持续受到关注。而在网络上,也有点击率动辄过百万的军事小说,早在 2001 年就开始运营的军文领域最大的网络文学平台铁血网,它不仅是国内较早的原创小说在线阅读平台,也一手将网络军事小说从线上推向线下出版。网络军事小说衍生品的覆盖面和影响力令人咂舌,成为当下中国文学类型化写作中极具发展潜力的部分。

如果梳理一下网络军事小说的发展脉络,会发现这一题材在网络文学诞生初期就出现了。

中国文艺评论家协会网络文艺委员会委员桫椤将 1995 年水木清华网站建立 BBS 作为中国大陆网络原创文学的起点,在网络小说发展的第一个十年(1995—2005 年),网络军事小说就取得了丰硕的成果。首先,作为网络小说中的重要类型,军事小说成为原创商业文学网站中的独立类别,搜狐等网站的文学板块在创立之初就开设了相关栏目;其次,一批优秀的作品获得读者认可,为网络军事小说积累了作品基础,并建构起较为成熟的类型特征。

在这一阶段,重要作品有《中华再起》《抗战狙击手》《最后一颗子弹留给我》和《雪亮军刀》等。《中华再起》在幻剑书盟网站上线后受到读者喜爱，其创作手法也直接影响了幻想小说的发展；《最后一颗子弹留给我》在网络发表后获得巨大人气，实体书的出版也将影响扩大到了线下。

经过第一个十年的探索和积淀，进入第二个十年（2005—2015年），网络军事小说创作呈现井喷态势，几乎每一年均有受到读者热捧的作品出现，这其中包括：2006年的《弹痕》《愤怒的子弹》，2008年的《首任军长》《我们的师政委》，2009年的《遍地狼烟》，2012年的《烽烟尽处》，2013年的《最强特种兵》，2015年的《锋刺》，2016年的《军旅长歌》等。

军事文学创作的繁荣不仅形成了清晰的文学史脉络，同时也熏陶和培养了一代又一代的读者，对建构中华民族爱国主义、集体主义核心价值观和团结一致、勇敢顽强的民族精神起到了巨大作用。而网络军事小说的出现，正是久远而深厚的军事文学传统在网络文学领域的延展。

网络军事小说的兴盛受到现实社会环境的影响。一方面，和平年代、军队和国防事业始终被社会关注，客观上为网络军事小说准备了读者，这也成为作者重要的创作动力。同时，在全媒体时代，有关军事活动的信息被快捷传播，为作者了解和掌握有关军事信息提供了方便，特别是我国面临的国际形势和周边军事安全信息，对作者有着深度启发。另一方面，网络军事小说为和平年代的普通人建构起了关于军旅、战争的想象，在安居乐业、安逸幸福的时代补偿了读者超越现实、超越自我的心理需求，抒写了军人铁血精神的同时，也唤起了普通人的家国情怀。

桫椤分析，从网络军事文学作品的故事情节和主题思想可以看出，与传统意义上的军事文学相比，网络军事小说蕴含着独特的历史和审美价值，也表现出鲜明的时代特征。从题材上看，在网络上人气最旺的军事小说中，抗战题材和特战题材占比最大，是两大主流。在上述小说中，《抗战狙击手》《雪亮军刀》《遍地狼烟》《烽烟尽处》《锋刺》等都是正面书写抗战的作品,而《最后一颗子弹留给我》《弹痕》《愤怒的子弹》等则描写特种兵的生活。这两类题材的流行,深刻反映了大众对历史的记忆和对未来国富军强的热切期待。抗战留给民族的伤痛和所激起的民族斗志已经成为社会的集体记忆,抗战题材网络小说的创作、传播和接受热潮,正是对此的文学表达。

对网络文学素有研究的评论家马季认为,军事文学在网络上的表现形态大致可以分为四类:一是历史类,二是幻想类,三是现实类,四是综合类。

"严格意义上说,既有的军事文学概念在网络上已经被重置。比如说,现代虚拟战争、现代战争推演和特种兵、雇佣兵传奇故事等,这些在传统军事文学中比较少见的战争形态,却是网络文学描述战争的热点领域。"马季注意到,网络军事文学中,古代军事战争占据了半壁江山,并且与历史小说、穿越小说、悬疑小说、科幻小说、玄幻小说杂糅在一起,形成了一种亚军事文学。

一是历史类。往往背景是历史,故事形态是军事战争,叙事手法是穿越、架空,乃至科幻、玄幻。如酒徒的系列作品《指南录》《隋乱》《盛唐烟云》几乎全都以战争为主线,只是近年发表的《烽烟尽处》讲述的是抗战故事;阿菩的《边戎》采用穿越手法描述北宋和辽国的战争,他的另一部作品《唐骑》展示了一群不屈的失落英魂,辗转黄沙万里,梦回大唐的历程;燕垒生的《天行健》和随波逐流的《随波逐流之一代军师》则是作者凭空构架了一个时代,在纵横捭阖的古代战争环境中塑造人物群像。

二是幻想类。有相当一部分网络军事文学作品带有鲜明的奇幻玄幻色彩。说不得大师的《佣兵天下》从三个小佣兵的角度,描述了一场跨越诸个大陆、十多个国家的旷世大战,战火甚至蔓延到神界;兰弋雪的《龙羲》讲述了一个退伍特种兵探索类地星球、保护华夏文明的战争传奇。奇特的想象力和恢宏的战争场面使这一类作品赢得了年轻读者的青睐。

三是现实类。这是网络军事文学最大的板块，不仅社会影响力巨大、读者关注度最高，而且在形式、内容创新方面取得了较高的成就，构成了对中国当代军事文学的有益补充。相较于古代战争，现代战争故事在其中占据相当大的比重，而抗战题材又是重中之重。正面描写抗战，或是以抗战为叙事主体的网络小说有几千部，其中最为读者所熟悉的有骠骑的《诡局》，雪夜冰河的《无家》，菜刀姓李的《遍地狼烟》，却却的《战长沙》等。此类作品最大的特征是在正面叙写战争的基础上，注重文本的故事性、传奇性和民间性。

最后，还有很多另类抗战作品，如《流弹的故乡》《穿越时空之抗日特种兵》《抗日之兵魂传说》等。这些作品绝大多数是从小人物入手，书写中华儿女与日军斗智斗勇、浴血奋战的故事，丰富了军事文学的表现手法，拓展了战争故事的书写向度。

马季认为，在网络军事文学的版图上，中华杨的《中华再起》，天使奥斯卡的《1911新中华》，卫悲回的《夜色》，刺血的《狼群》，最后的卫道者的《边缘狙击》，宋海锋的《锋刺》，烈焰滔滔的《最强狂兵》，疯丢子的《百年家书》等作品各有建树。另外，创作队伍中的女作者也不乏其人，随波逐流的《随波逐流之一代军师》，却却的《战长沙》，疯丢子的《战起1938》，雨中蔷薇的《烽火迷情1937》，时空错乱的《重生之抗日巾帼》等，都是引来喝彩的女性军事文学作品。

现实类网络军事文学有一些边缘题材的书写，它们揭开了现代战争神秘的面纱，这类作品的作者一般都有军旅生活的经历，专业性较强，其受众群体主要是军迷，作品主题只有一个，那就是新的历史环境下的"爱国和热血"。

如《诡局》描述淞沪战役之后，日军兵临南京城下，金陵古都危在旦夕，日军将目标锁定在南运文物上，认为这批珍宝是献给天皇寿诞的最好贺礼，围绕着对这批南运珍宝的追踪，引出了更加让世人垂涎的二龙山"秘藏"，国共两党、爱国义士、日寇、二龙山护宝人围绕传世宝藏智攻猛斗，文物南运委员会协理宋远航等一批有识之士冒着生命危险，克服重重困难，最终成功地将文物从南京转运出城，送到徐州第五战区。

《诡局》作者骠骑，军人出身，2009年原创影视作品《山河血》系列，2014年创作影视剧《诡局》，2014年完成院线电影《传国玉玺》创作，2004年至今出版数十套小说。有新人问过骠骑：如何成为"大神"？骠骑答：把同期一起写作的都熬没了，你就是"大神"了。

在部队期间，由于训练量大，没什么娱乐，原本就喜欢阅读的骠骑开始大量阅读史料和各类书籍，忍不住技痒，第一部作品就是分上下集出版的《荣誉之战》。而《诡局》在网络上赢得极高的点击率，骠骑分析主要原因是写作尽可能地还原了真实。

"我们的14年抗战是鲜血与钢铁交锋。"他说，"《诡局》刻画的实际上就是中华魂。"

另一位网络军文作者流浪的军刀也是军人出身，他曾在苦寒之地戍边，对军营和军队有着深厚的感情，对军人的勇敢、单纯、牺牲与奉献更有深切的体会。大概正因为始终对军队的生活难以忘怀，流浪的军刀开始书写自己熟悉的军营故事。《终身制职业》《愤怒的子弹》《使命召唤》……每写一本新书，他都尽量有新的突破。他不喜欢进行重复劳动，更愿意挑战自我，书写新鲜的东西。

谈网络军事文学，无法回避铁血网。2001年，蒋磊创建铁血网，建站初期即以网络军事小说起家，汇聚了大批网络军事文学爱好者和评论家。自带军事基因的早期用户群体赋予了铁血网天然的、相对专业的讨论氛围。直到今天，铁血网依然是诸多军事文学作者寻求创作灵感和素材，提升作品专业性的不二阵地。

近些年，铁血网一直在为网络军文和作者提供发展的土壤，除近些年搬上荧屏的电视剧《雪豹》《川军团血战到底》《二炮手》《渗透》《代号叫麻雀》的原著小说之外，还向影视行业输出了多位知名编剧。《建党伟业》《建国大业》《智取威虎山》的编剧董哲，《二炮手》《渗透》的编剧林宏，电影《战狼》的编剧最后的卫道者都曾是铁血网早期的军旅作家。

据铁血网读书主编张丽丽介绍，铁血网优秀军文作者的身份是多元化的，他们可能从事着社会上的各种职业，但他们无一不是重度军迷，有情怀、有理想、热爱祖国。

"由于军事题材本身的内容敏感度比较高，就要求编辑具有良好的历史知识架构，有正确的价值导向和判断能力，对作者的引导更多地体现在内容安全和意识形态方面，引导作者的创作弘扬正能量和社会主义核心价值观"。张丽丽说，为了能输出既符合市场需求又满足网站读者需求的精品小说，高级编辑须具有伯乐的眼光，不但要发现优秀作品，还要对有创作潜力的优质作者加强题材引导，甚至会通过数据分析在线交流，共同做选题策划。

铁血网点击率高的作品，也有大致的共同特点。据张丽丽分析，早期军文往往更倾向于历史军事小说，它们往往带有很强烈的爱国主义情怀，希望祖国强大，畅想中国成为世界霸主。读者往往被带入书中的情节，开启快感模式。

近些年随着读者对作品的要求越来越高，军文除了需要满足"爽"感之外，知识含量是否丰富，角度是否新颖，故事情节是否具有逻辑性，也成了读者能否持续追捧的判断标准。以2016年具有代表性也颇具影响力的军事小说《永不解密》和《雷霆反击》（原名《国家意志》）为例，前者不但角度新颖，还引入了大量的军事知识，更结合了现实中军迷最关注的事件，并在文中抒发了军迷在现实生活中的情感共识，极易获得军迷的情感共鸣和认同感；后者则是军文里难得的一部，在军事战略、军事战术等诸多层面，体现出了非凡的专业素养，从而俘获了一群专业性非常强的忠实粉丝。

2016年年初，铁血网成立了专门开发、孵化优质军事IP及影视营销业务的控股子公司铁血文化。后与光线传媒成立了合资公司，目前已售出了铁血网络小说《兵》的改编权。该公司成立后，专门组建了专业的IP运营团队，为签约作品提供全版权运营、孵化和影视投资等更专业的服务，推动网络军事文学IP发展，探索价值最大化的经营模式。

桫椤认为，网络军事小说数量众多，主题繁杂，呈现出多样化、多向度的特征，这是类型小说应对分众化阅读市场需求的必然情态。但是，"读者中心化"的创作思路除了使小说具备吸引读者的优势之外，也带来了一些负面影响，包括一些所谓的经典作品在内，都有思想和艺术水准参差不齐的欠缺。这也是网络小说普遍存在的问题。

网络军事小说在主题方面最大的问题，是有些小说的历史观偏颇，与主流价值观不符，比如如何处理历史上的国共关系。另外，大部分现实类军事小说关涉近现代革命史，一些作者处理历史细节的功夫做得不够，导致小说情节与历史史实不符，甚至出现谬误。

网络军事小说很重视故事的传奇性，有些小说过分夸张战争或战斗场面，夸大人物的自身能力和武器装备的功效，使现实类作品呈现出了"奇幻"的荒唐效果；还有的为了使作品好看，设置离奇的矛盾冲突，情节既不符合客观真实，也不符合文学真实，虚构成了虚假。

网络军事小说普遍存在的一个问题，是叙事节奏不匀称，人物日常生活与战斗场景不平衡。为给读者提供畅快淋漓的阅读感受，在小说中大篇幅描写激烈的战斗场景，而忽视了这些场景与人物经历和性格养成之间的必然联系，出现"为厮杀而厮杀"的场景描写。这不仅使小说有严重的"注水"感，而且由于要细化战斗场面，就会出现一些血腥的描写。

值得注意的一种现象是，在这些具有强烈使命感、责任感的作家中，除了大多数为军人作家外，其中也有不具备部队生活经历却是铁杆军事迷的地方作家。其中最典型的便是毕业于中央戏剧学院导演系的军事畅销书作家刘猛，这个生于20世纪70年代，曾怀揣电影梦的毕业生，从一个网络小说写手到一个军事畅销书作家，代表了一代读者对英雄及英雄主义精神的独立思考。因此有评论认为他的军事题材小说《狼牙》《冰是睡着的水》和《最后一颗子弹留给我》开创了军事题材畅销书的先河。

一段时期以来，从影视、舞台艺术到图书出版，整个大众文化的娱乐化倾向反映在网络军事文学上，一度体现为对英雄及英雄主义精神的质疑，对董存瑞等英模人物的贬低便是这类低俗艺术影响下的产物。评论家陈先义分析，当这类离开主流文化的东西呈泛滥之势时，人们便开始认识到它们的危害。

有识之士曾批评这类东西是"缺钙"艺术。《亮剑》《历史的天空》《英雄时代》等一批优秀军事题材长篇小说的出现，之所以被评论界誉为中国作家为一代人提供的"补钙文学"，很大程度上是因为这批作品对流行的低俗文化起到了强有力的反驳作用。

（原载《中华读书报》2017年2月27日）

18. 历史叙事与当代社会的共振

——关于网络历史军事小说的几点看法

马 季

一

一般来讲，网络历史军事小说，重在阐释历史，以描述、评价历史人物在历史事件中的行为举止为主要目的，军事更多的是在故事层面承载历史的手段和方式。网络文学的历史叙事，又与传统的历史小说有很大差异，几乎违背了"历史小说"的核心要素：将基于考证而得出的历史事件和历史人物的真实性作为叙事基础。因此，有部分网络历史军事小说的史观出现了偏差，重塑史观当然是值得引起重视的事情，起码说明了作者对"历史定论"质疑，但作为对历史的一种讨论，我们还是应该抱有宽阔的胸怀予以接纳。

如果按照严格的标准，像酒徒的《家园》、灰熊猫的《窃明》、阿越的《新宋》、随波逐流的《随波逐流之一代军师》等一批在网络产生重要影响的作品是不能被列入历史小说范畴的，其他的"历史文"则更不在此列。我更愿意称其为"历史叙事"，就是借助历史故事表达作者的情感认知和文化认同。然而，网络读者并不把"真实性"当作判断历史小说优劣的标准，这说明网络文学的民间性导致读者认可小说对历史的适当"改写"。因此，历史小说的范畴在网络被扩大，历史与当代社会的连接点成为网络历史小说的叙事动力。当然，维护历史的严肃性毋庸置疑，事实上，恶搞历史的作品在网络上也难以立足，更不可能获得认可。但我们也必须看到，不同时代对历史的重新发现与重新解读，从来未曾停止过。网络历史小说则是作家在不同层面，借助历史思考现实的一种表达。显然，网络文学突破了"五四"新文学以来对历史小说形成的规约，回归到中国传统文学"演义历史"的基本模式中，并进而由网络的虚拟特性衍生出"架空"和"穿越"等新的叙事方式，为历史寻找"假设性"和"可能性"。

二

女性作家海宴的《琅琊榜》是在网络历史军事小说高峰期，即2006—2007年出现的一部作品。这部小说文字功底扎实，笔法细腻，故事情节曲折迂回，是难得的女性网络文学佳作。可是，尽管在网上评价很高，《琅琊榜》人气却一直是不温不火。

《琅琊榜》是一部架空的大历史文本，这本身就对创作与阅读提出了双重挑战。首先，读者无法对照历史进行解读，而文本必须在虚拟的历史环境中自圆其说；其次，一个女性作者，几乎弃言情不写，侧重男人之间的争斗与角逐，可见其自信与充足的写作准备；再次，文言文与现代汉语的夹杂使用，虽使得文本产生古朴的意境，但难免令读者"存象忘意"。好在《琅琊榜》通过严密的故事逻辑确立了叙事的合理性，让读者置身其中心无旁骛。宫廷内外，尔虞我诈，并未淹没"麒麟才子"梅长苏的真情大义，他以病弱之躯拨开重重迷雾，智博奸佞，为昭雪多年冤案、扶持新君展现出非凡的才智与勇气。在并非重墨的情感描述中，作者将林殊和霓凰游走在爱情和亲情之间的微妙感情写得入木三分。得法于古典文学，善于埋伏笔，也是这部作品的精彩之处。另外，人物之间的性格差异十分鲜明，黑与白之间的界限一目了然，这为后期影视改编提供了很好的元素。作为网络文学在线阅读，这样的设置或许能够成立，但作为纸质读物，留给读者的想象空间则显得拥堵，同时也有落入传统历史小说窠臼之嫌。

近来质量较高的一部历史小说《芈月传》是以战国时代为大背景的女性书写，其主角是被后世称为大秦宣太后的芈月。小说透过芈月一生的传奇经历，以近距离的感性的叙事方式，讲述了女性应该如何对待强权、对待爱情、对待友情和亲情的人生道理。历史在作者的笔下未见得金戈铁马，淋漓鲜血，却有一种切肤之痛。这类作品不以重大历史事件为叙事动力，更注重对大历史中个体生命细节的描述，以此缩短作者与读者对历史的认知，这也是网络文学与传统文学在处理"怎么写"问题上的天然差别。

网络历史小说的作者多数对"历史小说"这一文学样态缺乏深刻的认识，社会责任对他们来讲，只是从粉丝的追捧程度上有所感受，这显然是不够完整的评价体系。从根本上说，作家拓展视野、提高修养、厚积薄发应该成为一种理念，而在具体做法上始终保有敏锐的观察和独立的思考，不跟风、不趋从，恐怕是网络作家不可忽视的一道门槛。在十多年的网文发展过程中，网络历史小说走得很艰辛，很多作家的探索值得重视和研究，他们在媒介变革中的写作尝试对中国当代文学的意义会慢慢凸显出来。应该提及的是，网络历史小说创作中存在的问题，仅仅靠网络作家自身是无法彻底解决的，理论研究的缺失和隔靴搔痒式的介入正是当前网络文学生态的最大危机。

三

自 2010 年下半年网络文学进入移动阅读时代以来，网络历史军事小说的创作随之出现了一些变化。蓝云舒的《大唐明月》、酒徒的《烽烟尽处》、美味罗宋汤的《金鳞开》、子与2的《唐砖》和 cuslaa（哥斯拉）的《宰执天下》是这一时期具有不同特点并产生一定影响的历史小说，其篇幅一部比一部长，《大唐明月》100 多万字，《烽烟尽处》和《金鳞开》均为 200 多万字，《唐砖》450 万字，《宰执天下》则写到了 600 多万字，仍未完结。《大唐明月》是女频作品，100 多万字已经算大长篇，酒徒则明确表示，他写小说完全服从作品自身发展的需要，不追求篇幅，该收尾时就收尾。相对而言，《唐砖》和《宰执天下》更具有这一时期网络文学的特性。

酒徒是历史军事小说的重要作者之一，《烽烟尽处》是其第八部长篇小说。"传奇性"往往是历史军事小说的一个重要标志，酒徒以往的小说也按照这个套路去写作，因此遭到"历史教科书"或者"政治教育"的诟病。《烽烟尽处》在对历史的表达上实现了一次转身，基本放弃了"传奇性"，而是在整体性上，对民国历史和全民抗战历史进行了思考。小说的主角张鹤龄是一个名不见经传的小人物，作者通过叙写其以一名害羞懵懂的学生、一位富商家庭的少爷的身份投身于滚滚的抗战洪流中，并最终成为一名优秀的抗日战士的故事，描绘出整个民族经历的坎坷岁月。正如其被评为"2013 年中国网络文学年度好评作品"时的颁奖词所言，"该作品从一个写实的历史框架来展开人物的命运，将个人命运与宏大历史事件紧密交织，人物形象真实可感，气度开阔"。当一个作家找到了自己的写作路径，作品就成功了一半，酒徒差不多用十年时间走到了这一步。

历史军事小说在传统文学领域属于"硬派"文学，加之传承革命历史文学传统，作品的观点必须旗帜鲜明，塑造的人物自然就高大上，这和消费性阅读的网络文学形成了较大背离。网络文学以贴近生活，通俗易懂见长，不讲究思想性，乃至脱离意识形态领域，这无疑导致网络历史军事小说创作的两难。应该说，《烽烟尽处》在这方面处理得十分巧妙，作者用一个无名者的成长经历吸引住了读者，同时也揭示了抗战历史的伟大。即便有读者评价《烽烟尽处》中战争场面描述得过于轻松，有悖于抗战的严肃性，但在我看来，真正的刻骨铭心乃在于对这段历史的反思，而非表现于战争场面的残酷。

传统文学语境下的历史小说，作者基本处在理性、冷静的叙事状态，尽可能客观地还原历史，而网络历史小说的显著特征是作者情感的深度介入，"设身处地"与历史人物进行情感置换，是网络文学的惯用手法，也是读写互动期盼的最佳效果。2013年，一部书名为《唐砖》的小说在起点中文网异军突起，这是一部较为典型的通俗演义类穿越小说。作者孑与2在动笔创作前曾经花费大量时间和精力研究历史资料，结果发现唐太宗李世民的一生光辉而痛苦，几乎尝遍了人生中所有的悲剧。作者直抒自己的第一感觉时说，我要帮助他摆脱"痛苦"。于是一个叫玄烨（作者的化身）的人通过一次偶然的机遇进入那个时代，来到大唐君主身边，辅佐帝王大业，其间闪现许多智慧，也闹出不少笑话，经过是是非非，终于一次次帮助唐太宗解惑释难，成就伟业。其实，作者如此写作的目的只有一个，就是和读者一道经历和感悟波澜壮阔的贞观之治。那么，这样的《唐砖》还能否算是历史小说？或许，所谓架空历史本身，就应该是一种独特的文学类别，其更靠近幻想类文学而非历史小说。

在写作手法上，《大唐明月》与《琅琊榜》类似，同样是比较接近传统文学的网络历史小说，不同的是，《大唐明月》是在严谨的史实考据和历史细节考证的基础上进行的虚构，以史称"儒将之雄"的名将兼名臣裴行俭及其夫人库狄氏为主要人物线索，将那个特殊的时代波澜壮阔地展现在读者面前。按理说，男主如此之光芒，极易掩盖女主以及配角的色彩。可是在《大唐明月》中，我们看到了不同于大多数穿越小说的讲述方式。《大唐明月》的吸引力在于有个与众不同的穿越女——库狄琉璃，而整个故事的历史背景与武则天这个特殊人物紧密相关。作者对盛唐历史事件的沿革、历史人物错综复杂的关系梳理得脉络清晰，把以裴行俭和武后为核心的官僚及其后宅人物间的政治斗争描述得细腻生动。言情永远是女性写作的特长，《大唐明月》也不例外，故事中人物之间的感情发展是一大亮点，不见矫揉造作。当故事的主角因为一个诺言而终于走到了一起，面临的却又是一场高门大族的斗争。男主"天煞孤星"的命格以及十多年沉寂的官场生涯似乎都与家族脱不了干系。当女主选择了男主的同时，那些暗箭明枪也就接踵而至。但是，他们之间的感情从来都不会因外界的力量而生波折，更多的是心疼以及各自那颗想要守护对方的心。《大唐明月》在历史的幽暗处将刚与柔、爱与恨的错落、感叹有机结合在一起，触摸到了人类亘古不变的共同的心理需求。

　　一般来说，网络历史小说往往选择叱咤风云的历史人物作为描述对象，《金鳞开》偏偏是以一个成熟的职业经理人，重生为皇明末代太子朱慈烺展开故事。在大势已去的明末，男主网罗人才、训练军队、制造火药、设立情报系统，试图改变明朝灭亡的局面。但由于作者对那段历史缺乏深刻的把握，在叙事过程中，总显得顾此失彼，未能从李自成破京、吴三桂哗变、清兵入关等多重历史事件中探求出历史发展的真相，反而是小白文的笔法清新脱俗，赢得一批年轻读者的青睐。我以为，创作实践难能可贵，作为一种尝试性的写作，作者已经达到了目的。作者自己在后记感言中真诚道白：小汤坚持完成《金鳞开》的灵魂指引，希望在意淫故事之余，对历史偶然进行一定的思考，乃至于推演。

《宰执天下》是一部以北宋社会变革为背景的历史小说，这部作品最大的特点是具备了历史发展观，没有把所描述的宋代从古代历史演变中割裂出来，而是把握住了它在历史发展过程中的个性特色和独特地位。文中表述的王安石变法后期的宋代政体出现了君主立宪的雏形，工商业经济的发展在隐约呼唤工业革命的到来。这或许只是一种历史想象，但在这样的视野下，历史叙事与当代社会变革形成了对应关系，产生了共振，无疑是值得嘉许的。我想，这也是网络历史军事小说在未来的发展中值得研究的一个重要命题。

（原载《博览群书》2015年第11期，此处有删节）

19. 网络军旅小说的新突破

游兴莹

2017年10月22日,在广西贺州举行的中国文艺理论学会网络文学研究会第四届学术年会上,专题讨论了网络大神丛林狼的军旅小说。丛林狼是阅文集团白金作家,创作有《最强兵王》《战神之王》《丛林战神》《最强战神》四部作品,共计1640多万字,成为网络军旅文学的旗帜性写手。

丛林狼的军旅题材,突破了传统军旅小说的写作范式,总体上呈现一种奇幻特色,作者把奇幻与当代军事融合起来,对军事题材创作是一种新的突破。研讨会上,来自全国的网络文学研究专家就丛林狼的创作特点展开了热烈讨论。

中国作家协会创研部研究员肖惊鸿从情怀、人物、真实和创新四个方面对丛林狼的网络军旅小说进行评价。她认为,丛林狼的小说寓于伟大的家国情怀,自觉塑造了真实而具有丰沛情感的人物形象,率先将高科技武器、新型战术和人物设定等多种元素融合,拓展了军事题材网络文学的边界,开辟了综合性网络文学新模式。中国社会科学院文学所研究员陈定家介绍了丛林狼的《战神之王》荣登2017年中国网络小说排行榜的情况,他认为,丛林狼的作品之所以成为年度军事幻想题材的热门作品,主要在于小说以忠诚的军人形象设定、精彩的战斗场面描写和新颖的故事设计，展示了主流价值观，充满了正能量。中南大学禹建湘教授认为丛林狼小说的人物、场景、情节、行动上都具有奇幻性，把奇幻与现实完美结合起来，彻底颠覆了传统战争小说的惯常写法，使读者一直保持在高度的阅读快感中。夏烈认为网络文学就是要有类型化，类型化的完美度和艺术性是网络文学文学性的基准，丛林狼网络军旅小说对类型化的运用熟练，融合言情、谍战和武侠等多种元素，使小说的精彩增色不少。夏烈同时指出，丛林狼的作品有一种"中华性"元素在支撑，在传播中华元素和弘扬中华文脉上敢于担当、敢于亮剑。网络文学评论家桫椤认为丛林狼的小说气势恢宏，善于将战争营造出充满陌生感与新奇感的氛围，小说人物的精、气、神令人神往，不愧是网络军旅小说之翘楚。安徽大学周志雄教授认为丛林狼利用传统的故事模型，吸收了各类通俗小说元素，提供了大量军事知识，集知识性与故事性于一体，这不仅扩展了读者视野，而且使得小说一张一弛，张力十足。贵州财经大学周兴杰教授从"作品有情怀"和"文中有料"两个方面来解读，他认为丛林狼的小说有国家情怀，有战友情怀，也有爱情情怀，政治导向正确，同时，小说叙事的信息密度高，结合欲望与梦想制造阅读的"爽点"。广西师范大学刘铁群教授认为，网络文学难以找到一个恰当的评价标准，网络文学的生产方式不一样，能带给人们轻松快乐的感受就具有合理的存在意义，而丛林狼的作品给读者带来阅读快感，这就是其价值所在。

研讨会上，来自中南大学的一群年轻学者以"细读法"观照丛林狼作品，提出颇具匠心的见解。严立刚着重谈到丛林狼的叙事视角，他认为丛林狼的小说包含了生活镜像的历时性叙事、回归人性的叙事再造以及知识化的表意性叙事三个方面，文学元素在小说里铺陈开来，故事情节、英雄人物和成长性主题的搭配使得小说有很强的文学肌理感。游兴莹则指出丛林狼创作的强烈的社会责任感，她以《最强兵王》为例，认为小说描绘了现代战场上精彩的高科技战斗场面，全方面展示了特种兵坚强不屈的成长历程，作品成功塑造了有担当、忠诚、大义的军人形象，呈现出正面、积极的社会能量。李治宏认为丛林狼的网络军旅小说在不断转型深化，从《最强战神》到《最强兵王》，"丛式"军旅小说风格逐渐熔铸成型，无论在叙事情节、人物刻画、文字表达方面，还是在小说思想内核方面，都有质的提升。张迪重点谈到丛林狼小说人物形象塑造，她认为丛林狼的小说主要从四个方面使主角的英雄形象更丰满：人物性格上体现英雄的真实性，故事情节上体现英雄的成长性，作品情怀上体现英雄的爱国性，女性配角衬托下体现英雄的立体性。

　　众学者在肯定丛林狼作品的同时，也提到了作品存在的一些不足。陈定家指出，丛林狼作品过于强调故事情节，缺少历史深度。桫椤认为小说某些细节描写应该注意真实性。禹建湘认为不能单纯表现战争，而应该通过战争的残酷性来表达对生命的尊重，战争题材要表达正确的价值观。赵明则指出丛林狼小说存在情感虚化及过度依赖"金手指"现象。周志雄则提醒丛林狼要在文学厚度、多面性和内容丰富性再多下功夫。

　　评论家发言后，丛林狼表示，很欣慰自己的作品能够得到如此广泛的关注，网络作家与评论家面对面的交流是一种很好的形式，让他收获很多。他认为，大家的批评公正而客观，网络写作有其特殊性，读者的期待视野与作家的写作目的都与传统文学有较大区别，但网络文学同样要担负起审美和教育的功能，他期待能够听到更多批评的声音，并呼吁文学评论家与网络作家应该加强互动，增加相互了解，共同探讨我国网络文学发展的新思路。

　　（本文为2017年10月22日广西贺州召开的丛林狼网络军文小说研讨会综述）

20.《苗疆蛊事》的代入式叙事及其表意智慧

孙 敏

南无袈裟理科佛（简称小佛）的《苗疆蛊事》构建了一个奇妙诡丽的平行时空，让平面化的文字完成了向立体化影像叙事的转变。小说类型特征明显，情节呈线性展开，节奏缓急有序。从观感来看，小说文本朴实流畅，人物细腻，行文风格独树一帜，间杂了灵异、玄幻、修真、恐怖、悬疑等多重色彩，使小说更具有可读性。而小说在"自救"与"救世"的大前提下，利用代入式的叙事方式与幻境式的表意智慧，层层铺垫，不仅融入各类民族文化，更带给读者以游戏般的体验，在如真似幻的江湖梦中出世、入世又省世，最终构成一个叙事与写意的二维创作空间。

《苗疆蛊事》主要讲述来自苗疆的少年陆左被外婆种下了金蚕蛊，从此人生境遇大变，不仅逐渐掌握蛊术，更经历了一系列生死诡事，并在各类事件中结识了茅山道士萧克明、鬼灵朵朵、鬼妖朵朵、茅山大师兄陈志程等各类人，从而觉醒了作为上古统治者——耶朗王的意识，一步步成长为苗疆蛊王，与其他人一起对抗以小佛爷为领袖的邪灵教，进而拯救世界。小说共分为四十卷，总字数逾千万字，文本主线突出，细节饱满，情节跌宕起伏。小说各卷内容极富想象力，交织了主角们的历险经历和各类民间传说，从苗疆巫蛊、佛法、道统，到东南亚降头术、泰国古曼童乃至西方的吸血鬼传说，《苗疆蛊事》无不涉猎。正因小说涵盖面之广，整本小说才具有很强的可读性，而文本内容惊悚与热血并存，作者将其数十年的人生感知融入创作，令读者欲罢不能。

一　巧置代入式叙事方式

看过《苗疆蛊事》的读者都知道，这部小说读起来极富真实感，能让人迅速进入作品设定的故事桥段中去，这源于其代入式写作手法的巧妙运用。无论是升级游戏般的小说情节，还是武侠江湖式的情感底色，都能牢牢抓住人心，使读者代入小说情境，开启读者的幻想，令人在心神激荡中欲罢不能。

作者的代入式叙事采取了两种方式：一是寓悬疑探险故事于传统文化。《苗疆蛊事》吸纳了中国传统志怪小说的特点，以苗族蛊文化为切入点，巧妙设置了一系列奇闻诡事，紧紧抓住读者的猎奇心理，让读者跟着作者去揭秘。在这个过程中，故事不断融入道法、灵异、打斗等元素，使情节跌宕起伏，化险重重难关却又出人意料。作为小说主线，主角陆左一干人等与邪灵教的斗争贯穿整部小说，而为了引出最后耶朗王与武陵王的千年恩怨，作者在前文悉心铺垫了许多伏笔，宛如网络游戏中各环节繁复的支线一般。乍看之下，《苗疆蛊事》的寻常桥段随处可见，但作者能别出心裁地将这些桥段做出精妙安排，使得每一个小高潮层层叠起却不显"油腻"，伏笔虽多却不滥用，令小说既充满推理色彩又赋予其强烈的真实感，不至于"织网过大"而"漏洞百出"。这种家常菜的满汉全席式做法，令整本小说能够给予读者以所有在网络文学中想要的体验，不管是男性向的"金手指"，还是女性向的"玛丽苏"，《苗疆蛊事》都能让读者在一层层游戏般的通关中不断自我代入。这种代入式的体验感，更像游戏中玩家担任了某一角色而非普通文字阅读时所表现的第三人观感。强烈的情感共鸣在"炼蛊救人"这个叙事维度里成为《苗疆蛊事》区别于其他小说的主要因素之一，也让苗疆蛊文化、中国道文化等传统文化在游戏般的阅读体验中深深烙印于读者心中。寓文化于悬疑，利悬疑于叙事，作者脱胎于民族文化的世界观便跃然纸上。

二是用市井人物的武侠江湖增强读者的代入式体验。以灵异玄幻为特色的《苗疆蛊事》深受传统武侠小说的影响，看似嬉笑江湖，却是情义千秋。陆左类似张无忌，神功天降，连性格中的犹豫都如出一辙；萧克明极似少年杨过，古灵精怪，天赋异禀却早年受挫；大师兄陈志程则像令狐冲，看似洒脱不羁，内心实则柔软细腻。武侠般的人物设定影响了小说的脉络走向，主角陆左成长为一代蛊王，与陆左相交的好友萧克明、小鬼朵朵、小妖朵朵也成为世间高手，类似武侠小说中常见的群雄设定。江湖更替中，是长江后浪与前浪的承继，跌宕起伏的事件下，实则也是众人智力的交锋和情感的接驳，小说实乃书写了一个"历练＋内心变化＝自我救赎"的人生方程式，一个满含人间烟火气的市井人物突然身怀绝技，于是在一路的升级打怪中不断提升自我，看似在为拯救世界而拼搏，实则是对自我的反复磨砺，令人应接不暇的大小事件最终打破了主角陆左的人生，重塑出一个完全不同的世界观、价值观。所谓以"自救"与"救世"为文本核心，实质上是给小说以精神支撑，也是作者在探索网文写作中商业娱乐与文化价值的平衡。梁启超说："侠之大者，为国为民。侠之小者，为友为邻。"《苗疆蛊事》中的"自救"，一如古龙的武侠江湖，为友可托生死，又如金庸的武侠江湖，为世不悔捐躯。《苗疆蛊事》的"救世"不仅是普通人逆袭梦想的映射，更包含了文内外市井人物的江湖梦，梦中恣意搏杀，梦外明月天涯。

二 幻境世界里的表意智慧

《苗疆蛊事》能成为"十大网络作品"并备受读者追捧,不仅源于其故事的精妙,还在于作者将自身的价值观和对现实的反思融入角色的历练之中,以情写世,以心动人,创造了一个满含现实投影的幻境世界,似真还幻的小说世界令读者游走在虚拟与真实之间,体现出独特的文学写意智慧。

从宏观上分析,《苗疆蛊事》对虚拟世界的把握,并非一开始就将宏大的世界观呈现出来,而是以点带面,随剧情深入而展开。在对"世界"的刻画上,作者跳出了一般网络小说的叙事方式,通过对千百角色的刻画来不着痕迹地展现自身独一无二的世界观。写世界就是写人心,千般人性才能汇就一个世界,出彩的小说必然是因为它有一个完整的世界观和一系列可令人再三琢磨的人心。古语有言:"用兵之道,攻心为上,攻城为下。"写作不仅要写"心",更要攻"心"。先攻文中角色之"心",要熟悉每个角色的脉络走向、性格变化,而后攻作者自己之"心",要感同身受、设身处地,最后才是攻读者之"心",无为而施、水到渠成。《苗疆蛊事》的创作颇有几分"攻心"的写作追求。最初写陆左、杂毛小道、大师兄、小佛爷各类角色时,小说是通过对其能力的描写来展现角色的外在印象,陆左有令人谈之变色的蛊术,杂毛小道的道术和符术令人称奇,大师兄的政治能力和个人修为令人敬服,而小佛爷更是智近乎妖。这种通过角色的个人能力来展现角色性格,与《红楼梦》中写王熙凤"人未到而声先至"的手法同出一派,令人印象深刻,又能引起读者阅读兴趣。随后作者便极少在人物身上费笔墨,而是利用模仿角色的心理活动来使自身与读者一道感受人物的变化,令人物的内心情感得到极大释放。文学主情不主理,好的文学作品总是源自作者的情感涌动,总是以情寓理、情理互渗的。《苗疆蛊事》便是利用作者和小说人物内心来带动读者的内心，不施笔墨而胜施笔墨，用最平直的内心情感将小说的世界观、价值观呈现给读者、感染读者。

　　法国精神分析学家拉康曾将一切混淆了现实与想象的情景都称为镜像体验，他说在镜像阶段，婴儿会模糊自身与镜中影像，镜中形象的统一性、整体性、固定性和完美形态，会让婴儿把自己等同于这一理想形象，从而克服了对破碎的身体的不良感觉和体验，获得一种超前的自我意识。换句话来说，镜像体验就是将虚拟与真实杂糅，令人不知何为现实、何为假象，甚至使人获得超脱现实的满足感。《苗疆蛊事》带给读者的镜像体验，正是作者高超的文学表意智慧的一种体现。从人物情节到主旨精神，小说无一不体现着现实生活的投影，而读者在小说中不仅可以找到真实，更能够找到理想自我与理想世界。这种理想化的自我镜像和世界镜像成为小说最大的"爽点"，带给读者的是虚拟世界中的真实快感。小说先是用面孔各异的不同角色织就了一幅万人图，让小说在虚拟的空间内创造出了最接近生活的真实感，然后又利用情节设置加强了这种现实感。真实感来源于读者对生活的感知，与大多数人理想的状态不同，生活的复杂之处往往在于它所呈现的灰色地带，好人也有小恶，坏人不失情义。在这一点上，《苗疆蛊事》将真实感用在了对角色的创作和情节的设置中，以此来弥补灵异玄幻元素所造成的虚拟性。主要人物虽然善良纯洁，但都有不同程度的缺陷，而袖手双城赵承风、茅山话事人杨知修等人物的设置更影射了现实生活中的权利争斗，大师兄陈志程更被直接放入了官僚体系中，个别情节与现实生活几近一致。人性的冲突与贴近生活的情节设置令人难辨真假，仿若现实一般的镜像体验使小说增色不少。而另一方面，作者将自己人类和人世的希冀融入了小说创作，"邪不胜正""主角无敌"等带有"金手指"元素的情节安排将读者内心的愿望引出，却也不着痕迹地将小说带回虚拟世界，虽是黄粱一梦，读者依然"真实"经历了小说所有情节，但又于一瞬间回到幻想与真实交织的世界，在真真假假的转换中，读者与书中角色一起反思生活。就是在这种反思中，小说核心观点得到了恰到好处的体现：不自救无以救世，救世亦是救己。

《苗疆蛊事》《苗疆道事》《苗疆蛊事2》《捉蛊记》构成了小佛的"苗疆系列"，四本书环环相扣，令读者享受其中。当然，《苗疆蛊事》也有一些不足之处，比如文笔游刃有余却老道不足、主题的深度有所欠缺、对于爱情描写稍显简单等，但瑕不掩瑜，整本小说仍然是网络灵异悬疑类小说的上乘之作。虽然书名是"蛊事"，但佛术、道术、藏传佛教、南洋秘术等天南海北之奇事，古今中外之传说在小说里面均有涉及，作者以"自救"和"救世"为主题，构建了一个叙事与写意相互渗透又彼此支撑的宏大的二维空间，不仅令人印象深刻，为之产生共鸣，也给读者留下了广阔的想象空间。作者在小说里曾说"红尘炼心"，他的作品正体现了"红尘"的情怀和"炼心"的过程，其叙事方式和写意智慧无不是作者"红尘炼心"的文学性呈现。

后　　记

　　这是一部网络文学批评专题文集，由 68 位作者的 72 篇论文组成。内容包括四个部分：网络文学批评原理（17 篇），网络文学评价体系（20 篇），网络文学批评标准（15 篇）和网络文学批评实践（20 篇）。这些文章均系国内重要学术期刊和报纸理论版公开发表的成果，它们基本反映了这些年来我国网络文学批评的理论建树和评论实践的基本面貌和水平。文章作者大多是我国网络文学理论批评界的一线学人，有传统学院派资深学者，也有近年来涌现出来的学术新锐，他们对网络文学批评的孜孜努力与贡献，对这个新兴的学术领域无疑具有筚路蓝缕之功。

　　编撰这部文集是因由有自的。今年（2018 年）是中国网络文学发展 20 周年，这既是一个重要的历史节点，也处于网络文学从数量增长到质量提升的历史拐点，而迈过这一拐点的关键之一是建立起网络文学自身的评价体系和批评标准，以文学批评的"杠杆"来"撬动"网络文学的品相优化和行业繁荣。我们从 20 年积淀的理论批评成果中撷英咀华，遴选精粹以结集出版，让更多的人分享这些成果，对网络文学的理论构建和批评实践，对促进网络文学的健康发展，无疑都是有意义的，此其一。

另外一个直接的原因是源于我主持的 2016 年度国家社科基金重大招标课题。该课题名为"我国网络文学批评的理论与实践研究"（项目批准号：16ZDA193），在课题设计和前期研究内容上，就有收集文献资料、遴选编撰批评论文集的要求，在此从数百篇网络文学批评论文中选精集萃以陈书案，正是为了满足课题研究之需。

本书所录文章，均征得作者同意。因种种原因，有个别作者未能联系得上，在此我们深表歉意，谨向所有收录了文章的作者和原发报刊编辑表达真挚的谢忱！中国社会科学出版社郭晓鸿女士为出版本书竭诚尽力，付出很多辛劳，就此一并致谢！

谨此为记。

欧阳友权

2018 年 8 月 28 日